L'ENFANT
DE LA PROCHAINE AURORE

LOUISE ERDRICH

L'ENFANT DE LA PROCHAINE AURORE

roman

Traduit de l'américain
par Isabelle Reinharez

TERRES D'AMÉRIQUE

ALBIN MICHEL

« Terres d'Amérique »
Collection dirigée par Francis Geffard

Édition originale américaine parue sous le titre :
FUTURE HOME OF THE LIVING GOD
Publiée aux États-Unis en 2017 par HarperCollins

À
Gookoomisinaan
Kiizh
Lumière de mes jours

« Le Verbe est vivant, être, esprit, tout en verdeur verdoyante, tout en créativité. Ce Verbe se manifeste dans chaque créature. »

Hildegarde de Bingen (1098-1179)

I

7 AOÛT

Quand je te dirai que mon nom blanc est Cedar Hawk Songmaker, que je suis la fille adoptive d'un couple progressiste de Minneapolis, qu'après être partie à la recherche de mes parents indiens et avoir appris que je suis née Mary Potts j'ai caché à tous ma découverte, tu comprendras peut-être. Ou pas. Cette histoire, je vais tout de même l'écrire parce que depuis la semaine dernière les choses ont changé. Selon toute apparence – sauf que personne ne le sait –, notre monde régresse. Ou progresse. Ou peut-être marche en crabe, d'une façon qui nous échappe encore. Je suis sûre qu'un jour ou l'autre quelqu'un finira par mettre un nom sur ce que nous vivons, mais je n'arrive pas à imaginer comment tout ce qui nous entoure et tout ce qui est en nous pourrait être réparé. L'invisible, les quanta à l'origine de notre création sont mêlés aux événements en cours. Quoi qu'il soit en train de se passer, nous sommes abreuvés de flashs infos sur la manière dont la situation sera gérée – de simples conjectures, en réalité, sur ce qui nous attend – et c'est pourquoi j'écris ce récit.

Des temps historiques ! Les périodes de chaos ont toujours engendré lettres et journaux intimes voués à être lus bien plus tard ; a posteriori ; il n'est pas impossible, selon moi, que je m'inscrive dans cette lignée. Et j'ai beau me dire que toute connaissance lexicale risque alors d'être inutile, au moins tu auras ce document en ta possession.

Ai-je signalé que je suis enceinte de quatre mois ?

De toi ?

Confession :

Il y aura bientôt dix ans, alors que j'en étais plus ou moins à deux mois de ma première grossesse, j'ai avorté. Je te le raconte parce qu'il est important que tu sois au courant de tout. Ma décision s'est imposée à l'instant même où j'ai fait le test – c'était *non*. J'allais fermer cette porte. Et ce faisant, j'en ai ouvert une autre. Si à l'époque je n'avais pas avorté, je ne t'aurais pas, *toi*, aujourd'hui. Cette fois, le test terminé, je n'étais plus qu'un grand *oui*.

Donc j'ai vingt-six ans, je suis enceinte, et je ne bénéficie d'aucune protection sociale.

S'ils le savaient, mes parents seraient fous d'inquiétude, eux qui de fait ont plus qu'il ne leur faut. Il s'agit aussi, sans nul doute, d'une période dangereuse dans l'histoire de l'humanité. À moins que l'on ne réponde vite au tourbillon d'interrogations qui nous assaille, tu naîtras dans ces circonstances inconnues. Mais, quoi qu'il arrive, tu seras accueilli à bras ouverts dans une famille à cheval sur plusieurs cultures. Il y a tout d'abord mes parents adoptifs, dont le nom poétique est d'origine britannique. Glen et Sera Songmaker. Ce sont vraiment de belles personnes, c'est incontestable, indubitable, et même si je leur ai causé énormément de soucis, ils se sont la plupart du temps occupés de moi avec bienveillance. Ce sont des êtres indulgents, bouddhistes et écologistes dans l'âme. Bien que Sera ait la phobie des additifs alimentaires, et que Glen ait eu il y a des années, avec une disquaire de chez Retro Vinyl, une aventure qui a failli faire voler la famille en éclats, ils forment un couple de vegans heureux. Les gens les plus adorables qui soient, sauf que… Sauf que je n'ai jamais compris comment j'ai été adoptée – je veux dire, la question de la légalité, dans ce cas précis, pose vraiment problème. Il existe une loi, l'Indian Child Welfare Act, qui rend quasiment impossible l'adoption d'un enfant autochtone dans une famille non autochtone. Cette loi aurait dû, et même devait, s'appliquer à moi. Chaque fois que j'aborde le sujet, Glen et Sera toussotent et détournent la tête. Même si je me mets à hurler, ils continuent d'éviter mon regard. Et pourtant. Ce sont de bons parents, qui seront de merveilleux grands-parents, et tu auras des tantes, des oncles, et une autre paire au complet de grands-parents de ton sang, les Potts.

Comme je l'ai déjà dit, pendant une courte période j'ai rejeté et fait bien peu de cas de ce que j'avais appris sur ma famille biologique, mais tu comprendras peut-être pourquoi si je t'explique de quelle façon mon ethnicité a été glorifiée dans l'enclave protégée de ma famille adoptive Songmaker. Petite Amérindienne ! Princesse indienne ! Une Ojibwé, une Chippewa, une Anishinaabe, peu importait. J'étais unique, probablement un peu extravagante, j'étais la star de mon école alternative Steiner-Waldorf. Sera me faisait des nattes, encore que je m'en sois coupé une, ce que personne n'a oublié. Pourtant, même avec une seule natte, même indienne simplement en théorie, je dois dire que je me suis toujours sentie au-dessus du lot, tel un membre de la famille royale, dont on parlait avec toute la considération respectueuse qui entourait l'étude de l'histoire indienne ou de ses traditions. On rapportait mes observations sur les oiseaux, les insectes, les vers de terre, les nuages, les chats et les chiens. J'avais, disait-on, une ligne directe avec la Nature. Au lycée j'ai continué à jouir de cette estime, mais elle a diminué, nettement diminué, lorsque je suis entrée à l'université et que j'ai commencé à fréquenter d'autres Autochtones. Je suis devenue ordinaire. Et même pire, car je n'avais pas de clan, pas de culture, pas de langue, pas de famille. Je n'avais pas non plus de combat personnel, ce qui était déroutant. Dans nos groupes de parole j'entendais raconter des histoires. De dépendance. De suicides. N'ayant pas connu de crises dans ma vie, à part celle de la disquaire de chez Retro Vinyl, je m'en suis inventé une. Je me suis coupé les cheveux et j'ai lâché les études. J'avais été une enfant de la génération *snowflake* – un flocon de neige. Privée de ma différence, je fondais.

Il y a un an, pensant peut-être que mon manque d'ambition à décrocher un diplôme résultait d'une forme d'incertitude liée à mes origines, pensant peut-être allez donc savoir quoi, Sera a décidé de me donner une lettre qu'elle avait reçue de ma mère biologique. L'honnête Sera ne l'avait pas décachetée. Je l'ai ouverte. Je l'ai lue deux fois de suite avant de la remettre dans son enveloppe. Que j'ai glissée dans une chemise. Je suis quelqu'un de très organisé. J'ai décidé de classer ce courrier. Mais sous quel intitulé ? Il me fallait une étiquette. J'y ai réfléchi un bon moment. *Famille biologique* ? *Potts* ? Et pourquoi pas *Énorme déception* ? Pourquoi pas *FAIT CHIER* ? C'était perturbant qu'on entre en contact avec moi, en fin de compte. Et il y avait pire. C'était un choc de m'apercevoir que sur la réserve j'étais encore plus ordinaire que je n'en avais eu conscience à la fac. Ma famille n'avait ni pouvoirs magiques, ni liens avec des esprits guérisseurs ou des animaux sacrés. Nous n'étions même pas pauvres. Nous étions des bourgeois. Nous étions propriétaires d'une station-service Superpumper. J'étais Mary Potts, fille et petite-fille de Mary Potts, grande sœur d'une autre Mary Potts, en bref rien de plus qu'une énième Mary Potts parmi une multitude d'autres depuis la colonisation de la région, dont bon nombre travaillaient désormais dans cette station-service en franchise, premier arrêt avant le casino indien.

Que fallait-il que je fasse ? Jusqu'à ce sentiment d'indétermination biologique, jusqu'à ma grossesse, jusqu'à cette grande incertitude qu'est, du jour au lendemain, devenue l'existence, j'ai caché le fait même d'avoir ouvert la lettre. J'ai dit à mes parents Songmaker qu'ils m'avaient élevée et que je les aimais, un point c'est tout. Je leur ai dit que je ne voulais pas de complications ; pas d'histoires d'abandon et de réconciliation ; pas de retrouvailles touchantes, pas de larmes de crocodile. Mais la vérité est tout autre. La vérité, c'est que je suis furieuse. De quel droit ces Potts décideraient-ils subitement d'être mes parents alors que je n'ai pas besoin d'eux ? Pire, qui sont-ils pour se permettre d'anéantir les romantiques parents amérindiens que je m'étais inventés dès mon plus jeune âge, ces parents très beaux, aux deux nattes parfaitement symétriques, morts de façon traditionnelle dans des circonstances vagues et spirituellement acceptables – peut-être en jeûnant jusqu'à la mort, en pratiquant la Danse du Soleil jusqu'à la crise cardiaque, en se jetant par amour du haut d'une falaise, ou bien encore en se laissant emporter par des oiseaux-tonnerre ? Qui étaient ces Potts pour continuer à vivre leurs existences banales sans moi, et pour travailler dans un Superpumper ?

Je ne me serais pas le moins du monde intéressée à eux s'il n'y avait eu mon bébé. Mon petit cœur, toi tu es différent ! Tu es tout neuf. Avec toi tout peut recommencer, et tout a besoin de recommencer. Tu mérites davantage. Tu mérites deux paires de grands-parents. Sans parler des renseignements génétiques qui pourraient avoir une incidence sur celui que tu es, au-delà même des événements actuels. Il pourrait y avoir des maladies héréditaires. Ou des dons insoupçonnés – on peut toujours rêver, quoique cela paraisse peu probable vu la lettre de ma mère biologique. Je crois pourtant que tu as besoin d'intégrer le réseau de liens familiaux dont j'ai toujours été plus ou moins privée.

J'ai embrassé la religion catholique l'année où je me suis inventé une crise existentielle, d'abord comme une forme de révolte, mais également dans une tentative de développer de tels liens. Je voulais une grande famille – une paroisse entière d'amis. Ce n'était pas une fantaisie passagère, et dans ma foi j'ai réuni tout autant mon ethnicité que mes penchants intellectuels. D'abord en étudiant la canonisation de l'Iroquoise Kateri Tekakwitha, puis en dirigeant un magazine catholique d'investigation, *Zèle*, dont j'assume à la fois la rédaction, l'iconographie, la publication et la distribution. Je suis financée par des dons privés, des versements occasionnels du casino en proportion du nombre d'habitants, et une petite contribution de la paroisse. J'ai suffisamment d'argent pour que le magazine tienne jusqu'à la date prévue de ta naissance, le 25 décembre, ce qui signifie qu'il me reste en gros quatre mois et demi pour réussir à te donner une famille cohérente et devenir maman.

C'est trop court.

Ton père pourrait m'aider, mais j'essaie de garder mes distances avec lui.

Raison de plus pour te trouver un grand-père supplémentaire, peut-être un oncle ou deux, un cousin – en état de marche, je l'espère.

« Cedar ? »

J'étais en train de t'écrire sans me soucier de la sonnerie incessante du téléphone. Cette fois, je décide de répondre parce que jusque-là j'avais le pressentiment que c'était ton père qui appelait mais il a fini par laisser tomber. Quand il laisse tomber, je le sais toujours.

« Maman.

– Écoute, ma chérie, ce qui se passe là-dehors nous inquiète terriblement, tu devrais rentrer à la maison, non ? »

Comme toujours, sa voix est posée et efficace. Le stress la calme.

« J'ai un truc à faire avant. »

C'est le moment ou jamais de lui parler de toi – il faut vraiment que je le fasse – mais je suis tétanisée par ces trois mots *je suis enceinte*, alors je lui parle de l'autre truc. La famille.

« Tu te souviens de la lettre, maman ? Celle que tu m'as donnée il y a environ un an, celle de ma mère biologique ou quelque chose dans ce genre ? Je vais aller lui rendre visite. »

Silence.

J'ajoute : « Sur la réserve.

– Maintenant ? Pourquoi maintenant ? »

Sa consternation ne dénote ni jalousie, ni désapprobation. Après tout, c'est elle qui m'a donné cette lettre et elle m'a laissée décider seule. Elle m'a même poussée à ouvrir l'enveloppe. En fait, c'est le moment que j'ai choisi qui l'inquiète – Sera est comme ça.

« Parce qu'il le faut.

– Je t'en prie, pas maintenant. »

Sa voix a ce ton ferme, genre je-prends-l'affaire-en-main, que j'ai entendu en de très rares occasions : la fois où je lui ai téléphoné pour lui demander de venir me chercher à une soirée où un garçon bourré qui avait voulu me violer m'avait simplement vomi dessus. Et le jour où je lui ai annoncé que j'allais recevoir le baptême et la confirmation catholiques.

Je sais qu'elle a raison, et pourtant rien *là-dehors* ne me paraît aussi important que ce qui est *là-dedans*. En rentrant chez moi en voiture, j'ai vu dans les rues le nombre habituel d'habitants du Minnesota normaux, déterminés, souriants et sociables, de personnes bavardant aux arrêts de bus. De gens chargés de leur cabas ou de leur sac à dos, marchant à une allure appropriée, sans paraître ni bouleversés ni effrayés.

« Il faut que j'y aille, c'est tout, je ne peux pas t'expliquer pourquoi. Je reviendrai très vite, maman, ne t'inquiète pas. Je sais que la situation risque de basculer.

– Je crois qu'ils ont raison. C'est pour bientôt. Attends, je te passe ton père. »

Suivent des murmures affolés, des pas traînants, tandis qu'elle lui révèle mon projet.

« Écoute, on va y aller avec toi. Il y a quelque chose... ma chérie, écoute... »

D'entendre Glen m'appeler « ma chérie », j'en ai les larmes aux yeux. Cela lui arrivait autrefois quand j'avais passé une mauvaise journée à l'école, que j'avais une peine de cœur ou des B à mes devoirs. Je détestais avoir des B. Me mettre Glen à dos m'attristait, mais il fallait que je tente le coup. À mon grand soulagement, je ne réussissais jamais à faire qu'il me plante ni même qu'il se mette en colère pour de bon. Un jour, il m'avait lancé que je l'exaspérais. J'avais dû me contenter de ça.

« Oh papa, je suis désolée. Ne t'inquiète pas. Tout va bien se passer. Il faut juste que j'aille là-bas, et ce ne sera que pour une journée.

– Cedar, la situation devient de plus en plus alarmante, bien que je n'aie pas l'impression que la population en ait conscience. Ce qu'on entend aux infos l'est, en tout cas, et on parle de... je sais que cela paraît impossible...

– Ce sera juste pour une journée.

– Écoute les infos. Il est beaucoup question de...

– De quoi ?

– Le Président envisage de déclarer l'état d'urgence, et le Congrès débat de la possibilité d'emprisonner des...

– Papa, tu es toujours...

– Cette fois c'est vrai. Je t'en prie, rentre à la maison. »

Sera reprend le téléphone. Elle s'est calmée. Une de ses convictions les plus profondes – sa foi en mon indépendance – est en jeu. Elle a bataillé avec elle-même hors ligne, et elle l'a emporté.

« En fait, on ne sait rien. C'est peut-être un nouveau genre de virus. Ou de bactéries. Sortis du permafrost. Lave-toi les mains avec du gel hydroalcoolique, d'accord ? Tu voudras bien nous appeler quand tu seras arrivée, et puis quand tu seras de retour ?

– Oui.

– Et fais le plein avant de partir.

– Tout va bien se passer.

– Je sais. »

Ce n'est qu'après avoir raccroché que je revois Glen et Sera se félicitant volontiers de leurs prémonitions concernant les bulles Internet et immobilières, puis l'Irak, le Moyen-Orient, l'Afghanistan et ensuite la Russie, le chaos grandissant des élections chez nous, notre premier hiver sans neige, entre autres, et je me dis qu'ils tombent presque toujours juste en matière d'âneries commises par la classe politique, de guerres et de catastrophes naturelles. Ils n'avaient pas prévu les événements actuels, évidemment – personne ne les avait prévus –, mais ils ont le chic pour interpréter leurs retombées. Je devrais probablement être plus anxieuse que je ne le suis mais, me dérobant à toute forme de bon sens, je compose le numéro des renseignements afin d'obtenir celui du Superpumper où travaille ma famille biologique. Après quoi je vais même jusqu'à laisser la joyeuse voix automatique composer automatiquement le numéro pour moi, ce qui coûte plus cher.

« *Boozhoo ?* »

Ça alors, me dis-je, elle parle français.

« *Bonjour*[1].

1. En français dans le texte. (*Toutes les notes sont de la traductrice.*)

– Allô ?
– Allô.
– Qui est à l'appareil ?
– Je… euh… voudrais parler à Mary Potts.
– Eh ben, c'est pas moi. Vous êtes qui ?
– Bon, euh, voilà, j'ai reçu une lettre de Mary Potts Senior il y a environ un an ; elle a pris contact avec moi parce qu'elle est ma mère biologique. Êtes-vous ?… C'est que, on ne dirait pas que vous êtes Mary Potts Senior, mais est-ce que par hasard…
– M'enfin putain ?
– Hé !
– M'MAAAAAN ! Y a une FÊLÉE au téléphone qui dit que t'es sa mère et que t'as écrit l'année dernière. »

On marmonne. Une voix. *Passe-moi ça*. Un choc sourd et un bruit de friture alors que quelqu'un lâche le combiné. La voix d'un homme qui demande : *Qui est-ce, Trésor ?* Voix de femme. *Personne !* Retour de la première voix. *Putainfousmoilapaix*. Un cri de rage qui s'amenuise et se termine en un brusque fracas – une porte qui claque ?

Je demande au souffle caverneux à l'autre bout du fil :

« Mary Potts Senior ?
– C'est moi. » Un murmure. Un son rauque lorsqu'elle se racle la gorge. « Ouais, c'est moi. Celle qui t'a écrit. »

Et tout à coup j'ai envie de pleurer, j'ai la poitrine serrée, je n'arrive pas à respirer, je craque. La seule chose qui pourrait peut-être triompher de ce que je ressens alors, c'est une colère folle, simultanée, qui bouillonne et monte en moi et me donne une voix glaciale.

« Par le plus grand des hasards, serez-vous là demain ?
– Là ?

– Chez vous.

– J'fais rien de spécial.

– Alors je passerai. Je vais venir vous voir. Il faut que je vous parle.

– Entendu. »

Qui est-ce, Trésor ? Voix d'homme. Elle répète : *Personne !*

Je ne prête pas attention à l'horrible picotement dans ma gorge, la réaction que j'ai en l'entendant dire *personne* une deuxième fois.

Je demande : « Qui est-ce qui vous appelle trésor ?

– C'est mon prénom, répond Mary Potts Senior. Ici, tout le monde m'appelle Trésor.

– Ah. »

Sa voix est si humble, basse, étonnée, affolée. Je sens une vague de fureur meurtrière me submerger, mais qui se manifeste par une syntaxe froide et curieusement alambiquée.

« Eh bien, voilà qui vous sied à merveille, j'en suis sûre, *Trésor*. Je crois pourtant que je vais m'en tenir à Mary Potts Senior, si cela vous convient.

– Je ne suis pas encore senior, pas loin mais pas tout à fait. Grand-mère est toujours parmi nous.

– D'accord, Mary Potts Presque Senior. Et maintenant, pourrais-je vous demander comment on vient chez vous ?

– Mais oui, tu pourrais », me répond Mary Potts, ou Trésor.

Sauf qu'après, elle se tait.

« Alors ? » je lance, d'un ton glacial.

Trésor se fait un peu narquoise, à présent, peut-être est-ce plus fort qu'elle, peut-être est-elle un mélange de modestie, de cœur blessé et de roublardise. Je n'en sais rien.

« Tu as dit que tu *pourrais* demander. Alors tu demandes, ou quoi ? »

Je ressens maintenant l'élancement de ce qui s'apparenterait à une haine immédiate, parce que c'est elle qui m'a écrit et c'est elle qui m'a demandé de la contacter et c'est elle qui au départ m'a portée dans son ventre et puis qui m'a jetée. Mais je suis capable de supporter ses manœuvres mesquines.

« Je vous écoute, dis-je d'une voix calme et neutre. Vous n'avez qu'à me donner votre adresse. Je suivrai les indications de Siri ou du GPS.

– Sur les GPS on y est pas, et Siri ça marche pas. Tu sais ?

– Je sais quoi ?

– Tu trouveras. Tu viendras d'où ? Du nord ou du sud ?

– Je viendrai du sud. De Minneapolis.

– Bon, tu vois les grandes routes qui montent à Skinaway ? Après tu prends… euh, à gauche. Tu tournes à gauche une fois arrivée à la rivière. »

Elle paraît soulagée d'avoir réfléchi à l'envers, d'avoir imaginé les indications depuis mon point de vue. Elle semble même impressionnée par sa performance, un petit peu comme si elle n'avait jamais indiqué son chemin à personne.

« Quelle rivière ?

– La grande.

– Je voulais dire, le nom. Il me faut son nom.

– C'est la seule grande rivière, avec un pont. Et puis juste après il y a une route. Sans pavés. Tourne à gauche.

– Bon, d'accord, prendre à gauche sur une route non pavée. Pas de nom à cette route ?

– Skinaway Road.

– Voilà, on va y arriver. Et après ?

– On habite au bout.

– Quel est le numéro de votre maison ? »

Elle s'éclaircit la gorge. Pour une raison ou pour une autre, j'ai l'impression qu'elle est sur le point de crier, qu'il y a du désespoir en elle, comme un risque de crise d'hystérie. Et il me vient à l'idée que les réserves indiennes – je n'y connais rien – peut-être que sur les réserves on ne donne pas d'indications. Peut-être que tout le monde sait où tout se trouve. Peut-être que personne ne va jamais ailleurs, que tout le monde a toujours été là.

« D'accord, très bien, à quoi ressemble votre maison ? »

Le soulagement emplit sa voix.

« Elle est jaune, assez récente, c'est une maison à un seul étage avec des finitions extérieures blanches et une galerie sur le devant équipée d'une rampe d'accès pour Grand-mère. On la fera venir pour toi demain. En ce moment, Avis nous l'a empruntée. Rentre dans le jardin. Il y aura une camionnette noire avec un motif violet posée sur des cales, mais c'est la seule voiture… euh… pas en état de marche en ce moment. Il y aura aussi un pick-up neuf, c'est le mien, peut-être une petite Maverick marron, qui est à Eddy, et l'armature d'une loge à sudation…

– Une loge à quoi ?

– Grand-mère et Eddy ont soigné Little Mary. C'est elle qui a répondu au téléphone. En tout cas, la loge se trouve juste à côté de la maison, un peu en retrait, dans le jardin.

– Je ne vois toujours pas de quoi vous voulez parler.

– Ouais, et puis y a des mangeoires à oiseaux. Et une niche votive, c'est ce que tu verras en premier. Marie.

– On ne m'appelle pas Mary, ni même Marie, d'ailleurs. Mon prénom d'adoption, mon *vrai* prénom, c'est Cedar. »

Long silence. « C'est joli. » Sa voix est de nouveau tendre, peinée et mélancolique. « Mary, c'est toujours comme ça que j'ai pensé à toi. Mais là je parlais de la niche votive, tu sais, avec une Sainte Vierge dedans.

– Marie ? Marie dans une baignoire inversée ?

– Ben, oui, je suppose qu'on peut dire ça comme ça, inversée, tu es certainement une fille brillante, ha ! Mais moi je dirais redressée et à moitié enterrée. Comment tu sais ça ? La baignoire, on l'a prise dans l'ancienne maison. Eddy l'a installée. Moi, j'ai planté les fleurs.

– Wouah ! »

Quelque chose me frappe à ce moment-là, me cloue carrément le bec. Apaise un peu ma colère et me pousse à dire au revoir d'un ton tranquille en exprimant l'espoir poli de rencontrer Mary Potts. Après avoir raccroché, je reste assise, absorbée dans mes pensées, les yeux rivés sur le téléphone. La voilà – la congruence génétique reçue en héritage. Je suis devenue catholique avant même de prendre contact avec ma mère biologique ; cette religion m'a attirée, et tout en elle me fascinait : les saints, la liturgie, jusqu'aux petites niches votives. Désormais il s'avère que les saints et l'Église sont un centre d'intérêt que nous avons en commun. Elle et moi. Trésor. Mary Potts Presque Senior.

9 AOÛT

Le lendemain matin, je prends la route qui va vers le nord pour me rendre chez les Potts. J'ai de fulgurantes bouffées d'émotion. Tout ce que je vois en chemin – sapins, érables, centres commerciaux, compagnies d'assurances et boutiques de tatoueurs, herbes folles des fossés et gens dans les maisons –, tout est physiquement en équilibre sur ce point de transition entre le présent des choses et le grand, l'incompréhensible changement à venir. Et pourtant rien ne me semble franchement insolite. Un peu calme, peut-être, et certains sermons annoncés sur les panneaux d'affichage des églises sont plus alarmants que d'habitude. *La Fin des Temps est arrivée ! Êtes-vous prêts pour l'Enlèvement ?* Dans un champ immense et vide se dresse un panneau sur lequel on lit : *La Future Maison du Dieu Vivant.*

Ce n'est qu'un champ nu, en jachère et envahi de mauvaises herbes, qui s'étire vers l'horizon pâle.

Je me gare sur le bas-côté, prends une photo, puis repars. Une voiture me dépasse portant sur son pare-chocs l'autocollant *Quand viendra l'Enlèvement, tu me fileras ta bagnole ?* Bon, tout le monde n'est pas prêt à monter à la rencontre du Seigneur. J'adore conduire. Réfléchir en roulant à fond de train. S'il est vrai que chacune des particules que je peux et ne peux pas voir, et tout ce qui est vivant et peut-être aussi non vivant, oriente ses voiles pour virer de bord et rentrer au port, quelle signification faut-il y donner ? Quelle est notre destination ? Est-elle en rien différente, à vrai dire, de celle qui était la nôtre jusqu'ici ?

Peut-être que la Création tout entière, depuis le carpocapse de la pomme jusqu'à l'éléphant, n'était qu'une pensée splendidement détaillée que Dieu était occupé à développer lorsqu'il s'est soudain endormi. Ainsi, nous sommes une idée. Dieu a peut-être décidé que nous sommes une idée qui ne vaut plus la peine qu'on y réfléchisse.

Ces pensées ne cessent de tournoyer dans ma tête jusqu'à ce que je fasse une halte. Je franchis l'entrée typique réservée aux voitures d'une franchise de fast-food typique, j'avale un petit pain œuf-fromage et deux mini-briques de lait. Donc ce genre de trucs existent encore, et j'en éprouve de la gratitude. Manger me fait revenir sur terre. Mes idées s'éclaircissent, et quelques heures plus tard je suis sur la réserve. Je passe devant le Superpumper des Potts sans m'arrêter, quoique je ralentisse un peu. Alors la voilà, ma propriété ancestrale, me dis-je en longeant le bâtiment – un auvent en plastique rouge éclairé qui abrite une rangée de pompes à essence, et un rectangle en parpaings aux portes soulignées de rouge qui lui sont assorties. Des baies vitrées illuminées, un homme au physique anguleux derrière la caisse, penché en avant et appuyé sur les coudes, le nez dans ce qui semble être un livre. Probablement la cote des voitures d'occasion, au mieux un techno-thriller pour mecs. Pas du porno, j'espère. Le type maigre est probablement le mari de ma mère biologique. Eddy. Elle en parlait dans sa lettre. Sur mon père biologique, pas un mot.

Je traverse un pont sous lequel coule un filet d'eau – qui mérite tout juste le nom de rivière, me dis-je. Mais pas le moindre tournant avant un bon bout de temps. Le virage à gauche que je prends me fait passer devant six maisons.

Cinq sont impeccables et coquettes, dotées d'un jardin et de mangeoires à oiseaux avec, en guise d'ornements, des ours noirs et des wapitis en contreplaqué, ou encore les postérieurs levés de braves dames en culottes bouffantes à pois. L'un de ces jardins regorge d'un surprenant bric-à-brac – trois piscines pour enfants en plastique rose et bleu vif, un trampoline, des voitures en panne, des bateaux défoncés qu'on rafistole, je suppose, des brouettes entassées, des petites tondeuses autoportées et des barbecues rouillés. Des chiens jaillissent des fossés ici et là, au hasard, et pourchassent ma voiture en essayant d'en mordre les pneus. La dernière maison n'est pas jaune. Je m'arrête, me gare. Un bâtard hirsute de terrier brun clair bondit, inlassable, derrière la vitre côté passager. Je fais demi-tour. Il y a peut-être une autre rivière. Elle a dit « grande ». Tout du long les chiens surgissent en sens inverse jusqu'à la route que j'ai quittée.

Il y a deux autres rivières fausse alerte, et des virages à gauche qui tous me ramènent devant le jardin aux piscines pour enfants. Dans l'une il y a cinq ou six centimètres d'eau et une grosse femme vêtue d'un long tee-shirt qui laisse un petit bébé tout nu jouer devant elle. *Oh, trop mignon. Et merde !* Où est la maison où je suis née ? Où est ma famille ? Une fois de plus pas le bon virage, une route qui zigzague, les chiens que ma voiture et moi électrisons de nouveau, la femme dans la piscine qui à présent m'observe comme si j'étais du FBI. Je décide de lui demander mon chemin et m'engage dans l'allée. Les chiens deviennent fous, leur bon droit leur met la bave aux babines. J'ai envahi leur territoire et n'ose pas descendre de voiture. Je baisse ma vitre. La femme lève les yeux vers moi – elle a un beau visage plat, fermé, soupçonneux. Elle ne dit rien.

« Pourriez-vous m'indiquer où habitent les Potts ? »

Les chiens se jettent maintenant sur ma voiture, se cognent aux portières, excités par ma voix jusqu'à l'hystérie. La femme porte une main à son oreille. Je n'ai pas peur des chiens, d'habitude, mais il y en a un qui mordille mon pneu.

« Je cherche Mary Potts !

– Connais pas !

– Ou bien alors… Trésor ? »

La femme lève lentement un bras, protégeant son bébé de l'autre, et montre le bout de la route d'où je viens. Des larmes me piquent les yeux. Donc cela ne sert à rien, me dis-je en passant la marche arrière et en ressortant de l'allée. L'amertume me gagne. Je vais probablement prendre tous les virages à gauche que je vais trouver, et franchir tous les ponts et toutes les rivières – combien peut-il y en avoir ? C'est peut-être la même partout, plus grande ou plus petite selon l'endroit, qui ondule comme un serpent ? Y a-t-il une sorte de lotissement à côté du casino ? Un château d'eau ? Peut-être une épicerie ? Un lieu où les Indiens peuvent recevoir l'enseignement et les soins de santé dont j'ai lu qu'ils nous sont garantis par un traité entre nations ? Je regagne la grande route et roule, le chagrin m'envahit, le vain apitoiement sur mon sort, cet affreux sentiment de solitude. Je commence aussi à me sentir affamée, une vraie faim de femme enceinte, *une faim dévorante*, et maintenant je n'ai plus qu'une envie, m'arrêter pour pleurer. Je bois un peu d'eau. Mange un petit sachet de cacahuètes tiré de la boîte à gants. Me ressaisis. Ayant repris le volant, il me vient à l'idée que je pourrais retourner au Superpumper m'acheter quelques cochonneries à grignoter et puis me présenter à Eddy. Je suis sur le point de le faire quand j'arrive devant un pont et une grande rivière. Une vraie rivière. Enfin ! Avec de l'eau qui bouge. Et juste après, un virage à gauche suivi d'une route prometteuse dont je sais qu'elle aboutira à une maison jaune.

Et en effet, la voilà. J'emprunte l'allée gravillonnée qui mène à la maison jaune de ma famille biologique – plutôt neuve, trois ou quatre pièces. Devant il y a la rampe d'accès pour fauteuil roulant et des mangeoires à oiseaux, la camionnette noire en panne et son motif violet, la niche votive baignoire VM en parfait état et l'armature courbe – en saule, je suppose – qui doit être la loge à sudation. Et là, d'un âge qui correspond à peu près, Mary Potts Presque Senior. Elle manie un tuyau d'arrosage, lequel n'est pas raccordé au robinet, et fout une raclée à un coussin de canapé poussiéreux. Elle a un petit sourire en coin, narquois, quand j'arrive, et flanque au coussin une dernière dérouillée.

Voici la femme qui m'a mise au monde.

« *Holeee.* »

Elle tend les bras et s'avance vers la voiture. Elle transpire un peu dans son débardeur noir moulant, qui laisse apparaître des bretelles de soutien-gorge roses, et son pantacourt noir et évasé. Son corps bien proportionné, aux allures d'ours, est tout en graisse musclée, et elle a un joli visage aux traits réguliers. Elle est jeune. Elle a d'étincelantes dents blanches et de petits yeux noirs rieurs et fuyants. Sa chevelure châtain, balayée de mèches rousses, est retenue au sommet de sa tête par une de ces pinces crabes en plastique, de couleur bleue, et elle porte des perles aux oreilles. De vraies perles, on dirait. Je descends de la voiture dans l'air chaud et suffocant.

Nous restons là face à face, tout à fait mal à l'aise. Pour moi l'heure n'est pas aux embrassades, et je ne sais que penser des larmes qui emplissent les yeux de ma mère biologique.

« Jolies, dis-je en me touchant les oreilles. Jolies boucles d'oreilles.

– Ouais. C'est un cadeau d'Eddy. »

Elle renifle et détourne les yeux, en battant des paupières.

« Je crois que je l'ai vu au Superpumper, il lisait.

– C'est lui. Il a toujours le nez fourré dans un bouquin.

– Qu'est-ce qu'il aime lire ?

– Lui ? Tout. Tout sauf les manuels sur la sexualité. » Elle soupire. « Ha ! Je rigole. *Aaaaay.* »

Ma mère biologique s'est postée, mains sur les hanches, à côté de ma voiture. Je remarque qu'elle mâche un lacet. Elle s'en rend compte et m'explique que c'est ce qu'elle fait chaque fois qu'elle essaie d'arrêter de fumer. Puis elle m'adresse un vague sourire, mais avec ce lacet dans la bouche l'effet est bizarre.

« Et vous alors, quel est votre sentiment ? Comment reçoit-on la nouvelle, par ici ? »

Je suis désemparée. Elle ne me propose pas d'entrer, ne fait rien de ce qui est habituel lorsqu'on accueille quelqu'un. Je tente de faire la conversation.

« Vous savez, la nouvelle ? La grande nouvelle ? »

Elle n'a pas la moindre réaction, et je suis désormais

prête à tout pour produire sur elle une quelconque impression.

« Tu ressembles à..., dit-elle.

– À qui ?

– Peu importe.

– À qui ? Vraiment ?

– Eh bien, à moi.

– Mais non », dis-je aussitôt, sans réfléchir, une simple réaction viscérale.

Elle baisse les yeux et regarde ses pieds. Puis elle se détourne avec un léger tressautement de son petit chignon et s'éloigne, ce qui me permet de constater qu'elle a un cul parfait, en forme de cœur. À le voir bien serré dans ce pantacourt noir, je ne peux m'empêcher de regretter un instant de ne pas avoir hérité de ce balancement fluide et impeccablement huilé. Je suis mince, grande et bien charpentée, et j'ai le cul plat. Parce que je ne la suis pas – en fait je regarde simplement remuer son arrière-train, comme doivent le faire des tas de gens –, elle jette un coup d'œil par-dessus son épaule, agite la tête en montrant la maison. Je lui emboîte le pas, gravis la rampe pour fauteuil roulant, traverse la petite galerie, passe la porte d'entrée. Dans la maison la chaleur est presque supportable, il y a un climatiseur quelque part, me dis-je. Le séjour, recouvert d'une épaisse moquette, dégage une odeur de nature – d'écorce peut-être, ou de graines pour les oiseaux, ou de baies en train de cuire – et de fumée de cigarette.

« Tu veux fumer, dehors j'ai une boîte à café remplie de sable pour les mégots. Mais moi, je fume pas à l'intérieur. »

Alors ce doit être quelqu'un d'autre.

Je pose mon sac à dos et mon ordinateur portable à côté

de la porte – il n'était pas question que je les laisse dans la voiture. Mary Presque Senior entre dans la cuisine d'une démarche assurée, sensuelle, un rien batailleuse. Je la suis et décide de m'installer à la table – en Formica moucheté. J'observe pendant qu'en silence ma MB (je ne sais pas trop comment appeler ma mère biologique, impossible de l'appeler de cette façon) nous prépare un thé noir. Elle m'en tend une tasse, sucrée, et s'assoit en face de moi.

« Tu as embelli », remarque-t-elle, puis elle crie dans la pièce voisine : « Elle a embelli !

– Qui est là-bas ?

– Ta grand-mère. Elle est vieille. Elle m'a eue à cinquante-trois ans, sans mentir, ne l'oublie pas. Utilise des préservatifs jusqu'à soixante ans, ha !

– Cent vingt-huit », lance une voix fluette.

Une minuscule dame, voûtée, à la peau brune, fait alors rouler son fauteuil par petites étapes – elle manœuvre sur de la moquette – et tourne le coin.

« Voici Mary Virginia Potts la Très Senior », m'annonce ma mère biologique.

L'ancêtre lâche un gloussement voilé et murmurant.

« Zzzz'il te plaît », bourdonne-t-elle plutôt, ou siffle-t-elle, en se rapprochant peu à peu.

Je bondis sur mes pieds et la pousse jusqu'à la table.

« Il est fort possible qu'elle ait plus de cent ans. Elle ne se paie pas ta tête », reconnaît ma mère biologique.

Et de me citer d'autres parents aux existences interminables.

« Mary Bodacia, lance la grand-mère en hochant la tête d'un air entendu. Cent onze ans.

– Bodacia. Très drôle. Tout le monde me rend dingue,

dit ma mère biologique, sans s'adresser à personne en particulier. Et celle-ci – elle me montre du doigt –, elle m'appelle Mary Potts Presque Senior. Elle trouve ça drôle.

– Disons que c'est presque drôle. Je ne sais pas comment vous appeler. Pour moi, vous n'êtes pas Trésor.

– Hehhehheh. »

La grand-mère rit, en faisant un signe de tête à la tasse de thé que Mary Presque Senior pousse avec précaution d'un bord à l'autre de la table. Je n'en peux plus et décide d'en finir. Je me penche en avant et m'adresse à ma mère biologique.

« Deux choses. La première, pourquoi m'avez-vous abandonnée ? La deuxième, je veux savoir ce qu'il en est des maladies génétiques. »

Les deux femmes sont silencieuses, à présent, elles boivent leur thé à petites gorgées dans cette pièce où il fait chaud, les yeux rivés sur le plateau de la table. Ma mère biologique observe attentivement les taches du Formica, avec l'air de pouvoir prédire l'avenir d'après leur motif. Enfin, elle pousse un de ses fameux soupirs – je commence à les connaître, ses soupirs – et puis se met à tousser. Elle s'échauffe avant de parler. Après plusieurs faux départs, marqués par la même absence de talent verbal qui l'a affectée quand elle a tenté de m'indiquer le chemin, finalement, elle commence.

« C'est pas parce que j'étais toute jeune, même si j'étais jeune. » Gros soupir, encore une fois. Nouveau départ. « C'est parce que j'étais une idiote. Depuis, y a pas eu un jour où j'ai pas pensé que j'étais une idiote. »

Elle me regarde droit dans les yeux, les sourcils froncés, perplexe.

« Une idiote », répète-t-elle en hochant la tête. Elle enroule et déroule ses doigts autour de l'anse de sa tasse. « Je me droguais. Pas pendant que j'étais enceinte. Après. Je baisais avec tous les crétins qui passaient par là. Vraiment la dernière des idiotes, murmure-t-elle. Jusqu'à ce que je trouve Eddy. Y a pas eu un jour, pourtant, où j'ai pas pensé à toi. »

Oublions les questions pratiques. J'y viendrai plus tard. Pour l'instant, je lutte. Je réfléchis. Pas un seul jour ? Et pas une seule heure, alors ? J'ai envie de pleurer. Je voulais que tu sois là. J'avais besoin que tu sois là.

« Alors vous avez pensé à moi davantage que je n'ai pensé à vous », dis-je en haussant les épaules.

Après ça, plus personne ne parle. Ses larmes cessent de couler et nous restons assises en silence.

« T'as une bonne famille, hein, pleine aux as, remarque-t-elle en se redressant brusquement. Tes parents m'ont envoyé des photos, pendant la première année. Et puis je leur ai écrit pour leur dire ça suffit, c'est trop dur.

– C'était trop dur ? »

Je sens mes yeux se réduire à deux fentes, et ce truc monte en moi, ce truc que je connais bien et contre lequel je lutte en récitant des chapelets, cette colère. Elle monte et mousse à la façon d'un soda qu'on secoue. « *C'était trop dur ?* »

On entend dehors un moteur qui s'arrête dans un vrombissement, et puis des pas, des pas rapides et sourds, la porte claque dans mon dos et je me retourne pour assister à l'entrée spectaculaire de la Reine des Damnés – Little Mary. Elle pénètre dans la pièce avec raideur, perchée sur les dix bons centimètres de talons de ses bottes noires ;

elle a des bas résille déchirés, des piercings trop nombreux pour qu'on puisse les compter, et des cheveux longs parsemés de courtes mèches aux pointes teintes en violet qui, bien que ramollies à cause de l'humidité, ne sont pas hérissées, sinon une mince frange. Ses yeux sont soigneusement cerclés de rouge et de noir. Magic Marker ? Feutre métallique Sharpie ? Ses pupilles sont noires et luisantes. Elle vacille sur le pas de la porte, visiblement défoncée.

« Boooon, dit-elle.

– C'est ta sœur, dit ma mère biologique, celle dont je t'ai parlé hier soir.

– Ah, *personne* ? »

Little Mary nous sourit, d'un air absent et malveillant. Ses dents paraissent avoir été aiguisées, serait-ce possible ? Ses incisives sont un peu plus longues que ses canines et très blanches sur fond de rouge à lèvres noir, un genre de crocs élégants. Elle est jolie, comme sa maman, plus jolie que moi, me dis-je en faisant instantanément ce que font toutes les filles. Qui est la plus jolie. Je suppose que les sœurs passent leur temps à se comparer, et à cette minute précise je me réjouis de ne pas avoir eu, jusque-là, de sœur dans ma vie. Je me réjouis de ne pas avoir eu cette mère et cette famille, sauf peut-être la grand-mère. Je pense à Glen et Sera et à tout ce que nous avons en commun, et des larmes me montent aux yeux. Je me tourne vers ma mère biologique et tends le bras. Je l'attrape par le bout des doigts, et puis avec chaleur j'enferme sa main tout entière dans la mienne.

« Pas de problème, Trésor, je vous assure, pas de problème, dis-je avec toute la sincérité que je parviens à faire passer dans ma voix. Je n'ai qu'à regarder Little Mary pour voir quelle bonne mère vous auriez été. »

Ma sœur Mary a seize ans et il s'avère, après qu'elle est partie, et quand nous nous mettons à parler pour de bon, il s'avère que Trésor, malgré les piètres résultats scolaires de Little Mary, est persuadée que sa fille ne se drogue pas, n'abuse pas de l'alcool et ne fume pas non plus. En fait, Trésor secoue la tête, émerveillée.

« Je vois bien que ta remarque était censée être sarcastique, ironique, ou va savoir quoi d'autre. Une bonne mère. Je sais que je ne suis pas la meilleure en la matière. Je le sais. Mais Little Mary s'en sort vraiment bien. C'est la seule fille de toute sa classe qui ne couche pas et qui ne se drogue pas. Elle dit pourtant qu'elle est à deux doigts de craquer.

– De craquer ? On ne voit pas qui pourrait le lui reprocher. »

Je ravale l'envie de me rouler par terre de rire et, une fois de plus, je remercie Dieu et tous ses saints de l'existence que j'ai menée.

« C'est dur d'être la seule à ne pas boire dans une fête. C'est dur d'être l'unique intelligence. »

Nous sirotons notre thé sans rien dire pendant un moment, en songeant à Little Mary et aux difficultés de sa vie sociale. Bien sûr, dès que je pense à une « unique intelligence », j'imagine l'être qui sera le dernier de notre espèce… cet individu en lutte contre le monde entier, connu et inconnu ; pour ce que j'en sais, ce dernier individu pourrait bien être toi. Ou moi. Je découvre qu'il n'est pas impossible que je jouisse d'une longévité exceptionnelle, comme Grand-mère Virginia. Ou peut-être, et c'est là une pensée plus sombre, que le dernier représentant de notre espèce sera Little Mary.

Je demande : « Est-ce qu'elle peut parler de ses problèmes à Eddy ? Est-il du genre compréhensif ? »

Trésor secoue la tête, un tas de fois et à toute vitesse, un geste qui commence à me plaire car il agite joliment ses cheveux en bataille relevés en chignon.

« Ces deux-là ont eu une sacrée engueulade, l'autre jour, ce qui nous a tous traumatisés. Eddy a surpris Little Mary qui embarquait dans la voiture tout le stock de comprimés d'Actifed du Pumper – elle s'est laissé attraper, évidemment. C'était un appel au secours. Bon, elle en prend pas, hein, mais elle le vendait quand même derrière notre dos à un jeune qui fabrique de la meth.

– Évidemment, ouais. Et Eddy, alors ? Parlez-moi un peu de lui.

– Eddy », répète Trésor, et son visage s'adoucit tandis que celui de Grand-mère se durcit. « Mon Eddy. » Un frisson de bonheur la parcourt. « Miaou ! »

Elle arrondit les doigts comme si c'étaient de petites griffes, et Grand-mère et elle éclatent de rire.

« C'est quoi son histoire à lui ? » je demande, pour tenter d'accélérer les choses.

Je n'ai pas particulièrement envie d'imaginer ce que signifie ce petit *miaou*.

« Oh, pour ça il est intelligent, il en a dans le crâne. Il a fait sa licence à Dartmouth et son doctorat en sciences de l'éducation à Harvard. Quand il est revenu, il a essayé de remanier le système scolaire sur la réserve, mais bon… » – là, le visage de Trésor s'attriste et son regard s'emplit de chagrin – « … cette tentative s'est terminée par une dépression nerveuse. Quand il est revenu à la réalité, il a décidé d'ouvrir un commerce, de subvenir de cette façon aux besoins de sa famille, c'est-à-dire nous. Il s'est porté candidat au conseil tribal, et il écrit un livre. Il a déjà dépassé les trois mille pages. »

Trésor pince la bouche et désigne une porte dans le mur, un placard.

« Tout est là-dedans. Les brouillons de son manuscrit, où il n'est question que de moi. Il me suit partout où je vais et observe tout ce que je fais.

– Où est-il, alors ? Pourquoi n'est-il pas là pour assister à cette rencontre historique ? Vous et moi ?

– Il doit garder le magasin. Et puis je suis censée, euh, j'ai quelque chose de prévu aujourd'hui. Je fais une présentation devant le conseil tribal. Après, on ira poser du gazon. » Puis, timidement, elle ajoute : « Ça te dit de venir ? »

Je me sens mieux maintenant, je commence à m'habituer à être ici, et bien que je me sois débarrassée de la partie la plus épineuse de nos retrouvailles, je n'en suis pas encore arrivée au moment où j'essaie de lui soutirer des renseignements génétiques. Mais dès que c'est fait je m'en vais. Je file à l'anglaise, pour ainsi dire, mais à la mode réserve indienne.

« Quel est le but de la réunion ? Et du gazon ?

– C'est pour la niche votive. Pas celle de notre jardin. Une niche votive pour Kateri, tu sais qui c'est ?

– Bien sûr. C'est vrai ? »

Trésor me parle de la niche votive qu'elle et vingt autres paroissiens ont décidé d'élever à l'endroit de la réserve où des gens jurent avoir vu une apparition, à trois reprises au cours de ces quatre dernières années. Elle ajoute qu'ils se demandent s'il ne s'agirait pas de Kateri Tekakwitha, le Lys des Mohawks, la sainte patronne des Amérindiens. De nouveau, il y a cette congruence. Une histoire catholique. Après avoir bu notre thé, nous installons Grand-mère pour sa sieste sur un petit lit, coincé dans un angle, qui disparaît sous les courtepointes en patchwork. Puis nous montons dans ma Honda et prenons la direction de l'administration tribale.

En chemin nous n'échangeons pas un seul mot. Après nous être garées, nous franchissons les grandes portes qui s'ouvrent sous les ailes déployées d'un aigle en fibre de verre moulée. Tout est nouveau pour moi. Cela m'intéresse. L'air est frais à l'intérieur et je l'avale à pleins poumons. Je meurs d'impatience de tout raconter par le menu à Glen et Sera – un aigle en fibre de verre ! Nous émargeons et Mary bavarde avec la réceptionniste, une cousine. Finalement nous entrons dans la salle du conseil, prenons place tout de suite en bout de table. Nous sommes les seules à ne pas avoir apporté de grands gobelets de café en plastique. Sur l'ordre du jour, nous apparaissons en premier. Les gens parlent de la pluie et du beau temps, ils sont maintenant prêts à commencer la réunion. Mary ouvre un dossier qu'elle a pris avec elle.

Une femme récite une courte prière, ou prononce un genre de discours, en ojibwé, et ensuite Henry « Bangs » Keewatin, massif, pâle, mou, un fumeur et candidat idéal à la crise cardiaque, lit le compte rendu de la dernière réunion avant de nous présenter.

« Mrs Potts va nous soumettre le dossier de la niche votive », annonce-t-il aux autres.

Trésor lit alors un topo de la vie de Kateri.

« Née en 1656 à Osserneon, dans l'État de New York, elle est la fille de Kahenta, une chrétienne d'origine algonquine. La mère de Kateri épousa un païen du clan de la Tortue, et mourut pendant une épidémie de variole qui laissa le visage de sa fille marqué de cicatrices et ses yeux affaiblis. Kateri se convertit et fut baptisée en 1670. Par la suite, rapporte-t-on, elle vécut une existence remarquablement vertueuse, même au beau milieu de scènes de carnage, de débauche et de délire idolâtre.

– De délire idolâtre. Un peu comme la religion de nos ancêtres, alors ? demande Bangs.

– Ouais, c'est ça, répond Trésor. Moi, je suis une catholique païenne. On continue ? »

Bangs hoche la tête.

« Elle fit vœu de chasteté et mourut jeune.

– Voilà pourquoi je me suis toujours bien gardé de faire ce genre de vœu », dit Bangs.

Trésor hausse les sourcils, soupire, et poursuit.

« Il y eut des miracles. Elle fut béatifiée en 1980 par le pape Jean-Paul II, puis canonisée. Elle n'est pas seulement la sainte patronne de tous les Amérindiens, c'est aussi celle des écologistes, des exilés, des orphelins et… de tous ceux que l'on tourne en dérision en raison de leur piété.

« Je vais vous faire passer les relevés des retombées financières provenant d'un site où plusieurs apparitions de la Vierge Marie se sont produites. C'est à Long Island, dans l'État de New York. Vous constaterez par vous-mêmes l'effet produit sur le commerce local par l'afflux de pèlerins. »

Trésor extrait les pages de son dossier et les distribue à chacun des membres du conseil tribal, qui considèrent les chiffres d'un œil critique avant d'arriver en bas de page avec le sourire.

« Et il ne s'agit là que d'une timide apparition, mes amis. Attestée par des enfants. La Sainte Vierge a agité la main au-dessus de deux ou trois buissons de roses. On vend à présent les pétales de tous les rosiers plantés autour de la niche votive. En voici un. »

Elle fait passer une petite carte contenant un pétale de rose plastifié.

« Bien joué », lance un homme, qui pose sur la table les chiffres que Trésor a recopiés.

Bangs Keewatin sourit.

« Je me dis, à la lumière de la situation mondiale actuelle, qu'il pourrait y avoir un regain d'intérêt pour les apparitions de nature spirituelle. Alors autant que nous soyons prêts. Nous devrions profiter du fait que cette sainte se montre chez nous.

– Ouais, et c'est bien nous qu'elle a choisis, souligne Trésor. Voici d'autres chiffres concernant les sommes que le pèlerin moyen dépense dans les restaurants et les motels proches de ce même site. Ah, et puis la description des deux premières visites. »

Elle tend des pages de témoignages.

« Vous savez, toute cette histoire aurait davantage de poids si ce spectre, ou ce je ne sais quoi, n'était pas apparu qu'à de pauvres joueurs malchanceux, remarque Bangs.

– C'est toujours le premier caveat de la plupart des autorités religieuses à l'égard des apparitions », reconnaît Trésor.

Caveat ? me dis-je. Elle a dû être briefée par Eddy. Ou se pourrait-il que j'aie sous-estimé Trésor ?

« Les sept personnes qui ont assisté aux apparitions

de Kateri n'étaient pas des tocards, assure-t-elle d'un ton sévère. Elles venaient de perdre des sommes importantes aux machines à sous ou aux tables de blackjack et se trouvaient dans un état de grave choc financier lorsque la belle et jeune Indienne est apparue, vêtue d'une robe en peau de daim, tenant une croix dans les mains. Elle portait sur la tête une guirlande de fleurs, brandissait le lys de la pureté. Elle a parlé. Mais ne les a pas consolés. Elle s'est montrée franche, accusatrice, et a même lancé à Hap Eagle, en s'adressant à lui personnellement, qu'il avait gaspillé le bon argent destiné à nourrir sa famille et que ses gamins dépendraient désormais de l'épicerie solidaire.

– Ont-ils ce genre de choses au paradis ? demande l'un des membres du conseil, un dénommé Skeeter. Comment pourrait-elle savoir que ça existe ?

– Les saints sont au courant de tout, rétorque âprement Trésor. Selon toute apparence, notre sainte a pris une décision, et qui sommes-nous pour la remettre en question ? Elle a décidé de n'apparaître qu'aux jean-foutre. Oui, impénétrable, mais nous n'avons rien de plus sur quoi nous appuyer.

– *Jean-foutre*, chapeau ! dis-je dans un murmure à Trésor lorsqu'elle se rassoit.

– J'ignorais qu'elle n'apparaissait qu'aux châtrés, lance alors Bangs qui, les sourcils froncés, regarde les personnes installées autour de la table.

– J'ai dit jean-foutre, pas sans foutre. »

Trésor sourit béatement au conseil et poursuit.

« L'équivalent d'"incapables". Si seulement l'expérience les avait suffisamment secoués pour qu'ils arrêtent le jeu. Aucun d'eux n'a encore trouvé le salut, je suis désolée d'avoir à le reconnaître. Ils vont toujours jouer au bingo, leur bible posée à côté d'eux sur la table. Quoi qu'il en soit, nous aimerions enherber l'endroit que vous nous avez attribué sur le parking du casino. Nous avons un chargement de gazon qui va arriver. Voici la facture. »

Le trésorier la prend et annonce qu'il met au vote le crédit budgétaire, lequel est accepté. Et voilà. Nous ressortons et traversons la route pour rejoindre la niche votive, qui se trouve juste derrière le parking fraîchement pavé du casino. L'ovale sacré s'étend entre les parkings nord et sud, et le comité a décidé de commencer par recouvrir la terre d'un gazon dont l'arrivée était programmée il y a une heure. L'endroit précis où la sainte de Trésor est invariablement apparue est signalé par un gros rocher pour lequel une plaque est en cours de fabrication. Derrière, le comité a l'intention de placer une statue, bien que, de l'avis de Trésor, une statue risque de décourager Kateri de réapparaître.

Quand nous arrivons, un camion noir à ridelles en bois est stationné là, et six ou sept personnes sont occupées à décharger du plateau des rouleaux de gazon. Quelqu'un a tiré depuis l'arrière du casino un long tuyau d'arrosage pour mouiller la terre nue. Trésor et moi descendons de voiture et nous attelons aussitôt à la tâche. À nous deux nous transportons un rouleau et le déposons avec précaution tout contre les autres bandes. En l'espace d'une demi-heure, le travail est terminé. Puis les autres s'en vont, le camion aussi, et ma nouvelle maman et moi restons sur place, armées du tuyau, pour arroser l'herbe.

C'est donc comme ça, la fin du monde, me dis-je. Tout

est dingue et pourtant les gens continuent à faire des trucs normaux.

Trésor s'allume une clope et s'assoit sur le rocher sacré pendant que je pose mon pouce sur le jet et, dans un va-et-vient, vaporise un éventail d'eau régulier sur la pelouse instantanée.

Trésor soupire – voilà que ça recommence –, secoue la tête à sa façon tellement sexy, et regarde à l'autre bout du parking.

« À point nommé, dit-elle, en tendant sa cigarette devant elle. C'est Eddy, tu vois ? Comme d'habitude il est en quête de matériau, et ce matériau c'est moi. »

Elle se lève et d'un geste expressif balance son mégot encore allumé dans le caniveau. Elle sort le lacet de sa poche et l'enroule autour de ses doigts. Eddy se gare tandis que Trésor se refait une petite beauté. Je comprends qu'elle fantasme, qu'elle s'imagine que son mari lui voue un amour aveugle, ce dont je doute déjà, mais d'une certaine manière ça fonctionne parce qu'elle peut prendre tout ce qu'il fait pour un hommage. Par exemple, Eddy a posé un granité dans le porte-gobelet, et maintenant elle passe le bras par la vitre ouverte et s'en empare avec un soupir qui dit : *Mon homme est plein d'attentions pour moi.*

« Alors voilà Cedar », lance Eddy, qui sort du pick-up, s'approche de moi et me serre la main à la manière de quelqu'un de bien élevé.

Son attitude est comme il faut, pas trop familière, et pourtant lui aussi a subitement les larmes aux yeux. Il tâche de ne pas me dévisager. Je le sens qui lutte de toutes ses forces pour maintenir la bonne distance, le bon équilibre. Et, comme moi, il va droit à la formule abrégée et parle trop vite.

« J'allais demander quoi de neuf, comment ça va, un truc dans ce genre, mais nous avons déjà la réponse, non ? *Gawiin gegoo*, rien. Bon, ce n'est pas tout à fait vrai, puisque le monde tel que nous le connaissons touche à sa fin et que personne n'a la moindre idée de ce qui se passe ni de ce à quoi ressemblera notre espèce dans quatre mois.

– D'un autre côté, elle a peut-être simplement envie d'un granité, dit Trésor en me tendant la soupe de cerises glacée. On n'en demande pas plus.

– Je suis absolument de ton avis. »

Eddie me lance un sourire surprenant. Je dis surprenant parce que Trésor m'a expliqué qu'il ne souriait jamais.

« Hé, il sourit ! dis-je à Trésor. Je croyais que ça n'arrivait jamais.

– C'est vrai, en général », reconnaît Eddy, qui me sourit de nouveau. Il a l'air tellement sympa, en fait, un peu timide, et même gentil. « Je suis affecté d'un trouble psychique, ajoute-t-il en plaisantant à demi. Je souffre de mélancolie chronique, celle qu'Hippocrate attribuait à un excès de bile noire. »

Il se plaît à croire, comme il me l'explique ensuite, qu'il ne partage ce mal qu'avec des écrivains comme Samuel Taylor Coleridge et de grands hommes d'État tels que Winston Churchill. Il ne souffre pas de la forme moderne de dépression, celle qu'on peut traiter avec des inhibiteurs de la recapture de la sérotonine. La sienne, c'est le chien noir originel.

« On part tous en couilles, les nôtres évidemment, sans

parler des vésicules séminales, dit-il en rejetant joyeusement la tête en arrière pour laisser le soleil frapper son visage. Ah, que c'est bon !

– Pour ma part, le monde entier peut bien aller se faire voir, avoue Trésor, pourvu qu'Eddy soit de bonne humeur.

– Je suis de très bonne humeur. »

Il plante alors un petit baiser tendre sur la bouche de Trésor. Elle le regarde, éblouie.

« Quelle surprise ! » dit-elle.

Eddy mesure pas loin d'un mètre quatre-vingt-dix et n'est pas très corpulent. Son visage étroit, qui a un petit côté renard, est impénétrable, inquiet, et ce rare sourire est empreint de nostalgie, très craintif. Mais subitement il sourit beaucoup trop, de toutes ses dents, tel un enfant surexcité, et je comprends qu'il ne tourne pas très rond. Ses émotions fusent trop vite pour qu'on y voie une parfaite santé mentale.

« C'est simplement que je l'ai toujours su. » Sa tignasse noire se dresse sur son crâne à la manière de la coupe exubérante d'un jeune garçon. « Toute ma vie j'ai eu l'intuition d'une détérioration invisible, Cedar, j'ai toujours su ce qui se passait. C'est ce qui a donné leur couleur à mes processus mentaux et a été à l'origine de tout ce que j'ai écrit. Je m'y attendais et je savais que cela, ou quelque chose dans ce genre, se produirait. J'éprouve aujourd'hui une immense sensation de calme. De soulagement, peut-être. »

Trésor ne me l'avait pas décrit comme bipolaire – ce point n'entrait pas dans son autodiagnostic –, encore que j'aie lu que les dépressifs aspirent parfois aux phases maniaques lorsque la mélancolie pèse si lourd que leurs pensées en sont amorphes. Alors qui sait si Eddy ne voit pas son souhait se réaliser. Son attitude du moment pourrait être une euphorie passagère – une réaction infiniment compréhensible face à l'étrangeté de la catastrophe. Je le traite donc avec douceur, et lance une invitation. Je vais les emmener déjeuner, après quoi je décide que je rentrerai à Minneapolis en me félicitant tout le long du chemin de la chance que j'ai.

« Laissez-moi vous inviter à déjeuner, ça vous dit ? Venez.

– Le déjeuner, ça existe toujours ? Mais bien sûr, lance Eddy. On doit encore pouvoir se mettre à table et commander comme d'habitude une salade composée et une soupe au riz sauvage. On expédie encore très probablement de la laitue dans la région. Le maïs produit encore des épis. Les vaches n'ont pas cessé de donner du lait. Et pourtant, je pense que d'ici peu elles en donneront beaucoup moins puisqu'on les élève pour leur rendement laitier. »

Il a raison, me dis-je, tandis que nous marchons vers le casino. Dans ma tête je note de constituer sans attendre un stock de lait en poudre, de m'arrêter peut-être dans un hypermarché Cub ou Rainbow avant d'être de retour en ville. Je dresse mentalement une liste d'aliments riches en protéines à longue durée de conservation. Beurre de cacahuète. Pâtes au blé dur. Riz, haricots, lentilles. Et du sel. Je vais prendre beaucoup de sel. On aura besoin de sel, quoi qu'il arrive. Et les gens seront vite à court d'alcool, non ? C'est bien d'en avoir, pour négocier. En approchant du restaurant je m'imagine terrée chez moi, mon placard bourré de sel Morton et de petites bouteilles de vodka que je pourrai échanger contre des couches.

Je demande à Eddy : « Puisque vous en savez si long, que va-t-il se passer ?

– Les Indiens se sont adaptés avant même 1492, donc je suppose que nous continuerons à nous adapter.

– Mais le monde s'effondre.

– Il s'effondre toujours.

– Cette fois, c'est différent.

– C'est toujours différent. Nous nous adapterons. »

Nous avançons dans la pénombre tintinnabulante, passons devant les machines à sous Treasure Island et Wild Rodeo, avant d'atteindre l'entrée d'un grill au décor discrètement amérindien. Papier peint géométrique, bois blanc abondamment verni, luminaires en métal ornés de plumes d'aigle. Les box, en skaï épais, sont réconfortants et peinards. Nous passons notre commande – il ne manque rien au menu –, et les plats arrivent dans un laps de temps normal. J'avais remarqué, au moment où Eddy descendait de son pick-up, qu'il avait à la main un porte-documents, et je pense aussitôt à la description que m'a faite Trésor de son manuscrit. Effectivement, dès que celle-ci a terminé de déjeuner et filé rejoindre l'administration tribale, où elle tient un rôle un peu particulier de coordinatrice – un poste dont je n'ai encore qu'une vague idée –, il hisse le porte-documents entre nous deux sur la table et extrait quelques pages de ce qui s'avère être son livre.

« Je corrige, m'explique-t-il, non pas que ça change grand-chose, au bout du compte. “Petit est le temps que chacun vit ; petit, le coin de terre où il vit ; et petite aussi, même la plus durable, est la gloire posthume ; elle ne tient qu'à la succession de pauvres petits hommes[1]". Marc-Aurèle. Ça ne peut pas mieux coller à la situation. »

Eddy ajoute qu'il a beau citer les empereurs et les orateurs romains, il aime aussi les romans russes. Dostoïevski est l'un de ses préférés, et il trimballe partout *L'Idiot*, dans une vieille édition reliée toile. C'est le bouquin dans lequel il était plongé quand je l'ai aperçu derrière les grandes baies vitrées de la station-service. Il me raconte que certains clients du Superpumper, lorsqu'ils voient ce titre, lui demandent s'il s'agit de son autobiographie. D'après Eddy, Dostoïevski a utilisé les deux seuls titres qui pourraient convenir à son propre livre – *L'Idiot* et *Les Carnets du sous-sol*. Il passe son temps à en chercher un qui soit aussi bon que ces deux-là. Il en a toute une liste. Il me dit qu'au fond son livre est un plaidoyer contre le suicide. Chacune de ses pages donne une bonne raison de ne pas en finir avec la vie.

« Certains titres possibles sont à prendre au pied de la lettre, m'explique-t-il. *Pourquoi il ne faut pas attenter à ses jours.* Ou, dans une version plus familière : *Ne vous supprimez pas.* L'assertion triomphante : *Et pourtant, je vis !* L'obscurément intello : *Contra Selbstmord.* Regarde ! »

Eddy pousse vers moi la page qu'il est en train de corriger. Cette page, qui porte le numéro 3027, s'intitule : « Même la nourriture qu'on vend dans les stations-service peut vous sauver. »

1. *Pensées pour moi-même*, traduction de Mario Meunier, Librairie Garnier Frères, 1933.

1

Aujourd'hui, si je ne me suis pas tué c'est grâce à la mousse sucrée qui coiffait un gobelet de cappuccino bon marché. Que puis-je vous dire de plus, sinon qu'elle était délicieuse, recueillie à la surface du café plus dense sur mon doigt imprégné d'une vague odeur de liquide lave-glace. Alors que j'approchais mes lèvres du café fumant, j'ai inhalé des senteurs de vanille, puis avalé une gorgée timide. Une intense douceur a inondé ma bouche. J'ai goûté à fond. Maltodextrine et une vague réminiscence de colle spéciale maquettes précédant une note finale de plastique brûlé. Mes sens totalement en éveil. Affreux et Superbe !

2

Pour le déjeuner j'ai mangé des *nachos* sur un petit plateau en carton dont la présentation était un peu ratée, car j'avais appuyé trop fort sur la pompe du distributeur de fromage fondu et éclaboussé les bords du plateau et le comptoir. Mais cette imperfection s'est trouvée compensée par le mariage irrésistiblement puissant de sel et de glutamate de sodium, de maïs et de matières grasses hydrogénées, de gomme végétale et de colorant rouge E120 qui a persisté au fond de ma gorge pendant des heures.

3

J'ai mangé un sandwich jambon-fromage dont la date de consommation était dépassée. Et puis deux oranges sorties du casier à fruits. En goûtant pleinement tout ce qui me rendait vivant, j'ai réussi à passer une matinée peu prometteuse de plus et un après-midi tout à fait

dangereux au cours desquels, entre l'enregistrement des ventes en caisse et le déblocage des pompes à essence, j'ai tenté de gérer mon appréhension. La syncope de mon cœur. Le repli délibéré de tous mes processus mentaux alors que je songeais à la réunion de treize heures du conseil tribal où j'étais censé me rendre.
Rayer ça. Subir. *Que j'étais censé subir.*

« Moi, je ne changerais pas un mot », lui dis-je. Et je le pense. Même si l'envie m'en prenait, je ne crois pas que soient requis mes services de rédactrice. Je suis persuadée que ce que recherche Eddy avant tout, c'est mon approbation. Et je suis heureuse de la lui donner, bien que tu puisses penser, vu le sujet de l'ouvrage, que je devrais peut-être l'inviter à consulter un psychologue. J'y songe, et puis j'y renonce parce qu'encore aujourd'hui je considère que son livre lui sert de thérapie. Comme ce livre-ci, ou ce cahier, comme le tien. Et puis Eddy me fait promettre de m'en abstenir.

Mais il y a quelque chose. Quelque chose qui se passe au cours de ce déjeuner, au cours de ma première rencontre avec Eddy. Quelque chose fait tilt, voilà ce que je soutiens. Eddy parle, mais il écoute aussi. C'est la première personne de cette nouvelle famille dont je viens de faire la connaissance, et aussi, quand j'y pense, la première personne tout court, y compris dans ma famille adoptive, qui reste là et qui *m'écoute.*

« Oui », fait-il en hochant la tête, ou « Hummm », ou « Quoi d'autre, quoi d'autre à ce sujet ? » Ou même : « Qu'en penses-tu ? »

Eddy est donc le premier à qui j'apprends ton existence. Eddy dont la bouche s'ouvre toute grande, dont les sourcils se froncent, dont les yeux s'emplissent de sollicitude. C'est Eddy qui me laisse pleurer, face à lui dans le box, tandis que je décris ma peur – d'aller consulter un médecin, de me rendre au cabinet d'échographie. Je ne cesse d'imaginer le silence plein de stupeur et les propos embarrassés du praticien. Le visage d'Eddy est grave et concentré pendant que je lui dévoile mes craintes de nous voir nous acheminer vers un avenir sombre privé de tout écrit. Je lui signale que je rédige néanmoins cette longue missive embrouillée avec l'espoir que tu la liras un jour.

« Évidemment, il y a le grand si », dis-je.

En fait, cette idée vient juste de me traverser l'esprit.

« Lequel ?

– *Si* mon bébé est scolarisable.

– Tu dois y croire, me répond Eddy. Tout n'est que changement incessant, à l'heure actuelle. Tu dois te rendre compte du peu que nous savons sur nos ancêtres.

– Les hominidés de Jebel Irhoud nous ressemblaient, mais leur cerveau était différent. C'est trop de données à traiter.

– Alors ne les traite pas.

– Quoi ? » J'ai un petit rire. « Vous êtes vraiment en train de me dire de ne pas les traiter ? Je viens à peine de vous rencontrer, pourtant je peux vous assurer que s'il y en a un qui traite les données, c'est bien vous, Eddy. Vous êtes celui qui réfléchit trop et qui analyse chaque heure de sa journée. Vous êtes celui qui est en vie simplement parce qu'il recense jour après jour ses raisons d'exister. »

Il se contente de sourire et commande deux cafés. D'un geste furtif il saisit la note dans la main de la serveuse, mais je la lui arrache. Il la récupère en tirant dessus par petits à-coups, et paie. Nous restons assis là, pensifs, tandis que les clients entrent et sortent dans un tourbillon continuel.

« Je sais », finit-il par admettre en me considérant avec une sorte de distance subtile.

Son attitude est appropriée à la situation, mais il s'efforce en même temps de me prouver qu'il m'aime bien, un peu à la façon d'un beau-père, ce qui est nouveau pour lui.

« Je sais pourquoi je suis vivant aujourd'hui. »

Il me regarde sans cesser de hocher la tête. J'ai subitement envie de me remettre à pleurer, mais je lui rends son regard en hochant moi aussi la tête. Nos petites cuillères continuent à remuer le café, que l'on boit à petites gorgées. J'avale une nouvelle lampée d'eau glacée. J'attends, mais à présent Eddy est perdu dans ses pensées, peut-être occupé à rédiger des pages mentalement. Je dois donc me résoudre à le pousser gentiment.

« Vous n'allez pas chercher à savoir qui est le père ?

– Euh si, j'y comptais, mais après j'ai pensé, primo, tout cela est trop frais. Deuzio, elle a une bonne raison de ne pas m'en parler. Alors je te fiche la paix. »

Même si je suis déçue, je remarque qu'il numérote ses observations exactement comme moi. Au fond je crois que j'espérais qu'il me questionne jusqu'à ce que je craque et vende la mèche. Je pense tout le temps à ton père. J'ai envie de parler de lui. Mais Eddy ne semble pas s'y intéresser. C'est vraiment horrible de constater qu'on peut à ce point se passer des pères, dans cette culture. Je me dis que j'ai peut-être tort d'être cachottière. La meilleure solution serait peut-être de parler non-stop de ton papa.

Peut-être deviendrait-il ainsi quelqu'un que je peux accepter. Alors je parle.

« Bon, ça va, vous m'avez suffisamment forcé la main. Je vais avouer. Le père de mon bébé est un ange.

– Ah ouais ? »

Eddy sourit, en pensant que je suis peut-être amoureuse pour de bon, et même heureuse, qui sait.

« Tu es sûre que ce n'est pas un archange mais simplement un ange ?

– Oui. »

Je ne lui retourne pas son sourire. Je baisse les yeux vers les fissures étincelantes qui fendillent les glaçons translucides de mon verre d'eau. L'eau de la vaste et belle nappe aquifère qui s'étend sous nos pieds, la gigantesque source de pureté souterraine que nous sommes tous en train de vider jusqu'à la dernière goutte. Ton père me manque, je vois son visage, je me demande si, d'une façon ou d'une autre, tu lui ressembleras, ou si tes traits masqueront totalement tes origines. Je vois ton père, oui, je repense un bref instant à la splendeur du moment de ta conception, lorsqu'il m'a allongée sur le dos, m'a embrassée avec fougue et enveloppée de ses douces ailes brunes.

Je retourne à la maison, pour prendre congé. La porte est ouverte, alors je jette un coup d'œil à l'intérieur. Little Mary est assise devant la télévision. Quand je finis par entrer, elle fait comme si je n'étais pas là, mais il se dégage d'elle une odeur étrange – autre chose que les tisanes et les racines sauvages que j'ai senties en arrivant le matin même. Cette fois ce n'est qu'une odeur de pieds, quelque chose qui pourrit lentement. Je m'aperçois que derrière elle la porte de sa chambre est ouverte. Par l'embrasure, j'entrevois le chaos absolu – un foutoir grandiose et atroce. C'est le genre de spectacle devant lequel on ne peut s'empêcher d'être bouche bée, comme un accident de la route. Je reste plantée là un moment, médusée, et puis je vois que le fauteuil roulant de Grand-mère est poussé devant la table et que, droite comme un i, elle est en train de piquer un roupillon. Je passe devant Little Mary et m'assieds pour attendre que Grand-mère refasse surface, afin de pouvoir au moins dire au revoir à l'aînée de ma famille.

Pendant qu'elle dort, je l'observe. Je n'ai jamais vu quelqu'un d'aussi vieux. J'aime bien le prénom Mary Virginia. Grand-mère Virginia. Elle a la peau la plus douce qui soit, plus soyeuse que celle d'un bébé, et ses mains sont de délicates petites serres recourbées. Ses yeux sont recouverts de fines membranes de peau. Je me dis qu'elle voit peut-être à travers ses paupières, tellement elles sont transparentes. Je sais pertinemment, depuis tout à l'heure, qu'elle peut vous fixer un long moment sans ciller. Je remarque qu'elle n'a laissé personne lui couper les cheveux, pas depuis très longtemps. Peut-être un siècle tout entier ! Ils sont tressés en une fine natte blanche et enroulés en chignon. Ses oreilles dépassent un peu, du fait de l'extrême finesse de ses cheveux. Des boucles d'oreilles en coquillages à ses lobes, qui sont aussi fragiles que des pétales de fleur. Détail très étonnant, et je m'en rends compte lorsqu'elle se met à bâiller, elle semble avoir encore presque toutes ses dents. Bien que noircies par le temps, elles ont l'air toujours solides.

Soudain la voilà qui me regarde, de ses yeux brillants

aussi acérés que des punaises. Saisie, je lâche bêtement : « Mère-grand, que vous avez de grandes dents ! »

Mary Virginia rit, d'un rire doux et voilé, et répond : « C'est pour mieux te manger, mon enfant ! » Elle a un rire du temps jadis, absolument délicieux, qui fuse par éclats entrecoupés. Nous rions ensemble. Elle me raconte qu'elle avait un grand-père cent pour cent français qui lui avait expliqué l'importance de se frotter les dents en se servant d'une petite branche de saule écorcée. Elle prend un biscuit salé sur la table et me montre qu'elle mâche et mord avec la vigueur d'une personne jeune. La robustesse de sa dentition est la clé de sa longévité, m'assure-t-elle.

« Qu'est-ce que c'est ? »

J'effleure une longue bande de tissage posée sur ses genoux. Elle me montre la ceinture qu'elle confectionne en entrecroisant des brins de coton du bout des doigts, une large sangle tressée avec tant de précision qu'on la croirait fabriquée au métier à tisser. Elle tire dessus et l'examine, les sourcils froncés, passe le doigt sur un invisible défaut. « Voilà comment on s'y prend », dit-elle, entraînant mes doigts à la suite des siens. Nous travaillons en silence, jusqu'à ce qu'elle hoche la tête, satisfaite. Tout à coup, son regard me transperce, aigu, elle pose la ceinture et réunit ses mains dessus. De toute évidence, elle a pensé à quelque chose. J'imagine son esprit pareil à un flipper, un de ces vieux modèles qui ne sont pas électroniques. Une pensée ricoche par-dessus un siècle de souvenirs personnels, allume et fait tinter des associations qui ne se raccordent que grâce à la vitesse et au mouvement aléatoire de la première pensée.

Elle me regarde si longtemps, et avec une telle fixité

reptilienne, que je me demande si elle n'est pas en train de faire une attaque. C'est étrange de l'observer et de penser qu'elle a peut-être vécu l'épanouissement final de la culture et de la pensée humaines. Elle est perchée au sommet de la pyramide, Grand-mère Virginia : une gargouille minuscule, aux traits tirés, qui bat un paquet de cartes.

« Je suis enceinte. » Je le lui dis à voix basse pour que ma sœur ne m'entende pas. « Y a-t-il des maladies dans la famille ? Quelque chose dont mon bébé risque d'hériter ? »

Son expression ne change pas. Il est possible que mon identité, notre place dans le temps, la rivière boueuse de la réalité, que tout cela soit noyé d'ombre. Pourtant, elle a peut-être enregistré le mot « enceinte » parce qu'il déclenche une histoire, puis une autre, toute une foule d'histoires. En l'écoutant je me dis que ses récits sont tellement au point que Grand-mère Virginia doit sûrement les raconter sans arrêt, à n'en plus finir. Et me voilà, un nouveau public ! Peu importe qui je suis. Sa mémoire se transforme. Tout ce qui compte, c'est la narration. Elle semble avoir vécu de multiples versions de sa propre histoire. Dès qu'elle se met à parler, rien ne peut plus la déconcentrer. J'ai droit à l'Histoire de l'enfant aux deux visages, à la Tombe cracheuse de dents, au Tambour doué de parole, à Quand les grenouilles chantaient comme des oiseaux, à l'Histoire du chien qui a chié une bague en diamant, au Miroir impie, à la Religieuse qui a donné son bébé à manger à une truie, à la Religieuse qui a avalé un ruban blanc qui est ressorti à l'autre bout tout aussi blanc, aux Vingt défunts qui sont apparus à la messe, à une Avalanche de poissons, à la Sœur très désorientée, à Comment un jumeau a tué l'autre, à une Pomme légère comme l'air, à la Pluie bouillante, et à d'autres encore dont je n'arrive pas à me souvenir à cet instant précis.

Aussitôt qu'elle a terminé, Grand-mère Virginia laisse retomber sa tête et s'enfonce dans un sommeil raide et immobile. Je pousse son fauteuil dans sa chambre et l'aide à se mettre debout à côté du petit lit une place, à se baisser ensuite lentement vers le matelas, puis je soulève ses jambes et les repose doucement dessus. Ses petits mocassins brun clair pointent tout droit. Je la recouvre d'une courtepointe éclatante formée d'une variété de calicots jaunes – un nuage doré.

Quand je ressors, ma petite sœur est toujours assise devant la télé. Elle a mis tellement d'eye-liner noir que ses yeux sont comme un feu qui couve de façon démoniaque et se fond à l'écran aux images mouvantes. Je commence à compter ses piercings – elle en a six ou sept par oreille. Ses boucles ressemblent à des vis et des clous tordus. Elle a laqué sa frange à la verticale, on dirait la crête d'un pic noir. Le reste de sa chevelure, longue et peu fournie – permanentée, oxygénée et zébrée par ce balayage violet, ou décolorée un nombre incalculable de fois –, pend dans son dos en un rideau mort et froissé. Elle a apporté quelques modifications à son accoutrement, ajouté un nœud rose à sa coiffure. Elle est à présent vêtue d'une nuisette ridiculement sexy, avec des socquettes et des babies blanches. Le contraste que crée cette petite touche adorable produit un effet plus inquiétant encore que lorsqu'elle était en totale gothique. C'est une sorte de chaton de cauchemar.

« Hé. »

Je m'assieds à côté d'elle.

Elle reste de marbre.

Je répète : « Hé, qu'est-ce que tu fais ?

– D'après toi ?

– Je veux dire en général, qu'est-ce que tu fais de façon générale, et que penses-tu de ce qui se passe ?

– C'est quoi, ce qui se passe ?

– Tu sais, le monde qui change, nous qui sommes peut-être en train de régresser, ce qu'ils découvrent petit à petit. »

Elle me toise avec un mépris noir. Ses lèvres s'écartent dans un grondement féroce et le nœud rose dans ses cheveux danse sur son crâne à la façon d'un papillon sinistre. Elle hoche la tête tout en parlant, tombant d'accord avec elle-même.

« T'es rien qu'une sale pute. Tu crains, saleté d'usurpatrice. T'es pas ma sœur, t'es une MST. T'es qu'une chtouille. »

Sa haine est simple. Prévisible. Sa tenue vestimentaire continue à me dérouter – adorable vampire. Mais je détache mes yeux de ce tableau et tente de me défendre.

« Tu souffres d'un dégoût de toi-même mal placé, lui dis-je. Tes sentiments n'ont rien à voir avec moi. Je ne t'ai jamais fait de mal.

– Et puis je t'ai entendue raconter à Grand-mère que t'es enceinte, mais on voit que ça, lance-t-elle en ricanant. T'es une vraie salope.

– Ah, vraiment ? Et qu'est-ce qui te fait croire que parce que je suis enceinte je suis une salope ? »

Mon cœur a beau me remonter dans la gorge, je réussis à garder une voix calme. J'ai toujours pensé qu'il n'y avait pas mieux pour détourner l'hostilité que de poser des questions. Mais Little Mary a tout d'un politicien expert dans l'art de ne pas répondre à la question posée pour s'en tenir strictement à son ordre du jour. Elle reste en position d'attaque. Une jarretelle blanche à fanfreluches orne sa jambe.

« T'as été adoptée, t'as grandi chez les riches et tu te crois la plus maligne, mais t'es même pas une bonne catholique. T'as couché avant le mariage ! Bah ! »

Elle écarquille ses yeux peinturlurés et pince ses lèvres pareilles à celles d'une poupée en bois. J'ai envie de la gifler. Elle voit qu'elle touche presque au but, elle flaire la victoire.

« T'as dû baiser avec un prêtre, et ton bébé y sera un singe. Et puis y naîtra pas avec une cuillère en argent dans la bouche, il aura un petit col noir et blanc comme... »

Little Mary bondit sur ses pieds et se met à danser dans la pièce en poussant des cris de primate, *hou hou*, et en portant ses doigts à son cou. Elle est douée. On dirait qu'elle est la face obscure, la version diabolique de son très intelligent papa, Eddy.

« Tu es possédée, lui dis-je, et à mon grand embarras ma voix grimpe dans les aigus. Ta cervelle est archicuite par la meth.

– Ah ouais ! » Elle lève les poings. « Ah ouais ! Allez ! »

Mais alors elle s'effondre et, dans une démonstration typique de labilité émotionnelle maladive, se met à pleurer. De grosses larmes s'échappent de ses yeux.

« Dis rien à papa, dis rien à maman, hein ?

– Je crois qu'ils sont déjà au courant. Vous vivez sous le même toit. Bon sang, ils sentent l'odeur de ta chambre. Moi, je la sens d'ici.

– Tu veux bien m'aider à nettoyer, dis ? »

Je la regarde, frappée de stupeur. Elle vient de faire la connaissance d'une sœur dont elle ignorait totalement l'existence, et elle veut que je l'aide à nettoyer sa piaule ? C'est tellement bizarre que je pourrais être charmée, d'une étrange façon, s'il n'y avait cette chambre. Cette catastrophe pas naturelle. Je me lève et la suis jusqu'au seuil.

La chambre de Little Mary dégage une odeur de chaussettes fétide, de sang séché, de fromage moisi, de transpiration de jeune fille et de Victoria Secret, un miasme qui filtre par la porte ouverte. Il y a des vêtements jusqu'à hauteur de genou, qu'elle a entassés et sur lesquels elle marche – une sorte de nouveau revêtement de sol en aggloméré. Entre les couches de fringues stratifiées j'aperçois des paquets de chips, des canettes de soda qu'elle n'a même pas terminées. Une très légère brume de moucherons tourne autour d'un Fanta à l'orange. Des trucs sont roulés en boule, collés ensemble avec de la colle à paillettes, jetés contre le mur, et d'autres barbouillent les fenêtres. Des confettis en bombe pendent du ventilateur sophistiqué qui fait aussi plafonnier. Des soutiens-gorge et des strings, il y en a partout où mon regard se pose. Des strings roses pailletés, des noirs, des lamés or, des constellés de sequins, des strings en dentelle araignée et à fermeture Éclair, des strings à motifs de diablotins. En se déshabillant, Little Mary les a d'un coup de pied projetés au plafond, sur les pales du ventilateur. Les rideaux sont en bouchon, tout entortillés autour des tringles de guingois, et dans un coin, sur le sol jonché de vêtements, il y a des éclats de verre éparpillés partout.

« C'est le boulot de ta mère de te faire nettoyer ça, dis-je, d'une petite voix.

– Ouais, peut-être », reconnaît Little Mary. Elle a lu dans un magazine qu'il faut choisir ses batailles avec les adolescents, et aussi que la chambre d'un ado, c'est un espace privé à respecter. « Mais je... » Son menton tremble et sa bouche maquillée s'affaisse. « ... ne sais pas comment... c'est trop.

– Je n'ai pas le courage de m'attaquer à ta chambre », lui dis-je alors, mais en essayant de me montrer gentille.

De toute évidence, elle souffre d'une instabilité mentale héréditaire – Eddy en est à l'origine, très probablement. Et celle-ci s'est manifestée tout entière dans l'état de cette pièce – le terrier d'un furet complètement cinglé. Pire. Je commence à avoir des pensées apocalyptiques. La chambre de Little Mary m'évoque une porte ouvrant sur l'enfer, comme s'il y avait là une crevasse qui descend tout droit dans la terre. Pendant que je suis absorbée dans ces pensées, ma sœur prend une profonde inspiration, mêlée d'un sanglot, se coule devant moi et pénètre dans ce neuvième cercle. Je recule au moment où la porte se referme doucement, puis je m'éloigne d'un pas titubant et m'assieds sur le canapé. Je m'écarte de la place encore chaude qu'elle vient de quitter. Au bout d'un moment, le regard perdu dans le néant, je décide que je vais laisser un petit mot à Trésor. Je me lève, prends mon sac, en sors un stylo et déniche un bout de papier sur lequel le rédiger. Au moment où je suis en train d'écrire *J'ai eu grand plaisir à faire enfin votre connaissance*, Trésor arrive avec Eddy, dans son pick-up. Quand je les entends traverser le jardin, je jette un coup d'œil par la fenêtre. Derrière le pick-up j'aperçois une Volvo tout à fait semblable à celle de Glen et Sera, qui avance et puis s'arrête. D'abord Eddy et Trésor sortent de leur véhicule. Et après ça je tombe carrément des nues. Parce que mon père et ma mère descendent de la Volvo. Sera s'approche de Trésor comme si elle la connaissait déjà. Ils se mettent tous à parler. Ils ont dû s'inquiéter pour moi. Et doivent connaître Trésor et Eddy depuis toujours. Cela dit, peu importe l'explication, ce qui compte c'est que Sera et Glen sont *ici*.

À travers la baie vitrée je les vois dans l'allée, tous les quatre, qui parlent et s'expriment par gestes, une fantasmagorie de parents – je n'y comprends rien, mais c'est bien ce qui est en train de se produire. Maintenant ils s'approchent ensemble de la maison. Je suis au centre d'une espèce de vortex. J'arrive tout juste à demeurer consciente. Je tiens la bretelle de mon sac à dos dans une main, et j'attrape mon ordinateur portable de l'autre avant de battre lentement en retraite. Je recule, et navigue en quelque sorte d'un bout à l'autre de la salle de séjour grâce à une mémoire enfouie, sans me cogner à quoi que ce soit. Je passe la main dans mon dos et trouve un bouton de porte. Je le tourne et recule dans la chambre, la chambre de Little Mary. Je referme la porte. De l'autre côté sont collés des cœurs dessinés au Magic Marker vert, des trucs vintage – un poster de Siouxsie and the Banshees au regard tragique, un tee-shirt Alien Sex Fiend, un string retenu par une punaise, et dans lequel sont piqués de vrais petits clous à tête argentée, des quantités de sous-bocks aux couleurs de bières allemandes et que sais-je encore. Des fanfreluches, ça aussi. Des masses de fanfreluches – des tas de volants et de nœuds rose bonbon. Je me retourne. Little Mary est assise sur la pile colossale de vêtements qui doit être son lit. Nous nous regardons. Son eye-liner a coulé sur ses joues en deux traînées semblables aux larmes d'un clown pathétique. On croirait une chanteuse lyrique, à présent, et lorsqu'elle ouvre la bouche je pense qu'elle risque de hurler, ou de chanter à tue-tête un *do* aigu, n'importe quoi sauf prendre une voix normale et me parler pour la première fois comme une personne normale.

« T'as changé d'avis ? Oh, cool ! Je sais que c'est beaucoup demander, dit-elle. Mais tu vois, c'est genre une prise de position. C'est vraiment sympa de ta part. Merci. »

Je baisse les yeux. À mes pieds il y a une boîte de sacs-poubelle pour gravats, sans nul doute déposée là par Trésor en guise de subtile allusion. Je me penche, pose mon sac à dos et mon ordinateur à un endroit où j'espère pouvoir les retrouver, et sors de la boîte le premier sac plastique.

« Mettons tous les vêtements sales de couleur dans celui-ci, dis-je en le lui tendant. Et ceux qu'il faut passer à l'eau de Javel, le linge blanc, dans celui-là. »

Je tends à Little Mary un second sac-poubelle noir. Le nœud rose dans ses cheveux se remet à danser et à se balancer, mignon et étrangement sage.

« Ton look a un petit côté choquant, j'aime bien, lui dis-je.

– Lolita goth », répond-elle, presque timide.

Elle prend le sac-poubelle et me lance un regard où se mêlent respect, crainte et reconnaissance. Je n'ai pas encore besoin de me pencher. J'arrive à attraper un vêtement noir et flasque, un autre et puis encore un autre sur les piles qui me montent à hauteur de nombril ou sur les patères au mur. Je prie pour qu'au fur et à mesure que je creuserai plus profondément il n'y ait pas, dans le tas dont je vois qu'il me faudra le détacher du sol couche après couche, de préservatifs usagés, de vieux vomi séché ou de gros insectes.

Je les entends dehors, à présent, qui passent la porte, en groupe, qui discutent.

Et maintenant je constate que mes prières concernant le contenu des piles qui s'élèvent sur le sol ne sont en aucun cas exaucées – saint Jude, dis-je, toi qui défends les causes perdues. Je t'en supplie, envoie-moi une paire de gants de ménage propres. En fait, il y a des couches de coccinelles asiatiques à douze points datant de l'infestation de l'automne précédent, mais elles sont mortes et réduites en poussière. Il y a aussi des strings pareils à un agrégat rocheux, collés en briques qui forment des motifs géométriques. Je les lance simplement dans le sac. Mais somme toute, me dis-je, alors même que je me sers d'une chaussette sale pour ramasser des trucs dont je n'arrive même pas à croire que je les vois pour de vrai, somme toute, si l'on considère ce qui se passe dans la salle de séjour, je préfère franchement être là où je suis.

Oui, toute cette histoire est embarrassante, et même davantage. Finalement, j'ai trop faim et je suis trop fatiguée pour continuer. Dès que j'émerge de la chambre de Little Mary, afin d'échapper à la nécessité de soutenir une conversation je lance à tous mes parents un étincelant sourire de bienvenue.

« Ah, je vois que vous avez fait connaissance !

– Ouais ! »

Ils répondent en chœur, des sourires plaqués sur leurs bajoues. Ma suggestion, de faire ensemble un tour de la réserve au coucher du soleil, est accueillie avec un tel soulagement que, je le comprends alors, mon désespoir est partagé. Et nous partons, laissant Little Mary très occupée (P'tain – j'avais oublié que je l'avais acheté, çui-là !) à trier des strings dans sa chambre à moitié remise en ordre. Installés dans le pick-up d'Eddy, sans ceintures de sécurité, nous voyons l'ancienne maison-ronde, l'école, le champ de courses, le lac, les bâtiments de l'administration tribale en fibre de verre représentant une tortue et un aigle, et le déroutant dispensaire circulaire. Nous descendons de voiture et allons au casino jouer un moment aux machines à sous. La nuit est tombée lorsque nous arrivons au Superpumper.

Nous examinons les pompes un moment, puis entrons dans la boutique, longeons le rayon confiserie et condiments, celui des produits de consommation courante et des en-cas, continuons jusqu'aux vitrines de fast-food et à la machine à *latte* pression. Une fois que nous avons admiré tout le magasin, je regarde Trésor qui, sans un mot, saisit une pince de service propre en plastique et s'en sert pour attraper une saucisse de Francfort sur les piques rotatives brûlantes du gril installé sur le plan de travail. Elle glisse délicatement la saucisse dans son petit pain, fait gicler un trait de ketchup et un autre de moutarde le long de son flanc huileux, puis niche le machin terminé dans un rectangle de carton ondulé. Elle tend ensuite ce hot-dog à ma mère adoptive.

Je me fige sur place. J'observe.

Sera a souvent disserté sur les trente-neuf différentes substances cancérigènes contenues dans les hot-dogs bon marché tels que celui qu'elle a en main. Les nitrates sont mis en cause dans les cancers de l'œsophage et de l'estomac, les colorants rouges dans les cafouillages systémiques, les agents liants sont aussi nocifs que la warfarine, et parmi les conservateurs il y a du formaldéhyde. Sans parler de la viande. Des abats d'animaux. Des matières nerveuses et spinales susceptibles de contenir les prions qui transmettent la maladie de Creutzfeldt-Jakob. Lèvres, groin, anus, fourreau pénien, joues, oreilles internes de porc. Je ne sais pas comment la tirer de là. Car ce hot-dog est un innocent geste de fierté et de conciliation. Il en dit tellement long. *Merci d'avoir élevé ma fille. Merci de me l'avoir envoyée ici. Je vous en suis reconnaissante et je veux que nous soyons amies.* Ce hot-dog dit tout cela, et plus encore. C'est pourtant un truc qui fait froid dans le dos, une puissante association de poisons emblématique de la souffrance animale, muette et brutale.

Sera le porte à sa bouche. Je la vois mordre dedans.

Une bouchée, puis une autre.

Elle le mange en entier, sourit et dit : « Merci beaucoup, c'était très bon. »

Mon enfant, si jamais un jour je me moque, ou même tourne gentiment en ridicule les farouches vertus de ma mère adoptive, si jamais tu me vois lever les yeux au ciel en entendant une de ses tirades, ou grogner *ouais, ouais* lorsqu'elle fait une remarque pertinente que j'ai déjà entendue mille fois, rappelle-moi ce hot-dog de station-service. Le jour où elle l'a mangé tout entier. Ce fut un acte magnifique. J'ai vu en elle, à ce moment-là, une héroïne.

Glen et Sera retournent en voiture à l'hôtel du casino où ils passeront la nuit, m'annonce courageusement cette dernière, dans le but de m'accorder un peu de temps avec ma famille biologique. À l'instant où je la prends dans mes bras pour lui dire au revoir, je sais qu'elle a envie d'ajouter quelque chose. Mais elle se retient. Elle veut que ma première visite auprès de mes « vrais » parents soit une *bonne* visite. Elle tient à ce qu'il y ait de la bonté. Voilà qui sont, et ce que sont, Glen et Sera.

Je reste donc auprès de ma nouvelle famille, et même, sacrée surprise, je dors dans la chambre de Little Mary. Sur un matelas gonflable. Entre des draps propres. Sous les pales de trois ventilateurs en marche. Avant de me coucher je profite d'un moment avec Trésor, un moment rien que toutes les deux dans la salle de séjour, où l'on s'embrasse pour se dire bonne nuit. C'est là que je lui parle du bébé. Quand je le fais, elle se contente de m'enlacer. Assise à côté de moi sur le canapé, ses bras passés autour de mes épaules, elle me tient tout contre elle, pendant de longues minutes, sans que cela me paraisse le moins du monde embarrassant même si je deviens soudain très consciente de sa respiration, de la gêne dans sa poitrine causée par la cigarette, et du parfum de son shampoing à la pomme verte. Ma famille Potts ne paraît pas très portée sur les câlins, pas comme mes parents Songmaker qui ont sans arrêt des gestes tendres, qui m'englobent toujours dans un nœud ou un enchevêtrement d'étreintes, toujours fougueusement entrelacés. Il y a une certaine ostentation dans cette proximité des Songmaker, bien qu'elle soit tout à fait authentique. Les Potts, à l'inverse, ne semblent pas se considérer comme des gens « chaleureux ». Jusque-là ils n'ont pas manifesté de particularités familiales, et n'ont certainement pas l'air d'être du genre à en inventer. Mais lorsque Trésor me serre dans ses bras, c'est avec une gravité et un calme qui expriment une véritable approbation. Pendant tout ce temps, nous avons les yeux fermés – c'est vrai. Ma maman Potts et moi sommes assises sur le canapé devant la télé, dans les bras l'une de l'autre, les yeux fermés pendant cinq bonnes minutes. Peut-être dix. Son geste me réconforte, même si je crois alors deviner qu'elle est au courant des rumeurs de bizarreries qui courent dans le monde des femmes enceintes. Je sens dans son corps pressé contre le mien comme une muette angoisse physique.

« Un bébé ! » Elle s'écarte de moi, pose ses mains sur mes épaules et me regarde droit dans les yeux. « Un bébé. »

Je me dis qu'elle risque de se répandre en sanglots et en hoquets, mais elle se contente de me serrer de nouveau dans ses bras, cette fois en y ajoutant des volées de tapes dans le dos. Il y a tant de sentiment en elle, elle paraît soudain si spontanée, semble m'ouvrir à ce point son cœur, que je décide de l'interroger sur mon père biologique.

Je lui demande : « Est-ce que mon père, mon père biologique, a des particularités ou des maladies génétiques dont mon bébé risque d'hériter ? Il faudrait que je le sache maintenant, Trésor. Dites-le-moi, je vous en prie.

– Oh non, pas ça. »

Elle s'écarte encore un peu, fourre sa main dans sa poche et en tire le lacet, qu'elle glisse dans sa bouche. « Ça me donne envie d'une cigarette. » Elle se met à mâchonner. « Je n'en ai jusqu'ici fumé qu'une aujourd'hui. Et en plus je ne veux pas fumer près de toi. » Elle agite la main, tire éperdument sur le lacet entre ses dents.

Elle voudrait me raconter, dit-elle, mais elle est toujours

tétanisée quand elle essaie de parler de lui. Leur relation était faite de traumatisme et de douleur.

« Il est plus ou moins homme-médecine. »

Cela m'intrigue, probablement plus qu'il ne le faudrait. Peut-être y a-t-il dans mes origines une personne douée de pouvoirs extraordinaires, après tout. Les mots « homme-médecine » m'emplissent d'espoir. Trésor est peut-être allée le consulter pour une guérison, et peut-être qu'il s'est passé autre chose, qu'ils sont tombés amoureux. Peut-être que sa famille à lui ne pouvait pas l'accepter, elle. C'est devenu tellement dur qu'elle est tombée dans l'alcool et s'est droguée jusqu'à ce qu'on lui retire ma garde. Tout cela est raisonnablement vague.

« Savoir compterait beaucoup pour moi, j'explique, même si j'ai déjà l'impression que mes faux souvenirs risquent d'être ceux que je devrais garder.

– *Ey…* » Elle me regarde, le lacet pendu entre ses dents. « … *Ey.*

– Oui, dis-je, insistante. Était-il grand, gros, maigre ? Brun de peau, mais à quel point ? À quoi ressemblait-il ?

– Assez beau, dans le genre brutal. » Elle hoche la tête, les yeux ronds. « Comme son visage, aux pommettes saillantes dans le style des Sioux Lakotas, et il était grand. À la suite d'une bagarre au couteau, balafré là, et là. » Elle effleure sa pommette gauche, sa lèvre supérieure. « Pas si beau que ça, quand je l'ai rencontré. Mais il avait en lui une force obscure. »

Je lui souris, avide d'en savoir plus.

« Non mais vous rigolez ! Ça alors, une force obscure ? Un genre de Dark Vador indien ! »

Trésor hausse les épaules, détourne les yeux, et je comprends qu'elle n'en dira pas davantage. Je me rends compte subitement que mes paroles ressemblaient beaucoup trop à de la moquerie, ou peut-être est-ce la façon dont je me suis exprimée. Je l'ai mise dans l'embarras, et aussitôt j'ai honte de moi. Trésor annonce qu'elle va se chercher à boire, un verre d'eau. Je me dis qu'elle risque de se laisser tenter par une bière dans le frigo et je m'en veux d'autant plus de ma remarque maladroite. Peut-être cette attirance pour une sorte d'énergie effrayante chez les hommes se transmet-elle de femme en femme, au fil du temps. Il y a eu l'erreur commise par Trésor, et j'ai connu moi aussi mon lot de sociopathes. Mais c'est fini. Terminés les précédents, car ton père n'est ni fou furieux ni déprimé. Ce n'est pas un conseiller spirituel à l'esprit tordu. Ce n'est pas un junkie par désespoir, ni un rescapé d'une maladie mentale. Et néanmoins ce n'est pas mon genre d'homme.

Le lendemain matin, avant de partir retrouver Sera au casino, j'allume la télévision. Des rapports tombent concernant des expériences hâtivement menées sur des drosophiles ; des spécialistes de l'ADN affirment qu'au niveau moléculaire, c'est comme si on faisait des sauts erratiques dans le temps, et que depuis des mois les animaux et les végétaux dotés de petites cellules passent par des adaptations aléatoires. N'a-t-on pas remarqué que les chiens, les chats, les chevaux, les porcs, et ainsi de suite, ont cessé de se reproduire de façon conforme ?

Et pourtant… il y a quelque chose dans cet afflux d'informations qui me frappe comme étant *trop*, et ce que je veux dire par là c'est que les informations semblent moins convaincantes qu'avant, sujettes à des bouffées de… mièvrerie. Mais pourquoi le penserais-je ? Suis-je contaminée par la paranoïa d'Eddy ? Je me penche plus près de l'écran. Les personnes qui lisent leur prompteur sont différentes, me dis-je, et bien que je n'aie jamais beaucoup regardé les journaux télévisés, j'ai l'impression que tous ces présentateurs ne sont plus qu'une seule et même personne. Ces gens ne me paraissent pas être des journalistes professionnels. Ils butent sur les mots. Sont inquiets. Ils grimacent. Les femmes sont moins nombreuses, celles qu'on voit paraissent empruntées, elles ont toutes une vingtaine d'années, des Blanches aux dents blanches, aux cheveux blonds ou bruns et aux yeux brillants. Les hommes sont tous des Blancs aux dents blanches, au menton anguleux, aux yeux brillants. Je zappe entre le peu de chaînes qu'il est possible de capter, indéfiniment, de plus en plus paniquée. Il n'y a nulle part, tandis que je pianote sur tous les boutons de la télécommande, quelqu'un qui ait la peau foncée. Ni dans les films, ni dans les sitcoms, ni sur les chaînes de téléachat, ni sur les dizaines de chaînes évangéliques.

Quelque chose a fait irruption dans la vie telle qu'elle était avant. Tout a changé pendant que je ne regardais pas, changé sans un mot ni même un avertissement.

Je coupe la télé et m'efforce de respirer. L'adrénaline, ce n'est pas bon pour un bébé, n'est-ce pas ? Finalement, je vais à la cuisine et m'installe pour boire une tasse de thé et manger une tartine en compagnie de Trésor. Little Mary est déjà partie en classe, et Grand-mère Virginia dort encore d'un sommeil léger sous sa courtepointe dorée. Nous bavardons de petits riens, laissons de côté les sujets graves. J'appelle le casino pour parler à Sera et Glen, faire des projets pour la journée, mais ils ont quitté l'hôtel tôt ce matin. Ils ont probablement décidé de rentrer à Minneapolis, pourtant Sera ne répond pas sur son portable. Pas de réseau, me dis-je, mais cela me met mal à l'aise. Au moment où je pars, Trésor me tend par la vitre de la voiture une liasse de papiers pliés en deux, et me lance : « Lis ça quand tu t'arrêteras pour faire pipi. »

La première page est de Sera. Il y est écrit : « Loi martiale. Souviens-toi de ce que cela signifie. » Je m'en souviens.

Très bien, me dis-je. Je peux faire ça. Me préparer. Stocker des provisions. Récupérer mon argent. Cacher mon passeport.

Les autres pages sont de la main d'Eddy.

PAGE 3028

Une annonce qui a déclenché une joie incongrue

En principe, sachant ce que nous savons ne serait-ce qu'à l'heure actuelle, l'annonce de ma belle-fille aurait dû être une raison de me suicider aujourd'hui. J'aurais dû craindre les souffrances inévitables qu'une grossesse en des temps tels que ceux que nous vivons – incertains, c'est le moins qu'on puisse dire – provoquera chez elle et dans notre famille. J'aurais dû vouloir échapper à mon rôle. Mais non, alors qu'elle me confiait qu'elle allait avoir un bébé, je me suis surpris à penser de façon très naturelle, et même enthousiaste, à cet enfant qui fera de nous des grands-parents. C'était une réaction inattendue, dans la mesure où dans la crise que traverse notre monde nous n'avons pas la moindre idée de ce à quoi risque de ressembler ce petit, et vu que nous venons tout juste de redécouvrir Mary alias Cedar. Mais je ne vais pas me battre contre une émotion positive qui perce l'obscurité du voile. J'ai eu l'impression, l'espace d'un instant, qu'on tirait le rideau d'un coup et que la lumière entrait avec amour.

Puis, tout aussi brusquement, le rideau s'est refermé.

À présent, bien que le comptoir de ma boutique soit brillamment éclairé et que je vienne d'opérer un grand nombre de transactions lucratives, j'existe une fois de plus dans l'aveugle monotonie de ma maladie. Le stylo est trop lourd à soulever.

Après avoir fait mes courses dans le gigantesque supermarché discount à mi-chemin entre la réserve et Minneapolis, je me dirige vers le bâtiment voisin : une succursale de la banque Wells Fargo. J'ai huit mille dollars de côté sur un compte d'épargne à l'ancienne, auquel je suis censée avoir accès à ma guise. Pourtant la caissière fait la moue en voyant mon bordereau de retrait.

« Je ne pense pas, dit-elle en repoussant le papier vers moi.

– Comment ça ?

– Je ne pense pas que nous ayons autant de liquide aujourd'hui. »

C'est une dame blonde, rondelette, aux cheveux duveteux, aux joues roses comme une pomme et au rouge à lèvres rutilant. Elle est vêtue de vert citron, parsemé çà et là de touches rouge foncé. Si elle avait une vingtaine d'années, elle pourrait vraiment être l'une des fausses présentatrices du journal télévisé. J'ai peut-être l'air plus amérindien que d'habitude, aujourd'hui, la peau plus sombre et les cheveux davantage aile de corbeau suite à mon court séjour sur la réserve. J'espère que c'est ça. J'espère qu'elle ne dit pas la vérité.

« J'aimerais voir le directeur.

– Il est sorti.

– Bon, alors je vais l'attendre. »

Une file d'attente qui défaille, rendue folle par la chaleur, se forme petit à petit derrière moi. La caissière – Marjorie, me révèle son badge – dit : « Je vais devoir vous demander de vous écarter, madame.

– Mais ce n'est pas possible. » Je prends mon attitude passive-agressive la plus sympathique. « J'ai besoin de cet argent parce que je suis enceinte. »

Tout en me lançant un long regard menaçant, lourd d'animosité, Marjorie décroche le téléphone et appuie sur une touche. Ses joues se creusent, elle aspire de l'air. Raccroche.

« D'accord, siffle-t-elle entre ses dents, reculez, je vous prie. Hawaï va vous recevoir. »

Et de fait la dénommée Hawaï me reçoit. Je remplis de la paperasse en vitesse et clôture mon compte. Hawaï compte la somme en billets de cent et de cinquante.

« Vous avez un joli prénom », je lui lance.

Elle a probablement été conçue à Hawaï, me dis-je, durant une lune de miel heureuse et hors de prix.

Je lui demande : « Que se passe-t-il ? »

Elle hausse les épaules. Elle est pâle. Elle lève les yeux vers la pendule.

« Je ne pense pas que nous tiendrons jusqu'à midi. »

En repassant dans le hall je vois que la file d'attente dans laquelle je me trouvais s'étire désormais jusqu'à l'extérieur. Je traverse le parking et franchis les portes rouges d'un supermarché Target, où je me laisse aller avec délice à un comportement trop normal. Je fais des courses pour toi. J'achète de minuscules vêtements, des couvertures et des couches, et même deux ou trois jouets recommandés pour les nouveau-nés. Je remplis deux énormes sacs blancs et paie avec ma carte réservée aux cas d'urgence. Je ne prête pas attention aux gens qui patientent autour de la banque, ces longs cordons qui s'étirent sans fin jusque dans le parking. Je te donne une petite tape. Je monte en voiture, mais plutôt que de démarrer je me fige sur place. La queue devant la banque est toujours plus longue. Et à présent l'argent liquide est probablement distribué à chacun en petites quantités. Si tout part à vau-l'eau et que nous nous dirigeons vers une économie de troc, il me faut la nouvelle monnaie qui aura bientôt cours.

J'aperçois une boutique de vins et spiritueux au bout du centre commercial. Donc je démarre la voiture et m'arrête devant la vitre réservée au service drive-in.

« J'ai besoin d'un conseil, dis-je au vendeur, un type mou aux cheveux gris hérissés sur la tête.

– Oui. »

Il s'appuie contre la vitre.

« Quand les gens sont désespérés, qu'est-ce qu'ils aiment boire ?

– N'importe quoi. Mais vous ne m'avez pas l'air désespérée.

– Ce n'est pas pour moi, c'est pour la fin du monde.

– Ah, ça ! Bon, rangez-vous dans l'autre sens, je vais remplir votre coffre.

– Et pendant que vous y êtes, vingt ou trente cartouches de Marlboro ?

– Pas de problème. »

C'est à croire que ce type voit constamment passer des

personnes qui stockent des marchandises en prévision de la fin du monde. Une fois la voiture chargée, je règle le tout par carte une fois de plus, dans un pari contre la survie des sociétés gestionnaires de cartes de crédit. Sur le chemin du retour, je fais un nouvel arrêt et case entre les caisses d'alcool des boîtes de cartouches de fusil, de balles et de plombs de chasse au cerf. Lorsque je reprends la route, je conduis avec calme et attention. Si on m'arrêtait, si on fouillait ma voiture, pourrais-je prétendre qu'il s'agit d'achats effectués en vue d'une fête de tir à la cible bien arrosée ? Je serais la première à procéder à mon arrestation. Et si jamais il y avait une étincelle perdue ? Je roule avec prudence et suis extrêmement soulagée lorsque je me gare dans mon allée. Je décide de décharger les caisses en passant par le garage à moitié construit, et de m'offrir ensuite un petit plaisir. Je brûle d'impatience de libérer un tiroir pour toi, de détacher les étiquettes à petits coups de ciseaux, et d'éliminer par un rinçage l'état neuf de tout ce qui touchera ta peau. De réunir les petits tee-shirts, les pulls et les chaussons ignifugés, et de les disposer en piles au pliage impeccable.

11 AOÛT

Gretchen, ma sage-femme, m'a organisé un rendez-vous de suivi grâce au programme santé dont m'a permis de bénéficier un petit boulot que j'ai fait l'année dernière. Mon assurance COBRA était échue, mais salut à toi, ô bug informatique, car cela a fonctionné. Pourtant, même Gretchen ne viendra pas aujourd'hui. Elle ne veut pas risquer de se faire pincer pour une histoire de mutuelle. J'ai refusé l'amniocentèse, mais je l'ai convaincue de me prescrire une échographie de niveau 2, parce que je savais que les machines étaient sophistiquées et que je voulais te voir aussi nettement que cela serait possible. Je me suis documentée sur toi, petit. Tu es à mi-chemin entre le quatrième et le cinquième mois. Tu as traversé l'ère des miracles. Tu es passé de têtard à vaguement humanoïde et tu as perdu ta queue d'embryon. Tu as absorbé la palmature reliant tes orteils et tes doigts et développé des paupières, des oreilles, un squelette minuscule. Acquis un cerveau gérérant deux cent cinquante mille neurones par minute. Tu peux déjà loucher, froncer les sourcils, sourire, avoir le hoquet. En fait, tu hoquettes à un rythme régulier tandis que j'enfile le long couloir vert amande.

Dans la salle d'échographie, les assistantes sont exceptionnellement guillerettes, enjouées et curieuses.

« Personne n'est venu avec vous ? s'informe l'une d'elles.

– Si, le bébé.

– Remontez simplement votre chemisier », dit une autre, d'une voix au grincement mélodieux.

Je suis à cran, mais qui ne le serait pas ? Et aussi, je suis subitement gênée d'être tellement seule parmi ces inconnues. Apparemment, les autres femmes se font accompagner par une amie, peut-être même par un mari.

Une blonde costaude aux cheveux bouclés m'aide à grimper sur le lit d'examen, et je ramène mon chemisier sous ma poitrine. Le médecin, grand, professionnel, le visage sérieux, entre et me serre la main. Il s'assoit sur un tabouret posé à côté du fauteuil pivotant, à la hauteur de ma cuisse gauche où une assistante, une autre jeune femme blonde mais au corps sec, plus sérieuse et solennelle que la première, effleure un clavier, réglant un écran d'ordinateur.

« Allons-y », dit le médecin.

La technicienne pose une noisette de gel sur mon ventre et tient la sonde échographique comme un gros crayon. Je sais que l'appareil renferme des transducteurs qui produisent et reçoivent le son. La machine émet déjà des ondes sonores à des fréquences de 1 à 20 millions de cycles par seconde. Inaudibles, bien sûr. Redressée sur les coudes, je regarde l'ordinateur interpréter les signaux que tu renvoies, un modeste monticule blanc dans l'air sombre.

« Ça va être froid », annonce la femme.

Mais ce n'est pas très froid. Je chasse les assistantes de mon esprit. Mon pouls s'emballe. Je suis excitée d'être là. Je décide que je suis venue seule volontairement, afin de te rencontrer dans l'intimité de mon cœur.

La technicienne promène la sonde avec application, s'arrête deux fois. « Ah, te voilà », dit-elle lorsqu'elle te découvre. Elle fait pivoter le transducteur vers un côté de mon ventre et continue à le déplacer. D'abord il n'y a que la masse grise et indistincte de l'utérus, et puis soudain l'écran vire à l'anthracite et, surgie de l'obscurité, ta main s'agite. Elle est pleine de petits détails, en trois dimensions, et avant qu'elle ne disparaisse dans la neige de l'écran, j'aperçois des plis minuscules dans ta paume et des bracelets de plis tout autour de ton poignet. Elle a quelque chose de spécial, cette main, rien qu'une vague impression, et pendant un moment je suis troublée. Juste une main – mais un sentiment de clarté et de puissance. J'ai envie de descendre du lit d'examen. J'ai envie de dire *Assez, ça suffit*, et en même temps j'ai envie de te revoir.

La façon dont tu as fait signe, cette seconde-là, et puis dont tu as disparu – je suis tellement remuée que j'arrive à peine à respirer.

Je demande : « Pouvez-vous me dire son sexe ? Arrivez-vous à le voir ? »

Mais dans la pièce personne ne m'écoute, personne ne m'entend. Je vois l'arc de ta colonne vertébrale, un tout petit serpent blanc, et de nouveau ta main s'ouvre d'un coup, repoussant l'obscurité. La femme effleure les rotules, un coude. Puis elle pénètre dans le fourré de tes côtes. Le cœur, dit-elle. J'en vois les cavités, une brume grise, puis les valvules qui battent comme un petit bonhomme jouant du tambour. Il est là tout entier sur l'écran, et puis la technicienne fait un truc avec la machine pour que ton sang se transforme en lumière qui entre et sort de ton cœur. Le flux est un feu doré, et l'afflux un feu bleu. Je vois le feu de la vie danser dans tout ton corps.

Je murmure, ou soupire, et j'ai envie de pousser un cri. La pièce bâille et s'ouvre. J'ai l'impression que le temps a bougé, que nous sommes pris dans un flot de temps qui ne mène nulle part et retourne en arrière par des tunnels et des couloirs infinis, comme si cette salle d'hôpital avait débouché sur les confins de l'univers.

Je murmure : « Pouvez-vous recommencer ? »

Mais le médecin est maintenant très absorbé, il pointe l'index et hoche la tête.

« Là », dit-il, et la femme clique sur quelque chose.

Je demande, d'une voix plus forte : « Pouvez-vous me dire si c'est une fille ou un garçon ? »

Mais personne ne me répond. La femme est attentive, totalement concentrée sur ce qu'elle voit. Ils sont à l'intérieur de ta tête à présent, ils regardent par-dessous ta mâchoire et puis par-dessus, dans la structure de ton cerveau, qui à mes yeux est un tourbillon de mouvement glacé contenu dans un cercle parfait de cendre blanche. Il me semble que tes pensées s'organisent et se réorganisent déjà, et tandis que je m'imagine cela je sais aussi qu'il y a quelque chose qui ne va pas, quelque chose de pas normal. L'atmosphère a changé ; le médecin est silencieux. L'image est figée. Ils la regardent, encore et encore. Ils ne cessent de la regarder.

« Garçon ou fille ? »

J'ai la gorge irritée et sèche. Je ne vois plus rien sur l'écran, à part des taches blanches. Ils paraissent pourtant incapables d'en détourner les yeux, jusqu'à ce que je pousse un cri, que je hurle, en fait.

« Mais qu'est-ce que j'ai, bordel ? »

Ils pivotent tous les deux pour me faire face et je comprends qu'ils réfléchissaient à ce qu'ils pourraient bien me dire.

« C'en est un », déclare le médecin, d'une voix prudente.

J'entends la femme se rapprocher dans un bruissement. Le médecin a les yeux écarquillés et fixes.

Une faille s'ouvre tout au fond de moi, un lieu obscur, et la peur s'insinue dans mon cœur. Je suis soudain extrêmement calme.

« C'est la trisomie 21, un genre de virus ou un atavisme… quelque chose de mauvais.

– Non, absolument pas. » Il sourit, maintenant, de façon rassurante, et même avec un certain enthousiasme. « C'est seulement les mesures. Le crâne, les vertèbres, les os, les mains, seulement les mesures. »

Je jure que je vois des larmes briller dans ses yeux.

« Les mesures ? Comment ça ? »

Le médecin saisit la main de la femme à la mine passionnée pour écarter avec douceur la sonde de mon corps. C'est un homme gentil, je m'en rends compte maintenant, un homme à la normalité un peu floue, au visage carré et las, aux yeux bleus éclairés par la lueur de l'écran, qui doit avoir en gros l'âge de mon père Songmaker.

« Ça signifie que nous devons vous garder ici. »

Le médecin baisse les yeux et congédie les assistantes. Une fois qu'elles sont sorties, il fourre une copie de l'échographie dans une enveloppe qu'il lance dans ma direction. Puis il bondit fébrilement sur ses pieds et me dit de me rhabiller.

« Dépêchez-vous. »

J'enfile mes vêtements derrière le paravent, sors de là en vitesse. Il me flanque dans les mains un rouleau d'adhésif blanc tissé et m'ordonne de m'en servir pour l'attacher à la chaise.

Sa voix déborde d'une autorité pleine de désespoir, comme dans un film, et je comprends que plutôt que d'exprimer le désarroi de l'actrice du film et d'attendre d'être convaincue, j'ai tout intérêt à le ligoter. Il est évident qu'il veut que je m'enfuie. Pour échapper à quoi ? Peu importe. Pendant que je l'immobilise, il me demande si j'ai des appartenances ethniques. C'est que j'ai les cheveux et les yeux sombres mais la peau plutôt claire, on ne remarque donc pas que je suis amérindienne, à moins de le savoir.

« Oui, je suis ojibwé. »

Il m'interroge sur le père, est-il blanc ?

« Comme neige.

– Alors, filez. »

Il désigne du doigt la sortie de derrière, l'escalier de service, et me recommande d'agiter l'enveloppe et de me faire passer pour une employée apportant le courrier.

« Une fois dehors, ne racontez à personne que vous êtes enceinte, ajoute-t-il, et maintenant fourrez-moi cette dernière bande d'adhésif entre les dents. »

En plus des lecteurs de cassettes, d'un magnétoscope, d'une platine tendance et de baffles à l'ancienne, Glen et Sera conservent dans le placard de l'entrée un bon vieux poste de télévision cathodique. Qui n'en sort que pour la série d'anthologie *Masterpiece Theatre* ou pour de grands événements. À présent, nous en avons besoin. Glen y fixe une espèce d'antenne. Il dit que le gouvernement s'est emparé des chaînes du câble, mais il subsiste encore une poignée de programmations locales indépendantes, et on tombe parfois sur quelques images inattendues de CNN. L'écran arrondi, d'un gris verdâtre, se déploie à partir d'un point central. Glen se sert d'un bouton du poste pour passer d'une chaîne à l'autre jusqu'à ce qu'il capte une bonne image et quelques infos. Nous nous installons confortablement sur les coussins rêches orange et jaune moutarde du canapé. Les vrais journalistes n'ont toujours pas reparu dans les émissions, mais il y a soudain davantage de contenu. Les invités ne sont ni des spécialistes militaires, ni des experts ou des conseillers politiques, mais des scientifiques de tous horizons sortis de leurs laboratoires et de leurs salles de classe comme s'ils venaient d'émerger d'un rêve, le visage encore laminé par le choc. Ils se frottent les yeux, se tapotent le menton, battent des cils à toute vitesse si ce sont des femmes, plissent les paupières si ce sont des hommes. Nous sommes hypnotisés, incapables de cesser de les regarder défiler les uns après les autres ; tous sont affectés des mêmes tics, et tous tiennent des discours différents qui finissent par la même recommandation. *Nous ne savons pas. Soyez patients. La science ne détient pas de réponses instantanées. La vérité prend du temps.* Et, en attendant, la chaîne a inventé une tourbillonnante série de graphismes – des silhouettes humanoïdes qui se voûtent tout en s'enfonçant dans les brumes du temps, tandis qu'en arrière-plan la *Symphonie n° 5* de Beethoven se fond en une suite de clameurs et de cris rauques.

Sur d'autres chaînes, les caméras tremblotent et les reporters fébriles font des reportages sur l'absence de reportages. Sur les foules descendues dans les rues qui manifestent parce qu'elles ne savent pas contre quoi elles devraient manifester. Les panneaux sont des points d'interrogation de toutes les couleurs et de toutes les tailles. Les églises sont pleines, les bars sportifs bourrés à craquer. Les gens, ahuris, sortent de leur domicile d'une démarche flottante et envahissent les trottoirs, en dépit de la chaleur exténuante. Je suis rentrée chez moi pour regarder la fin du monde. Non pas qu'il finisse ! C'est là toute l'étrangeté de la chose. Ici, dans le Minnesota, les personnes interviewées répondent : *J'veux savoir, c'est tout. C'est si grave que ça de vouloir savoir ? Ça va aller, hein ? J'veux savoir, c'est tout.*

Personne ne sait. Je me blottis au plus profond du grand canapé modulable, près de Sera et Glen, dans la maison fort heureusement climatisée où j'ai grandi, une énorme bâtisse

Prairie School[1] en brique et stuc rénovée avec soin, dans un quartier agréable de Minneapolis, près d'un immense lac aux eaux vertes envahies par les moules Quagga et la salicaire. Des bulles de spéculation publique flottent au-dessus de nos têtes. Durant l'une des nombreuses cérémonies inventées par Sera, qu'elle élaborait en s'inspirant de ses lectures éclectiques sur les cultures autochtones et les théories de Rudolf Steiner, nous avions déposé du tabac sacré tout autour de notre maison, puis barbouillé de sauge des bougies de cire blanche que nous avions piquées dans le sol et allumées. Nous avions mangé du pain avec du pâté végétal aux noix. J'avais bu de la *ginger beer*, et mes parents, du vin. Nous nous étions pelotonnés dans l'herbe sur des couvertures et avions entonné plusieurs chansons emblématiques des marches pour la paix jusqu'à ce que le sommeil nous gagne. C'est un de mes meilleurs souvenirs. Je suppose que j'espérais en cet instant revivre ce genre de cérémonie apaisante, mais la quête d'informations face à l'écran de télévision en était peut-être une.

C'est aujourd'hui, le jour où je me suis promis de le leur dire. D'annoncer à Glen et Sera que je suis enceinte. J'ai essayé juste après avoir appris la nouvelle, au moment où je passais la porte, mais ils me faisaient trop de peine. Ils sont terrassés à un niveau si profond. Sera est assise dans le salon du rez-de-chaussée, devant la masse antique de la

1. La Prairie School est un mouvement architectural de la fin du XIXe siècle et du début du XXe siècle, présent surtout dans le Midwest. Le style est marqué par la présence de lignes horizontales, qui rappellent le paysage des Grandes Plaines, de toits plats, de larges avant-toits en saillie et d'une ornementation sans excès.

télé, ses longs et beaux cheveux blanc argenté ruisselant le long de son dos, les yeux pleins de larmes. La laine bleu glacier d'un pull qu'elle tricote s'amoncelle sur ses genoux. Ses doigts sont figés autour des aiguilles. C'est si rare qu'elle soit incapable de tricoter ; je ne sais pas si j'ai déjà vu ça. Et il y a ce cher Glen, avec sa petite queue-de-cheval maigrelette, son impeccable chemise en chambray qui se plisse et se déplisse au gré de chaque respiration tourmentée, ses sourcils qui montent et descendent au-dessus de ses lunettes sans monture. Il me prend la main et la garde dans la sienne. Je m'y cramponne. Nous sommes solides. Notre amour est un amour tout simple. Il pousse un de ses soupirs surgis du fond de l'âme, et dit : « Nous n'avons pas besoin de mots.

– Mais si, s'écrie Sera, en serrant l'écheveau de fil fantaisie mi-soie/mi-laine italienne. Nous avons besoin d'un mot. Nous avons besoin du mot “amour”. Nous en avons besoin plus que jamais. Et si le mot “amour” était voué à disparaître de la surface du globe ? »

Le soupir de Glen se bloque dans sa poitrine, et soudain je laisse échapper ce que j'ai fini par considérer comme une vérité, pourquoi pas. Je prononce ces mots dans le but de remonter le moral de la pauvre Sera, mais en fait c'est à moi que cela redonne du courage.

« Non, c'est bien de l'amour. C'est ce qui est en train de se passer. C'est l'amour de la création pour la création. »

Glen sourit avec douceur.

« Notre Mère la Terre a un sens incontestable de la justice. Tu me fous dans la merde, je te fous dans la merde. »

Je le regarde, sceptique. Et je proteste : « Ce n'est pas ce que je voulais dire. »

Il se contente alors de hocher la tête. Bien sûr, il ne sait pas à quel point ça me touche personnellement.

J'ai l'impression que nous agaçons Sera, qui s'adresse pourtant à moi.

« Qui a dit ça à propos de l'amour, le pape ? »

Elle a toujours méprisé les papes, même celui-ci.

« Non, moi. Il n'y a pas encore eu de réaction officielle du Vatican.

– Ton pape va s'en sortir, assure Glen. C'est un tel *Mensch*.

– Un type bien ? Laisse tomber l'ironie, Glen. Cet *unmenschenable* niera tout en bloc, ou proclamera que c'est la volonté de Dieu.

– Peut-être bien que c'est la volonté de Dieu, dis-je, simplement pour jeter de l'huile sur le feu.

– Et ce n'est peut-être que le plus grand défi lancé à l'humanité, rétorque Sera. Nous devrions investir dans une de ces compagnies de recherche en génétique. Elles tenteront de retourner la situation grâce à la manipulation des gènes. Ce sera énorme. »

Nous nous retournons vers l'écran, fascinés par un paléontologue. La couverture de son livre, intitulé *Le Temps profond*, a clignoté un bref instant sur l'écran pendant qu'il parlait.

« Nous ne disposons pas de véritable document fossile de l'évolution humaine, déclare-t-il, ni de l'évolution d'aucune espèce, d'ailleurs. Ce dont nous disposons, ce sont des fragments qui ont subsisté et sont remontés à la surface au cours de plusieurs millions d'années. De millions d'années ! C'est comme se lancer dans une partie du Jeu des sept familles, alors que les cartes sont dispersées sur toute la planète, et croire qu'on va quand même réussir à réunir toutes les familles au grand complet. Donc si l'évolution s'est arrêtée pour de bon, ce qui n'est pas un fait avéré, ce n'est encore qu'une hypothèse, et si l'évolution fait machine arrière, ce qui n'est encore qu'une idée invraisemblable, alors nous ne verrions pas s'accomplir la régression progressive des genres humains que les tableaux évolutionnistes aiment tant nous présenter. La vie pourrait faire des bonds en avant, de côté, dans des directions inattendues. Nous ne verrions pas s'accomplir le récit que nous croyons connaître. Pourquoi ? Parce qu'il n'y a jamais eu d'histoire qui n'a fait qu'avancer, et qu'il ne peut pas y en avoir une qui ne ferait que reculer. Les singes qui se sont dressés sur leurs postérieurs, par exemple, qui ont perdu leurs poils, dont le crâne a gagné en volume. Non. En fait, nous pourrions assister au chaos. Nous pourrions repartir d'adaptation en adaptation, tout comme les chiens reviennent au type primitif s'ils sont laissés seuls jusqu'à ce qu'ils atteignent un statut de chiens sauvages-slash-genre-loups. Ou nous pourrions d'un bond retrouver un précédent homini…

– Qui serait ? »

Sera se tourne vers nous, les yeux écarquillés, tandis que l'émission enchaîne sur un spot publicitaire pour une voiture.

« L'Homo erectus, peut-être. » J'ai, bien sûr, feuilleté tout ce que j'ai pu trouver sur le sujet. « Ou peut-être l'homme de Néandertal. »

J'avais vraiment l'espoir qu'il s'agisse de lui, mais il s'avère que son ADN est très différent du nôtre et que nous avons bien peu de gènes en commun. Il a contracté des unions, a été absorbé. Qui était-il ? Cela reste un mystère.

« Et puis il y a l'Australopithèque, anamensis, ou afarensis. Il y a le Paranthropus boisei, l'Homo habilis…

– Mon Dieu, se lamente Sera d'une voix qui se brise. Adieu la poésie, adieu le roman, adieu la science, adieu l'art.

– L'art rupestre était exquis », dit Glen. Le silence s'installe, mais Glen inspire à fond et va de l'avant. « Nous n'avons pas la moindre idée de la capacité de nos ancêtres à penser et à ressentir des émotions. Ceux qui nous succéderont seront peut-être intelligents. »

Sera s'en prend à lui en poussant un cri nerveux et jette sa laine de côté. Les aiguilles dégringolent bruyamment par terre.

« Tu n'es pas croyable, Glen ! Tu es politiquement correct même pour ce qui est des singes fouisseurs auxquels notre espèce risque de se résumer en quelques générations à peine. »

Elle parle sur un ton sec, mais regarde Glen d'un air implorant qui se change petit à petit en air charmant. Ils se rapprochent déjà dans cette crise et je décide de les laisser seuls. Je pars à la cuisine, me verse un verre de lait bio et le bois en regardant dans le jardin les explosions de zinnias, de marguerites, de salicaires et de digitales – ces fleurs paraissent encore normales, sans changement pour l'instant dans leurs coloris. C'est une journée exceptionnellement fraîche pour un mois d'août, à savoir qu'il ne fait que trente-deux degrés. Un petit vent chaud agite le gros poids des feuilles dans les branches des sycomores qui bordent notre rue. Je m'efforce de ne pas penser à la façon dont mes parents combattent cette crise ; ils ont toujours eu une vie sexuelle ardente, et quand j'étais petite j'en savais davantage sur cette question que je ne l'aurais souhaité. Glen et Sera ne pensaient pas qu'il convenait de se taire, et leur chambre a beau se trouver à l'autre bout du premier étage, loin de la mienne, notre maison est ancienne et leurs brûlants miaulements de chatons, leurs pleurs, et ce qui évoquait parfois un boulot pénible, ou même des meubles qu'on déplace, ou encore la danse de tables tournantes, se répercutaient par les tuyaux. Quand ils faisaient la sieste tous les deux, j'allais dévaliser la cuisine, comme c'est le cas encore aujourd'hui, en sachant que Sera sortirait de leur chambre et descendrait au rez-de-chaussée sur un petit nuage, la mine vague et paisible. Elle ne me grondait pas. Elle remettait tout en ordre et préparait un bon gros plat réconfortant, peut-être ses habituelles lasagnes végétariennes du dimanche, que nous mangions autour de la grande table ancienne qui, en fait, avait eu une première vie dans un pub irlandais au XIXe siècle. Ils en étaient tombés amoureux chez un antiquaire de Galway et se l'étaient fait expédier par bateau. Mes parents sont tous les deux avocats. Sera, qui était infirmière-sage-femme avant d'entreprendre des études de droit, représente l'Association de défense de l'accouchement à domicile, les doulas, les cabinets de sages-femmes et d'autres services de santé communautaires, et Glen est un avocat spécialisé dans les questions environnementales. Ils vivent de ce que leur rapportent d'importants fonds en fidéicommis qu'ils ont convertis en obligations bien avant que la bulle Internet n'éclate pour la seconde fois, puis reconvertis en biens immobiliers, qu'ils ont refourgués juste avant le dernier krach immobilier. Tout ça pour dire qu'ils sont astucieux comme ne peuvent l'être que des gens de gauche qui vivent dans une société capitaliste et se méfient des fonds en fidéicommis.

J'ai tellement envie de leur parler de toi, mais j'ai du mal, et ce n'est pas parce que je ne les crois pas capables de comprendre. Il y a, par exemple, la lettre que Sera m'a donnée en pensant vraiment bien faire. Les Songmaker avaient même promis qu'ils seraient prêts à rendre visite à ma famille biologique sur la réserve – et ils ont tenu parole, bien sûr. Je n'ai pas véritablement approfondi pourquoi, et ce n'est pas le moment, mais je ne l'oublie pas. De toute façon, Sera et Glen ont toujours soutenu ma quête d'identité. Je sais qu'ils me serreraient dans leurs bras et me soutiendraient. Mais dans certains domaines ils ont tendance à en faire un peu trop. Ils veulent une part du gâteau amérindien, or je n'ai en réalité pas le moindre gâteau. Je n'ai que toi.

Je n'en veux pas à Sera de rabaisser ton espèce, quelle qu'elle puisse être, et bien que je sois ravie que Glen ait pris la défense des peintures rupestres, je me suis gardée de lui préciser qu'elles ont été réalisées par des gens qui nous ressemblaient beaucoup, il y a seulement quatorze mille ans. Même pas un battement de cils. Je commence à me rendre compte que le paléontologue disait vrai : nous ne comprenons pas combien de temps a passé sur cette planète, et nous n'avons aucune notion de notre place limitée dans l'énormité de cette durée. Des chiffres me hantent, pourtant, de gros chiffres. Le temps ne se mesure pas de la même manière que des millions d'objets, de dollars, ou d'individus. Dans ce domaine, un million d'années dépasse de loin notre entendement. Mon cerveau vacille lorsque je m'aventure au-delà de l'histoire écrite. Je suis incapable d'imaginer 4,4 millions d'années, probablement la période la plus lointaine à laquelle remonte notre apparition de proto-humains. L'Homo erectus ne date que d'un million d'années. Nous ne sommes nous-mêmes, Homo sapiens, que depuis environ trois cent mille ans. Nous sommes devenus nous à un moment donné du pléistocène. Je ne peux tout simplement pas remonter à des milliards – et plus exactement 4,6 milliards, ce qui est l'âge de notre planète –, ni imaginer cent millions d'années, c'est-à-dire l'époque où les dinosaures représentaient la forme de vie dominante sur la Terre. Les dinosaures ont eu une longévité tellement plus grande que nous, ou plus grande que ne le sera probablement la nôtre, et pourtant ils avaient un cerveau tellement petit. La sottise serait-elle une bonne stratégie de survie ? Notre niveau d'intelligence pourrait provenir d'un défaut d'adaptation, d'un mauvais tournant, d'une aberration. Ce devrait être une pensée horrible pour moi, affreusement décevante, mais, d'une certaine façon, peut-être parce que je te porte en moi, petit bébé, la consternation dans laquelle cette nouvelle jette tout le monde ne semble pas me frapper avec la même violence.

Peut-être parce que j'ai vu ton cerveau dans un tourbillon glacé, ton sang pareil à du feu, ta main minuscule – qui n'était peut-être pas une main normale de bébé ? Pourtant tu es extraordinaire, un être de lumière, et je n'ai pas peur.

« Ça va ? »

Sera entre dans la cuisine et débarrasse mon verre de lait vide. Puis, avec des gestes vifs et précis, elle se met à déplacer les bocaux de sucre et de farine. Elle sort ses cuillères à mesurer, jette d'une main experte du sel et du bicarbonate dans un saladier. Ma mère cuisine souvent lorsqu'elle est préoccupée, et avant même que je décide si oui ou non je vais répondre sincèrement à sa question, elle a préparé de la pâte à pancakes.

Je remarque : « C'est bizarre pour un après-midi d'août. On devrait plutôt manger des épis de maïs ou de la pastèque, non ? »

Mais elle est déjà en train de verser une louche de pâte sur une plaque en fonte noire fumante – qui a la patine brillante de la poix et a appartenu à sa mère.

« Ça remonte le moral.

– D'accord, maman. Mais c'est quand même bizarre. »

Sera semble hypnotisée par la pâte qu'elle a étalée avec tant de calme et d'habileté que celle-ci a formé un cercle parfait. Elle guette les petites bulles au centre qui lui signaleront quand retourner le pancake. Ses cheveux sont à présent entortillés et retenus au sommet de son crâne par une barrette ornée de perles, et son chignon ébouriffé et sexy lance des éclats à la vigueur métallique. Très jeune, elle a vu ses cheveux devenir non pas gris mais blanc argenté ; ses yeux sont bleu foncé et sa peau très fine et claire. Une reine des fées de l'hiver, voilà comment je la perçois depuis toujours – éthérée et sage. Non pas que je sois toujours d'accord avec ses idées parfois déjantées.

« Maman.

– Maintenant, je regrette. »

Elle bat l'air de sa spatule, la pose dans un cliquetis métallique et se colle une main sur la bouche. Ses yeux écarquillés débordent de larmes.

« Qu'est-ce qu'il y a ?

– Tes vaccins, ma chérie. Est-ce qu'il est trop tard ? »

Tout au long de mon enfance, immanquablement lorsqu'elle remplissait les dossiers d'inscription à chaque rentrée scolaire, Sera avait refusé de me faire vacciner. Parce qu'elle soupçonne que des additifs dans les injections ou les vaccins eux-mêmes provoquent l'autisme ou l'empoisonnement au mercure. J'étais parmi les quelques élèves de mon école alternative à ne pas être protégée, ce qui ne m'a pas dérangée jusqu'à ce que je lise un article sur la prédisposition des Amérindiens à contracter les virus européens. Chez nous, neuf personnes sur dix sont mortes de la rougeole, de la variole, et que sais-je encore. Étant une descendante de cette dixième personne aux gènes résistants, je bénéficiais donc d'une certaine immunité inhérente naturelle, mais n'empêche. À présent, la brusque épouvante de Sera face à l'éventualité du chaos, de la maladie endémique ou allez savoir quoi, m'agace au point que je la laisse souffrir un moment.

« Ouais, c'est vraiment trop tard. Je vais probablement attraper la polio à l'âge adulte, ou une rougeole carabinée. Je vais peut-être crever d'une toux convulsive avant qu'on découvre où cette situation est en train de nous mener. Je vais regretter de rater ça.

– Oh non, Cedar, je t'en prie. On va appeler un médecin.

– Tu n'as pas de médecin. Ce qui est un tort, selon moi.

– Glen en a un. On va lui demander de te vacciner.

– Maman, ça prend des années avant que les vaccins n'agissent. Il en faut toute une série. Tu te rappelles quand tu as été vaccinée ? Toi, au moins, tu ne risques rien. C'est toi qui me tiendras la main pendant que je vomirai du sang noir et que je finirai par succomber aux démangeaisons de la variole. »

Le pancake commence à brûler, elle gratte pour le décoller et le jette à la poubelle. Elle me regarde, un instant attristée, puis soupçonneuse. Il lui vient à l'idée que je ne dirais pas ces choses-là s'il y avait le moindre risque qu'elles se réalisent.

« Cedar.

– Oui ?

– Est-ce que tu t'es fait vacciner ?

– Évidemment. À dix-huit ans. Pour toi, ne pas me faire vacciner était une attitude de classe. Si les grands bourgeois aux idées délirantes peuvent se permettre de céder à leur paranoïa, c'est parce que les masses s'exposent aux prétendus dangers de la vaccination. »

Elle fait mine de ne pas entendre ce qu'elle aurait d'habitude qualifié chez moi de comportement odieux, et reste plantée là sous le coup du soulagement.

« Tu ne me l'as jamais dit !

– Ben, pfou, je ne voulais pas te mettre en colère.

– Ah, mon cœur, je suis tellement contente. Je suis tellement soulagée ! »

Elle laisse brûler un autre pancake, le temps de s'approcher du plan de travail et de m'ensevelir dans ses bras – une tendresse qui fait vraiment du bien. Je suis heureuse d'avoir droit à une telle tendresse pour mes propres raisons, pas pour les siennes. J'en ai tellement besoin, de cette tendresse, que je me cramponne à Sera jusqu'à ce que les larmes qui emplissent ses yeux roulent sur ses joues.

« Tu es cruelle ! »

Elle recule en s'essuyant le visage de la paume de la main.

« Tu devrais te faire piquer contre le tétanos. Le vaccin agit pendant dix ans. C'est une sale façon de mourir.

– Oui, oui, Cedar, c'est promis, quoique je ne pense pas qu'attraper le tétanos devienne le problème numéro un.

– Le choléra, alors ?

– Non, la reproduction. »

J'arrondis les lèvres pour former des mots, mais aucun son n'en sort.

Elle réussit deux pancakes parfaits, les garnit au centre d'un tourbillon de crème fouettée, et me les tend sur une assiette. Et puis il y a du sirop d'érable, le vrai qui coûte une fortune, produit au Canada parce qu'ici les érables ne donnent plus rien. Sera a toujours adoré nous servir, à Glen et moi, des en-cas astucieux – du bouillon de volaille entièrement fait maison quand nous étions malades, des saladiers de purée de pommes de terre à l'ail quand nous étions tristes, et aujourd'hui des pancakes à la farine de maïs pour conjurer l'apocalypse.

Glen entre et s'assoit devant son assiette de crêpes. Il les coupe en gros carrés beurrés, verse dessus la moitié du sirop puis les enfourne à toute vitesse dans sa bouche. Il engloutit toujours la nourriture lorsqu'il est perturbé sur le plan émotionnel.

« Mange doucement, lui recommande Sera. Tu es bouleversé. Bon, c'est normal. Mais mange doucement quand même. »

Les yeux de Glen n'en restent pas moins distraits et noirs – on le prend parfois pour mon vrai père. Quand j'étais petite, il avait les cheveux tout à fait bruns. Chez lui il y a aussi des survivances de la conquête normande, qu'on reconnaît à sa façon d'apprécier ce qu'il mange et à son amour des rituels entourant les repas. Quand il se met aux fourneaux, tout s'arrête. Autrefois Sera et moi prenions place face au plan de travail, assises devant un verre de vin pendant qu'il pilait du basilic, faisait griller des pignons, bataillait joyeusement avec des recettes compliquées. C'est donc un signe d'angoisse qu'il engouffre ainsi la nourriture, et cet après-midi il semble incapable de se réfréner. Il n'entend pas Sera et termine ses pancakes sans guère s'interrompre pour reprendre haleine. Une fois son assiette vide, il nous regarde, perplexe.

« Je pense à une chose, puis à une autre, et je ne sais pas quoi faire.

– Eh bien, en voilà une au moins dont tu n'as pas à t'inquiéter, lance Sera. Cedar s'est fait vacciner. Elle n'attrapera rien de grave. »

J'ouvre la bouche pour parler, c'est le moment idéal pour annoncer que j'ai attrapé, si l'on peut dire, ce qu'il y a de plus grave, vu la situation. J'arrondis mes lèvres autour des mots « Je suis enceinte », mais je ne parviens pas à les laisser échapper. Sera est si contente de ma toute petite nouvelle ; mes chances de survie ont augmenté de façon soudaine, absurde, dans ses pensées embrouillées. Je ne peux franchement pas gâcher son seul instant d'espoir. Alors je me mets à parler des chiffres, des millions et des milliards, en sachant pourtant que mes parents ne comprendront pas viscéralement la façon dont le temps intemporel m'est tombé dessus quand je t'ai regardé sur l'écran d'un échographe. Ils ne verront rien dans cette incommensurable dimension. Ajouter le choc de ta personne à l'effondrement de leurs fondations, c'est trop.

Nous nous laissons flotter dehors. La lumière de l'été finissant s'écoule comme du sang, interminablement. Mes parents partagent une bouteille de vin sans remarquer que je bois plutôt de la citronnade, ni que je n'arrive pas à finir mes pancakes. Nous sommes assis sur la galerie, à l'arrière de la maison. Ils adressent des signes aux voisins, trottinent jusqu'à la clôture pour bavarder, essuient la sueur qui perle sur leur front. Nous faisons des projets pour rester, nous enfuir, nous cacher, vivre normalement. Nous décidons de rester vigilants, puis discutons pour savoir si oui ou non la vigilance est une stratégie. Et pendant tout ce temps, alors que le soleil décline, nous baignant dans un embrasement magnifique, mon cœur se fend peu à peu. L'or profond aux reflets orangés est pure nostalgie. Une très ancienne clarté se diffuse déjà sur cette belle vie que nous partageons. Je deviens lourde, enracinée dans ma chaise longue. Tout ce que je dis et tout ce que disent mes parents, les amis qui vont et viennent, la saveur piquante de la citronnade, le vin sur leur langue, les cris d'oiseaux ensommeillés et les écureuils qui s'élancent de branche en branche, sans crainte, dans les hautes cimes des vieux érables et des féviers, tout cela est en phase terminale. Il n'y aura plus jamais d'autre mois d'août sur terre, pas comme celui-ci ; il n'y aura plus jamais cette sorte de bien-être et de justesse. Les oiseaux changeront, les écureuils tomberont des arbres, et qui se rappellera comment on fait le vin ?

Nous rions en évoquant des souvenirs amusants, nous nous tenons la main. Nous convenons que toute cette histoire représente l'amer triomphe du laïcisme. Le créationnisme mord la poussière, et pas qu'un peu. Mais tandis que mes parents se taisent et que dans la lumière déclinante je regarde le jardin paysagé, que je me demande à quoi ressembleront les oiseaux, je sais que nous sommes arrivés au terme de la science. Il se pourrait que les êtres humains soient sauvés par elle. C'est possible, mais je suis sûre et certaine que même dans ce cas il n'y aura pas de véritable explication. Si l'évolution régresse, nous ne saurons jamais pourquoi, pas davantage que nous ne savons pourquoi elle a démarré. C'est comme la conscience. Nous sommes capables de dresser la carte du cerveau et de décrypter l'origine des pensées, et même des sentiments. Nous pouvons tout dire sur le cerveau, sauf pourquoi il existe. Ni pourquoi il réfléchit à ce qu'il est. Donc, plus j'y pense, plus il me semble qu'il vaudrait mieux aborder notre situation délicate en reconnaissant la réalité de l'*Anima Mundi*, l'Âme du Monde.

Je souhaite bonne nuit à mes parents et monte lentement l'escalier, moquetté le lendemain du jour où, à trois ans, je me suis cogné la tête en dégringolant de ces marches en bois. J'ai souffert d'une légère commotion après ça, et j'ai encore une toute petite cicatrice au front, à la naissance des cheveux. L'histoire veut que, au matin, Sera ait appelé un magasin de moquettes et qu'elle ait harcelé les employés pour qu'ils viennent en poser d'urgence. Mes pas sont donc des craquements assourdis, et ils sont pesants, mais ma main est légère sur la rampe luisante. Je caresse tout ce devant quoi je passe, comme pour un adieu. Cette nuit-là, tandis que je m'endors dans ma chambre d'enfant qui sert plus ou moins de chambre d'amis mais où sont restés mes trophées de football et mes poupées, je suis couchée sur le dos, les mains posées directement sur toi. À l'instant où je m'enfonce dans une inconscience bienvenue, je remonte brusquement à la surface, une seule fois. Et je pense : *Il y a quelque chose que je dois faire.* Le matin venu je me souviens que j'ai décidé d'écrire ceci (ton journal) : un récit et une enquête au cœur de l'étrangeté des choses.

Je sors sur la pointe des pieds tant que Sera et Glen sont encore enfermés dans leur chambre, marmonnant dans leur semi-éveil avant d'entamer une nouvelle journée et de reprendre conscience de la situation. Pour ma part, il faudra que j'écrive dans le cadre familier de mon repaire, au sud de Minneapolis, ma maison située dans une impasse oubliée filant droit sur le remblai d'une voie ferrée désaffectée. J'ai acheté ce minuscule bungalow grâce à l'argent hérité de ma grand-mère Songmaker. J'ai de la chance. Le jardin à l'arrière se coule dans l'enchevêtrement du droit de passage oublié du chemin de fer, envahi d'arbres malingres. Au moment où je quitte l'allée de mes parents, je jette un coup d'œil dans le rétroviseur. Il y a quelque chose d'anormal. J'arrête la voiture. Les lampes de la galerie, qui d'habitude restent allumées toute la nuit et jusqu'au matin, sont éteintes. La rue est privée d'électricité. Le quartier tout entier n'est plus alimenté. Ce qui n'a rien d'exceptionnel, et pourtant il semble qu'il soit arrivé un malheur bien plus grand, car l'élégante rue de mon enfance a l'immobilité d'un très vieux rêve, la sourde perfection d'une photo « d'avant » une catastrophe. J'essaie de chasser cette inquiétude. Mais pendant tout le trajet du retour, le long des artères calmes et vides, j'ai le sentiment que, davantage que le passé, c'est maintenant l'avenir qui nous hante.

15 AOÛT

Je t'ai déjà senti bouger. Tes os se solidifient, ton cerveau est branché en stéréo – tes oreilles. Tu peux donc m'entendre, tu peux entendre ma voix. Tu peux m'entendre prier dans la voiture et lorsque j'entre dans la maison. Tu peux m'entendre quand je lis à haute voix les premiers mots de la lettre que je t'adresse. Je vais tout te raconter, petit à petit, au jour le jour.

Pour commencer :

Je prends l'enveloppe qui contient ton échographie. J'ai peur de la regarder, pourtant je la sors et j'en aplatis les bords. Mais elle ne m'apprend pas grand-chose. Les taches n'ont aucun sens pour moi. Je scotche avec soin la première image de toi sur la couverture de ce journal intime relié. Puis je me sers d'un rouleau d'adhésif d'emballage transparent pour la protéger. Mais je suis déçue, perdue. Je croyais que les femmes adoraient leurs échographies, les mettaient de côté précieusement, alors peut-être vais-je finir par éprouver quelque chose pour cet amas confus de membres et de tête, gris et blanc, qui me paraît pour l'heure si étranger et en même temps si banal.

Notre maison est une petite construction de plain-pied composée de deux pièces, le jardin de derrière un divin fouillis, et le jardin de devant un grand désordre aussi. L'entrée, très éloignée de la rue. C'est un domicile que je n'ai pu m'offrir que parce qu'il n'avait pas de garage, resté à moitié inachevé. L'extérieur est beige uni et l'intérieur également de couleur éteinte. Je n'ai mis ma patte que dans la cuisine – jaune accueillant – et l'arrière-cuisine – blanc futuriste. Les murs que j'ai récemment doublés d'un isolant ne sont pas finis – j'ai le Placo, mais je ne l'ai pas encore posé. Un chantier en cours. C'est pourtant notre refuge et notre repaire, l'endroit où je peux me contenter d'être la créature anonyme que je suis, un ensemble de bizarreries et de singularités âgé de deux décennies et des poussières, la machine biochimique qui étudie son propre esprit, la chercheuse qui croit tout autant aux lois de la physique qu'au Saint-Esprit, à la lecture de son théologien préféré, Hans Küng (celui qui fut réprimandé par Ratzinger mais que notre pape actuel adore), et qui s'efforce de vivre selon les sept enseignements ojibwés, Vérité Respect Amour Courage Générosité Sagesse Humilité, que je ne connais que grâce à ce que j'en ai lu et non, disons, par l'entremise d'un véritable membre de cette nation indienne.

Je m'assieds sur le bord de mon matelas et défais mes tennis en posant un pied après l'autre sur le genou opposé. Puis je m'agenouille à côté du lit, comme toujours, j'attrape mon chapelet accroché à l'un de ses montants et je récite quelques Je Vous Salue Marie, pour me remonter le moral. Je me glisse entre mes draps et dors deux heures. Tu rues et cabrioles, et je rêve comme on le fait en plein jour – par intermittence, à toute vitesse, des rêves de paranoïa et aussi des graphiques de CNN. Le téléphone me réveille, une ligne fixe analogique à l'ancienne. La sonnerie retentit comme si ce pouvait être celle de ton père, et je ne réponds pas. Tu te balances de part et d'autre dans le berceau de mes hanches. Je me redresse et avale d'un trait un verre d'eau éventée. La matinée est déjà bien avancée. Je reprends l'article que je lisais il y a des années-lumière, me semble-t-il, intitulé « La Conception de la Vierge par l'oreille » ; c'est une étude universitaire sur la croyance partagée par certains que le souffle murmuré de Dieu a provoqué l'Incarnation. Au bout de vingt minutes, je laisse tomber.

« Qu'a-t-il *dit* ? » Le plafond est nuageux, poncé, rendu çà et là presque bleu à force d'avoir été frotté, pareil à un vrai ciel. « Quel est le mot qui a *marché* pour Marie ? »

Ce mot m'intrigue, aujourd'hui plus que jamais, l'idée d'un mot tellement mystérieux, d'un mot tellement puissant, d'un mot tellement divin, en fait, que son expression insuffle dans le corps d'une femme une grossesse d'une nature sacrée.

Évidemment, je sais que pour la plupart des théologiens l'Incarnation n'est pas le résultat d'un mot ou d'une parole au sens propre. La parole est une idée, l'idée de Dieu. Küng a souligné que l'Incarnation en soi ne pouvait être uniquement rattachée à l'instant mathématique ou mystique de la naissance ou de la conception de Jésus, mais qu'il faut la rattacher à sa vie et à sa mort, en tant que tout. Pourtant, l'idée de ce mot réel continue à me tourmenter, et à laisser entendre que, quelque part en dehors de la véritable expérience humaine des mots que l'on prononce, des mots que l'on pense, il existe une langue, ou peut-être une pré-langue, composée de mots si inconcevablement sacrés qu'ils ne peuvent être exprimés, et encore moins connus.

Peut-être sauras-tu la parler, cette langue. Peut-être est-ce une langue que nous avons oubliée. Peut-être rêves-tu dans cette langue à cet instant précis. Et peut-être y a-t-il un mot qui a changé le cours de l'existence humaine. Un mot inscrit dans l'épaisseur des choses, un mot au cœur du quantum et des codes génétiques et synaptiques, un mot qui disait tous les êtres et toute la vie… Bon, ça suffit comme ça.

Parfois mon cerveau va si vite que je ne parviens pas à le suivre, voilà pourquoi je me félicite de vivre seule. Je ne sais pas ce que je ferai quand tu seras là. Écrire sur tes couches ? Sur toi ? Je griffonne un peu partout des messages, des notes, des idées pour la prochaine édition de *Zèle*. Je dois, d'une façon ou d'une autre, rendre compte de l'évolution bouleversante des événements dans le numéro en cours d'élaboration ; je dois trouver un thème. J'ai plusieurs articles et une douzaine de travaux universitaires à trier pour décider s'il y a là-dedans quelque chose d'exploitable. Comme toujours, je finirai probablement par rédiger moi aussi un texte, sous pseudonyme.

Pour le déjeuner je prépare et avale un paquet entier de petits pois surgelés additionnés de beurre, je bois deux verres de lait, je passe à la poêle deux burgers végétariens et les glisse entre deux morceaux de pain garnis de cornichons émincés, de moutarde, de ketchup et, pourquoi se priver, d'un oignon. Au moment où je mords dedans, tout à coup je sais, je *sais* absolument : le thème de ce numéro sera à la fois le nom de mon église et le sujet de l'article sur la baise via l'oreille – l'Incarnation. Ma publication étudiera l'étendue de la réflexion sur la façon dont la divinité du Christ devint chair. Y a-t-il un sujet qui fasse davantage écho aux événements actuels ? Maintenant qu'il semble que nous risquions de perdre notre propre étincelle de divinité, notre conscience, nos âmes ?

Soudain une énergie nouvelle, attisée par le but à atteindre, s'empare de moi : je nettoie la cuisine, lave et essuie les assiettes une par une, et quand enfin tout est rangé je vais dans mon bureau.

Ma table de travail est une grande et solide table de banquet pliante placée le long d'un des murs de l'arrière-cuisine. De l'autre côté s'alignent ma machine à laver, mon sèche-linge et, du sol au plafond, des étagères en aluminium chargées de boîtes d'archives blanches sur lesquelles j'ai inscrit lisiblement les dates et les titres de mes projets et des anciens numéros de *Zèle*. Pour seules fenêtres, il y a de petits rectangles ouverts en hauteur dans le mur ouest. Mais j'ai des ampoules plein spectre fluorescentes encastrées dans le plafond, et une lampe lumière du jour à chaque extrémité de ma table. Quand j'allume, toute la pièce est d'un blanc étincelant, et l'écran bleu de mon ordinateur l'unique grosse tache de couleur. Sur les conseils de Glen, j'ai collé du ruban adhésif d'électricien sur l'œil de la webcam. Cela paraît absurde, mais il me l'a fait promettre.

Je suis l'énoncé de mon nom. Je me cale dans mon siège et fixe le mur immaculé. Ce vers d'un fragment du texte gnostique *Le Tonnerre, intellect parfait* est la dernière phrase que j'ai écrite avant de prendre ma voiture pour partir vers le nord. Ce n'est pas mon genre de citer d'autres écrits que les références canoniques, et ce traité est difficile. Mais je suis attirée par ce texte, et je l'ai lu si souvent que je le connais quasiment par cœur. *Car je suis la première et la dernière. Je suis l'honorée et la méprisée. Je suis la prostituée et la sainte. Je suis l'épouse et la vierge.* C'est peut-être la voix, me dis-je, si pleine de morgue et si vivante, usant de l'antithèse pour provoquer dans l'esprit du lecteur la discordance romantique qui se produit lorsqu'on tente de comprendre l'inconnaissable. *Je suis la stérile et nombreux sont mes fils. Je suis la consolation des douleurs de l'enfantement. Je suis la mariée et le marié. Et c'est mon époux qui m'a engendrée. Je suis la mère de mon père...*

Cette voix me réconforte – elle est si farouchement moderne, si intemporelle, qu'elle est tout à fait de notre temps. Car me voici, peut-être une contradiction ambulante, peut-être deux espèces dans un seul corps. Personne ne le sait. Une femme, une pauvre fille, un boulet, une dilettante enceinte et sans diplôme, pas seulement à cheval sur les millénaires mais sur les époques. Je suis aussi une Indienne Ojibwé mal dans sa peau, une catholique novice, un cerveau qui s'escrime et invente des drames inconciliables. C'est plus fort que moi, j'amasse des tonnes d'idées sans intérêt et je suis incapable de les distinguer de celles qui sont importantes – pourtant l'Incarnation, ça, c'est *important*. Ça, c'est *pertinent*, selon moi.

Peut-être sommes-nous confrontés à une incarnation à rebours. Un processus où l'esprit du divin se perd dans la nature physique humaine. Peut-être l'étincelle de divinité, que nous connaissons en tant que conscience, est-elle réabsorbée dans l'infinie créativité de la vie bouillonnante et opportuniste. Un grand souhait me parcourt. Je suis dévorée de curiosité. Je veux voir plus loin que ma vie, plus loin que la tienne, or voilà précisément ce qui, au dire du paléontologue, n'existera pas : le récit. Je veux voir cette histoire. Plus que tout, je suis frustrée à l'idée que je ne saurai jamais comment tourneront les choses.

Mon vieux téléphone sonne et continue de sonner. Je

l'ai gardé sur l'insistance de Glen et Sera – ils se méfient des portables. D'abord le traceur Stingray, et maintenant Jellyfish, comme des bulles translucides flottant au-dessus des parcs et des jardins. Ces systèmes s'emparent des informations de nos portables au profit de grandes entreprises qui vous bombardent d'appels. Ma ligne fixe ne figure pas dans l'annuaire et elle est équipée d'un filtre puissant. Ton père presse le bouton de rappel. Il est contrarié, évidemment. À un moment ou à un autre, il va bien falloir que je réponde. Ou que je débranche la prise, me dis-je, et je tends la main vers le combiné mais ne décroche toujours pas. Tu fais une embardée, roules sur toi-même au creux de mon bassin, et des fourmillements parcourent mes cuisses. Je me penche plus près du bureau et du clavier pour rédiger mon introduction : « Imaginez ce que cela représenta pour la jeune femme, Marie, de sentir les coups de pied et les secousses incroyables de son fœtus et de savoir qu'elle hébergeait une présence divine, la Parole de Dieu faite homme. Pourtant, ce qu'elle ressentait était probablement assez proche de ce que toutes les femmes enceintes ont ressenti, au fil du temps, depuis que nous sommes capables de ressentir et conscientes de ce que nous ressentons. Cette stupeur mêlée d'admiration et de perplexité pour l'être mystérieux que nous hébergeons s'apparente certainement à une appréhension mystique… »

Mais soudain les mots sur l'écran sont tellement dérisoires, limités, sans épaisseur, ridiculement futiles. J'écris : « La grossesse est une contrée sauvage de l'existence », puis je pose les mains sur mon ventre, réfléchis un instant avant de me remettre à taper : « Dans cet état sauvage, les repères sont si ordinaires et si banals que la grandeur que j'éprouve paraît illusoire. Peut-être qu'à tout moment, et dans tous les pays, les femmes enceintes sont en danger. Dans une certaine mesure, nous sommes vraiment folles. Nous vaquons à nos occupations et découvrons que notre bébé, comme n'importe quel autre bébé sur terre, sera une forme de régression. Nous ne pouvons encore imaginer laquelle. Il semblerait que jusqu'ici notre évolution tout entière ait été codée dans une partie du sang ou des tissus que nous n'avons ni repérée, ni déchiffrée. »

À présent, il est trop tard. Nos corps n'ont jamais oublié qui nous étions. Et ils ont décidé de revenir en arrière. Nous redescendons l'échelle de la piscine et regagnons la soupe primordiale. Nous autres femmes enceintes, nous l'apprenons et veillons à prendre notre supplémentation en acide folique et à dormir suffisamment, tandis que nous faisons croître en nous un élément de vie si complexe, quel que soit son état d'évolution, que seuls les Coréens et toute leur technologie sont capables de fabriquer un seul de ses ongles. Me voici donc occupée dans mon sommeil à assembler un cerveau tout neuf, un genre de cerveau. Mon corps accomplit des choses impossibles, et maintenant il y a un truc qui cloche, *qui cloche horriblement...* Alors que j'écris ces derniers mots, mes genoux se mettent à trembler, et le tremblement parcourt mon corps sous forme de frisson, remonte et m'arrache un cri. Et le son de mon propre cri, vilain et rocailleux, me fait sursauter. Je me tais quelques instants avant de fondre en larmes, en proie à une douleur sourde qui me déchire de l'intérieur, à des sanglots inquiets et désorientés qui me laissent au bout d'un moment échouée sur mon siège de bureau, toujours face à l'écran bleu et calme.

Je suis assise là, à réfléchir, plongée dans le bleu, quand, sans que je touche à rien, le visage d'une femme s'épanouit sur l'écran.

« Bonjour, dit-elle, rien qu'à moi, son regard croisant le mien. Je suis Mère. Comment vas-tu aujourd'hui ? »

Je ne réponds pas. La webcam de mon ordinateur est obturée au ruban adhésif, mais les haut-parleurs doivent toujours être branchés. Le bouton de mise en marche est sûrement défectueux. On dirait qu'elle sait que je suis là.

« Comment te sens-tu ? » demande-t-elle. Sa voix est débordante de chaleur. « C'est important pour moi. J'aimerais savoir. »

Son visage est rond et blanc comme un disque de pâte à pizza. Elle a les joues flasques. Son sourire est minuscule, formé de minces stries de lèvres rouges. Sa chevelure brune, un casque à la Prince Vaillant, est fermement arrimée à son crâne. Ses yeux marron et perspicaces pétillent. Elle porte un chemisier couleur abricot à encolure drapée.

« Comment te sens-tu, ne cesse-t-elle de répéter. Comment vas-tu, chère petite ? »

20 AOÛT

Toutes les ampoules allumées, les volets clos, les lampes de lecture qui répandent leur lumière sur ma table de travail, papier blanc et murs blancs. J'essaie de téléphoner à tes grands-parents Songmaker, mais quel que soit le numéro que j'appelle, ils ne répondent jamais. Ils me rappelleront quand ils le pourront. J'ai évité l'ordinateur depuis qu'il a fait apparaître l'entité à la chevelure en forme de casque.

J'ai toujours mon téléphone portable mais je suis prudente et ne le consulte qu'une fois par jour pour les infos. Je me contente de faire défiler les titres pour essayer de me protéger. Pas de données cellulaires. Pas de géolocalisation. Bon, les infos. Il y a davantage de consternation, des accumulations grandissantes de détails qui semblent plus trompeurs qu'utiles, une session d'urgence du Congrès convoquée tout spécialement, de nouvelles découvertes. Des hommes en costume sombre qui gardent le regard rivé à des échographies s'étalant sur grand écran. Des hommes en costume sombre qui examinent des échographies de bébés en arrêt sur image et avancent des hypothèses sur ce que pourraient signifier, en termes de cognition, les anormalités du néocortex. Et aussi ce que signifie le fait que les organes sexuels masculins ne se développent pas de façon normale. Parfois même pas du tout. Il semblerait que le nombre d'enfants de sexe féminin ait augmenté. J'ai pourtant l'impression que tu es un garçon.

Cesse de penser à l'avenir.

Maintenant est tout ce que nous avons, me dis-je. Travaille sur le *maintenant*, l'ici, le présent, le moment d'extrême hyperconscience qui est également lié à l'exercice mental le plus profond de Sera, sa méditation, et c'est une chose qui me dérange. Je suis plus à l'aise avec l'avant ou l'après de l'existence. Je suis plus heureuse lorsque je dissèque le passé ou redoute l'avenir. Je n'ai en vérité aucune compétence pour vivre simplement le présent. Mais depuis que le passé est tellement différent de l'avenir que le fait même de se souvenir revient à regarder par le mauvais bout d'un télescope, et depuis que l'avenir est tellement inquiétant que le fait même de céder à mon imagination suffit à déclencher une crise de panique généralisée, il vaut vraiment mieux pour notre santé à tous les deux que je reste concentrée sur ce qui est le plus immédiat. Il faut que je me traite comme un cheval ombrageux. Un animal prêt à s'emballer devant la vision d'ensemble. Cantonne-toi à la périphérie. Enfile une apaisante paire d'œillères.

Planque l'alcool.

Tout ce que j'ai à faire, c'est placer les bouteilles et les munitions dans les murs, partout où j'ai installé des panneaux isolants dans la maison. Pendant le restant de la journée, occupée à caser ici et là les bouteilles, les boîtes de cartouches, à revisser le Placoplâtre à l'aide de ma très pratique perceuse électrique, je ne cesse de penser à la Vierge Marie. Je pense à elle en posant les joints adhésifs. Plus tard, je passerai de l'enduit. Puis je remettrai une couche de peinture. J'aime la monotonie des travaux de réfection. C'est gratifiant. Tandis que j'emmure la gnôle, je peux méditer. Je mets les cigarettes dans des barquettes en plastique et les glisse dans l'espace vide derrière la chaudière. Une fois que j'ai remonté les cloisons, je démantibule les caisses ayant contenu l'alcool et les emporte au garage, dans le bac de recyclage, qui ne sera peut-être jamais ramassé.

Quand tout est terminé je me rends en voiture dans mon supermarché habituel, et je suis étonnée de le trouver bien approvisionné. Je remplis mon caddie de sel, de riz, de haricots, de farine de blé complet, de préparation pour pancakes, de tonnes de légumes en conserve, et de beurre de cacahuète. J'achète aussi quelques douceurs. Une bouteille de jus de fruits, une pomme croquante de Nouvelle-Zélande, des quantités de biscuits salés à la farine broyée à la meule de pierre, et une boule de mozzarella lisse et blanche. À la maison, je dispose mes gâteries sur le bureau. Combien de temps encore, me dis-je, pourra-t-on manger ce genre de collation sur le pouce – du fromage fabriqué avec le lait d'une vache traite en Italie, des biscuits emballés dans le New Jersey, des fruits pressés en Floride, une pomme venue de l'autre bout du monde ?

Le boulot d'aujourd'hui consiste à corriger le bulletin paroissial. J'inspire profondément et allume mon ordinateur, juste pour le traitement de texte. Je sens qu'il est de mon devoir d'écrire pour la paroisse. Comme je l'ai dit, j'ai rejoint la communauté chrétienne dans le but de me faire des amis, et aussi d'emmerder mes parents. Mais j'adore mon église. C'est un lieu modeste – ni une cathédrale en pierre de taille, ni une basilique. Elle ne porte même pas le nom d'un saint, elle porte celui de mon obsession actuelle. La Sainte Incarnation a été fondée pour s'occuper des personnes les plus démunies de la ville, des exclus, des bons à rien, des invivables, des toxiques et des contaminés. C'est une petite bâtisse en verre, en briques et en parpaings, sans aucun espace de stationnement. Elle est très différente des églises protestantes de lointaine banlieue résidentielle que j'ai aussi fréquentées, avec leurs vastes parkings goudronnés, leurs voûtes en pierre et en béton, leurs écrans géants installés sur le parvis pour diffuser des gros plans du pasteur. Mon église n'est pas une église des âmes sauvées, mais une église des âmes perdues.

Alors que je compose la page Réflexions, mon écran s'assombrit et se brouille. Cette fois elle flotte lentement, venue des profondeurs, avant que son image ne devienne enfin nette.

« Bonjour, chère petite. Comment vas-tu ? »

Cette fois ses joues rondes sont gris ciment, crispées autour de son sourire.

« Mère pense à tout ce qui te concerne. Aimerais-tu me raconter ta journée ? »

J'éteins mon ordinateur.

Mes mains tremblent. Poussant sur mes bras, je m'écarte de l'écran noir. Mais je ne réussis pas à me lever. Je ne réussis pas à bouger. Le téléphone se met à sonner, sans discontinuer. Il insiste pendant dix minutes, puis se tait un instant avant de retentir de nouveau. Vingt-cinq minutes après la dernière sonnerie, on frappe à la porte. C'est le temps qu'il faut à ton père pour venir de son appartement jusque chez moi, je sais donc qu'à l'instant même il se tient sur les marches devant la maison. Il est trop tard pour éteindre la lumière. Il sait que je suis là, et pourtant je reste pétrifiée devant l'ordinateur éteint. La porte commence à trembler. Ton père secoue la poignée ronde en métal et martèle le bois. Bientôt il se met à crier mon nom. Ma rue est calme et finit sur un ancien remblai de chemin de fer. Comme je l'ai dit, c'est un cul-de-sac oublié, une rue épargnée par l'embourgeoisement ou la pauvreté. Ce n'est pas une voie qui mène quelque part. Je suis certaine que mes voisins, curieux, coulent des regards entre les lames de leurs stores ou jettent un coup d'œil entre leurs rideaux tirés. Je quitte mon bureau et traverse mon entrée plongée dans la pénombre pour m'approcher de la porte. Je me plante derrière le chambranle secoué de soubresauts et respire à fond six ou sept fois avant d'être sûre que je vais pouvoir parler sans que ma voix chevrote ni que ma gorge se noue.

« Va-t'en. »

Il m'entend, et cesse son raffut. Nous restons silencieux d'un côté et de l'autre de la porte fermée. Je pose la paume de ma main sur la poignée, puis laisse aller mon front contre le pan de bois. J'entends son souffle de l'autre côté et je suis certaine qu'il m'entend aussi. La porte se compose de trois panneaux, celui du haut est un grand rectangle, et les deux autres en dessous sont joliment cernés d'un cadre. Le bois est teinté en brun-rouge foncé, et sous le vernis le grain est terre de Sienne, veiné et entrelacé.

« Ouvre, Cedar, j'ai un truc à te dire. »

Je ne peux pas le laisser entrer, mais je ne peux pas non plus m'éloigner de la porte.

Je finis par répondre : « Je vais appeler la police.

– Si je suis là, c'est justement à cause de la police. Est-ce que tu es au courant ? Est-ce que tu as vu les infos ?

– Non.

– Je t'en prie, laisse-moi vite entrer sinon je vais encore plus attirer l'attention. Je ne veux pas être vu et prendre le risque d'éveiller les soupçons. Je t'en prie, c'est vrai, je te le jure.

– Qu'est-ce qui est vrai ?

– Les flics. Ils vont venir te chercher. »

La police nous parque toutes ensemble. Voilà ce que ton père m'a expliqué quand j'ai fini par lui ouvrir et que j'ai éteint toutes les pièces. À une courte majorité, la Chambre des représentants et le Sénat ont voté de renforcer et de donner de nouveaux pouvoirs à ce qui fut d'abord, il y a bien longtemps, le Patriot Act. Il y avait les articles I, II, III, IV, et maintenant nous en sommes au V, dont l'alinéa 215 permet toujours à notre gouvernement de saisir l'intégralité des bases de données des bibliothèques et des établissements médicaux dans le but de garantir la sécurité nationale. Cet arrêté récemment étendu, via un amendement qui ne date que de quelques heures, autorise le gouvernement à établir, d'un bout à l'autre du pays, quelle femme est enceinte. Le ministre de la Santé a été révoqué, m'apprend ton père, et son successeur a annoncé que les femmes enceintes seront enfermées dans des hôpitaux pour qu'elles accouchent sous contrôle. C'est dans l'intérêt de notre sécurité, et nous sommes priées de nous présenter de notre plein gré. Celles qui le feront sans attendre se verront attribuer les meilleures chambres. Les meilleures chambres ! Le cœur battant, je repense au médecin qui a probablement mis sa vie en danger pour moi. Il m'a donné mon échographie. Il savait. Les meilleures chambres. C'est trop drôle. Les femmes vont-elles se rendre en pensant qu'un peu plus d'intimité, une vue plus jolie, un fauteuil supplémentaire en valent la peine ? Nous n'irons pas. Et j'ai de la chance, nous avons de la chance. Parce que je me suis servie de la vieille carte d'assurance maladie qu'on m'avait donnée à l'époque où je travaillais pour le magazine des anciens de l'université du Minnesota, nous serons difficiles à retrouver. Sur cette carte figure une ancienne boîte postale, pas d'adresse personnelle. Mais au beau milieu de la nuit je me réveille en sursaut, les yeux écarquillés. Je me suis servie de ma carte bancaire pour payer la layette chez Target. J'ai payé en ligne mes frais de carte. Je me glisse de nouveau tout au fond de l'enchevêtrement de couvertures. Je suis poursuivie-pour-achat-de-grossesse par Mère. Ton père dort à côté de notre lit sur un empilement de coussins de canapé. Il a replié ses ailes. Nous sommes tous les trois ensemble pour la première fois. Mais on nous a déjà plus ou moins découverts.

Maintenant, c'est fait. Les jours passent. Nous ne pouvons plus nous séparer. Jamais.

Je continue à envoyer les mêmes messages télépathiques : *Appelle-moi, maman, appelle-moi, papa, appelez-moi, appelez-moi.* Je compose leur numéro, mais ils ne sont jamais chez eux. Et puis un jour, à la première sonnerie, quelqu'un décroche, et une femme dit : « Vous êtes au domicile de la famille Songmaker, que puis-je pour vous ? »

Cette voix trop aimable n'est pas celle de maman, pourtant elle m'est familière. Si obséquieuse, si inquisitrice, trop avide. Je raccroche. Mon téléphone est vieux et noir, avec des touches translucides et des chiffres noirs. Je ne sais pas quel genre d'informations il renferme, ni si quelqu'un peut avoir accès aux messages que j'ai laissés sur la boîte vocale de mes parents et remonter jusqu'à moi, ici. Même si mes factures de téléphone arrivent dans ma boîte postale, mon adresse personnelle doit figurer quelque part dans les dossiers de la compagnie.

Toute la journée je ne cesse d'entendre cette voix aux inflexions de plus en plus sinistres, *Que puis-je pour vous ?* Une mélodie parodique. *Que puis-je pour vous ?*

25 AOÛT

J'ai assisté à ma première « arrestation de femme gravide » ce matin, sur le parking d'un centre commercial où ton père et moi étions allés pour nous acheter deux sandwichs chez Subway. C'était idiot de sortir, mais on était déboussolés par notre long isolement, et après avoir observé d'un œil critique mon reflet dans la glace et décidé que mon ventre ne se voyait pas, j'avais convaincu ton père de m'emmener. Lorsqu'on choisit, pour désigner une chose, un nom comme « arrestation de femme gravide », cette chose devient officielle. J'étais prudente. J'avais enfilé un manteau, malgré la chaleur, et je n'avais évidemment pas l'intention de sortir de la voiture. Une fois sur le parking, je me suis tassée sur moi-même et j'ai baissé la vitre. C'est là que je l'ai vue. C'était une femme menue, vêtue d'une robe de grossesse à fleurs rouges et blanches. Elle avait la peau mordorée, et un foulard jaune bouton d'or maintenait ses cheveux tirés en un chignon plein de gaieté. Elle portait des tongs et j'étais assez près pour voir que le vernis de ses ongles de pied était du même ton vermillon que les fleurs rouges de sa robe. Elle avait peut-être tout juste dépassé la trentaine et semblait au septième mois – ce n'était pas excessivement flagrant, mais elle était assez enceinte pour que cela se voie, je suppose, et que les deux policiers, un homme et une femme, s'approchent et l'interrogent. Tandis que dans la boutique ton père regardait ses artisans du sandwich composer mon Subway et répondait à des questions du style : Pain blanc ? Cheddar ? Piments jalapeños ?, des policiers ont vraisemblablement demandé à la femme de leur présenter ses papiers d'identité. Elle a paru troublée, agacée, alors qu'elle plongeait la main dans son sac et en sortait son portefeuille. Peut-être n'avait-elle pas regardé les infos. Et, bien sûr, elle n'avait rien fait de mal. Elle a dû se dire que c'était une erreur. Elle n'a pas pensé une seule seconde à sa grossesse. La policière a sorti une tablette, examiné les papiers et tapé sur l'écran le nom qui y figurait. La femme enceinte a commencé par questionner les deux agents sur un ton agressif. Puis sa bouche s'est refermée en une ligne toute droite et elle s'est mise à scruter nerveusement l'entrée d'un grand magasin de chaussures à prix discount d'où sortirait, peut-être, une amie ou un membre de sa famille. Quand, de toute évidence, son nom est apparu dans les fichiers, le policier l'a saisie par le coude. Elle s'est raidie. Son corps s'est tordu en direction du magasin et une expression d'angoisse s'est peinte sur son visage. Un homme a surgi sur le pas de la porte, un Blanc qui tenait par la main une petite fille d'environ cinq ans, à la peau d'un brun plus clair que celle de sa maman.

Sa femme était probablement retournée chercher son sac à main dans la voiture, ou bien elle sortait d'une autre boutique. Impatient, il a regardé des deux côtés du trottoir. Le couple était peut-être venu acheter des chaussures à sa fille et le mari avait besoin d'un conseil, ou bien l'enfant n'aimait rien de ce que proposait le magasin. La petite était une version miniature de sa maman, jolie et éveillée. Elle portait une robe d'été rose semée d'un imprimé de pâquerettes blanches.

Soudain la fillette a repéré sa mère et tendu le doigt vers elle ; les policiers tentaient d'amadouer cette dernière pour qu'elle les accompagne à leur véhicule. La maman refusait. Le policier s'est alors mis à la tirer par le bras tandis que sa collègue, le visage impassible et fermé, désormais placée de l'autre côté, tentait de la soulever. L'homme, toujours sur le seuil du magasin de chaussures, s'est élancé, et la femme enceinte a poussé un cri et s'est précipitée vers lui. Les passants, sur les trottoirs et dans le parking, se sont figés pour observer la scène, sourcils froncés. Ils avaient dû remarquer que la femme enceinte était d'une grande beauté, d'ailleurs son ventre rond et lisse ajoutait encore à son adorable vulnérabilité. Son mari s'est approché d'un pas rapide avec l'air d'avoir une question sensée sur les lèvres. Les policiers ne lui ont pas prêté attention et ont entrepris de traîner son épouse vers leur véhicule. Celle-ci s'est campée sur ses deux pieds dans un mouvement de refus. Son mari, un homme de taille moyenne mais gagné par une colère et une ardeur belliqueuse protectrice, a paru grandir. Son cou a enflé et ses yeux se sont réduits à deux fentes, les veines de sa gorge palpitaient. Il a empoigné le policier et a voulu le jeter à terre, mais ce dernier, plus agile et plus entraîné, l'a rapidement expédié au sol et a dégainé son pistolet. Il le lui a pointé entre les deux yeux. La fillette, qui avait suivi son père, s'est arrêtée net et a fondu en larmes, le visage pareil à une fleur fripée. Un passant a attiré la petite dans la foule. La policière, tirant et poussant la femme enceinte, est parvenue à l'emmener jusqu'à la voiture, mais l'attroupement avait grossi. Plusieurs personnes hurlaient à présent. Un son affreux s'est alors échappé de la maman – une plainte, un cri perçant, un grondement – tandis qu'on la fourrait, qui battait des pieds, dans le véhicule. Le policier, assis au creux des reins du mari, lui a tordu un bras et passé les menottes. Il braquait maintenant son arme sur les badauds, qui ont reculé. Certains, pourtant, continuaient à hurler. Le policier était jeune. Ses lèvres ont disparu dans le roc blanc de son visage jusqu'à ce qu'il ne reste plus de lui que des dents. Il a sauté derrière son volant et démarré sans se presser, sans sirène hurlante, ce qui a conféré un caractère irréel et figé à toute la scène, muette à l'exception des sanglots aigus et brisés de l'enfant.

À ce moment-là, j'étais recroquevillée dans mon siège. J'avais remonté les genoux et passé les bras autour de mes cuisses, j'étais donc massée de façon protectrice en boule autour de toi quand ton père est revenu, m'apportant mon sandwich enveloppé dans du papier et un grand soda dans un gobelet en carton, la paille glissée à l'intérieur de la croix découpée dans le couvercle anti-fuites.

« Tu as vu ? lui ai-je demandé. Ils ont embarqué une femme enceinte. »

Ton père m'a regardée, ses yeux bruns étaient ronds et calmes.

« J'étais à l'intérieur à discuter sauces et moutardes. J'ai raté ça.

– Qu'est-ce qu'on doit faire ?

– Est-ce que quelqu'un t'a vue ?

– Non, personne. »

Nous sommes ressortis discrètement, prudemment, du parking. La fillette sanglotait toujours. Quelques personnes étaient penchées sur l'homme menotté. J'ai remonté ma vitre. Tandis que notre voiture s'éloignait, j'ai éprouvé une sensation d'angoisse, une panique rampante, senti venir la nausée. J'ai fermé les yeux pour la laisser me dominer et me submerger. Elle est montée en moi telle une puanteur interne. Le temps que nous arrivions à la maison, j'ai compris que je ne supportais pas d'être restée sans rien faire.

Mon petit cœur, il fallait bien que je te protège. Mais tout de même, j'avais honte.

Nous sommes passés par-derrière, je n'ai donc pas vu tout de suite le mot qu'on avait glissé sous la porte d'entrée, un mot de la main de Sera.

Ne nous appelle pas, ma chérie, et surtout ne laisse pas de messages. Nous allons bien. Sois prudente. Nous avons emporté tous les dossiers.

Les noms des anges

Zaphkiel, Zadkiel, Camiel, Raphaël, Haniel, Michael, Gabriel, Malchideal, Asmodel, Ambriel, Muriel, Verchiel, Hamaliel, Zuriel, Barbiel, Advachiel, Hanael, Gambiel, Barchiel, Geniel, Enediel, Amnixiel, Azariel, Cabiel, Dirachiel, Scheliel, Amnediel, Ardesiel, Nociel, Abduxuel, Jazeriel, Ergodiel, Ataliel, Azeruel, Adriel, Egibiel, Amutiel, Kiriel, Bethnael, Geliel, Requiel, Abrinael, Aziel, Tagriel, Alhoniel, Chérubin, Tharsus, Ariel, Séraphin, Uricus, Amaymon, Paymon, Egyn.

Et puis il y a Phil.

L'ange Phil est le septième esprit olympique de la lune. Selon un livre et des manuscrits depuis longtemps bannis par ma paroisse, l'ange Phil est capable de transformer tous les métaux en argent. Il gouverne tout ce qui touche à la lune et guérit l'hydropisie. Il peut nous dévoiler les esprits de l'eau et nous faire vivre trois cents ans. Il a un grand corps bien en chair, d'une couleur délicate semblable à un nuage noir et indistinct. Un visage enflé et des yeux larmoyants injectés de sang. Un crâne chauve. Des dents de sanglier. Son signe est la pluie. Il apparaît parfois sous la forme d'un roi chevauchant un cerf. D'un petit garçon. D'une femme qui chasse armée d'un arc et de flèches. D'une vache. D'une oie. D'un vêtement vert ou argent. D'une flèche. D'un animal plein de pattes.

Et parfois il est simplement Phil.

Excepté les yeux injectés de sang, le crâne chauve et les dents de sanglier, la description de ton père, mon ange Phil, est métaphoriquement exacte. Elle est tirée des Traités du Dr Rudd, conservés à la British Library dans la collection de manuscrits Harley. Mais je suis sûre que d'autres sources, à commencer par moi, décriraient Phil de façon plus intime et plus pénétrante comme quelqu'un de doux, passionné, grand, drôle, facile à vivre, un catholique professant la théologie de la libération et ne pouvant fonctionner dans aucune autre église.

Nous sommes tombés amoureux l'année dernière. Ou plutôt, Phil est tombé amoureux de moi. Au cours des répétitions d'une pièce de théâtre pour la fête de Noël, nous avons peu à peu fait connaissance – autour d'un café, d'un verre –, mais toujours en restant prudemment au milieu des autres. C'est seulement des mois plus tard, alors qu'un soir nous entreposions des accessoires et passions en revue du matériel au sous-sol de l'église, que nous nous sommes brusquement retrouvés seuls tous les deux. Phil a enfilé les ailes de l'ange. Je l'ai aidé à les attacher par-dessus son tee-shirt. Il s'est retourné. Sa barbe et son épaisse chevelure paraissaient saugrenues, avec ces ailes. Nous n'avons plus rien dit.

Et puis finalement j'ai demandé : « As-tu toujours voulu être un ange ?

– On me fait toujours jouer un berger.

– Ou un roi mage ?

– Du talc sur ma barbe et une longue robe en velours. C'est tout ce qu'il faut. »

J'ai fixé trop longtemps ses yeux charmants. Son regard était plein de bonté et de gentillesse. Avant que je m'en aperçoive, nous étions allongés par terre.

Ils avaient fermé l'église. Éteint la lumière depuis le haut de l'escalier. N'avaient pas vu l'ampoule allumée, au fond parmi les placards de rangement, là où j'étais en train de regarder les lattes couleur miel du vieux plafond en bois, d'abord, puis Phil de tout près et de façon intime, et enfin les éclats de marbre enchâssés dans le sol en mosaïque étincelant. Le placard à accessoires était trop pour nous. Nous sommes restés des heures, toute la nuit. J'ai essayé une toge, une cape, un voile, le casque d'un centurion romain. Lui portait des sandales. C'était sacrilège, je suppose, mais c'était aussi tordant. Nous avons fait l'amour déguisés en Jésus, en Marie, en Joseph, en archange Gabriel et en Père Noël. Nous étions les trois Rois Mages. Hérode, Ponce Pilate, et deux bergers gays. Et enfin nous avons fait l'amour en étant nous-mêmes. Nous avons dormi sur un tas de vêtements, nous nous sommes réveillés à l'aube, nous avons raccroché les costumes et nous sommes partis, deux amants épuisés qui avançaient à pas pesants dans un monde nouveau.

Nous avons continué à nous voir, mais j'ai essayé d'espacer nos rencontres. De garder mes distances, si j'y arrivais. La plupart du temps, je n'y arrivais pas. J'ai décidé que s'il ne me parlait pas de moyens de contraception, je continuerais sans. Mais il en a parlé en des termes qui m'ont laissé entendre qu'il tenait à ce qu'on s'en serve. Donc pas un papa, en ai-je conclu. À la fin du printemps j'ai acheté un test, et quand j'ai été sûre que j'allais t'avoir je me suis assise dehors dans mon petit jardin, derrière la maison. Je me suis adossée au tronc du bel érable à sucre qui y pousse ; il commençait tout juste à se parer des pompons de fête rouges qui précèdent les jeunes feuilles.

La seule chose que je savais avec certitude, c'était que je voulais un enfant.

Je n'étais pas convaincue d'aimer ton père, à ce moment-là. Oh, j'aimais être avec lui, il n'y avait aucun doute. J'étais même irrésistiblement attirée, éperdument amoureuse je crois ? Et il me faisait savoir qu'il était fou de moi. Mais l'amour durable est plus compliqué et procède d'une connaissance profonde de l'autre. Je pense qu'il est nécessaire d'avoir à la fois l'immédiateté et la profondeur pour que ce soit de l'amour – la première, nous l'avions indubitablement. L'ennui c'était que jusque-là, à part Glen, les hommes m'avaient traumatisée. Et plus récemment, ils étaient, dans l'ensemble, devenus activement dangereux. Au sein de nombreuses églises, les hommes formaient des clubs archisecrets constitués de sous-groupes encore plus secrets. Impossible de savoir si Phil en faisait partie ou non. S'il appartenait à l'un de ces clubs, il ne me le dirait pas, même si je le questionnais. Le jour où j'ai fait le test de grossesse, le téléphone a sonné pendant que j'étais assise au pied de l'érable. Je me suis précipitée à l'intérieur pour répondre. Dès que j'ai entendu sa voix j'ai lancé *Je suis enceinte* avant de raccrocher violemment et d'aller m'enfermer dans la salle de bain, où je me suis fait couler un bain chaud dans lequel je suis restée jusqu'à ce que l'eau refroidisse, après quoi j'ai fait couler davantage d'eau chaude, et ainsi de suite, alors même que j'entendais ton père marteler la porte en hurlant. Je ne suis pas allée lui ouvrir. J'avais décidé que bien qu'il fût possible que je l'aime, je n'avais pas confiance en lui. Est-ce que j'étais folle ? Je ne crois pas. La question est de savoir si je suis folle maintenant.

« Je ne repars pas, tu sais. » Phil me regarde tout en attaquant son Subway à la saucisse. « Chez moi c'est ici, avec toi et notre bébé. »

La plupart du temps Phil est végétarien, mais il adore la viande et devient carnivore en période de stress. Sa famille est italienne et espagnole, toutefois cela remonte à un siècle au moins, lorsque ses ancêtres sont venus peupler Pig's Eye, le nom de la ville de Saint Paul en ce temps-là. Ils travaillaient dans le bâtiment et ont construit la basilique ainsi que la cathédrale. Des tailleurs de pierre, des charpentiers, des carreleurs, des maçons, des artisans plâtriers et des peintres. Et Phil se retrouve paroissien d'une assez vilaine église de style moderniste sans autre décor que des vitraux géométriques – un rhomboïde et un parallélogramme. Notre église a un clocher austère et de guingois. Un trésor d'accessoires hérité de deux écoles catholiques rasées au bulldozer il y a bien longtemps. Des bancs en bois tout simples. Des tentures abstraites. Et ce sol en mosaïque étincelant à force d'être astiqué, comme je l'ai appris, par des ivrognes repentis.

Alors est-ce que je l'aime, finalement ? Mon enfant, j'ai besoin de lui. Il est difficile de faire la part des choses.

Pourtant Phil est un animal des plus rares, un type vraiment bien qui ne se targue pas de cette gentillesse peu ordinaire, et qui, malgré cette gentillesse, a le sens de l'ironie.

« Je fais un saut chez moi pour prendre mes affaires, m'annonce-t-il, et j'emporte une clé pour que tu ne puisses pas me laisser dehors. »

La joie de Phil irradie d'un côté à l'autre de la table. Il tend sa grande main carrée et enserre mon poing fermé. Je n'ai pas eu à dépendre de quelqu'un de cette façon depuis mon enfance – pour manger, avoir un toit sur ma tête, être en sécurité. Je ne veux pas, maintenant, dépendre ainsi de qui que ce soit.

« As-tu parlé du bébé à des amis ? En as-tu parlé à tes parents ? » me demande-t-il.

J'ai passé mon temps à lui parler de Sera et de Glen, peut-être parce que je m'inquiète tellement de leur sort, mais je ne lui ai encore rien dit de l'étrange et douce voix qui chez eux a répondu au téléphone. Je ne lui ai pas avoué combien de messages je leur ai laissés, pas plus que je ne lui ai montré celui que j'ai trouvé glissé sous la porte. Maintenant que je lui raconte tout, sa mine devient si grave que je suis aussitôt secouée de tremblements d'angoisse. J'ai la poitrine serrée ; je semble incapable de respirer à fond. La voix de Phil s'étrangle lorsqu'il veut prendre la parole. Il se racle la gorge, bouleversé.

« Je ne sais pas comment t'expliquer…

– Ah non, pas ça, j'ai horreur qu'on me dise ce genre de truc !

– OK, Cedar. C'est désormais devenu un crime d'héberger ou de secourir une femme enceinte. Alors si Glen et Sera sont au courant, ils ont peut-être décidé de disparaître. »

Apprendre que vous représentez soudain un danger pour autrui, en plus d'être recherchée et pourchassée, provoque un choc étrange. Je suis projetée en moi-même et à peine capable de répondre.

« Glen et Sera ne savent pas que je suis enceinte, sinon ils seraient ici. Mais je l'ai dit à ma famille Potts. » Et puis, parce que j'ai besoin de changer de sujet, je tape du poing sur la table. « Phil, il nous faut de quoi manger.

– Oui. En revenant, je m'arrêterai dans un supermarché.

– Tiens. »

Je lui tends une liste d'aliments riches en protéines et longue durée de conservation. Je me félicite d'avoir déjà fait des courses, mais je suis soucieuse. Quand je lui dis qu'il nous faut un filtre à eau, il hausse les sourcils et demande : « Où veux-tu que je trouve ça ?

– Dans un magasin d'articles de camping. »

Je lui donne aussi une partie de l'argent que j'ai retiré de la banque.

« C'est une bonne chose que mon ventre ne se voie pas encore. Dans le quartier, personne n'est au courant. »

Phil change d'expression ; il se penche au-dessus de la table et prend délicatement mon visage dans ses mains d'ouvrier. L'amour s'épanouit sur ses traits et dans ses yeux, à m'en couper le souffle.

« Maintenant il se voit, Cedar. Il se voit vraiment. Ne l'oublie pas. N'envisage même pas de te montrer à la fenêtre. »

Phil ne revient pas, et bien entendu je ne peux pas le joindre, pas plus que mes parents, ni ma famille Potts. La géolocalisation des portables étant désormais impossible à désactiver, Phil a enterré nos téléphones, enveloppés dans plusieurs épaisseurs de plastique, au Cimetière mémorial des pionniers et soldats. Internet fonctionne par intermittence, mais j'ai raconté à Phil comment surgissent les apparitions de Mère et il convient que nous devons donc nous en passer. Ma crainte de quitter la maison me pousse à faire ce que je fais dans les moments de panique : je lis et j'écris pour penser à autre chose.

Tu donnes des coups de pied, tu me rappelles que tu existes. Nouvelle mise à jour. La semaine dernière tu as commencé à assimiler le sucre du liquide amniotique que tu avales. Ton petit appareil digestif est à présent capable de supporter ce qui est sucré. Ta moelle osseuse fabrique des cellules sanguines, et des papilles gustatives se forment sur ta langue. Ton cerveau et tes terminaisons nerveuses sont suffisamment développés pour sentir les contacts. Tu effleures ton visage d'un doigt, suces ton pouce. Tu fais un peu plus de dix-huit centimètres et pèses presque autant que deux plaquettes de beurre. Si tu es une fille, tu viens de fabriquer tous les ovules dont tu auras besoin pour le restant de tes jours. Si tu es un garçon, tes couilles te sont venues cette semaine.

Le problème de ne pas aimer Phil

Certains hommes sentent bon, et d'autres non. Vous me comprenez si vous êtes le genre de femme à humer un melon côté tige pour le choisir, si le parfum du seringat ou du lilas vous cloue sur place, ou si vous passez dans un coin de bois et savez après avoir avalé une bonne goulée d'air que le pied moelleux, charnu et humide d'un champignon vient brusquement de sortir de terre non loin de vous. Les hommes sentent bon de différentes façons. La vanille salée. La terre chaude. L'herbe nouvelle. La feuille amère. Certains ont une absence d'odeur inquiétante. D'autres se défoncent à l'eau de Cologne. On peut sentir la peur, la vanité, la méchanceté cachée, un cœur solitaire, l'envie, et les opinions cruelles. Et aussi la confiance en soi décontractée. Même la bonté. On peut sentir si un homme vous aime.

Phil sent comme s'il avait été au soleil sans même que ce soit le cas, et il dégage plus de chaleur que pratiquement n'importe qui. Sa peau est très douce sur le dessus de ses bras, sur ses épaules et sur sa poitrine, mais ses mains sont calleuses parce qu'il aime fabriquer des objets en bois. Parfois il a l'odeur de cet instant simple et franc où une scie rentre dans une planche. Il y a chez Phil tout entier une nuance mordorée typiquement méditerranéenne. On la devine jusque dans sa voix – un registre grave gorgé de soleil. Phil a cinq ans de plus que moi. La toute première fois où j'ai senti son odeur nous étions dans un café, assis dans un box. Quelqu'un m'a demandé de me pousser un peu et j'ai basculé vers Phil. Il flottait autour de lui cette légère senteur de roussi du coton repassé. Et puis une toute petite touche de transpiration. J'ai eu très envie de lui lécher le cou.

Phil n'est toujours pas revenu.

Comme tant de garçons du Minnesota, tout au long de son enfance Phil a été nourri aux produits laitiers à l'effigie de la Land O'Lakes Butter Maiden. Cette jeune fille sert de logo à la plaquette de beurre de cinq cents grammes emballée dans du papier paraffiné. C'est une ravissante et voluptueuse Indienne agenouillée dans un paysage de lacs, qui vous tend un beurrier. Comme tant de garçons du Minnesota, Phil repliait vers le haut les genoux de la demoiselle pour en faire une paire de seins, puis contemplait l'ombre au 1/16e de son décolleté tout en mordant dans sa tartine. Elle était une présence immuable dans sa vie. Cette nuit-là, déguisé en Joseph dans la salle des accessoires, il m'a confié que la Jeune Fille au Beurre s'était mise à hanter ses rêves depuis qu'il m'avait rencontrée. Elle quittait son emballage bleu et jaune, vêtue d'une courte robe en daim ornée de franges. Il a précisé qu'elle portait des mocassins en cuir à talons hauts. Qu'elle me ressemblait. Comme c'est flatteur, ai-je répondu, sans en penser un mot. Dans les rêves de Phil, en lieu et place du beurre elle offrait de la crème fouettée, du lait entier et de la mozzarella. La marque Land O'Lakes ne fait pas de mozzarella, ai-je souligné. Je sais, a-t-il reconnu, mais j'adore ça. C'est rond et ça glisse. Lorsqu'à vingt et un ou vingt-deux ans, m'a-t-il encore raconté, à l'université du Minnesota, il s'était spécialisé en biologie de la vie sauvage et avait envisagé de devenir ornithologue, il s'était rendu compte qu'en l'espace de quelques années il ne lui resterait que fort peu d'oiseaux à étudier. Qu'il étudierait en fait l'histoire des oiseaux de notre planète.

À peu près à la même époque où il avait pris conscience de cet état de choses, son unique relation amoureuse s'était mal terminée. Il avait alors fait un serment. Celui de ne jamais porter atteinte à rien ni à personne. De sauvegarder la nature. Ayant décidé de consacrer sa vie à préserver l'habitat des oiseaux, il avait décroché un diplôme d'études supérieures en écologie. Depuis, il s'efforçait de protéger le monde naturel partout où c'était possible. Sans autre précision, il m'a confié qu'il avait déjà enfreint la loi. Il avait également infiltré des groupes dont il ne partageait pas les opinions. Il le faisait seul, parce qu'il pouvait le faire. Je m'interrogeais, à présent, sur le sens de ces paroles. Parce qu'il pouvait le faire ? Parce qu'il était blanc et vivait dans un monde où, à certains endroits, ce statut d'homme blanc l'autorisait à s'introduire dans ces groupes ? Après avoir fait ce serment il s'était battu avec tant de violence, m'a-t-il avoué, qu'il pensait avoir oublié ce qu'était l'amour humain.

« Mais non, ai-je protesté en le regardant droit dans les yeux.

– Mais non », a-t-il reconnu en regardant droit dans les miens.

29 AOÛT

Je suis penchée sur mon clavier, tard dans la nuit, et je m'efforce toujours de résister à l'envie de me connecter à Internet, quand Phil frappe doucement à ma fenêtre. Je cours ouvrir la porte, et entre alors en trébuchant un Phil chargé de deux énormes sacs de supermarché et d'un sac à dos noir déglingué, bourré à craquer. Pas rasé, fatigué, il a les yeux rouges de fatigue et les cheveux raides de crasse. Je le fais asseoir à table et lui sers un verre d'eau. Il me raconte qu'il n'y a plus rien dans les magasins. Tout le monde ayant compris au même moment qu'il y aurait bientôt une pénurie alimentaire, les gens amassent de quoi manger, font des réserves. Les supermarchés sont ouverts à des heures étranges, dès qu'arrive une livraison.

« Alors où as-tu trouvé ça ? » Je farfouille dans les sacs. « Du beurre de cacahuète ! Un mélange apéritif de noix, noisettes et amandes. Du muesli, des petits pois, du maïs, des biscuits salés, encore du beurre de cacahuète. Des haricots blancs à la sauce tomate.

– Au sous-sol de l'église. Les restes des repas d'enterrements et de noces. Il y en a encore dans la voiture.

– Du fromage à tartiner.

– Rien de frais, mais des trucs frais on en vend par-ci par-là dans les rues, tu sais, c'est l'été. Le marché des producteurs a toujours lieu, à ce qu'on m'a dit. Ce n'est pas qu'il n'y ait plus de quoi manger aujourd'hui, mais la panique s'installe pour ce qui est du long terme.

– On devrait acheter des aliments frais. Je les ferai sécher, je les mettrai en conserve et puis je les congèlerai. Tu crois qu'on aura toujours de l'électricité ?

– Je ne sais pas. Personne ne le sait. »

Phil est silencieux. Il boit son verre d'eau, l'avale d'un trait, la mine tendue.

« Et qu'est-ce qui t'a pris si longtemps ? »

Il m'attire sur ses genoux et je me laisse aller contre lui. Puis il m'explique qu'un black-out total affecte désormais les informations – plus de presse, plus de télévision, la radio réduite à sa plus simple expression. Personne ne sait exactement ce qui se passe. Il y a partout en ville des kiosques à journaux devant lesquels on se rassemble pour échanger des rumeurs. Ça lui a pris du temps parce qu'il a acheté plein de fusils. Il n'y a rien à ajouter après la formule *plein de fusils*.

« Ils sont bouclés dans le coffre de la voiture. J'ai fait

marche arrière sur la pelouse. J'ai pensé qu'il fallait que je t'en parle avant de les entreposer dans la maison. »

Je descends en douceur des genoux de Phil et fais le tour de la cuisine, rajustant et remettant en place mes rideaux en vichy jaune et blanc qui se rejoignent en coulissant sur des tringles en faux cuivre. Cette histoire de fusils est incompréhensible. C'est comme si Phil me disait qu'il avait, là-dehors, un rhinocéros en laisse. Dans ma famille il n'y a jamais eu d'armes à feu, et surtout pas dans la maison. Nous soutenons plusieurs campagnes visant à mettre fin à la violence armée. Nous ne faisons pas partie de ces gens de gauche qui adorent leurs armes et se vantent haut et fort de n'en faire jamais usage sous le coup d'une trouille incontrôlable. Notre position est ferme. J'avais supposé que Phil partageait mes opinions.

Je lui dis : « Pas question d'avoir des fusils ici.

– Moi non plus, je n'en veux pas. Mais tôt ou tard on va finir par en arriver là. On offre des récompenses à quiconque livrera à la police une voisine enceinte, une connaissance, un membre de sa famille, peu importe. Il y a des panneaux d'affichage. Des petites annonces sur les réverbères. C'est la vérité. »

Mon cerveau vrombit. Ma voix est toute grêle.

« Que font-ils de toutes ces femmes ?

– Je n'en sais rien. »

Phil se lève et me serre contre lui.

« Qu'en font-ils, Phil ? Tu sais quelque chose...

– On raconte que... »

Il ne veut pas me le dire.

« Allez. »

Alors il me le dit. Tous les prisonniers du pays ont disparu. On raconte un peu partout qu'on les a euthanasiés. Ou libérés, ce que Phil ne croit pas. Les prisons sont désormais destinées aux femmes.

« Je pensais que les hôpitaux...

– Les hôpitaux aussi.

– Et les bébés ? »

Il me tient toujours contre lui, refuse de me regarder en face. Je sens son cœur qui bat fort. Au bout d'un moment, il murmure : « Ils en gardent quelques-uns.

– Quelques-uns ? »

Je suis toujours dans ses bras, debout, mais mes genoux se dérobent sous moi et se mettent à flageoler. Bientôt c'est lui qui me soutient. Son visage est enfoui dans mes cheveux et je sens à l'affaissement de ses épaules combien il est fatigué. Pourtant, lorsqu'il reprend la parole il paraît en colère – pas précisément contre moi, mais cette fois il me regarde quand il parle, d'une voix tremblante.

« C'est ce qu'ils avaient annoncé. Tu ne t'en souviens pas ?

– Non !

– Ils tiennent un registre, Cedar. Tu te rappelles ?

– Non.

– Comment as-tu pu passer à côté de ça ? Tu es pourtant allée chez le médecin.

– Il m'a laissée partir. Je te l'ai raconté. Et arrête de me faire les gros yeux.

– Ouais. »

Il regarde ses pieds. S'adresse au plancher, comme le ferait un adolescent renfrogné. Il sent l'ado renfrogné, d'ailleurs – la transpiration rance, les vieux vêtements, l'essence.

Je détourne la tête et réfléchis au souvenir que j'ai gardé du médecin qui a pratiqué l'échographie, des questions qu'il m'a posées. A-t-il marmonné un truc dans sa barbe ? Il y avait autre chose, j'en suis sûre, il y avait autre chose. *C'en est un*, avait-il dit. Brusquement, le sens de ces mots m'empêche de les répéter. Il avait remarqué que les mesures étaient bonnes, je crois. Mais *C'en est un* semble indiquer le contraire.

Tu lances des coups de pied et fais des roulades. Tu es agité. Je me dis que je dois me calmer parce que pour le moment je n'ai pas suffisamment de courage. Je ne peux pas supporter un nouveau choc. C'est mauvais pour toi.

« Ça suffit. J'en ai assez entendu. »

Je me concentre sur l'odeur des vêtements de Phil. Je dis : « Tu as aussi pris de l'essence.

– Ce qui restait. Je l'ai transvasée dans des bidons en plastique parce que bientôt on siphonnera les réservoirs, à mon avis. Nous n'avons ni toi ni moi de bouchon à antivol. Il vaudrait mieux garer les voitures derrière la maison.

– Il faut que je parle à mon père et à ma mère.

– Ça, c'est une autre histoire.

– Qu'est-ce que ça veut dire ?

– Je crois qu'ils vont bien. Assieds-toi.

– Explique !

– J'allais le faire. En fait je suis passé chez tes parents parce que tu m'as dit que tu n'arrivais pas à les joindre au téléphone. Or je ne sais pas quand on pourra sortir de là, si jamais on sort un jour, ou si on sera forcés de prendre la fuite. Donc j'ai pensé qu'il valait mieux que je rassure tes parents et que je leur dise que tu allais bien. Je suis allé chez eux, j'ai frappé, et des gens qui ne ressemblaient pas à la description que tu m'en avais faite m'ont ouvert.

– C'était qui ?

– Ils sont restés évasifs quand je leur ai demandé leur nom. Mais ils m'ont invité à entrer.

– Et tu as accepté ?

– Oui. Ils étaient extrêmement polis. Je leur ai demandé s'ils étaient de la famille, ce qu'ils faisaient là, et ainsi de suite. Ils ont répondu qu'ils prenaient soin de la maison pour Sera et Glen jusqu'à ce qu'ils reviennent. J'ai voulu savoir d'où ils étaient censés revenir, et là ils ont eu l'air très préoccupé. Ils ont pris un ton mielleux. M'ont dit qu'ils s'inquiétaient beaucoup de ne pas savoir où se trouvaient les Songmaker. Ils comptaient justement me demander si j'en savais plus de mon côté. Ils espéraient que j'aie des renseignements, j'ai répondu que non, et ils ont fait mine d'être très déçus. Ensuite, ils ont apporté un gâteau.

– Un gâteau ?

– Un gâteau au citron tout juste sorti du four. Qui était très bon.

– Et tu en as mangé ?

– Je voulais comprendre ce qui se passait. On aurait dit une sorte de rêve. Ils n'arrêtaient pas de parler de tes parents et de tout le soin dont ils entouraient ce qui leur appartenait, de répéter qu'ils s'occupaient bien de la “superbe demeure des Songmaker”, et, si jamais je croisais par hasard Glen et Sera, pourrais-je les tenir au courant, et à ce propos, qui étais-je ? Quel était mon lien avec la famille Songmaker ? Comment les avais-je rencontrés ?

– Qu'est-ce que tu leur as répondu ?

– Que je travaillais pour eux, comme paysagiste. Que je

m'inquiétais à l'idée que leur aménagement paysager soit envahi de mauvaises herbes. »

Nous sommes restés là debout tous les deux un long moment, silencieux, sans rien faire d'autre que respirer. Puis j'ai demandé qui était aux commandes de tout ça. Dieu, a répondu Phil. J'ai dit que jamais je n'avais rien entendu de plus terrifiant, et il ne m'a pas contredite : « Ouais, moi non plus. C'est pour ça que j'ai acheté le Bushmaster. »

30 AOÛT

Phil a caché notre petit arsenal dans le vide sanitaire du sous-sol, et en fin de journée je descends avec lui voir ce qu'il a rassemblé pour assurer notre protection. Il a soigneusement disposé les armes sur des torchons, les neuves à côté de leur mode d'emploi ; il apprend à se servir de chacune d'elles, à les nettoyer et à les charger. Il y en a cinq au total. À commencer par un pistolet Rossi, un calibre .38 spécial équipé d'une poignée laser qui projette un rayon lumineux sur la personne que vous allez tuer pour ne pas la rater et pour que celle-ci reçoive un signal rouge d'une seconde l'avertissant qu'elle va mourir. Puis il y a un fusil à pompe calibre .12 déglingué avec six boîtes de plombs de chasse pour le gibier à plumes et six boîtes de balles pour la chasse au cerf. Un autre calibre .12 noir, horrible, le même que l'autre mais en plus effrayant. Un fusil à l'allure high-tech, que Phil tapote et appelle le Bushmaster. Accompagné de ses cartouches. Et enfin, bizarrement, il y a une carabine

« Hommage au Dernier Combat de Custer », un objet purement décoratif. Dans un étui portant une étiquette collée sur le côté.

« C'est pour de vrai ?

– Ouvre. »

Je soulève le couvercle à charnières et la voilà, nichée dans du faux daim vert.

« Où l'as-tu trouvée ?

– Là où j'ai trouvé tout le reste. Un de nos amis paroissiens est marchand d'armes. Je la lui ai achetée. »

Je sors la carabine et l'observe à la lumière. Les deux faces sont surchargées d'ornementations – sur un côté on voit une gravure de la bataille de Little Big Horn, style dans-le-feu-de-l'action, agrémentée des portraits du général Custer et de ses deux frères, Thomas et Boston. Sur l'autre sont finement gravés, dans ce qui paraît être de l'or véritable, les chefs sioux Gall, Low Dog, Sitting Bull, l'éclaireur crow Curly, ainsi que l'unique survivant des troupes de Custer, un cheval hongre dénommé Comanche.

« Je l'ai eue pour pas cher parce que c'est une reproduction d'une Winchester à levier modèle 1873. Enfin, elle marche mais elle ne sert pas à grand-chose.

– Mais, wouah !

– Mais, wouah ?

– J'ai une bouffée d'émotion du genre Far West – je crois que je suis en train d'entrer en communication avec mon père inconnu, peut-être lakota –, il se pourrait que je sois parente avec les gars qu'on voit sur le côté de la crosse où sont représentés les Indiens, tu sais ? »

Pas de réponse.

« Alors tu l'as achetée pour moi ? »

Phil hausse les épaules.

« Pas vraiment. Elle était là. Le type tenait absolument à ce que je la prenne. »

Je remets la carabine dans son étui de présentation. Puis je caresse le canon du semi-automatique Bushmaster. Lisse comme du verre, et tiède. Ce qui me donne brusquement envie de vomir. Je suis nouée, perdue. Je me dis que j'aime bien la carabine « Hommage au Dernier Combat de Custer », finalement.

« Jette-les, Phil. Débarrasse-toi de tout ça. Tu as prêté serment de ne pas faire de mal. Mais c'est de moi que j'ai peur, pour être honnête. »

Il se carre sur son siège. Les armes sont dispersées entre nous. Il inspire profondément, bloque sa respiration et me regarde. Son visage se tord et je ne saurais dire – larmes ? sueur ? Quelques gouttes roulent le long de ses joues. Il souffle violemment, secoue la tête et poursuit sa tâche.

31 AOÛT

Nous avons décidé que nous avons tout autant besoin d'informations que de n'importe quel autre produit, et que Phil ira donc travailler à l'église et reviendra ensuite en douce ici. S'il ne peut pas trouver d'essence pour la voiture, c'est à environ six kilomètres à pied. Mais il découvre aussitôt que la ville s'adapte aux circonstances, comme toutes les villes. Malgré les files d'attente interminables, dès qu'arrive la moindre marchandise, que ce soit de l'essence ou du beurre, les habitants sont déjà bien organisés. Il y a des jours et des heures pour tout ce qui se vend ou s'échange, et des comités de quartier chargés de relayer l'information. Il y a déjà des émissions de radio clandestines, du câble sauvage, quelques connexions Wifi sommaires, et même un vague signal télé. Phil rapporte du sous-sol de l'église un vieux poste de télé et une radio, et nous tentons notre chance à des heures insolites – à quatre et cinq heures du matin.

Un matin, avant l'aube, nous voyons l'image de Mère apparaître et disparaître en fondu. Elle semble hagarde, beaucoup plus âgée, teintée de vert comme la tête du magicien d'Oz.

« Me revoilà, annonce-t-elle, l'air épuisé, avec un regard par en dessous. Ils n'ont pas réussi à anéantir Mère. Je serai toujours là pour toi. »

Elle passe sa langue sur ses lèvres sèches et murmure : « Je me demande si tu as le courage de sauver le pays que nous aimons. Nous avons besoin que tu sois patriote. Nous avons besoin que tu te portes volontaire. Si tu es une femme, si tu es enceinte, présente-toi dans n'importe lequel de nos Centres d'Accueil Future Demeure. VU. Nos grands chefs t'attendent ! »

Je flanque une claque à la télécommande et me tourne vers Phil.

« C'était quoi, là ? Se porter volontaire pour quoi ?

– Tu ne veux pas le savoir, me met-il en garde, comme toujours.

– Dis-moi.

– C'est une histoire d'ovules et de sperme congelés. Il y a des centres spéciaux.

– Avec des grands chefs ?

– Et même mieux, de la nourriture comme avant.

– C'est quoi ce VU ?
– Volontaire Utérus. Écoute. »
À la radio, quelqu'un décrit une razzia opérée dans une clinique de fécondation in vitro par une organisation militante dont nous n'avons jamais entendu parler. Ces gens projettent d'employer mille Volontaires Utérus pour mettre en gestation les embryons qu'ils ont libérés des congélateurs de l'établissement. Il y a des grésillements. Une brusque coupure, puis la voix d'une jeune femme.

« Nous avons embarqué les restes. Les embryons qui n'étaient pas étiquetés "Blanc". Nous allons tous les faire naître et tous les garder. Nous n'en tuerons aucun. Ils sont tous sacrés. »

Le bulletin d'informations se poursuit, les canards ne sont pas des canards et les poulets ne sont pas des poulets, les insectes sont nourrissants et on trouve des coccinelles aussi grosses que des chats.

1er SEPTEMBRE

Plus ample description : le tronçon de voie ferrée désaffectée qui se trouve dans mon jardin, à l'arrière de la maison, n'a pas encore été transformé en piste cyclable. Il disparaît plus loin dans une gare de marchandises envahie de végétation et à demi abandonnée, et dans plusieurs hectares de parc municipal menant à une allée laissée à l'état sauvage, un ravin, d'impénétrables bosquets étranglés par la vigne, et un talus raide qui dévale vers les promontoires détrempés d'un lac serein, presque invisible. Grâce au bonheur de cette convergence, j'ai toujours vu un nombre inhabituel d'oiseaux et d'animaux, pour quelqu'un qui habite en ville. Maintenant que je ne peux plus sortir de chez moi, je passe mon temps près de la fenêtre la plus discrète, le généreux rectangle de verre donnant sur mon jardin. J'ai installé en dessous un bureau où je peux t'écrire tous les jours, et parce que je suis là si souvent j'aperçois les oiseaux qui viennent se nourrir des fruits violacés de deux grands mûriers. J'ai souvent envisagé de couper ces arbres. Des seaux entiers de baies tombent de leurs branches, et du début à la fin août le jardin sent le vin. Je me réjouis, à présent, de ne pas être passée à l'acte. L'année prochaine, peut-être, s'il y en a une, je pourrai mettre les baies à sécher. En les ramassant éventuellement la nuit. Je vois des écureuils dégringoler du haut en bas du chêne qui, à l'automne, maintenant que j'y pense, pourrait fournir un complément de nourriture si je découvre quoi faire des glands. Les sympathiques écureuils. Je les flinguerai avec la carabine « Hommage au Dernier Combat de Custer ». De temps à autre, un cerf entre ici d'une démarche nonchalante. J'aperçois des lapins, des tamias, plusieurs espèces de pics, des chats du quartier, des pinsons, des merles d'Amérique, des grimpereaux, des moineaux, des corbeaux, des corneilles, et aussi mon oiseau préféré : la mésange à tête noire. Il y a une couleuvre rayée qui vit sous des pierres entassées dans un coin du jardin. J'ai repéré un renard, des rats, des canards et un dindon sauvage. Je dois voir davantage d'animaux que mes voisins parce que de strictes clôtures en grillage à mailles serrées les séparent des terrains du chemin de fer.

Aujourd'hui, je vois quelque chose pour la toute première fois. Un oiseau, qui a plus ou moins la taille d'un faucon, s'envole du chêne, descend en piqué se poser dans les branches du mûrier, puis sautille parmi les feuilles. Sa queue est très longue, et on dirait qu'il attrape l'écorce et les brindilles avec des serres implantées dans l'articulation de ses ailes, comme une grosse chauve-souris. J'entraperçois sa tête – sans bec, sans plumes, une tête de lézard, d'un rouge rosé. Les plumes bleu ardoise s'achèvent en pointes noires. L'oiseau, si c'en est un, semble manger à la fois les fruits et les insectes invisibles qui voltigent autour de l'arbre et rampent sur son écorce. Créature gracieuse aux mouvements vifs et fluides, il a exactement le même comportement qu'un oiseau-lézard. Il est fascinant. Je trouve ma paire de jumelles pliables et l'observe aussi longtemps que possible. En dépit de ce que j'apprends ainsi sur le sort des êtres vivants et le monde en général, je suis perdue dans ma contemplation. J'ai la sensation du temps qui se referme sur lui-même, cette même extase que j'ai éprouvée dans la salle d'échographie. Je prends conscience du fait suivant : je ne suis pas à la fin, mais au commencement des choses.

Je passe le reste de la journée dans un état d'étrange jubilation. Je fais mes exercices de gym, poursuis mes lectures. Les heures passent vite et j'utilise un peu de la sauce piquante que Phil a rapportée pour relever le plat de nouilles thaïes au beurre de cacahuète destiné à notre dîner. Nous tirons les rideaux et mangeons à la lueur des bougies, non seulement parce que c'est romantique, mais aussi au cas où quelqu'un chercherait à jeter un œil par la fenêtre. Je montre à Phil le dessin que j'ai crayonné dans ton cahier/lettre.

« Archaeopteryx, ou quelque chose dans ce genre, probablement pas l'organisme transitoire exact, mais une espèce très proche. Peut-être Confuciusornis. As-tu bien vu sa bouche ? Avait-il des dents ? »

Phil est désespérément enthousiaste, comme moi, et quand nous avons terminé de manger, malgré la nuit qui tombe il s'assoit dans le jardin en attendant que l'oiseau réapparaisse. Il me raconte que des gens ont entendu dire qu'on avait vu, ici et là, des animaux inhabituels. Il ajoute, d'un ton hésitant, que des scientifiques bricolent actuellement des réparations d'ADN.

« Comment ça ?

– Sur des plantes ? Des animaux ? Des personnes ? Je ne sais pas. Ou bien c'est peut-être sur des bébés. Ce qui explique pourquoi ils gardent cloîtrées certaines femmes enceintes.

– Cloîtrées, ça ne laisse rien augurer de bon. »

Mon cœur cogne fort, sonneries d'alarme, et j'essaie aussitôt d'oublier ce qu'il vient de dire. Phil continue de parler.

« Chaque administration semble être contrôlée par un groupe différent. Chaque service municipal négocie avec les autres. La population forme ses propres milices civiles, ses petites troupes de sauvetage, qui cachent les femmes enceintes. Et pourtant personne ne sait rien avec certitude. Lorsque survient la fin du monde, la première chose qui se passe c'est qu'on ignore précisément ce qui se passe. »

Plus tard, depuis ma fenêtre, je regarde Phil assis à la lisière du jardin, mes jumelles posées sur ses genoux. Il les prend de temps à autre et scrute impatiemment la cime du chêne et des mûriers. Ses épaules sont bien rondes et puissantes, ses cheveux noirs coupés à la diable complètement ébouriffés. Il a une bouche passionnée, un long nez droit. Son être tout entier se présente à moi avec naturel, et je trouve ce spectacle irrésistible. Regarder ton père me gonfle de tendresse. Petit être : voilà. C'est la vingt-troisième semaine et tes poumons acquièrent leur surfactant. Tu pratiques des mouvements respiratoires pour t'entraîner, et tu pourrais quasiment survivre, à ce stade, dans une unité de soins intensifs néonatals, mais les vaisseaux sanguins de ton cerveau sont si fragiles que tu risquerais d'avoir une hémorragie, surtout au plus profond de ton cerveau, dans la matrice embryonnaire, tu es donc beaucoup mieux avec moi. La semaine prochaine tu acquerras ton oreille interne, pour l'équilibre. Quant à moi, j'ai des montées de lait. Je me prépare pour toi. Et je dois t'avouer, dans la mesure où je suppose qu'on restera cachés quand tu seras là, qu'aujourd'hui je ne m'en suis pas trop mal tirée pour une personne confinée à la maison. Il arrive que les privations me réussissent. Et puis, lorsque dans la rue tout est sombre et silencieux, nous sortons, tous les trois.

Notre rue n'a jamais été très bien éclairée, et plusieurs réverbères ont grillé ces derniers temps. La lumière ne pénètre pas du tout dans les bois – c'est là que nous allons. Un petit sentier que je connais serpente entre les arbres, et quand la lune se lève nous y voyons tout juste assez pour avancer.

Tandis que nous suivons à petits pas traînants le sentier d'un noir d'encre, nous entendons des bruits tout autour de nous. De petits bruissements, des cavalcades précipitées, d'étranges hululements, aussi, et la toux âpre d'animaux nocturnes. Phil a emporté un des fusils, ce qui ne nous empêche pas de rester sur le qui-vive. Mais être dehors et marcher tous les deux librement me procure un plaisir si fort que je ressens tout trop violemment – le passage délicat de l'air sur mon visage, la souplesse du sol sous les arbres, le relief de l'écorce sous mes mains, la caresse des feuilles sur mes vêtements et sur ma peau. Une conscience enchantée m'envahit. Je glisse une feuille noire entre mes doigts, remonte le long de la nervure centrale rigide. J'avale l'obscurité d'un trait, le riche bouillonnement de la terre.

3 SEPTEMBRE

Les services postaux des États-Unis ont apparemment mené des négociations secrètes avec la National Guard, et dans certains États ils ont formé une entité commune. Autrement dit, dans chaque État qui a décidé de ne pas obéir aux ordres du gouvernement central, lequel n'existe peut-être pas, lequel n'est peut-être que l'une des méga-entreprises ayant engagé les armées de mercenaires qui n'ont pour toute patrie que le billet vert. Le fonctionnement du courrier dans son ensemble est financé par l'échange d'espèces entre clients et facteur. Le préposé prend l'argent, paie au comptant la National Guard pour qu'elle le protège, et se réserve également un salaire. Il en coûte un dollar pour envoyer une lettre. La poste est devenue le seul système fiable de communication longue distance, et tout le monde y a désormais recours. Il y a deux distributions par jour. C'est une matinée tranquille. Réveillée depuis l'aube, j'ai écouté les cris graves et énigmatiques des tourterelles dans les arbres derrière la maison. Il n'y a pas de vent et les feuilles sont parfaitement immobiles. Phil est parti. Jusqu'ici je connaissais la plupart des chants d'oiseaux, mais à présent les feuilles résonnent de sons nouveaux. Certains sont menaçants et secs, d'autres merveilleusement doux, à la fois familiers et étrangers à ces lieux.

Le grondement soudain d'un moteur se fait entendre – un camion vraiment bruyant. Je soulève le bord du rideau et vois que le courrier arrive.

Un véhicule militaire blindé rôde dans les rues. Un soldat est juché derrière une mitrailleuse montée sur tourelle, et à côté de lui deux autres sont armés de fusils d'assaut. Vêtu du même uniforme bleu terne qu'à l'ordinaire, que complètent un casque et un gilet pare-balles, notre facteur sort du véhicule par la portière côté passager. C'est un Américain d'origine coréenne, sec comme un coup de trique et charmant ; son sourire creuse de doux plis dans son visage. Il s'appelle Hiro. Il entame sa tournée habituelle, absorbé par le courrier qu'il a trié, vérifie que les noms correspondent bien aux adresses, retourne les enveloppes le long de son bras. Près de lui, dans la rue, les soldats sur le qui-vive scrutent les toits, font pivoter leurs fusils en parlant dans de gros téléphones portables qui pourraient être d'antiques talkies-walkies.

Je bats en retraite dans la salle de séjour, m'installe dans le vieux fauteuil vert au coin de la pièce, et attends. En guise de boîte aux lettres, il y a une fente en cuivre dans le panneau qui jouxte la porte d'entrée. De mon siège j'entrevois le panier dans lequel tombera le courrier. Tout en attendant que Hiro s'engage dans mon allée, gravisse les marches de devant et le glisse dans la fente, j'entends les tout petits engrenages entraînant avec lenteur la grande aiguille de la pendule, à la cuisine. Dans l'arbre derrière la maison, la tourterelle pousse un nouveau cri. Le moteur du camion tourne, progresse en grondant, tangue. Tu me donnes des coups de pied. Les pas de Hiro se rapprochent. Il laisse tomber les enveloppes à l'intérieur et tourne les talons. D'habitude je bavarde avec lui, et soudain je ressens le silence. Je quitte mon fauteuil et me dirige vers la porte pour ramasser mon courrier. Il y a deux lettres d'appels aux dons, l'une de Holy Seal et l'autre de Children's Way. Trois autres sont des factures, dont j'imagine qu'il faut encore que je les paie. Il y a deux articles qui pourraient, ou non, correspondre au thème du prochain numéro de *Zèle*. Et il y a une lettre d'Eddy.

Chère Cedar,

Ici, au nord, la vie est en proie à un chaos intéressant. Nous avons dû barricader le magasin parce qu'il y a eu des pillages. Notre tribu a formé une milice cantonnée dans le casino. Bon nombre d'entre nous voient dans cet effondrement du gouvernement un moyen de reprendre le contrôle de la situation et de récupérer nos terres. En ce moment, tout le monde se contrefout de ce que nous faisons. Pourtant, et ça m'embête d'avoir à le reconnaître, d'ici une génération cela n'aura plus aucune importance. Voilà la vérité. Les plus riches s'empareront de la technologie pour se reproduire, et ces quelques rares Homo sapiens – au maximum deux cent mille, vu qu'il y a un demi-million d'embryons américains congelés et que cer-

tains ne donneront rien –, ces quelques personnes nous posséderont, nous, le reste de la population, les singes.

Sauf toi. Et ton bébé. Je ne fais jamais de rêves, d'habitude, mais là j'ai rêvé. J'ai rêvé que ton bébé était en bonne santé. Se mettait à courir à peine était-il né.

Alors viens nous voir dès que tu peux.

Je vais toujours vraiment bien, Cedar, malgré le souci que je me fais pour toi. Je t'en prie, viens nous voir, et reste avec nous. Ta mère est absente la plupart du temps, car elle participe à une veille en plein air, 24 h/24, sur l'herbe près de l'autel. Ta sainte a été vue récemment, et bon Dieu, elle est en pétard. J'y reviendrai. La camionnette de la poste passe sur la grande route tous les trois jours et je dois filer pour lui remettre cette lettre. Ne t'inquiète pas, nous avons tous de quoi manger. Nous avons entreposé dans notre sous-sol tout ce que contenait le magasin, et les denrées alimentaires ont une longue durée de conservation (Twinkies, env. quarante ans). Pas franchement diététique ! Grand-mère se porte bien et ta sœur, sans télé à regarder, a terminé Ainsi parlait Zarathoustra *et s'est plongée dans la biographie de Simone Weil,* Une vie. *Ha ha ha. Je joins des doubles carbone (!) de quelques pages récentes.*

PAGE 3032

Le sommeil négatif

Dans le sommeil que je ne trouve pas toutes les nuits, j'éprouve la tranquillité d'esprit qui me permet de ne pas me suicider tout au long de la journée suivante, au cours de laquelle l'envie de dormir me torture. Faute d'un mot plus approprié, je nomme cet état d'esprit, dans lequel je pense au sommeil mais sans vraiment dormir, le sommeil négatif. Car il n'est négatif qu'à la façon dont un bout de pellicule noire est l'image fantôme d'une photographie – je m'oppose à ce que ce mot comporte le moindre jugement de valeur. D'autant que dans ce crépuscule de la pensée éclosent des sensations positives. Éveillé dans le noir, je ressens le plaisir de mon souffle qui entre et sort sans effort de mon corps. Quand je règle ma respiration sur les expirations un peu engorgées de Trésor, je prends conscience de la douce générosité du temps. Voilà l'éternité, à cet endroit précis, car l'éternité n'est rien d'autre que la conscience que nous avons du temps qui passe. Être couché près de ma femme pendant trois heures et ressentir pleinement chacune de nos respirations conjuguées. Le bonheur suprême. C'est la quatrième heure qui craint. L'anxiété s'insinue. La pensée des tâches du lendemain, encore amplifiée par la tentative désespérée de prendre du repos. Aigreur. Elle dort bien, pourquoi pas moi ? Et pire. Elle roule sur le côté ou grogne alors que je m'endors enfin, faisant jaillir chez moi des larmes de frustration. Le cerveau se met à divaguer. Il sort de sa boîte et rôde dans la maison en quête d'un meilleur endroit où se reposer.

Par terre ? Sur le canapé ?

Ce n'est que par le plus grand des efforts que je parviens à revenir à un état de sommeil négatif, c'est ça ou avaler un comprimé. J'en ai essayé des tonnes et certains me font de l'effet un certain temps, mais tous ceux qui sont efficaces créent aussi une dépendance et je ne voudrais être dépendant que d'une seule chose. De la réflexion. Des plaisirs de l'esprit. La réflexion me sauve, finalement. Je me rends compte que si j'essaie de résoudre un problème moral épineux, ou de rédiger les trois ou quatre pages suivantes de mon manuscrit, l'objectif abstrait déclenche une prompte avalanche. Le sommeil me gagne. Tandis que la pièce s'éclaire, un état plus doux s'empare de moi, et quand Trésor se lève je m'endors pour de bon. Je suis dans les vapes. Si personne ne me réveille, je peux rester comateux une bonne partie de la matinée. Mais vers neuf heures, en général, je dois répondre à une urgence naturelle. Je me lève souvent plein d'amertume. Toutefois les souvenirs de mon sommeil négatif viennent à mon secours et je ne me suicide pas.

P-S : Il faut que je griffonne ça en vitesse : visite-surprise des Nagamojig. Bimibatoog.

J'étais tellement excitée d'avoir reçu une lettre d'Eddy, et par cette dernière ligne dont je cherche le sens dans mon dictionnaire d'ojibwé, lequel m'apprend qu'elle fait allusion à un chant – c'est-à-dire, des gens qui chantent ; c'est-à-dire, littéralement, les Songmaker –, que j'ai eu la bêtise d'ouvrir à côté de l'un des minces rectangles de fenêtres qui flanquent ma porte de part et d'autre. Alors quand la sonnette retentit, sans y penser je jette un coup d'œil par la vitre et mon regard tombe sur le visage de Hiro. Il m'adresse un sourire grave et agite une lettre sur laquelle est collée une bande de papier vert – si je comprends bien, je dois signer. J'ouvre la porte étourdiment, puis tente aussitôt de la refermer, trop tard. Hiro se rend compte sur-le-champ que je suis enceinte et se plante devant moi, soucieux qu'on ne me voie pas depuis la rue. Il bouche l'encadrement de la porte, sans faire aucun commentaire, et me donne la lettre. L'adresse est inscrite à la main d'une écriture que je ne reconnais pas, et il n'y a aucune mention de l'expéditeur au dos.

« Savez-vous qui vous écrit ? » me demande Hiro.

Quand je réponds que je n'en ai pas la moindre idée, il me reprend gentiment l'enveloppe des mains et ôte la bande de papier vert avant de me rendre mon courrier.

« Vu votre état, je vous conseillerais de ne pas signer, dit-il. Je vous conseillerais de ne lier votre nom à aucune adresse véritable. Et n'ouvrez plus votre porte à personne. »

Je recule dans un coin d'ombre de l'entrée, moins dangereux, et Hiro scrute la rue.

« J'aurai une lettre à poster demain.

– Glissez-la sous le paillasson, sans rien qui dépasse, rien de visible. Collez votre dollar dessus. Prenez garde à ce que personne ne vous voie. »

Il lève l'index et l'agite devant moi.

« Personne ! »

Puis il s'en va.

Je retourne à la cuisine et, l'esprit ailleurs, j'observe le jardin à la jumelle, puis à l'œil nu, pendant pas loin d'une heure. Mon inquiétude généralisée finit par s'atténuer un peu – mes parents *en cavale,* a écrit Eddy en ojibwé, faisant irruption chez Trésor et lui. Et moi qui me suis bêtement montrée à Hiro. Je réussis à me préparer à déjeuner, du maïs frais au beurre – oui, on trouve encore les deux. Je pensais que c'était peut-être la dernière fois qu'on voyait du maïs : une culture dépendant de la technologie, mais comme il est génétiquement modifié sa régression physique totale pourrait fort bien ne jamais avoir lieu. Qui sait. Rien ne régresse à un rythme régulier, ni prévisible. Phil m'a raconté que les brocolis et les choux-fleurs qui poussent ne ressemblent plus à rien – il a parlé avec quelqu'un qui lui a dit qu'ils ne donnent plus qu'une sorte de plante sauvage, une mauvaise herbe ayant plus ou moins l'allure d'un chou. Pourtant il y a du maïs et, mieux encore, du pop-corn. Phil en a trouvé quelques paquets fourrés sous l'évier dans la cuisine de l'église, restés là après une projection de *La Passion du Christ*, un vendredi saint.

Je mange seule, enfournant du pop-corn sans m'arrêter, les yeux rivés sur la neige de l'écran de télé qui tremblote et s'éclaircit tandis qu'en sortent des mots murmurés, rien d'intelligible. J'ai simplement soif d'informations, quelles qu'elles soient, je suppose, même de gribouillis incompréhensibles. Mes parents me manquent terriblement, les deux paires. Et maintenant le sort de Sera et Glen m'angoisse, car Eddy et Trésor leur auront à coup sûr parlé de ma grossesse, ce qui les poussera à revenir en ville où je me doute qu'ils sont poursuivis par le même genre de personnes à l'odieuse bienveillance que celles qui occupent en ce moment la maison de mon enfance. Je ne vois pas ce que Glen et Sera ont pu faire, sinon vivre l'existence qu'ils ont toujours vécue, mais il n'en faut peut-être pas davantage.

Chers Eddy, Big Mary et toute la famille,

Je me porte à merveille et il est inutile que vous passiez me voir ou qui que ce soit d'autre, car j'ai de l'aide et je me sens bien. J'ai été ravie d'avoir de vos nouvelles et je vous écrirai de nouveau sous peu. Surtout prenez bien soin de vous. Racontez-moi, s'il vous plaît, ce qui met ma sainte en pétard.

Bises, Cedar

5 SEPTEMBRE

Je travaille sans interruption à mon bureau, devant la fenêtre masquée par un rideau qui s'ouvre sur la façade arrière de la maison. Les feuilles sont d'un vert profond et le jacassement bourdonnant et cliquetant des bruits d'oiseaux se mêle au flot de mes pensées. Puis soudain, je lève la tête. Un jeune homme. Il regarde par la fenêtre latérale, les doigts arrondis au-dessus de son front pour bloquer l'éclat aveuglant du verre. Je distingue le contour de son visage, cramoisi et dévoré de curiosité. Ses yeux roulent dans leurs orbites, embrassant la pièce. Je ne saurais dire si j'ai été repérée ou non. Je me laisse glisser au bas de mon siège et me blottis sous ma table de travail, d'où je n'aperçois que la cuisine et la porte de derrière. La poignée de la porte jaune de ma cuisine tourne lentement alors que ce garçon à la tête ronde comme un ballon cherche à entrer. Mais elle est verrouillée. Comme toujours. À présent un méli-mélo de voix contourne la maison, et j'aperçois non pas un mais deux jeunes hommes. Ils sont blonds, propres, vêtus avec soin de chemises orange clair et rose corail boutonnées jusqu'en haut. Ils ont le torse mou et replet, leurs chemises sont impeccablement tirées pour ne pas sortir de leur jean repassé et retenu par une ceinture. On frappe un coup à la porte. Je retiens mon souffle. Silence. Je rampe le long du mur, sous la fenêtre, et entre dans la salle de séjour d'où je peux voir l'entrée.

« On sait que vous êtes là, lance l'un des deux garçons d'une voix légère et joyeuse. Je m'appelle Clark ! Inutile de vous cacher. Et lui, c'est Emeric ! On est là en amis ! On fait simplement une petite enquête de voisinage. Vous n'avez pas reçu notre bulletin ? L'invitation ? »

Je repense tout à coup à la lettre avec accusé de réception que, dans l'effervescence qui a accompagné l'arrivée de la lettre d'Eddy, j'ai laissée sur la table de l'entrée. Sans l'ouvrir. Ce doit être ce dont ils parlent – la lettre, l'invitation. À cet instant, un bout de papier passe doucement sous la porte et glisse sur le linoléum du vestibule. Je crois les entendre s'éloigner, mais je n'en jurerais pas. Je laisse le papier là où il est. Je l'observe jusqu'à ce que le soleil se couche.

Cher voisin, chère voisine,

Venez donc à un pique-nique ! Les dossiers logement indiquent que votre changement d'adresse n'a pas encore fait l'objet d'une inscription auprès de votre nouveau bureau des résidents, et la question du titre de propriété de votre maison nous préoccupe – une éventuelle expiration de celui-ci est très possible. Ce sera donc l'occasion de régler, s'il y a lieu, les problèmes concernant votre permis de résidence, et de rencontrer de nouveaux amis. Le repas sera offert par les Uniteurs. Veuillez apporter votre permis de conduire, ou tout autre document plus ancien faisant office de pièce d'identité délivrée par le gouvernement des États-Unis, ainsi que votre acte de propriété. Le 8 septembre, 17 h – 22 h. Sous le tivoli de True Manna Park.

Au plaisir de vous y voir !

Clark et Emeric,
Uniteurs

Quand Phil rentre, en roulant sans bruit sur la pelouse et autour de la maison pour se garer à l'arrière, je lui montre l'invitation et lui demande où se situe True Manna Park.

« J'imagine que c'est le parc au bout de la rue. »

Et il me coule le regard par en dessous que j'en suis venue à connaître comme étant celui qu'il me lance avant de me dévoiler une nouvelle information inquiétante.

« Mais non, ça c'est Manito Park.

– Il y a des noms nouveaux. »

Il m'apprend alors qu'un matin, deux ou trois jours plus tôt, tout a été rebaptisé. Toutes les plaques de rue ont été changées dans la nuit. C'était une opération gigantesque, impressionnante. Même les rues numérotées ne s'appellent plus de la même façon.

« Maintenant ce sont… » Il hésite. « Eh bien, ce sont des versets de la Bible.

– Alors je n'habite plus dans Boutwell Street ?

– Si, pour les services postaux des États-Unis. Qui sont toujours sous l'autorité d'un ministre laïque. Sinon, tu habites dans Proverbes 10:7. »

Attends, je crois que je connais ce verset.

« "La mémoire du juste est en bénédiction, mais la réputation des méchants tombe en pourriture" ?

– Ouais, en gros c'est ça. »

Phil et moi nous asseyons sur le canapé, réfléchissant au fait que quelqu'un veut connaître nos noms, lesquels sont probablement catalogués comme des noms de méchants, voués à la pourriture. Les stores sont baissés. Nous sommes plongés dans un silence décontenancé. Phil tend le bras, pose ma main dans la sienne et referme ses doigts sur mon poing. Nous avons quelques jours pour nous décider, et dans ma tête je passe rapidement en revue les possibilités. Aller au pique-nique déguisée ? Mais en quoi ? Mon ventre pointe pour de bon, désormais. Même moi, je ne peux plus nier que je suis visiblement enceinte. Hiro l'a compris au premier coup d'œil. Carrément ne pas y aller, et attendre de voir ce qui se passera ? S'enfuir ? Mais s'enfuir où ? Phil, cela dit, m'a largement devancée dans la réflexion et suggère une solution différente. Il y a très peu de lumière – rien que le vacillement de l'un des lumignons des deux douzaines de boîtes de bougies votives qu'il a fauchées à l'église. Mon canapé, récupéré dans la salle de jeux des Songmaker, est grand et profond, garni de lourds coussins en duvet. Phil me repousse doucement au fond, puis, le visage mangé d'ombres, me regarde.

« Cedar. »

Son expression change, et il se laisse glisser le long de mon corps jusqu'à se retrouver à genoux sur le sol, une joue collée contre mon ventre. Il lève les yeux vers moi, la lumière chaude tombant sur l'ossature de sa tête. Ses yeux sont envahis d'obscurité.

« Veux-tu m'épouser ? »

6 SEPTEMBRE

C'est ainsi que ton père et moi avons décidé de nous marier. Aujourd'hui, Phil retourne à l'église pour fabriquer de faux papiers et documents avec cachets officiels et signatures falsifiées. Notre curé aide plein de gens, me dit-il. Il produira un certificat de mariage pour nous deux, et Phil l'apportera au pique-nique ainsi que le titre de propriété de la maison et tout ce que nous pourrons bricoler pour nous faire passer pour un véritable couple. Je serai partie, bien sûr, pour une quelconque retraite religieuse. En société, Phil a des manières affables qu'il a acquises dans le cadre de son travail – elles lui seront d'un grand secours. Je crois qu'il se débrouillera pour convaincre l'association de quartier qu'il est réglo, ou que nous le sommes. Pour ce qui est du mariage, je sais que la décision semble avoir été prise à la va-vite, par opportunisme, mais ce n'est pas ainsi que nous l'avons vécu.

Pendant la journée, le regard perdu dans la végétation touffue et bruyante qui s'étend derrière la maison, je pense au bonheur physique que nous partageons, Phil et moi. Je ferme ensuite les yeux et j'écoute le grondement et le fracas du monde qui passe en trombe. Nous aussi, nous passons en trombe. Le vent cinglant nous double. Nous sommes si brefs. Un pissenlit d'un jour. L'enveloppe d'une graine ricochant sur la glace. Nous sommes une plume tombant de l'aile d'un oiseau. Je ne sais pas pourquoi il nous est donné d'être tellement mortels et d'éprouver tant de sentiments. C'est une blague cruelle, et magnifique.

Chère Cedar,

Je t'écris par retour de courrier. Les Nagamojig sont repartis. Ingiiwiindamowaananig. De l'avis de ta mère, Kateri Tekakwitha est apparue dans un nuage de brume il y a de cela à peine quinze jours. Il est vrai qu'elle est apparue à Jeff « Moustique » Monroe, alors qu'il était bourré et venait de subir une perte financière exceptionnellement importante. Mais comme par ailleurs il est digne de confiance, au conseil tribal par exemple (rire hystérique), elle soutient que sa version de l'événement est crédible.

Moustique raconte qu'une belle et jeune Amérindienne, en costume traditionnel, a peu à peu émergé d'une boule nuageuse et s'est tenue en équilibre sur la pointe de son rocher. Elle en a sauté dans un tourbillon et s'est campée devant lui. Sur son visage, pas de sourire de béatitude mais un froncement de sourcils dur et menaçant. Elle l'a observé pendant un long moment. Ses cheveux étaient noirs, ses yeux étaient bruns, sa peau à peine dorée. Elle a dit : « Vous tous, vous n'êtes qu'une bande d'abrutis. »

Jeff a été le premier à dessoûler et à cesser de jouer, et depuis on assiste à une vague de vœux de sobriété. Là où elle se tenait dans l'herbe, juste sous ses pieds, deux croix ont roussi le gazon.

Bien sûr, il y a eu ceux qui se sont rendus sur les lieux puis ont parié gros le lendemain, convaincus qu'elle avait augmenté leurs chances. Je ne sais pas où va tout cet argent des jeux, désormais. Nous perdons le fil de ce qui se passe. Je tente de convaincre le conseil de surveiller de plus près les recettes du casino et de récupérer nos terres, mais ici se développe comme un penchant galopant à l'à-quoi-bon. « Même chez les plus dépravés, chez ceux pour qui la vie et la mort sont également un jeu, il y a des choses avec lesquelles on ne peut pas jouer[1] *» (Poe). Le monde surpasse Hérode en cruauté. La gigantesque horloge d'ébène aux poumons d'airain, dont la musique faisait pâlir les plus fous, a retenti.*

Alors voilà ce qui nous agite. Il y a des veillées vingt-quatre heures sur vingt-quatre.

Trésor veille en ce moment. Il arrive souvent que les gens aient des hallucinations pendant les périodes de fortes tensions. Je n'en pense pas moins que ta sainte a raison.

7 SEPTEMBRE

J'ai passé la journée à bâtir avec le plus grand soin une cache de nourriture au sous-sol. J'ai mon seau porte-outils et ma perceuse. Le mur/fondations du sous-sol est en parpaings, de cinq centimètres d'épaisseur, sauf à un endroit inattendu qu'un électricien m'a montré il y a longtemps lorsqu'il a sorti les vieux fils mis à la terre pour la salle informatique du précédent propriétaire. Il y a un autre petit vide sanitaire sous les fondations de la galerie, à l'arrière de la maison. Si je dégage deux parpaings en faisant levier, je peux y glisser des boîtes et des récipients en plastique hermétiquement fermés, puis remettre les parpaings en place. J'y ai déjà fourré les cigarettes, mais j'ai

1. « Le Masque de la mort rouge », in *Nouvelles histoires extraordinaires*, d'Edgar Allan Poe, traduit par Charles Baudelaire.

besoin d'élargir l'ouverture. Je passe l'après-midi à tailler dans le mortier et parviens peu à peu à retirer les blocs. Un individu de taille normale pourrait tenir dans ce petit espace vraiment affreux qui a de quoi vous rendre claustrophobe. Mais moi, non. Je ressemble à un tonneau – et plus précisément à ce qui, au Moyen Âge, se nommait un muid. Je suis devenue si lourde et si ronde que je me surprends à rêver qu'on puisse me déplacer sur roulettes.

Tu as des sourcils, des cils, et même quelques cheveux. Les empreintes digitales de tes pieds et de tes mains sont désormais lisibles, et les composants complexes de tes yeux se sont formés, même si tes paupières ne s'ouvriront pas avant une quinzaine de jours. La vue est le dernier sens à se développer. Les liaisons nerveuses de tes mains continuent à se mettre au point. Ton cerveau, le grand point d'interrogation, a fabriqué plus de deux cent cinquante mille neurones par minute depuis que tu as quatre semaines, et chaque cellule nerveuse est capable de produire dix mille liaisons. Pendant tout ce temps les neurones ont migré sans interruption vers leurs destinations. Je suppose qu'ils savent où aller dès qu'ils se forment. Ils circulent par vagues, des millions chaque jour, le long de voies gliales. Tes neurones sont à présent au complet, des milliards et des milliards, et à chaque seconde deux millions de nouvelles connexions les réunissent, davantage qu'il n'y a d'étoiles dans le ciel.

Pendant que je suis à la cave, que je réfléchis à tout cela, que je m'occupe de la cachette et replace les parpaings dans le mur, j'entends une femme crier. Puis les aboiements âpres et furieux d'un chien à large poitrail. Le hurlement de scie à ruban semble venir des arbres et du jardin derrière la maison. Les aboiements aussi. Je fonce au rez-de-chaussée et je vois, par la fenêtre, non pas une femme mais une gigantesque et puissante masse floue couleur sable. L'animal bondit dans les airs pour se jeter sur un labrador chocolat sidéré, qui disparaît dans son étreinte. La chose – un genre de grand félin, tout en muscles et ruse vigoureuse – plante dans sa proie de longues canines et avale sur-le-champ l'arrière-train sanglant du chien, avant de hisser la tête et le torse en haut du grand chêne. Elle coince la carcasse dans une fourche de l'arbre, puis s'étend de tout son long sur une branche.

Quand Phil passe la porte, je l'appelle dans la cuisine et lui dis qu'un chat géant, perché dans un chêne du jardin, est en train de dévorer un labrador chocolat.

« Je ne savais pas que les couguars aimaient le chocolat », me répond-il.

Je l'observe d'un air pensif jusqu'à ce qu'il détourne les yeux, puis il me fait face et me lance un regard furieux.

« Tu as perdu ton sens de l'humour.

– Ce n'est pas drôle. »

Phil regarde ses pieds, et je vois bien qu'il est froissé.

« Tu ne piges pas, dis-je de mon ton le plus véhément. Il y a dans le chêne comme un félin à dents de sabre en train de *bouffer* un labrador chocolat. »

Nous nous défions un moment du regard, puis brusquement, sans crier gare, nous nous écroulons de rire tous les deux, nous partons en vrille, dingues, sans force, jusqu'à ce que nous nous retrouvions par terre, le souffle coupé.

Ce soir-là, c'est plutôt sur le toit que nous grimpons, et Phil traîne derrière lui le Bushmaster. Nous nous installons sur le faîtage peu élevé, dans l'ombre de la petite cheminée en briques. De là-haut, par-delà les arbres à mi-croissance ayant remplacé des ormes gigantesques, comme nous sommes à flanc de colline nous apercevons les kilomètres de quartiers d'habitation qui s'étendent vers le sud depuis le centre-ville. Ce sont des quartiers abritant des familles ouvrières et des travailleurs pauvres, dans de vieilles demeures victoriennes branlantes ou de petites maisons de plain-pied semblables à la mienne, soigneusement tassées les unes contre les autres. Seule une bande de gazon les sépare, ou parfois un grillage. Tout est sombre à présent. Des lueurs vacillantes, rien de plus. De temps à autre, rarement, un feu de camp ou un incendie illumine un coin de la ville. Ce soir, une maison crache d'énormes flammes orange. Les cris et les clameurs sont trop ténus et éloignés pour qu'on les entende. Même le crépitement d'une fusillade, au loin, est aussi insignifiant qu'un chapelet de pétards. Et le ciel a fleuri, il verdoie d'étoiles. Je n'avais encore jamais vu des étoiles pareilles. Intenses, brillantes, douces. Je suis soulagée de penser que rien de ce que nous avons fait subir à cette terre ne peut les atteindre. Je songe aux neurones qui dans ton cerveau sont en train de se relier, de se ramifier, de développer la capacité que tu auras, je l'espère, à t'émerveiller. Ils s'enchaînent, à la manière des galaxies. Peut-être que nous fonctionnons nous aussi comme des neurones, interconnectant des pensées dans la lie géante de Dieu.

« Ce qui s'est vraiment passé, dis-je à Phil. Le sais-tu, le savent-ils ?

– Ton explication, que Dieu s'est lassé de nous, est au moins aussi valable que tout ce que j'ai entendu jusqu'ici. »

Une fois de plus, j'ai l'impression qu'il a envie d'entrer dans les détails, d'ajouter quelque chose pour l'heure demeuré en suspens dans ses pensées. Mais il retient ma main dans les siennes. Elles sont toujours chaudes et je les laisse m'envelopper.

Au bout d'un moment Phil se remet à parler, et nous extrayons de notre cervelle tout ce que nous avons pu lire ou apprendre en cours de biologie sur la duplication génique. De quelle façon les gènes dupliqués et les segments de chromosomes laissent supposer que notre génome a doublé, peut-être même plus d'une fois. À quelle époque, cela reste incertain, mais en gros lorsque nous avons divergé de l'un de nos ancêtres vertébrés – il y a cinq cents millions d'années, à un million près ? En tout cas, ce doublement signifie que notre génome regorge de réarrangements et de répétitions. Qu'il grouille de redondances. D'un côté, cela nous offre certains avantages en termes d'évolution, car nous jouissons d'une flexibilité innée. Une copie d'une séquence d'ADN peut muter, voire s'assurer qu'elle remplit son nouveau rôle, et il y en a souvent une de rechange pour poursuivre la tâche. Mais le plus souvent, il se passe ce truc bizarre.

Nous restons silencieux un moment. Phil écarte le gros fusil, m'attire contre lui. J'ai toujours les yeux perdus dans le ciel.

« Quel truc bizarre ? »

Nous discutons de la manière dont le gène redondant, ou jumeau, devient une sorte de gène fantôme, un pseudogène inactif. Une séquence d'ADN non traduite.

Je lui lance : « Imagine un peu, d'un point de vue métaphorique et physique, ce que cela dit de nous.

– Nous renfermons l'histoire de nos péripéties génétiques.

– Et nous vivons avec l'histoire réussie de nos propres mutations, dont nos corps sont conscients. »

C'est exactement ça : discrètement incorporé et tricoté dans l'ADN actif, existe un moi fantôme. Voilà qui n'étonnera pas les poètes. Nous portons dans notre être notre double génétique, du moins en partie. Et si certains de ces gènes réduits au silence étaient activés ? J'ignore comment, mais s'ils l'étaient ? Et qu'ils décidaient de rétablir en nous un équilibre physique appartenant au passé ?

« Et si ? dis-je, alors que soudain tu me donnes un grand coup de pied. Tiens, touche. »

Je pose la main de Phil là où je t'ai senti, mais tu as déjà changé de place. Je comprends pourquoi tant de gens ne croyaient pas en l'évolution avant le mois dernier, et n'y croient toujours pas, et n'y croiront jamais. Car cela signifie que l'harmonie physique parfaite, la grâce et, selon la formule de Darwin, l'existence de formes infinies on ne peut plus belles sont le résultat progressif d'échecs épouvantables. À leurs yeux l'évolution fait de la vie sur terre le scénario d'une lutte sanglante, maladroite, impitoyable, menée bec et ongles. Alors ils désignent une structure miraculeuse, l'œil, par exemple, dont chaque partie dépend de la suivante, et disent : *Tenez*, comment cela aurait-il pu être conçu au coup par coup ? Comment une chose autre que la perfection pourrait-elle produire la perfection ? Impossible ! Mais voilà, me dis-je à présent, la preuve codée et cryptée dans chaque goutte de sang, chaque cheveu et rognure d'ongle. Pour chaque élément intelligent, pour chaque perfection, des fantômes d'échecs existent aussi. Des erreurs. Les baleines ont des vestiges d'os des jambes, de bassins, qui témoignent de leurs origines terrestres. Nous survivons avec certaines de ces imperfections dans notre conception, la plus immédiate pour moi étant que la taille du bassin de la femme en position debout et qui marche s'avère souvent incompatible avec celle du crâne d'un bébé.

« Je n'ai pas peur, dis-je à Phil, rien que par fanfaronnade. Je n'ai pas peur du tout d'accoucher de notre bébé.

– Là, à cet instant ? Ou tout le temps ?

– D'habitude, j'ai la trouille. »

Il enfouit son visage dans mes cheveux.

« Il y a des sages-femmes, déjà tout un réseau clandestin. On va t'en trouver une.

– C'est vrai ?

– C'est ce que j'ai entendu dire aujourd'hui.

– Ouais, dis-je au bout d'un moment. Voilà qui explique certaines choses.

– Quoi donc ?

– Voilà qui explique ce que fait Sera, et pourquoi de fausses personnes habitent dans la maison de ma famille. »

8 SEPTEMBRE

Phil rapporte du pique-nique de quartier une assiette en carton garnie d'un assortiment de viandes froides, ainsi qu'un calendrier des offices de l'église des Uniteurs, auxquels il nous est vivement conseillé d'assister tous les deux. Toutes les églises vont être réquisitionnées pour un usage fédéral, m'apprend-il.

« Fédéral ? Ça veut dire qu'il y a un gouvernement ?
– Un gouvernement religieux. Avec à sa tête l'Église de la Nouvelle Constitution. »

15 SEPTEMBRE

Je ne t'ai pas écrit ces derniers jours. Il devient plus difficile de se tenir au courant des événements. Je dors comme si j'étais droguée, la moitié de la journée, et toute la nuit. Je suis sonnée. Phil suppose que tu es en train de faire une poussée de croissance. Jamais je n'ai eu autant sommeil. Il a fallu que je me discipline. J'ai dit que les privations me réussissaient, et c'est vrai, mais c'est uniquement parce que je m'en tiens à un emploi du temps rigoureux. J'ai établi une planification minutieuse de ma journée, que je respecte à la lettre – pas seulement du mieux que je peux, mais *coûte que coûte*. Je ne m'autorise pas à m'effondrer, ni à rester au lit, parce que je sais que si je cède je vais me rouler en boule autour de toi pendant les trois prochains mois. Je risquerais de sombrer dans un état de terreur indifférencié, ou de devenir catatonique. C'est mon secret. Je me le cache et le cache à Phil – à quel point je suis à deux doigts de dérailler. Combien il est crucial que je m'en tienne à ma routine quotidienne.

Je me lève tous les matins à sept heures. C'est le premier acte de volonté, l'acte suprême. Mais Phil m'aide. Il me prend dans ses bras. Je me réveille et me tourne vers lui, et il me prend simplement dans ses bras. Je ne lui dis pas ce que je ressens, car il arrive maintenant de temps à autre que nous l'agacions. D'habitude, il m'aide à sortir du lit, quoique parfois il ne comprenne pas à quel point je suis épuisée et me secoue un peu. Il paraît même un peu brusque, et dans un tel état de stress qu'il ne s'en rend probablement pas compte. Mes moments préférés sont ceux où il t'admire, nous admire, me caresse le ventre et dit que tu as grandi. C'est le petit encouragement dont j'ai besoin pour me lever. Je vais à la salle de bain et me débarbouille au gant. J'enfouis mon visage dans le tissu mouillé, et c'est souvent là que je succombe à la peur. J'essore le gant et je me regarde. Je devine dans mes traits l'empreinte de Trésor, et je m'interroge sur mon mystérieux père. Il n'y a aucune chance que je le retrouve, à présent, mais je ne pense pas qu'un jour je me remette de n'avoir jamais fait sa connaissance. Le teint sombre, elle a dit que c'était un Indien de pure souche. Le teint très mat. Je n'ai pas hérité de sa couleur de peau, mais je me demanderai toujours si mes mains, mes yeux, mes coudes sont exactement comme les siens. Je me demanderai toujours si je parle comme lui, ris comme lui, marche du même pas, vivant ou mort en ce monde. Et j'ai encore bien d'autres questions qui m'habitent :

Est-ce que cette journée sera celle où l'on va me découvrir et m'emmener ? Et puis après ? Que vous font-ils ? J'emploie un démaquillant pour me nettoyer le visage. J'en fais un usage parcimonieux. Je ne sais pas si je pourrai en retrouver un jour. J'ai un assez gros stock de brosses à dents, en revanche. Et je prends bien soin d'utiliser du fil dentaire, car les femmes enceintes sont sujettes aux caries, paraît-il, et mon assurance ne couvre pas les soins dentaires – qui sait si cela aurait alors une quelconque importance ? Ensuite je me brosse les cheveux, qui poussent vite, me semble-t-il. Est-ce à cause des hormones de la grossesse ou de la peur ? Probablement des hormones. Le stress provoque la chute des cheveux. Je relève les miens et les enveloppe dans une serviette pendant que je prends ma douche. Je les lave tous les deux jours. Ça aussi, c'est important. Avoir les cheveux propres m'aide à être positive. Il y a de l'eau, note bien. Et de l'électricité presque tous les jours. Mais nous l'économisons, pas de climatiseur, et j'arrive à peine à bouger à cause de la chaleur. Je m'habille du mieux que je peux – ce n'est pas comme si j'avais mis de côté des vêtements de grossesse au cas où je serais enceinte ; Phil m'a autorisée à porter certains de ses vieux tee-shirts et, si je laisse la fermeture Éclair ouverte, je rentre encore dans mon jean. Je mets des mocassins et des chaussons-chaussettes. Le mois de septembre est déjà bien avancé et bientôt, j'espère, l'air matinal apportera une petite pointe de fraîcheur, un vague souvenir des automnes de mon enfance. C'était ma période préférée. Comme pour l'hiver, qui n'existe plus, une saison fantôme.

Le petit-déjeuner compte beaucoup. J'y fais très attention. On ne trouve plus d'œufs, mais il y a toujours du pain et aussi de la confiture. À dire vrai, nous avons beaucoup de confiture. Ce sont les restes des petits-déjeuners de la paroisse : en pot, en boîte, en mini-barquette, en bocal. Nous en mettons sur nos tartines et dans le porridge, et j'en utilise aussi pour sucrer mon thé. Après le petit-déjeuner, je me brosse une fois de plus les dents pour me débarrasser de toute cette confiture. Puis il est temps pour Phil de partir, et c'est le second moment le plus difficile de la journée, en partie parce que je devine alors à quel point il a besoin de s'en aller.

Ce n'est pas que les choses changent brutalement après la fougue des premières semaines, délicieuses, grisantes et étourdissantes, où nous sommes tombés amoureux. C'est simplement que nous avons de gros soucis. Affolements et frayeurs.

Une fois Phil parti : c'est là que c'est vraiment le plus dur. Pourtant je ne me cramponne pas à lui lorsqu'il s'en va, je me contente d'exister. Je ne pense ni à l'après, ni à l'avant, mais à l'instant présent. Je savoure Phil, le touche et ressens la vie qui est en lui. J'enregistre autant de choses que je peux en absorber. Je m'en imbibe comme une éponge. Puis la porte se referme et je prends une profonde inspiration. Relâche l'air lentement. Je veux m'enraciner et que Phil me retrouve pile à l'endroit où j'étais lorsqu'il est parti. Je veux tomber en boule sur le sol comme un vêtement vide. Je veux pleurer, et d'ailleurs parfois je pleure, pourquoi pas ? *Qui, si je criais, entendrait mon cri parmi les hiérarchies des Anges*[1] *?* Mais le plus souvent je me dis qu'il est temps que je m'attelle à ma gym quotidienne de femme enceinte. Une heure d'étirements, de poids, de bandes élastiques, de postures de yoga tirées d'un manuel. Si je tiens l'heure entière, les bonne endorphines seront libérées dans mon cerveau et je serai capable de respecter la routine rédemptrice de la journée. Sinon, je ne sais pas. Je ne veux pas savoir.

Pour finir, une fois mes exercices terminés, je fais le ménage d'une pièce de la maison, en plus de la cuisine que je nettoie systématiquement. Je n'en nettoie qu'une parce que j'ai besoin d'opérer un roulement, j'ai besoin

1. « Première élégie de Duino », de Rainer Maria Rilke, traduit par Armel Guerne, Le Seuil, 1972.

qu'elles se salissent. Quand c'est fini, je m'assieds à mon bureau. Depuis que j'ai failli être découverte, je suis très prudente avant de m'installer à ma table de travail près de la fenêtre. J'inspecte le jardin à travers les stores, j'attends, je suis patiente. J'envisage de reprendre mes quartiers dans la buanderie, mais c'est là ma limite. J'en suis incapable. Si je ne pouvais pas profiter de la vue sur les arbres, je suis certaine que je succomberais à la peur qui me hante. Grâce à la fenêtre je réussis à me calmer suffisamment pour travailler sur *Zèle* et pour t'écrire.

16 SEPTEMBRE

Les yeux fixés sur le dossier carré d'une chaise de cuisine, une vieille chaise en bois peinte en blanc, j'ai désormais des pensées dont je n'arrive pas à croire que je puisse les avoir. Ce ne sont pas des pensées avouables. Je ne peux pas t'en parler. Je ne peux les confier à personne. Elles reviennent avec une telle constance que je crains d'être en train de perdre le contrôle de mon esprit. Non, je ne peux pas les exprimer, ni même les décrire, mais je me demande : Est-ce que tu les ressens ? Est-ce que, d'une certaine façon, tu les absorbes et en devines le contenu ? J'espère que non, j'espère de tout mon cœur que non. Je suis dangereusement imparfaite et je n'aurais pas ces pensées si j'étais une meilleure personne. Je suppose que c'est assez vrai. Mais bon, comment pourrais-je ne pas les avoir ? Ces pensées ? Quand je suis piégée par ce que contient mon corps ? Par toi ?

Plus tard je me dis que ce n'est peut-être pas si affreux de ma part, de vouloir me débarrasser de toi. À vrai dire, ce n'est pas toi, ou moi, c'est la situation. J'ai oublié. Si tout le reste était prévisible, je pourrais t'accepter, pleinement. Je le pourrais. J'en suis convaincue.

17 SEPTEMBRE

Les frontières sont bouclées depuis maintenant des années – les passages entre les États-Unis, ou ce que nous sommes à présent, le Mexique et le Canada. Ni l'un ni l'autre ne veut de nous. Mais, malgré la situation irrégulière qui est la nôtre, le Canada continue à jouer le rôle de trappe de secours dans le toit de ce pays, quoi que la clôture soit bien gardée et les fugitifs constamment traqués et renvoyés chez eux. Il reste encore de nombreuses façons de passer, à pied ou en bateau. Je pense que c'est ce qu'ont fait Sera et Glen. Sachant que je me cachais, et inquiets à l'idée d'être pris en filature, ils ont probablement résolu de ne pas venir me voir mais plutôt de partir vers le nord. J'espère qu'ils ont pu transférer leur capital avant le début de la limitation des opérations bancaires. J'espère ne pas avoir été la seule à penser à vider mes comptes.

« On a combien ? demande Phil.

– Les gens continuent à payer en espèces ?

– Pas toujours, mais la moitié du temps ça marche. »

Il a réuni la plus grosse partie de notre argent liquide en vendant des mini-barquettes de confiture dans les marchés en plein air très animés de la ville.

« Mille dollars. Et j'ai acheté plusieurs cartouches de cigarettes. »

Les yeux de Phil s'emplissent d'une chaude admiration.

« Des cigarettes ! Avec ça je peux me procurer n'importe quoi. Les gens se sont mis à fumer comme des pompiers. »

J'ai compté mille dollars, entreposés dans le congélateur vide, protégés par du papier journal. Les autres billets sont enfouis sous une dalle à côté de la porte de derrière. Pourquoi est-ce que je ne parle pas à Phil, à ce moment-là, de la somme totale, de l'alcool et des munitions, je n'en sais rien. Mais maintenant que je me suis tue, il est impossible de revenir subitement sur le sujet. Je garde le silence.

« Nous devons rester vigilants.

– Je suis vigilante ! Je suis tellement vigilante que c'en est insupportable ! »

Phil m'enlace et me dit qu'il va prendre l'argent et quelques cigarettes pour acheter des faux papiers d'identité qui nous permettront de suivre mes parents. Il répète, sans relâche, que je ne dois pas sortir et que je ne dois sous aucun prétexte me montrer à la porte. En rentrant il m'a trouvée excitée, agitée, tournant en rond dans une maison où règne un désordre impardonnable – il y a partout des objets qui ne sont pas à leur place…! …

« Évidemment. Pourquoi veux-tu que je le fasse ?

– Tu ne vas pas bien. »

Mais ce qu'il dit est faux. Il ne me voit pas de la journée, ne m'a pas vue travailler dur et être pragmatique tout du long. Et ce n'est pas facile avec ce grand vent, les arbres, dehors, dont les branches s'entrechoquent, les feuilles sèches qui changent de couleur et le ciel de ce bleu automnal. C'est extrêmement pénible. Je veux sortir. Ne pourrais-je pas tout simplement être très grosse, ou voûtée, et porter sur la tête une perruque de cheveux blancs ? Ne pourrais-je pas tout simplement être un homme bedonnant ou une religieuse ? Une religieuse ? Bien sûr que si, et Phil pourrait se procurer un habit à l'ancienne, non ? Pourquoi ne pourrais-je pas sortir, alors, aller n'importe où et me promener sans risque ?

« Parce que, dit Phil, les religieuses ne portent plus beaucoup l'habit, voire plus du tout, comme tu le sais. Cela sauterait aux yeux, Cedar.

– Moi, je ne trouve pas, Phil, je t'assure. J'en ai vu en habit.

– Où ça ? Sinon dans une clinique tenue par des bonnes sœurs ou un couvent ? »

Phil paraît exaspéré et je suis navrée de rajouter à ses angoisses, mais franchement je ne crois pas pouvoir supporter de vivre enfermée une journée de plus.

« Où ça ? insiste-t-il.

– Dans des aéroports.

– Justement.

– Quoi ?

– Si tu as vu une religieuse en habit, c'est qu'elle venait d'ailleurs : d'Italie ou d'Amérique latine, ou je ne sais pas, moi, de Pologne.

– Tu crois ?

– Quand as-tu vu pour la dernière fois une religieuse en habit quelque part dans la rue, dans un endroit normal ? »

Je réfléchis bien.

« À la Gay Pride ? »

Phil éclate de rire, puis s'interrompt, la bouche ouverte,

et son regard devient vague comme s'il venait de se souvenir pour la première fois de cette époque.

« D'accord. » J'essaie de garder mon calme. « Je vais réfléchir à une autre tenue que je pourrais porter dehors.

– Quoi, un costume d'éléphant ? »

Je me tourne vers lui, sidérée, incapable de répondre. Je me redresse de toute ma belle masse. Je fonds en larmes, mais je suis incapable de parler. Je commence à remettre de l'ordre. J'ai du mal à passer mes journées à la maison sans que les objets soient rangés à leur place et dans un alignement parfait – d'une façon ou d'une autre, ils ne le restent jamais complètement. Oh, je ne me sers ni d'une règle ni d'un mètre ruban. Je peux tout faire à vue d'œil, mais il est devenu important pour moi que le petit monde dans lequel je te porte soit bien entretenu.

« J'ai vraiment tout laissé aller à vau-l'eau, dis-je doucement. Moi et mon costume d'éléphant.

– Tout est parfait, Cedar. Je suis désolé, je ne sais pas ce qui m'a pris.

– C'est peut-être vraiment toi, là. Au fond, tu n'es peut-être pas celui que je crois. »

Phil s'approche et tente de m'étreindre. Je le déteste. J'ai un pincement de dégoût parce que la veste qu'il portait tombe par terre et qu'il heurte la chaise en rompant son alignement avec la table, mais alors ses bras m'entourent et sa présence humaine m'enveloppe. Mon cœur bat plus vite et je me cramponne à lui. J'essaie d'absorber sa réalité, sa normalité, sa non-grossesse. J'essaie de lui pardonner sa nature soupe au lait et son horripilante mobilité. Je sais en outre que quelque chose ne tourne pas rond dans ma tête, mais je ne peux pas dire quoi au juste puisque, bien sûr, je suis tout entière à l'intérieur de mes pensées.

« On va sortir d'ici », me promet-il.

J'enfouis mon visage dans sa poitrine, passe la main sur le col de sa chemise. Son épaisse chevelure noire a tellement poussé qu'elle commence à lui retomber sur le front.

« Tiens. » Ma main est dans la sienne, il sort quelque chose de sa poche et, avant même que je m'en rende compte, il m'a passé au doigt un anneau d'or. « Et moi aussi, j'ai ma bague. » Il enfile son alliance et me lance son doux et grand sourire à la Phil. « Voilà. Mariés. Salut, ma chérie, qu'esse t'as préparé pour le dîner ? »

Mes idées s'éclaircissent d'un coup. Je sais qu'il plaisante et je m'accroche à cette certitude.

« J'ai oublié de faire la cuisine.

– C'est mon domaine, pas de souci. Je nous ai dégoté des biscuits salés et du fromage.

– Des biscuits salés et du fromage ? »

Je regarde Phil bien en face. Mes yeux débordent de larmes. Tout à coup, je pleure, mon visage ruisselle, mon nez coule, les larmes que j'ai retenues toute la journée s'échappent dans une explosion qui semble me fendre la poitrine en deux. Mon cœur me fait mal comme si j'avais reçu un coup de poing. C'est insupportable – des biscuits salés et du fromage ! Je repense à tous les merveilleux moments normaux où j'en ai mangé avec mes parents ou des amis. Si souvent dans ma vie passée, et jamais jusqu'ici je n'avais pris la mesure de ces moments chaleureux et réconfortants. Phil me prend par la main, m'entraîne dans la chambre et ferme la porte. Il rabat les couvertures et m'aide à m'installer confortablement contre les oreillers.

Je continue à pleurer, secouée par le hoquet, étouffée par mes litres de larmes. J'ai honte de déborder ainsi, mais je suis incapable de m'arrêter. Je ne cesse de m'excuser et Phil répète que ce n'est rien, ce n'est rien, mais au bout d'un moment, d'un ton très solennel, il me prie de bien vouloir considérer qu'il s'est comporté comme un con. Je ne suis pas un éléphant. D'ailleurs, nous avons désormais des devoirs conjugaux à remplir et, avec ma permission, il entreprendra ce qui après tout constitue une part essentielle de tout mariage.

Phil grimpe sur le lit pour me rejoindre. Nous commençons à nous caresser et je sens que le ton juste revient entre nous. Petit à petit, regard après regard, points d'interrogation et baisers. Je ne crois pas qu'un jour tu lises ces lignes. Sérieusement. Je doute même que tu en aies envie. Mais au cas où, je peux toujours arracher la page où je parle de faire l'amour passionnément, comme une dingue, alors que je suis enceinte, non ? Car j'imagine que cela risquerait de te traumatiser si jamais la situation évoluait de telle sorte que le traumatisme psychique continue d'exister.

18 SEPTEMBRE

Tu pèses maintenant autant que quatre, ou même six, plaquettes de beurre, et tu ouvres les yeux de temps à autre. Tu dois savoir quand je suis face à la fenêtre ; peut-être qu'un doux rayonnement t'enveloppe alors. Je me demande si tu ressens la même chose que moi certains matins, lorsque je me réveille et m'étire dans la lumière, envahie par un bonheur physique gorgé de chaleur, avant que tout me revienne à l'esprit. Hier, en fait, j'ai senti que tu avais le hoquet. Si tu es un petit garçon, attention à la migration testiculaire ; les testicules quittent désormais la place qu'ils occupaient près des reins et descendent le long de ton abdomen pour venir occuper leur position idéale dans le scrotum. Si tu es une fille, ton clitoris est là, bien visible, sauf que les lèvres de ta vulve sont encore très petites, une fleur minuscule. Et tu as de meilleurs poumons. Tu perds ce curieux duvet, le lanugo. Je sais que cette tendance à vouloir surveiller ton développement n'est qu'une grande hypothèse, une façon que j'ai, peut-être, de prendre mes désirs pour des réalités. Je sais que les jeux sont faits et que je ne devrais nourrir aucun espoir. Mais je suis ta mère, et surveiller ce qui se passe est un truc de mère.

21 SEPTEMBRE

Au beau milieu de la nuit, nous sommes réveillés par quelqu'un qui frappe discrètement à la fenêtre. Agitées par le vent, les branches des arbres se frottent les unes aux autres et une voix basse marmonne derrière la vitre. Je roule hors du lit et m'accroupis sur le sol, mes rêves encore lourds, une sorte de poursuite sans fin, dramatique et embrouillée. Nous n'osons pas regarder dehors. Phil pose sa main sur mon dos et souffle : « Reste comme ça. » Je l'entends sortir du tiroir de la table de chevet le Rossi chargé. Il se faufile dans la cuisine. Le vent s'arrête. Quelqu'un parle. Et puis je reconnais une voix, qui lance : « C'est moi, Eddy », et : « Trésor et moi, on cherche Cedar. » Phil revient en rampant vers moi – je suis cachée dans le placard. « Il se pourrait que ce soit Eddy », murmure-t-il. Et je réponds : « Évidemment que c'est lui », parce que, pour une raison ou pour une autre, je savais qu'ils viendraient, Trésor et lui.

« Fais-le entrer. »

Alors Phil ouvre doucement la porte et Eddy se glisse dans la cuisine. J'allume une bougie et découvre sa tête de renard. Il sourit, timide, aussi content de me voir que s'il s'agissait d'une visite familiale ordinaire.

« Salut ! »

Il serre la main de Phil et hoche la tête, à la fois gêné et content de lui.

Je lui demande : « Tu as faim ?

– Est-ce que le pape chie dans les bois ? »

Phil se détourne, et je vois qu'Eddy le jauge et se demande si oui ou non il va se faire à l'idée que ce garçon soit le père de mon bébé. Il observe tout ce que fait Phil, les yeux mi-clos et les bras croisés. Cela me semble être une réaction paternelle instinctive, et même si Eddy n'a pas mérité cette prérogative, je n'en suis pas agacée.

Je vérifie que les stores sont baissés, puis Eddy s'assoit à la table de la cuisine.

Hier Phil a mis la main sur une caisse de nouilles instantanées et j'en fais donc chauffer six portions, deux pour chacun. Le gaz n'alimente plus la cuisinière et nous ne savons pas où nous en procurer, mais vu qu'il y a toujours de l'électricité, notre micro-ondes fonctionne. Bientôt les nouilles sont prêtes, nous prenons place autour de la bougie et les mangeons à la cuillère, lentement.

« C'est salé, remarque Eddy. Et c'est bon. » Il poursuit : « J'ai dû abandonner ma bagnole. Une ou deux voitures sur la route, pas plus. Je ne voulais pas me faire remarquer, attirer l'attention sur votre maison, alors je l'ai laissée chez un vieux copain à moi. Dans son garage. Je suis venu à pied, pas loin d'une dizaine de kilomètres.

– Simplement pour me rendre visite ?

– Et d'autres raisons aussi. Tu as le bonjour de ta maman et tout, et aussi de Little Mary.

– Elle me salue probablement avec ses deux index pointés vers moi, hein ? »

Eddy ouvre les yeux, esquisse un hochement de tête, style *Tu la connais bien*. Mais se contente de répondre : « Au contraire, elle espère que tu reviendras nettoyer sa chambre. Et Grand-mère t'envoie ça. »

On dirait l'écharpe rouge tissée à la main à laquelle elle travaillait, sauf que celle-ci est beaucoup plus large et plus longue.

« C'est une écharpe de portage. Grand-mère te fabrique aussi un porte-bébé. Et ce n'est qu'un début, j'imagine. Moi je suis là parce que j'ai réfléchi à un plan pour te sortir d'ici, tout comme j'ai aidé Glen et Sera.

– Je suppose que tu leur as fait passer la frontière.

– Ouais, ça a marché. J'ai contacté des potes que je connais au nord. Il faut prendre un canot au sud de Rainy, dans le noir, sans lampe pour s'éclairer, et traverser la frontière à la pagaie. Super entraînement. C'est sacrément compliqué de patrouiller dans toute la zone, mais on a quelques astuces pour disparaître derrière les îles. Si tu t'équipes comme il faut tu peux tenir un mois, en te dirigeant toujours vers le nord. Sera et Glen sauront où venir te récupérer. Ils commencent à avoir de la bouteille.

– Donc ils sont là-bas, en sécurité, tu es formel.

– Ben, ouais. »

De soulagement, tout mon corps se sent plus léger, et toi tu bascules d'un côté, laisses pointer un coude, me lances un petit coup de pied dans les côtes. Je place ma main sur toi et souris.

Eddy repose son premier bol de nouilles en poussant un léger soupir, plonge sa cuillère dans le second. « L'eau n'est désormais plus jamais prise par la glace, mais il arrive que la température descende en dessous de zéro. Il va falloir se décider rapidement. En gros il faut que tu sois là-bas au cours de la prochaine quinzaine. Ton terme est fin décembre, je le sais. Et donc il faut que tu sois installée d'ici là. »

– On devrait partir cette nuit », dis-je.

Eddy se frotte le visage en se remettant à réfléchir.

« Peut-être.

– Il nous reste beaucoup d'affaires à réunir, intervient Phil. Et le matériel de camping spécial hiver ? Je ne veux pas qu'on se retrouve là-bas sans être préparés. Je sais où trouver des sacs de couchage prévus pour le grand froid.

– Il ne fera pas si froid que ça », proteste Eddy.

Phil continue à argumenter.

« Mais j'ai besoin de plus de cartouches pour les fusils. Il nous faut aussi de la nourriture lyophilisée, en cas d'urgence, et plein d'autres trucs, oh oui, *plein* d'autres trucs.

– On a une bonne tente, lui fais-je remarquer.

– Vous pourrez la recouvrir de feuillages, en faire une petite maison bien chaude, suggère Eddy.

– Hachette, corde, matériel de pêche. »

Phil ne s'arrête plus.

« Ça va, c'est un bon début, reconnaît Eddy. Tâchez maintenant de réunir tout votre équipement d'ici la semaine prochaine. En fait, je suis simplement passé vous voir pour lancer les opérations. Je n'ai pas de date fixée avec mes amis et le bateau, mais je vais prendre contact avec eux. Ensuite, je reviendrai vous chercher. Mais il faut qu'on fasse vite.

– Tout de suite, dis-je. Je crois qu'il vaudrait vraiment mieux partir tout de suite. »

Le désespoir m'étrangle. Je veux quitter cette maison. Je veux disparaître. Mon rêve est toujours là, tout près, la course sans fin, la poursuite, la certitude d'être capturée.

« Je vous en supplie, je *sais* qu'ici on va se faire prendre.

– Détends-toi, dit Phil en me caressant le dos.

– Je ne peux pas ! »

Mais Phil me convainc que nous ne sommes pas prêts, et au bout d'un moment je comprends qu'il est inutile de discuter. Ils ne m'emmèneront pas vers le nord, hors d'ici. *Hors d'ici.* Et j'ai cette sinistre sensation, alors, d'un poids qui me tombe dessus. Cette impression aurait dû me servir d'avertissement.

Et puis, ceci : Pendant que nous disons au revoir à Eddy, mon ordinateur s'allume. Tout seul. Je ne l'ai pas touché. Personne ne l'a touché. Nous virevoltons vers lui, sous le coup de la surprise. Il n'est pas branché et j'ai laissé la batterie se vider.

« Bonjour chère petite, c'est Mère. Comment vas-tu ce soir ? Je suis inquiète. La communication ne me semble pas très bien passer entre nous. »

Phil s'avance derrière l'ordinateur, le soulève brutalement et le jette sur le plan de travail. Mais il ne se désintègre pas.

« S'il te plaît prends contact avec Mère. S'il te plaît prends contact », répète la machine, réduite en morceaux sur le sol.

II

27 SEPTEMBRE

HÔPITAL DE FAIRVIEW RIVERSIDE, CHAMBRE 624

Ils nous tiennent. Nous sommes désormais seuls tous les deux et je n'ai pas la moindre idée de ce qu'ils ont l'intention de faire de nous – rien de bon, je présume, rien de bon, je le sais, et une angoisse folle, obscure, tremblotante, inavouable, secoue chacun de mes nerfs. Voilà ce qui s'est passé. On a été raflés, pourrait-on dire. Bien qu'il n'y ait pas eu de violence physique. Phil était sorti et j'ai trouvé absolument inutile d'opposer une quelconque résistance. Même maintenant, le fait que je sois partie de mon plein gré me laisse un peu perplexe. Nos fusils étaient chargés. J'aurais pu me précipiter dans la chambre quand la femme est entrée par la porte de la cuisine. J'aurais pu m'enfermer à double tour et m'asseoir sur le lit, le Rossi dans une main et le Bushmaster en équilibre sur mon bras. J'aurais pu résister, me battre, donner au moins des coups de pied et sortir les griffes. Mais primo tu serais mort avec moi, ou, au strict minimum, tu aurais été blessé. À ce jour je n'ai jamais tiré avec l'une ou l'autre de ces armes et j'aurais probablement foiré toute l'opération. Deuzio, ça n'aurait servi à rien. Et tertio, j'ai un point faible : les personnes aimables me paralysent. Tout particulièrement les personnes à la peau sombre qui sont aimables. La femme qui a frappé un petit coup discret après avoir crocheté la serrure, puis ouvert la porte et passé la tête dans l'entrebâillement en lançant un joyeux « Bonjour ! », était ronde et couleur miel foncé, ravissante de bien des façons, un mélange de plusieurs origines. Son visage était joliment semé de taches de rousseur, et ses cheveux auburn décrêpés, aux ondulations légères et laquées, laissaient son front et ses joues dégagées dans un nimbe à la Betty Crocker. Elle portait un jean, des Keds, et un pull tunique en coton couleur framboise. Elle portait aussi quelques beaux bijoux en or, modernes et de bon goût, et tenait à la main un panier recouvert d'un linge.

Que le panier contenait un pistolet dissimulé sous la serviette à carreaux rouges et blancs, je ne l'ai su qu'après avoir échangé mes impressions avec ma voisine de chambre. Bernice était passée la chercher, elle aussi. Sauf que ma voisine de chambre s'était défendue, et son petit ami s'était rué sur Bernice, qui avait alors sorti en douce le pistolet de sous la serviette à carreaux et tiré – deux coups. Puis elle s'était écartée et avait laissé le garçon venir s'écraser sur la cuisinière, renversant sur lui la soupe brûlante sans la moindre réaction avant de s'affaler sur le sol. Ma voisine de chambre supposait donc qu'il était mort. « Elle a tué l'un des siens, se lamentait-elle. Elle a assassiné mon superbe petit ami noir. Alors je sais que ces salauds ne me laisseront pas garder mon bébé. » Profitant de son état de choc, Bernice l'avait menottée et embarquée. Aussi n'était-elle pas sûre que son compagnon soit vraiment mort. Elle me raconte son histoire en boucle.

« Elle m'a poussée dehors avant que je puisse m'approcher de lui. C'est une policière entraînée, tu sais, une ancienne Marine ou une connerie dans ce genre. »

Je suis tellement contente que ton père n'ait pas été là.

Qui m'a dénoncée ? Qui a alerté Bernice ? Je n'arrête pas de me demander si ce ne serait pas Hiro. Ou peut-être les garçons en chemise corail. Clark et Emeric, ceux qui ont déposé l'invitation pour le pique-nique. Ou bien Little Mary. Tiens, oui, pourquoi pas Little Mary. Tellement pressée de se débarrasser de moi. À vrai dire, plus j'y réfléchis, plus il est facile de me convaincre que c'est à coup sûr ma sœur, jalouse, menteuse, défoncée ou furieuse, ma sœur qui a appelé la ligne de signalement, la ligne UPS, « Unborn Protection Society » (Société de protection des fœtus), et donné les informations suivantes à mon sujet : Cedar Hawk Songmaker. Enceinte. 119 Boutwell Street (Proverbes 10:7), Minneapolis, Minnesota. Et fait envoyer Bernice.

Après avoir signalé par radio à ses renforts – une camionnette UPS – que je coopérais gentiment, Bernice s'est assise avec moi et m'a parlé. Elle a écouté mes arguments, patienté le temps que je lui énumère toutes les raisons pour lesquelles j'avais peur de monter avec elle dans… non, ce n'était pas une voiture de police. Elle roule dans une impeccable Camry métallisée, spécialement équipée d'un seul et unique dispositif : les ceintures de sécurité s'attachent automatiquement et ne se détachent que lorsqu'elle libère la sienne. C'est un autre détail qui m'aurait échappé si ma voisine de chambre n'était pas montée elle aussi dans la Camry, et n'avait pas tenté de s'en échapper à un carrefour.

À propos, ma voisine de chambre s'appelle Agnes Starr. Elle insiste sur le fait que son arrière-grand-mère était Belle Starr, la célèbre hors-la-loi, et qu'elle va s'évader de l'hôpital. Je vais m'enfuir avec elle, même si je suis étonnée de découvrir à quel point ces lieux, la maternité, sont ordonnés et étincelants, tellement agréables. Les repas n'ont rien à voir avec ce qu'on sert d'ordinaire à l'hôpital, ils sont bien meilleurs. Je me sens à l'aise, ici. D'une certaine façon, je n'ai pas envie de m'en aller. Nous sommes au cinquième étage et, comme le bâtiment est situé sur une colline, notre fenêtre offre une vue magnifique sur l'est de la ville et le Mississippi. Nous voyons des piétons traverser le pont de l'université du Minnesota, des petites têtes aller et venir en tanguant. Peut-être vont-ils même encore suivre des cours. À moins que ce ne soient des soldats. Il y a un autre toit, trois ou quatre étages plus bas, puis un autre, et encore un autre, tous de hauteur différente. À nos pieds, le long du fleuve, des arbres et des bosquets flamboient de tous les coloris de l'automne. Brun-roux, jaune vif, rose, orange, et un sombre rouge sang. À bien y réfléchir, il me semble que les feuilles n'avaient pas encore changé de couleur quand on m'a capturée. Elles étaient vertes, quelques-unes commençaient à jaunir. Je deviens parano et m'imagine avoir dormi plusieurs semaines d'affilée, mais je ne me suis pas arrondie. Une infirmière m'a indiqué la date d'aujourd'hui. J'essaie de trouver une autre explication, mais bientôt je perds le fil de mes pensées, je regarde le soleil se lever chaque matin, éclairer les poutrelles d'acier du pont, effleurer de ses doigts de feu les murs en brique, tracer des bandes scintillantes sur les revêtements de gravier et d'asphalte des toits en dessous. Au fur et à mesure que la chaleur augmente, de la brume s'échappe en vagues paresseuses des feuilles encore vertes de lointains buissons et d'arbres géants, et tournoie dans les érables pourpres et verts, les cornouillers, les viornes. Les ormes se parent de teintes dorées et, tout bien considéré, je pense qu'ils me donnent des calmants.

Mes expériences sont divinement visuelles et lugubrement intenses.

J'ai ce cahier, ta lettre, parce que Bernice m'a aidée à mettre dans un sac les affaires dont j'allais avoir besoin à l'hôpital. Je l'ai donc glissé aussi à l'intérieur, bien entendu. J'ai ouvert ton tiroir, celui dans lequel j'avais rangé ta layette, et sorti les grenouillères en éponge premier âge, le paquet de langes à fleurs, le miroir/hochet en plastique, les minuscules chapeaux à rayures pas plus gros qu'un poing, les mini-couches et chaussons de bébé. Je les ai fourrés dans le sac avec mes chemises de nuit, mon pull et mes tee-shirts, mes soutiens-gorge extensibles et mes pantalons qui se nouent à la taille. J'ai glissé ma lime à ongles et mes ciseaux dans la doublure – ils ne les ont pas encore trouvés. J'ai attrapé les dossiers de *Zèle* et les livres qui se trouvaient sur une étagère près de ma valise, et je les ai laissés tomber dedans. *Est-ce dans la Bible ?* du Dr Charles Francis Porter ; *Hildegarde de Bingen*, de Sabina Flanagan ; *À l'assaut de l'indicible*, de Thomas Merton ; *La Nuit obscure*, de saint Jean de la Croix ; *La Vie de Kateri Tekakwitha*, d'Evelyn M. Brown ; et *Fou furieux*, un livre de poche des éditions Ballantine, dont il est dit qu'il est « aussi dangereux qu'un sandwich au pâté de foie vieux de trois semaines », publié ou écrit par William Gaines, avec en couverture Alfred E. Neuman déguisé en Napoléon. J'ai aussi attrapé mon chapelet préféré, celui en bois d'olivier d'Israël, et je l'ai glissé dans la poche de mon jean. Je portais une de ses douillettes chemises de flanelle, un tissu écossais rouge et or. Bernice m'a prise par la main pour me conduire jusqu'à sa voiture, et elle a dit : « Ne crains rien. Ton bébé sera superbe. »

Alors je l'ai regardée et j'ai pensé : Soit c'est une brave femme qui se laisse abuser de façon incroyable, soit c'est le mal incarné.

Parce que ce n'est pas à moi qu'ils ont l'intention de te donner, j'en suis persuadée.

J'ai trouvé un petit espace derrière la grille murale du chauffage où ce cahier tient pile-poil. Peut-être que les infirmières savent où il est caché, ou peut-être pas. Peut-être qu'elles le sortent et le lisent pendant mon sommeil, mais je m'en fiche, en vérité, et elles aussi sans doute. Mon enfant, je crois que tous les deux nous allons vivre.

28 SEPTEMBRE, MATIN

« Ooh ! s'écrie l'infirmière. Un bébé de Noël ! »

Elle a un petit ordinateur portable dans lequel se trouve ma fiche médicale, et elle tient cette info sur sa hanche. Elle lève vers moi un visage rayonnant, curieusement bienveillant. Elle a remarqué la date à laquelle je suis censée accoucher et se remet à gazouiller en pensant au 25 décembre, sans se soucier de l'indignation de ma voisine de chambre. Agnes Starr, blonde aux racines brunes, les paupières tombantes, la bouche rouge sang lourde et rageuse, éructe bruyamment.

« Saloperie d'hypocrite, espèce d'insupportable petite conne, ne fais pas semblant que tout va bien. »

Elle s'exprime d'une voix égale et prudente, avec une saisissante maîtrise dramatique. Un peu comme Little Mary, qui m'a dénoncée, je m'en souviens maintenant.

« Bordel, fais pas ça, Grosse Vache ! On est des femmes, nous aussi, espèce de merde. Je n'en ai pas encore vu une seule sortir avec son bébé de la salle d'accouchement. Vous en faites quoi ? »

L'infirmière lance un regard indulgent à Agnes, sourit, lève ensuite vers nous un visage toujours plus rayonnant et roucoule : « C'est bientôt l'heure du déjeuner !

– Réponds-moi ! » hurle Agnes.

L'infirmière referme l'ordinateur d'un coup sec et quitte la chambre en vitesse.

« Vous en faites quoi, bordel ? » crie Agnes dans son dos.

Elle retombe contre ses oreillers alors que les portes se referment. Agnes approche de la trente-sixième semaine. Elle dit qu'ils programment la césarienne dès que le bébé est viable et qu'elle pense ne plus en être très loin. Cette semaine, elle a passé deux échographies. Elle sent que c'est pour bientôt. Elle dit que j'ai en gros six semaines pour déterminer comment quitter l'hôpital.

« Moi, je me barre cette nuit, ajoute-t-elle, et au fait, ne prends pas les vitamines. »

J'ai déjà avalé les miennes ce matin.

« Cache le comprimé au creux de ta joue, pas sous ta langue. Parfois, ils nous font tirer la langue. Quand les infirmières s'en vont, va pisser, jette le comprimé dans la cuvette et tire la chasse. Tu te sens bien et détendue, là, hein ?

– Ouais. »

J'éprouve un sentiment de paix et d'ordre délicieusement intense et confortable. Je suis au centre d'une configuration lumineuse, un petit habitat parfaitement propre et sans danger. Dans cette pièce il y a des murs dorés uniformément peints, trois photos de fleurs humides de rosée. Les draps sont en épais coton amidonné. Des couvertures en coton gaufré d'un blanc éclatant nous recouvrent toutes les deux. Agnes rayonne d'une douce lumière.

« Oh, Agnes ! On dirait un hôtel cinq étoiles ! »

Elle me jette un coup d'œil, me fait un grand sourire.

« Triple idiote. » Il y a un intervalle noir entre ses dents de devant, un écart qui lui donne l'air sexy. « Je me suis sentie comme ça pendant trois jours, moi aussi. Je n'étais même pas furax que Bernice ait tiré sur Mark. Tu as un mec ?

– Oui, oui, j'en ai un ! »

Sursaut coupable. Je n'ai pas beaucoup pensé à Phil, elle a raison. Je m'efforce maintenant d'imaginer le scénario : Phil rentrant chez nous, et moi je ne suis pas là. Il serait affolé, il deviendrait dingue, se ruerait d'une pièce à l'autre en hurlant mon nom dans la dissonance de l'espace vide mais familier. J'essaie de continuer à me représenter ses réactions, mais imaginer quoi que ce soit d'abstrait m'épuise. Il me semble impossible de ressentir autre chose qu'un consentement très agréable et très paisible à mon petit monde réconfortant de l'hôpital.

Je demande à Agnes : « Est-ce qu'il sait où je suis ? Je veux dire, est-ce qu'ils préviennent les papas ?

– Ah oui, je vois. »

Agnes se moque de moi. Elle quitte son lit et s'approche de la fenêtre à pas hésitants. Son bébé, elle le porte bas et ses hanches sont maigres, son ventre pointe donc résolument en avant comme un ballon à la forme parfaite. Sa fine blouse d'hôpital est taillée dans cette curieuse toile qu'on utilise dans les établissements publics. Ce vieux tissu pour boxer-short, imprimé d'inextricables carreaux bleus, enveloppe l'avant de son corps dans un drapé plein de noblesse.

« Tu as raison, lui dis-je. Je me sens en pleine forme. Rien ne va mal alors que je sais très bien que dans une certaine mesure tout va mal.

– Attends seulement de balancer ta pilule du bonheur dans les chiottes. La réalité, c'est de la merde. Une grosse merde. Putain. Mais moi je vais réussir à foutre le camp d'ici. »

Et c'est vrai, mais pas comme elle l'espère.

Le médicament me met K-O vers huit heures du soir, si bien que je ne me rends compte de rien lorsque, cette nuit-là, elle tente de filer. Elle rate son coup. À mon réveil, ce matin, elle est ligotée dans le lit d'à côté, poignets et chevilles retenus par des entraves. Son visage est enflé, pâle et terreux. Ses yeux sont clos. Elle dort à poings fermés et ronflote. Le petit-déjeuner arrive, mais elle ne bouge pas. Je fais semblant d'avaler la vitamine qu'on m'apporte avec un minuscule gobelet en carton, et le temps que l'infirmière quitte la pièce le comprimé a commencé à se dissoudre contre mes dents du fond – amer, métallique, écœurant. Je le crache dans la cuvette, tire la chasse, et puis j'attends.

Vers midi, Agnes se met à tousser.

« Oreiller ! »

J'apporte le mien et lui relève la tête.

« Merci. »

Sa voix est enrouée, ses yeux chavirent. Pour essayer de rester éveillée, elle fronce les sourcils, fait la grimace, secoue la tête afin de chasser l'effet du médicament.

« Qu'est-ce qui s'est passé ? je demande.

– Eau, gant de toilette. »

Je lui sers un verre d'eau, qu'elle avale d'un trait, puis je lui passe sur la figure un gant froid et humide.

« Voilà, ça va mieux.

– Comment es-tu sortie ?

– Au bout du couloir… l'autre hors-la-loi. »

Ses paupières se ferment. Je la secoue.

« Dis-moi ! Comment ? »

Elle s'efforce de garder les yeux ouverts, bat rageusement des cils, le regard fixe. Elle débite quelques mots d'une voix entrecoupée.

« A tout combiné… et emmené le gardien boire un café au bureau des infirmières. Eux ils bavardent pendant que moi je descends l'escalier pour gagner l'entrée. Toute seule, là.

– Comment as-tu fait pour qu'ils ne te voient pas ? »

Les yeux d'Agnes se ferment de nouveau, sa bouche s'ouvre d'un coup et elle retombe dans les vapes, en ronflant. Je vais à la salle de bain, mouille le gant et retourne à son chevet pour le lui passer sur le front, la gorge, les poignets, les bras. Je la secoue.

« Euh, oh. » Elle esquisse un sourire, se réveille. « J'avais des protège-chaussures bleus XXL, une blouse blanche. En fait, en fait… Oh, euh, j'ai pu sortir par les portes latérales et aller jusqu'à une benne à ordures. Tout ce chemin. Fallait que je joue à celle qui sort fumer une clope, et pis mon amie, qui guettait, elle allait me récupérer.

– Comment ? Qui ? »

Je la secoue plus fort, désespérément, mais elle a encore tourné de l'œil.

« Comment as-tu pris contact avec elle ? »

Je pose la question, sans relâche, à son visage endormi, mais cette fois je n'arrive pas à la réveiller. Assise sur mon lit, je la regarde dormir. C'est drôle, regarder les gens dormir – ce que cela vous apprend sur eux que vous ne devineriez jamais lorsqu'ils sont réveillés. Agnes, par exemple, a l'air si triste dans son sommeil, pas du tout en colère. Son chagrin est tellement à nu. C'est comme le chagrin de la Vierge Marie, sa perception des choses, sa clairvoyance. Je ne peux rien y changer. Tout ce que je peux, c'est détacher ses entraves. Ce que je fais, et puis je veille sur elle, en sachant que je suis loin d'être une protection.

Une heure plus tard, deux infirmières entrent dans la chambre et tirent les rideaux autour de ma voisine.

Je crie : « Réveille-toi. » Je lance mes jambes par-dessus le bord de mon lit et me démène pour passer de l'autre côté des rideaux. « Mais qu'est-ce que vous fabriquez ?

– On la prépare, voilà tout », répond l'une des infirmières rose et potelée, qu'Agnes surnomme La Godiche. Sa voix est douce, enjouée – aimable, même. « Ne t'inquiète pas. Aujourd'hui est un grand jour, Cedar. Il est temps pour Agnes de mettre son bébé au monde !

– Tu reverras ton amie dans deux ou trois heures », ajoute l'autre, une petite brune maigrelette aux yeux noirs et aux longues dents jaunes, quand elles ouvrent les rideaux.

Mais à l'instant où elles s'apprêtent à emmener Agnes sur son lit médicalisé, celle-ci revient à elle. Elle se réveille dans le plus grand silence, sans crier gare, et d'un bond saute du lit. En un rien de temps, celle qui se faisait passer pour une pauvre chose a sorti un poing, un pied, et arraché l'intraveineuse piquée dans son poignet. Elle s'élance, se sert du léger support en aluminium de la perfusion comme d'un bâton de kung fu. Elle flanque un grand coup sur le côté du crâne de La Godiche au teint rose, et frappe à la gorge l'infirmière maigrelette, si bien que les voilà brusquement pliées en deux et prises de haut-le-cœur.

« Aide-moi ! »

Un aide-soignant somalien, tout mince dans sa tenue bleue de bloc opératoire, se rue dans la chambre et ceinture Agnes par-derrière. Il s'effondre, son nez laissant échapper un flot de sang lorsqu'elle lui balance un coup de boule. Je me précipite et m'assieds sur lui – curieusement, il est tout à fait immobile. Il pourrait m'envoyer valser, mais il ne le fait pas. Il murmure : « Ne bouge pas. » Soit c'est un pervers, me dis-je, soit il est de notre côté et veut laisser la voie libre à Agnes, lui donner sa chance. Je reste donc assise sur lui, qui se débat sous moi sans grande conviction. Agnes tournoie, me sourit, son cul blanc miroitant entre les pans de sa blouse d'hôpital. Puis elle franchit la porte à fond de train, enfile le couloir. Je me relève d'un bond et arrive à temps sur le seuil pour la voir renverser un petit médecin rondouillard, qui s'étale et cherche ses lunettes à tâtons. Je fonce derrière elle, dans le couloir, et vois qu'avec une rapidité incroyable elle a atteint l'escalier de secours. Je fais deux pas. La dernière vision que j'ai d'elle, c'est la vigueur brune des racines de ses cheveux décolorés et le jaune abrupt de leurs pointes tandis que sa chevelure flotte comme un drapeau quand elle passe en trombe la porte de l'escalier.

Le médecin à terre se relève en titubant et hurle pour demander de l'aide, mais il est trop tard.

Après ça, j'interroge chaque infirmière qui entre dans la chambre pour savoir où est partie Agnes, si elle s'est échappée, si elle se porte bien. Toutes me répondent par un gentil sourire, un petit rire, un clin d'œil joyeux.

« Oh, Agnes ? Ça va. Elle est rentrée chez elle. »

5 OCTOBRE

Ils la remplacent par une jeune Asiatique dont émane une grande intensité. Elle est à la fois réservée et sévère. Intimidante. Soit elle a cessé de parler, soit elle ne parle pas anglais, à moins qu'elle ne soit folle. Le regard perdu dans le vide, elle fredonne des airs monotones qui sonnent faux. Elle tire sur les fibres de sa couverture, en ôte de longs brins qu'elle commence à rouler en pelote, minuscule le premier jour, mais déjà beaucoup plus grosse le lendemain. Elle a, semble-t-il, passé la nuit à défaire sa couverture, dont la moitié a disparu. Et elle cache la pelote chaque fois que l'infirmière entre dans la chambre. Cette femme me fait penser à une araignée parfaitement industrieuse, tellement silencieuse, les doigts qui remuent, remuent, remuent. Elle me tape sur les nerfs, et maintenant les repas sont infects. Le déjeuner se compose d'un morceau de carne brûlée, de haricots en boîte, d'un quart de tomate pourrie, et d'un bol en plastique rempli d'un dessert froid et blanc. Je n'arrive pas à croire que j'ai mangé et apprécié cette nourriture – ces comprimés étaient fantastiques. La chambre est grisâtre, la peinture tachée et écaillée, les photos aux murs sont déchirées et mièvres. L'une d'elles représente une grosse marguerite qui a dix-neuf pétales et trois feuilles floues. Une autre une maison de campagne douillette, avec de la lumière s'échappant à flots de ses fenêtres pour tomber sur un talus de neige miteuse. J'entends les voix des autres femmes, geignardes ou furieuses, et je sens des odeurs fétides – merde, peur, exhalaisons chimiques, alcool isopropylique, et puis la nourriture, toujours la nourriture avariée. Ah, l'effet des médicaments s'est dissipé, c'est sûr, et pour de bon. Il m'est très difficile de jeter dans les toilettes le comprimé de vitamines du lendemain matin. Je veux retrouver mon joyeux hôpital. Je veux être assise là et t'observer qui grossis, qui débordes de santé, tandis que tes petits poumons continuent à se consolider. Que ton cerveau bâtit des configurations en rapides circonvolutions. Que des pensées surviennent, peut-être. Je veux être émerveillée, même par les plus violents de tes coups de pied et coups de poing. Quelle vitalité ! Mais je suis malade à l'idée de ce qui est arrivé à Agnes. Je crois qu'ils l'ont tuée pendant qu'ils pratiquaient la césarienne. Je crois qu'ils l'ont incinérée. Je crois qu'il y a des crématoriums qui fonctionnent nuit et jour, à plein temps et à plein régime, dans les lointaines banlieues-dortoirs. Et je n'arrive pas non plus à m'empêcher d'échafauder des scénarios d'angoisse et d'épouvante concernant mes parents (les deux paires), Little Mary, et surtout Phil.

Mon cœur se serre et palpite, mû par une énergie incontrôlable, une impulsion vaine de me précipiter vers lui et de le réconforter, et aussi pour qu'il nous sauve, soit dit en passant.

Il ne reste plus rien de la couverture de ma voisine de chambre, et elle a dissimulé deux énormes pelotes de fil dans le châssis de son lit. L'infirmière lui en apporte une autre, puis en laisse deux de plus quand – avec un éternuement discret et un gentil sourire, un frisson mimé – ma voisine lui signale qu'elle a froid. L'espace d'un instant je me dis qu'elle a toute sa tête, mais dès que nous nous retrouvons seules à nouveau elle s'acharne à effilocher un point de départ dans une des couvertures toutes nouvelles. Et bientôt elle se met à la détisser, exactement comme la première.

Il va falloir que je prépare en secret ma sortie. Je regrette qu'Agnes n'ait pas laissé le nom de celle qui a visiblement été une infirmière serviable, *l'autre hors-la-loi*, a-t-elle dit. Je ne sais pas comment la trouver sinon en parlant à chacune d'elles. En faisant leur connaissance. En liant conversation, en devenant leur amie, si j'y arrive. Alors, quatre jours après la fuite – ou la mort – d'Agnes, je me secoue et me mets à sillonner les couloirs ; ça me fait faire de l'exercice, en plus, et ça te berce. Tu es de plus en plus actif, tu gigotes, tu me donnes de grands coups. J'ai besoin de marcher pour calmer les fréquentes crises de peur et les décharges d'adrénaline qui me submergent quand je pense à ce qui va t'arriver, ou à ce qui est déjà arrivé à Phil. Je ne cesse de l'imaginer entrant dans la maison et ne m'y trouvant pas. J'imagine ses cris rauques. Je sais précisément quelle expression se peindrait sur son visage, reflétant l'incrédulité, puis une prise de conscience progressive, suivie d'une sorte de colère mouvante, d'abord affolée, et finalement tenace. Il va me retrouver, je crois qu'il sait déjà où je suis. Il y aura un signe. Je dois me tenir prête à reconnaître ce signe, demeurer vigilante, me préparer, rester forte. Alors je bois le jus d'orange en poudre et mange les œufs rances, j'engloutis le pain bizarre, le lait caillé, et la boisson qui ressemble à du café tellement acide que j'en ai les larmes aux yeux. Je mange la pâte de soja et les rondelles d'orange visqueuses, les piles de Kleenex mouillés censées être de la purée de pommes de terre, et j'arpente les couloirs en observant la routine, à la recherche d'une faille dans la journée.

8 OCTOBRE

Je continue à bavarder de petits riens avec les infirmières – et je demande à celle qui est restée à distance, qui pour tout dire n'a pas bougé de son bureau pendant « l'incident », si elle sait où est partie Agnes Starr. J'ai déjà trouvé un surnom pour cette infirmière : La Demeurée. C'est le genre de femme binoclarde au teint pâle, maigre et sans menton. Elle passe totalement inaperçue, aussi beigeasse que le papier kraft de sa pile de dossiers. Mais quand je lui pose ma question, « Où est partie Agnes Starr ? », elle me regarde en plissant les yeux, se rapproche, me fixe, attend qu'une de ses collègues sorte de la pièce, puis m'apprend la vérité.

« Ils l'ont coincée dans le hall d'entrée, embarquée au sous-sol. Et violemment sonnée. Agnes n'a pas quitté vivante la table d'accouchement. »

Je suis plantée là à observer l'infirmière binoclarde, La Demeurée, qui me considère d'un air tranquille, son regard délavé s'étant à présent affermi derrière ses épaisses lunettes aux verres en cul de bouteille de Coca.

« C'est vous qui avez tenté de l'aider.

– Mon nom, c'est Jessica. Mais ici on m'appelle Jessie.

– L'autre hors-la-loi.

– Peu importe. Ne reviens pas me parler, tu feras tout rater.

– Mais j'ai besoin de votre aide, je vous en prie. Je dois sortir d'ici.

– Oui », répond la femme effacée, falote, au cheveu mou et à la poitrine creuse, sa voix s'animant d'un faux éclat au moment où s'approche une autre infirmière. « J'y travaille. Crois-moi, j'y travaille sérieusement. »

Je tourne les talons.

« Vous êtes bien toutes les mêmes, dis-je à sa collègue. Elle a refusé de me laisser téléphoner.

– Tu sais pertinemment qu'il n'y a ni ligne ni réseau, ici, répond cette dernière d'une voix monstrueuse, à la fois lénifiante et attendrie. Retournons dans ta chambre, veux-tu, et nous verrons si nous pouvons te passer un film. »

Je la suis jusque dans ma chambre et ne regarde pas le film qu'elle sort de la petite bibliothèque – *Les Cloches de Sainte-Marie*. Elle le lance, sauf que moi je garde les yeux rivés sur mes mains. Ce n'est qu'un prétexte, qui me permet de réfléchir. Pendant les heures qui suivent, je reste assise à effilocher ma couverture gaufrée, la réduisant, à l'exemple de ma voisine, en une furieuse pelote de fil. Tout en l'enroulant, je commence à parler, et puis je continue, pourquoi pas ? Je suis persuadée que ma voisine ne me comprend pas, mais j'ai besoin d'entendre quelqu'un, besoin d'une voix, d'une forme quelconque de compréhension, même si ce n'est personne d'autre que moi.

« Nous pourrions être parentes, toutes les deux, lui dis-je. Tu n'as jamais entendu parler du détroit de Béring ? De la théorie du pont terrestre ? »

Ma voisine de chambre continue, impassible, à tirer sur sa couverture et me sourit avec gentillesse. Elle fait semblant d'écouter poliment, et je lui en suis presque reconnaissante. Je remarque qu'elle forme un nœud carré pour raccorder des bouts de fil. Au cours de mes déambulations je ramasse désormais des couvertures sales dans les paniers du couloir et les fourre sous mon peignoir, plaquées contre toi. Si elle prépare quelque chose, je veux travailler avec elle. Je suis donc occupée à détisser ma couverture, tout comme elle. Et je lui parle.

« Nous avons peut-être en commun le principal marqueur génétique B haplotype que l'on retrouve chez la plupart des Amérindiens et certaines populations de Mongolie. » Elle m'adresse un tout petit sourire poli, qui doit vouloir dire *Incroyable !* « Non pas que les Autochtones soient tous d'accord là-dessus, remarque, il y a plein de gens qui croient que le lieu d'origine de leur tribu – colline, lac, grotte, montagne – est le véritable endroit d'où ils sont issus. Malgré mon désir de partager ce point de vue, mon éducation m'ayant donné une vision du monde réductionniste, je pense qu'au moins certains membres de nos peuples ont emprunté le pont terrestre au cours d'une migration régulière, au compte-gouttes certainement, pendant des dizaines de milliers d'années. Après, il y a eu ceux qui ont navigué sur les mers et atteint l'Amérique du Sud. Et ceux qui sont tombés des étoiles. Plus de cent millions d'entre nous jusqu'à ce que les cochons de Hernando de Soto s'échappent, que Pizarro tousse, que le capitaine John Smith éternue. Tout ça. Les maladies ont tué quatre-vingt-dix-neuf pour cent d'entre nous. Évidemment, au fil du temps, ta famille et la mienne ont perdu le contact. »

Elle manifeste son approbation en émettant un agréable bourdonnement.

« Mais je me sens soulagée de renouer », dis-je, avec un hochement de tête à son intention.

Nous échangeons un sourire un peu bête jusqu'à ce que nous entendions des pas approcher. Nous nous empressons de cacher notre ouvrage. Ma voisine feint de dormir, et je plaque sur mon visage un sourire rêveur, abruti par les médicaments. L'infirmière qui travaille avec celle précédemment dite « La Demeurée », désormais Jessie, nous apporte pour le déjeuner deux sandwichs au beurre de cacahuète, accompagnés de petits pois bouillis couleur kaki. Ma voisine fait semblant de se réveiller. Elle hoche la tête et pose ses prunelles scintillantes sur l'infirmière, qui me lance : « Elle est adorable, non ?

– Oh oui.

– Est-ce qu'elle a dit quelque chose ?

– Pas encore.

– Allez, je vous laisse. Bon appétit !

– Merci. Ça a l'air absolument délicieux !

– Au revoir, ma petite poupée chinoise », souffle-t-elle à ma voisine, avant de pivoter sur ses talons. Cette dernière l'observe par en dessous, sans battre des paupières. Elle penche la tête sur le côté, sourit. Un sourire assassin.

« Ouh là, j'espère que tu ne me regarderas jamais de cette façon », fais-je, impressionnée.

Elle ouvre la bouche, c'est à croire qu'elle va parler. Mais elle secoue la tête et redevient toute timide.

« Oh, ça va ! Arrête un peu avec tous tes mystères ! Bon, alors ? Pourquoi tu ne dis rien ? »

Ses mains apparaissent et elle se met à signer. J'ai appris la langue des signes au lycée de Southwest. Alors j'éclate de rire.

« Sale menteuse, dis-je, furieuse. Putain, je ne sais franchement pas à quoi tu joues. »

Mais comme elle refuse de prononcer un mot, j'attaque mon déjeuner. Je suis vraiment reconnaissante de ce sandwich au beurre de cacahuète. C'est moins écœurant que la plupart de nos repas, bien que le pain soit tout rassis. Je mange les petits pois racornis, pour ton bien. Il y a aussi un verre de lait en poudre. Je le remue à la fourchette pour éliminer les grumeaux et l'avale d'un trait. Puis nous nous remettons toutes les deux au travail. Maintenant, rien que pour embêter ma voisine, je continue à discourir sur diverses civilisations précolombiennes, évoque des théories tordues, gamberge sur l'homme de Kennewick, parle de taille du crâne, race et anthropologie. Elle hoche la tête, chantonne et continue à enrouler son fil. Nous avons déjà démantelé quatre couvertures et disposons d'un nombre considérable de pelotes cachées dans les entrailles de nos lits et les bords inférieurs et latéraux des cache-radiateurs, que j'ai dévissés à l'aide d'un stylo Bic et détachés du mur. Plus important encore, je continue à y laisser ce cahier, ta lettre, bien caché. Je ne sais pas ce que je ferais si je ne pouvais pas t'écrire. Je ne crois pas que je réussirais à garder mon esprit en vie. C'est mon unique médicament. Les livres que j'avais dans mon sac m'ont été confisqués, ainsi que l'enveloppe contenant les pages du prochain numéro de *Zèle*. J'ai eu beau les réclamer tous les jours, on ne me les a pas rendus. Quand je ne peux pas écrire, ou enrouler du fil, je récite mon chapelet. C'est déjà ça. C'est apaisant, la répétition machinale, les grains lisses, la Maman de l'Infinie Miséricorde dont j'imagine les mains fraîches et la robe bleue tout en récitant mes prières. Seulement il faut bien que je me pose la question : l'a-t-on bâillonnée à l'aide d'un épais ruban adhésif ? Va-t-elle me répondre ? Ou Kateri ? Y a-t-il quelqu'un qui m'écoute ?

9 OCTOBRE

Peut-être bien qu'elles écoutaient. Il se passe un truc ahurissant. C'est vraiment plus que je ne peux en supporter, et l'étrangeté de l'événement m'électrise. Je reçois du courrier. Je fais mon habituelle balade dans le couloir le long des mille six dalles de linoléum qui alternent le bleu et le brun clair et sont disposées en cent soixante-sept rangées de six, à quoi s'ajoutent plusieurs espaces à part garnis de bandes composées, je suppose, d'environ quatre dalles en tout, car ce sont des bandes très minces. Je longe mon côté du service, passe devant les dix chambres aménagées de part et d'autre du couloir, puis devant le bureau des infirmières et l'ascenseur/entrée/

porte-donnant-sur-l'escalier, puis je continue et passe devant les autres chambres, toujours fermées, et qui ne sont donc pour moi que des numéros. À mi-chemin dans le sens du retour, mon vingt-neuvième trajet, je m'arrête pour baratiner l'une des jeunes infirmières. L'ascenseur s'ouvre alors dans mon dos. Quelqu'un frôle mon léger peignoir. Je tourne la tête à gauche et voilà que c'est Hiro, qui tend le courrier à bout de bras. Il dépose dans les mains de l'infirmière une pile d'enveloppes entourée d'un élastique, puis tourne les talons sans un regard pour moi, ni même un signe de reconnaissance.

J'attends d'être revenue dans ma chambre pour glisser la main dans ma poche et, stupéfaite, j'en sors une enveloppe. Une lettre. Ma voisine en aperçoit la pointe. Elle baisse vivement les yeux sur sa pelote de fil, mais je vois passer une lueur dans son œil. Je fonce à la salle de bain et ouvre les robinets le temps de décacheter la lettre, dont je suis d'abord convaincue qu'elle est de Phil, et je la lis.

La lettre ne dit pas : *Je t'aime plus que la vie – ma vie ou n'importe quelle vie – et je vais venir te chercher. Sois forte.*

Elle ne dit pas : *Rejoins l'escalier à quatre heures du matin et je t'attendrai là avec des gens en qui j'ai confiance pour te faire évader de cet endroit et t'emmener avec moi.*

Voilà ce qu'elle dit : *Phil t'a dénoncée. Sois prudente et guette-moi. Je t'aime, ma fille chérie.*

Le mot est de la main de ma maman Songmaker.

Plus tard, je déchire la feuille de papier en mille morceaux que je jette dans les toilettes, tous sauf la phrase

Je t'aime, ma fille chérie. Puis je me glisse dans mon lit, haletante, le cœur mort, ma respiration saccadée me brûlant les poumons. Phil est celui qui nous a trahis. L'Ange Phil. Je presse le petit bout de papier contre ma joue et ferme les yeux. Je ne pleure pas. On ne pleure que pour les petits soucis, j'imagine. Pendant toute la nuit et la journée suivante je reste catatonique, puis, celle d'après, faible et prise de vertige je m'assieds, je mange mon petit-déjeuner à moitié moisi et prends mes vitamines. Je suis dans le cirage jusqu'au soir et détisse ma couverture sans penser à rien. Le troisième jour, avec un très grand effort de volonté et un profond regret, je flanque ma pilule du bonheur dans les toilettes. Et je me dis que Sera se trompe peut-être. Elle n'en sait peut-être pas autant qu'elle le croit. Sans la première partie de la lettre sous les yeux, je commence à me demander si j'ai réellement lu ces mots. La fausse alliance de Phil reste à mon doigt et j'essaie d'oublier.

12 OCTOBRE

C'est arrivé aujourd'hui, comme la fois d'avant, je suis là à papoter devant le comptoir, à débiter des conneries épouvantablement aimables à la plus ronde et la plus odieusement gaie de toutes les infirmières, Orielee, quand derrière moi l'ascenseur arrive à notre étage en chuintant et s'arrête. Les portes s'ouvrent. Je connais maintenant le pas de Hiro et sens qu'il me frôle au passage. Cette fois, je rabats brusquement mon bras sur la poche de mon peignoir et tourne les talons, pars en traînant les pieds dans la direction opposée à ma chambre. Je fais encore un aller et retour dans le couloir avant d'entrer dans la salle de bain et de me pencher sur mon message.

PAGE 1910

Guéri par l'Apocalypse ?

Il est aujourd'hui évident pour tout mon entourage que je prends un malin plaisir à contempler, ébloui, cette colossale volte-face biologique. Pendant la première semaine où cette grande symétricité s'est révélée, chaque soir je me suis tordu de rire devant la télévision. Ce n'était pas que de la dérision, de l'amusement, ou un pur sentiment de jubilation face aux commentaires des créationnistes ignares à la Know Nothing[1] qui ne connaissent rien à rien, des naturalistes méthodologiques, des détracteurs de l'origine commune, des tenants de la Stratégie du Coin et des opposants systématiques à la macroévolution qui persistaient dans le déni de l'élégance fondamentale et de l'authenticité de l'évolution. C'est la vérité vraie, tout cela était très satisfaisant. Et même davantage. C'était fantastique. Malgré les souffrances qu'une rupture du tissu social risque d'infliger à ma famille bien-aimée, sans parler des grandes inconnues touchant à cette évolution inversée et susceptibles de provoquer une famine à très grande échelle, je nageais, et nage toujours, en pleine euphorie. Je me suis plongé dans l'Exode pour assister en spectateur à la réalisation du projet : 1:18, 2:4, 3:10, 3:29, 3:56, 4:4, 7:13, 7:25, 9:8, 10:5, 12:1, 13:15, 13:33, 14:22 et 14:32. L'occasion

1. Le Know Nothing est un mouvement politique américain nativiste du milieu du XIXe siècle.

de voir ainsi en spectateur la réalisation du projet aller à vau-l'eau. L'émotion pure face au plan se dévoilant dans ses moindres détails. Qui a dit que toute complexité est irréductible ? ELLE SE TROUVE ÊTRE RÉDUITE TOUT AUTOUR DE NOUS À L'INSTANT MÊME. Chaque jour la possibilité s'offre à moi de m'émerveiller devant ce vaste démantèlement, et d'échapper à l'envie de me suicider pour profiter de cette occasion de voir davantage des rouages à l'œuvre dans le monde.

Une apocalypse biologique ne devrait pas être nécessaire pour guérir un Indien de sa dépression, mais merde, ici c'est parfois le paradis sur terre, et il y a des moments où l'Indien que je suis se sent en pleine forme.

Je t'embrasse,

Eddy

Je lis et relis ce texte. D'abord je suis déçue, puis je frémis de colère. Les dépressifs sont tellement égoïstes, me dis-je, Eddy est tellement imbu de lui-même qu'il n'est même pas capable d'imaginer les dangers que je cours. Oh, et puis après tout, je le connais à peine. Je m'attendais à quoi ? Pourtant je n'arrive pas à passer à autre chose. Je m'accroche à cette impression que j'ai eue qu'il y avait entre nous un lien véritable. Et à sa visite. Je m'entête à essayer de deviner, de comprendre pourquoi il m'enverrait un message à ce point égocentrique, jusqu'à ce que, finalement, pour je ne sais quelle raison, je sente qu'autre chose doit y être dissimulé. Je pars à la recherche de certains mots, tâche de découvrir un code. Si au moins je parlais ojibwé, ce serait facile. Comme les vieux *code talkers* de la Seconde Guerre mondiale, ces Indiens qui avaient créé un langage codé pour tromper l'ennemi. Mais c'est peine perdue – je suis si étrangère à ma culture traditionnelle, me dis-je, submergée par une vague d'apitoiement sur mon sort. Je pose la lettre. La reprends. Il me faut de bien trop nombreuses lectures – je dois avoir la cervelle en compote. Mais ouais, l'Exode ! Une blague typique à la Eddy. Il ne lit jamais la Bible, j'imagine donc qu'il fait référence à un exode réel. Une évasion. Et les chiffres correspondent certainement aux détails de son plan.

Il n'est pas difficile d'obtenir une bible, ici. Même l'infirmière que j'appelle La Glisseuse accepte ma requête et me tend avec un petit sourire la bible abrégée de référence des éditions Zondervan.

L'Exode 1:18 relate le refus des sages-femmes d'exécuter l'ordre du pharaon et de tuer tous les bébés hébreux de sexe masculin. Là, je suis prise d'un accès de panique. Que peut bien vouloir me dire Eddy ?

Et puis je m'aperçois que les chiffres ne se suivent pas. Eddy ne doit pas faire référence à l'Exode. Le message ne se trouve pas dans les mots, mais dans les chiffres.

J'examine de plus près tous ceux de sa lettre. Par exemple, page 1910.

Mais il y a plus de trois mille pages dans le livre d'Eddy.

Il pourrait s'agir d'une date. Il pourrait s'agir de la date où ils viendront me chercher. 19/10.

Guéri par l'Apocalypse ?

Enfin, après la millième lecture, j'y suis – les numéros des versets renvoient à la phrase et à un mot en particulier dans cette phrase : 1:18 signifie ainsi première phrase, dix-huitième mot. J'utilise ce code pour souligner les mots correspondants.

Il est aujourd'hui évident pour tout mon entourage que je prends un malin plaisir à contempler, ébloui, **cette** colossale volte-face biologique. Pendant la première **semaine** où cette grande symétricité s'est révélée, chaque soir je me suis tordu de rire devant la télévision. Ce n'était pas que de la dérision, de l'amusement, **ou** un pur sentiment de jubilation face aux commentaires des créationnistes ignares à la Know Nothing qui ne connaissent **rien** à rien, des naturalistes méthodologiques, des détracteurs de l'origine commune, des tenants de la Stratégie du Coin et des opposants systématiques à la macroévolution qui persistaient **dans** le déni de l'élégance fondamentale et de l'authenticité de l'évolution. C'est la vérité **vraie**, tout cela était très satisfaisant. Et même davantage. C'était fantastique. Malgré les souffrances qu'une rupture du tissu social risque d'infliger à ma **famille** bien-aimée, sans parler de grandes inconnues touchant à cette évolution **inversée** et susceptibles de provoquer une famine à très grande échelle, je nageais, et nage toujours, en pleine euphorie. Je me suis plongé dans la lecture de l'Exode pour assister en spectateur à la réalisation du projet : 1:18, 2:4, 3:10, 3:29, 3:56, 4:4, 7:13, 7:25, 9:8, 10:5, 12:1, 13:15, 13:33, 14:22 et 14:32. L'occasion de voir ainsi en spectateur la **réalisation** du projet aller à vau-l'eau. L'émotion pure face au **plan** se dévoilant dans ses moindres détails. Qui a dit que toute complexité est irréductible ? ELLE SE TROUVE ÊTRE RÉDUITE TOUT AUTOUR DE NOUS À L'INSTANT MÊME. Chaque jour la possibilité s'offre à moi de m'émerveiller devant ce vaste démantèlement, et d'**échapper** à l'envie de me suicider pour profiter de cette occasion de voir davantage des rouages à l'œuvre **dans** le monde.

Une apocalypse biologique ne devrait pas être nécessaire pour guérir un Indien de sa dépression, mais merde, ici c'est parfois le **paradis** sur terre, et il y a des moments où l'**Indien** que je suis se sent en pleine forme.

Je t'embrasse,

Eddy

Cette semaine ou rien dans vraie famille (inversée) réalisation plan pour échapper dans paradis indien.

Donc quoi qu'il arrive, cette semaine je serai dans ma vraie famille. Et, où que j'aille, je crois que ce sera le paradis indien.

Et cette nuit-là, alors que je suis réveillée, se répand une clarté rayonnante.

Pleine, soyeuse, surprenante, la lune flotte juste derrière la vitre.

Comme je me retourne pour voir si ma voisine dort, je découvre qu'elle est assise et occupée, en outre, à une tâche des plus intéressantes. Elle a noué ensemble les extrémités de trente ou quarante brins de laine et tient entre ses orteils minces et recourbés le nœud dont ils jaillissent. Penchée sur ce réseau de fils qui passe avec une rapidité mécanique entre ses doigts, elle garde ainsi le fil tendu. Et tresse au doigt. C'est le tissage à l'ancienne, le truc de Grand-mère Mary Virginia. Une technique ojibwé pour confectionner de larges écharpes fantaisie, des tentures murales, des ceintures, des sangles de portage, et des cordes.

Je quitte mon lit et m'approche. Ma voisine lève

son visage vers moi, les yeux écarquillés, impénétrables. Elle se fige, attend. J'avance la main au-dessus de la couverture, touche l'écharpe, puis fais aller mon index tendu d'elle à moi, deux fois, avant de joindre les mains. Elle hoche la tête. Quand elle se fatigue je me mets au travail, et à partir de là c'est nous deux. Nous deux contre le monde entier.

Elle refuse de me dire son nom, si bien qu'après cette nuit, pour moi, elle est Spider Nonne. D'accord, elle est enceinte, pourtant elle me fait quand même penser à une religieuse tellement elle est austère. Une religieuse qui néanmoins pourrait avoir l'étoffe d'une super-héroïne. Je ne vois pas très bien comment Spider Nonne et moi réussirons à passer par la fenêtre, vu qu'on ne peut que l'entrebâiller, pour aérer. Et la seule façon de descendre, c'est tout droit. Nous sommes au cinquième étage, mais trois étages plus bas il y a un autre toit. S'il nous était possible de sortir par la fenêtre, nous pourrions attacher une extrémité de notre écharpe au lit et descendre jusqu'en bas en rappel. Je nous imagine, et même je nous vois, à la lune nouvelle telle qu'elle le sera bientôt, nous laissant glisser par-dessus le rebord de la fenêtre, descendant lentement le long du bâtiment. Je vois la scène, mais je sais qu'il nous faudra de la force dans le haut du corps – un obstacle pour des femmes enceintes. Je parcours la chambre du regard et décide que, pour m'entraîner, je vais soulever puis reposer par terre la chaise qui est dans le coin et tâcher de me muscler suffisamment les bras pour pouvoir porter – mes jambes à l'équerre prenant appui sur le mur –, le long de trois étages de mur en brique, les soixante-dix kilos et quelques de ma personne plus mon bébé. En supposant que nous arrivions à passer par la fenêtre. Ce qui est très improbable, mais voilà, nul autre choix ne se présente.

Je continue donc à tresser les brins, nouant les nœuds avec une pression minutieuse afin de rendre la corde aussi solide que possible. Lorsque que Spider Nonne et moi travaillons ensemble, l'une tisse ou détisse, les mains cachées entre son drap et sa couverture, et l'autre, à la porte, tend l'oreille pour percevoir le moindre mouvement dans le couloir. Je connais à présent chacune des infirmières, et je peux dire qui est dans quelle équipe – matin ou soir. Je connais leurs noms et j'en sais autant, à force de conversations amicales, que ce qu'elles veulent bien me dire sur leur famille, leur vie, leurs origines, les soucis du quotidien et l'humeur du moment.

Ce matin, Orielee est de service. Je l'entends au bruissement sec de son uniforme repassé. Elle est la seule à se servir d'amidon et à donner un coup de fer aux blouses stériles à motif imprimé que portent toutes les infirmières. Entre ses jambes le tissu frotte bruyamment tandis qu'elle va de chambre en chambre à pas feutrés. L'hôpital est évidemment une zone d'accès à Internet, ce qui signifie que chaque infirmière équipée d'un ordinateur a été jugée au-dessus de tout soupçon, contrôlée par un service de sécurité très strict, reconnue par un comité pour n'avoir rien fait, jamais, qui puisse être interprété comme une menace. Orielee m'a expliqué qu'elle a consenti à ce qu'on enquête sur elle. Elle m'a avoué avec une fierté presque timide que toute personne à qui l'on confie un ordinateur et donne accès à Internet n'a jamais, au grand jamais, exprimé ce qu'elle appelle une opinion « anticonstitutionnelle nouvelle ». N'a jamais acheté quoi que ce soit d'inhabituel, donné la moindre preuve de posséder une vie intérieure, ni de vivre selon d'autres règles que celles qui sont prescrites. Non pas qu'elles soient affichées quelque part, ni énoncées ou décrites. Je ne cesse de lui poser la question. Il semble que ce soit une série de règles tacites que certaines personnes appliquent depuis des années, et d'autres non. Et ceux d'entre nous qui ne s'y sont pas pliés sont désormais des outsiders. Ceux qui les ont observées détiennent le pouvoir, bien que dans de nombreux cas il ne s'agisse que d'un pouvoir infime – par exemple, l'infime privilège d'entrer les données de santé d'une patiente deux fois par jour et une fois par nuit sur un ordinateur connecté, ou non, au monde extérieur à l'hôpital. Je ne crois pas qu'Orielee bénéficie de ce genre de haute habilitation, car elle est un peu trop bavarde. Aujourd'hui elle me raconte la seconde grossesse de sa fille, m'explique que la famille l'a aussitôt amenée ici et que son mari a pu rester tout le temps auprès d'elle, qu'il était même présent lorsqu'elle a fait une fausse couche, « comme c'est le cas de plein de filles ». Le bébé étant mort-né, il est inutile de chercher à savoir ce qu'il est devenu. Orielee n'irait pas jusqu'à me révéler quel a été le sort des autres enfants. Je lui demande si elle a une photo du premier-né de sa fille, et elle répond : « Pas sur moi. » Puis elle se laisse fléchir, ou bien se laisse prendre par une sorte de fierté sentimentale, et me montre une photo de ce premier enfant, sa petite-fille de deux ans et demi.

« Mon seul petit-enfant, dit-elle. Je suppose. »

Et je saute sur l'occasion pour lui demander : « Ne

laisserait-on pas votre fille garder le bébé, la prochaine fois, si elle ne fait pas de fausse couche ? Puisqu'elle s'est rendue tout de suite aux autorités ? Et puisque le bébé, eh bien, est si mignon ? »

Orielee secoue la tête et soupire, sans répondre.

« On va prendre ta tension, ma belle. Ne bouge pas. »

Un brassard automatique me comprime le bras, reste ainsi un instant, menaçant et impersonnel, avant de me relâcher.

« Tout va bien de ce côté-là.

– Pourriez-vous voir si je peux récupérer mes livres ?

– Pas de problème.

– C'est vrai ? J'en ai besoin. Ce sont des livres sur la religion.

– Oui, en effet. Tu me l'as dit hier. Je vais me renseigner. »

Je n'ose pas insister davantage. Je n'ai pas beaucoup d'espoir. Mais Orielee me fait la surprise, juste avant le changement d'équipe, de m'apporter mes livres et de les poser sur ma table de nuit. Je suis tellement contente de les voir, et même l'enveloppe contenant le numéro inachevé de *Zèle*, que je sens s'épanouir sur mon visage tout entier un bon gros sourire béat.

« Mince alors, j'ai fait une heureuse ! s'exclame Orielee.

– Où étaient-ils ?

– Tout simplement égarés. Tu sais, il n'y a jamais eu de problème. Je veux dire, il y en a un qui a été écrit par un moine et les autres parlent des saints. Sauf *Fou furieux*. »

Les traits d'Orielee sont perpétuellement figés, mais son rire est un petit gloussement étouffé, semblable au bruit de l'eau sous la glace. Elle me fait peur – bien trop chaleureuse, avec en même temps des yeux tellement calculateurs, et un rire tellement étrange. Son rire, c'est ce dont je me méfie. Il est glacial, sa vraie nature. Peut-être cherche-t-elle à gagner ma confiance pour mieux me dénoncer.

Comme Phil.

« Merci ! »

Je n'ose pas non plus trop la remercier. Je n'ose pas lui révéler tout ce que ces livres représentent pour moi – la santé mentale, d'autres voix intimes, d'autres témoignages de survie périlleuse. J'ouvre aussitôt *La Nuit obscure* de saint Jean de la Croix et me plonge dans ma lecture avec avidité. Les premières lignes m'apaisent. *Par une nuit profonde, étant pleine d'angoisse et enflammée d'amour, oh ! l'heureux sort ! Je sortis sans être vue, tandis que ma demeure était déjà en paix. J'étais dans les ténèbres et en sûreté quand je sortis déguisée par l'escalier secret, oh ! l'heureux sort ! J'étais dans les ténèbres et en cachette, tandis que ma demeure était déjà en paix. Dans cette heureuse nuit, je me tenais dans le secret, personne ne me voyait, et je n'apercevais rien pour me guider que la lumière qui brûlait dans mon cœur*[1].

Sans relâche, tandis que je défais et enroule, dénoue, détisse, enroule, au centimètre, à l'heure, à la pièce, à l'écheveau, ma liberté et ta vie, je répète ces vers qui me semblent d'une telle perfection. Je travaille perchée sur *l'escalier secret*. Les mots de saint Jean m'apportent la paix. Car il en sera ainsi comme il en a toujours été, me dis-je. Les doux hériteront de la Terre, l'inachevé en prendra le

1. Le Seuil, « Points ».

contrôle, le rétrograde la reprendra, l'informe et l'ancien lui donneront une forme nouvelle.

13 OCTOBRE

Je découvre que Spider Nonne jette elle aussi son comprimé de vitamines dans les toilettes : en fait, elle le garde dans sa gorge, puis tousse pour le recracher dans un Kleenex au moment où l'infirmière s'en va. Elle froisse ensuite le mouchoir et le fourre sous son oreiller, puis me lance un doux sourire, vif et placide à la fois. Plus tard elle balance le tout dans la cuvette et tire la chasse. Elle est *adorable*, disent les infirmières. Spider Nonne cache ses pelotes dans le mécanisme de son lit, sous son matelas. Je vois vite pourquoi elle s'est mise si rapidement à les tisser pour les changer en écharpe ou en corde. Les pelotes sont difficiles à dissimuler, encombrantes, indociles, prêtes à s'échapper en roulant inopinément et à nous trahir, alors que la corde n'a qu'à être glissée entre l'oreiller et la taie, ou même, en cas d'urgence, roulée et bourrée sous notre chemise de nuit. Alors, dès que nous le pouvons, nous transformons les couvertures en fil, puis en corde. Elle en a déjà confectionné pas loin de deux mètres, et moi j'en ai terminé une soixantaine de centimètres. Nous avons passé presque toute la nuit à tisser le fil à notre disposition, puis à défaire nos couvertures respectives, à enrouler de nouveau puis à tisser, si bien que le matin venu nous manquons de matériau mais ne pouvons pas réclamer de nouvelles couvertures car l'infirmière de garde aujourd'hui, Geri, nous en a déjà donné avant-hier.

Geri a l'esprit un peu lent – c'est une de ces femmes douces, aux cheveux châtains et au regard tendre, qui saisissent toujours la situation avec un temps de retard, comprennent tout de travers, et à qui les autres infirmières dictent sans arrêt ce qu'elles ont à faire. Elle semble souvent les exaspérer et pourrait, en fait, être celle à qui demander sans risque de nouvelles couvertures, car qui sait si elle n'a pas déjà oublié qu'elle nous en a donné deux. Mais je pense qu'on devrait la garder sous le coude pour un cas d'urgence, et je signale à ma voisine que je vais aller faire un tour dans le couloir et tâcher de mettre à profit mes deux ou trois promenades quotidiennes pour nous constituer une réserve.

Avant toute chose, pourtant, nous cachons notre corde dans l'endroit le plus sûr que nous puissions trouver, la conduite de chauffage, avec ton cahier. Je me sers de la lime à ongles que j'avais glissée dans la doublure de mon sac à dos pour dévisser et revisser la grille. Puis j'introduis la lime à ongles dans une fente entre la glace de la salle de bain et le mur. Parfois Spider Nonne fourre la corde dans son oreiller – si ce n'est pas le jour où on change les draps de toutes les chambres de ce côté-ci du couloir. Spider Nonne n'a rien à faire jusqu'à ce que je revienne avec les couvertures, ce qui la tourmente, je le vois bien. Elle a la mine préoccupée, nerveuse. Elle tire sur ses cheveux, renifle, regarde par la fenêtre, m'adresse des signes de tête angoissés.

« Tiens, mais elle est debout ! » s'exclame Geri en débarquant dans la chambre.

Elle a l'habitude agaçante de parler de toutes celles qui

sont autour d'elle à la troisième personne. C'est peut-être une façon de prendre ses distances avec ses patientes.

« Ben oui. »

Je suis aimable, joyeuse.

« Est-ce qu'elle a mis ses pantoufles ? Oh, mais quelle parfaite cruchencloque ! »

J'ai envie de l'envoyer valser par terre pour m'avoir traitée de cruchencloque, ou alors de m'écrouler de rire. Cruchencloque ! Derrière le dos de Geri, la frimousse de Spider Nonne se fait venimeuse. Se pourrait-il qu'elle soit indignée pour moi ? Cela me réchauffe le cœur.

Nous sommes censées porter partout nos chaussons d'hôpital à semelle adhérente en mousse verte, pour éviter les chutes et la propagation des maladies de pied. Et oui, telle une parfaite cruchencloque, j'ai enfilé les miens. Dans le style des souliers d'elfe, ils se terminent au bout par une petite pointe. L'élastique me scie le cou-de-pied. J'aimerais bien avoir une paire de chaussettes en polaire, des chaussons vraiment jolis, fourrés avec de la laine d'agneau, ou pourquoi pas de véritables mocassins comme ceux de Grand-mère Virginia. Je m'éloigne d'une démarche traînante dans ma fine chemise de nuit et mon volumineux peignoir d'hôpital poids plume. Le couloir est clair. Le soleil entre à chaque extrémité par de hautes rangées de fenêtres en verre Securit. Je sais qu'elles sont impossibles à briser parce que je m'en suis approchée pour regarder dehors. J'ai ainsi remarqué qu'il s'agit d'un double vitrage avec, pris en sandwich entre les deux, un fil métallique extrêmement fin disposé en losanges. C'était peut-être le service psychiatrie, avant – ce qui expliquerait aussi l'ouverture restreinte de notre fenêtre, bien que je pense que ce soit la norme dans les hôpitaux, et peut-être aussi dans les hôtels.

Le beau Somalien, qui apparemment m'a pardonné de l'avoir immobilisé au sol, me sourit quand je passe devant lui. Je le salue et lui demande des nouvelles de sa femme. C'est elle qui certains jours, me semble-t-il, est chargée de préparer notre nourriture infecte.

« Oh, elle va bien », me répond-il.

J'ai cherché à savoir comment il s'appelle, mais il a refusé de me le dire. Je n'en continue pas moins de croire qu'il est plein de sollicitude et que nous pourrions peut-être – sans pour autant mettre notre plan en péril – tenter de mesurer l'étendue de sa compassion. Il travaillera de nuit la semaine prochaine et pourrait fermer les yeux. Ou du moins s'accommoder d'une diversion lorsque nous briserons notre vitre. Je n'ai pas encore établi précisément comment nous procéderons. Je ne suis pas sûre que ce que ma voisine de chambre et moi-même sommes capables de soulever à deux soit assez lourd pour fracasser cette fenêtre. Ce n'est pas, en tout cas, une partie du plan que nous pouvons expérimenter à l'avance.

Notre ami pousse devant notre porte le chariot à linge, un grand sac en toile suspendu à une armature, et ressort les bras chargés de draps, de taies d'oreiller et de couvertures sales. Avec un geste poli à mon intention, il laisse les couvertures sur le dessus avant de retourner dans la chambre. Oui, sauf que Geri arrive dans le couloir. Elle s'arrête, ses yeux bruns consciencieusement baissés sur son ordinateur. Elle va voir une autre patiente, mais tout danger n'est pas encore écarté. Plus loin, deux infirmières sont absorbées dans une conversation. Une que je ne connais pas, et l'autre que j'appelle La Glisseuse. C'est la plus dangereuse de toutes, la plus sournoise ; je n'entends jamais son pas, seulement une sorte de chuintement glissant lorsqu'elle pénètre dans la chambre.

Il faut que je continue à marcher. Je ne dois pas avoir l'air de rôder autour du chariot à linge. Je m'avance vers elles, une main posée au creux des reins comme si je souffrais de l'habituel mal de dos de la femme enceinte, bien que j'aie la chance qu'il n'en soit rien. La Glisseuse m'aperçoit et se tourne vers sa collègue – manifestement, elles discutaient d'une patiente, ou d'une procédure, de quelque chose que je ne suis pas censée entendre. Elles me regardent passer. La Glisseuse a des yeux très enfoncés, aussi brillants que des fourmis noires. Les deux femmes reprennent leur conversation, puis se taisent brusquement lorsque je repasse près d'elles. Je souris, gémis un peu en me tenant le bas du dos, refais demi-tour et m'éloigne. Impatientes, elles entrent dans la réserve du service, où se trouvent un réfrigérateur plein de trucs à grignoter, une machine qui parfois fabrique des glaçons, et un four qui maintient les couvertures au chaud pour celles qui sont sur le point d'accoucher.

Le couloir est maintenant désert et je passe à l'action. Je ralentis pour m'approcher à une allure normale du chariot, jette un coup d'œil rapide autour de moi, m'empare de deux couvertures et les roule en boule sous mes bras et contre toi. Mon rythme cardiaque s'accélère et je sens comme un bourdonnement. Tu lances un coup de pied, violent. Je repars vers ma chambre en me dandinant, et une fois à l'intérieur j'écarte le rideau qui sépare nos deux lits et fourre l'une des couvertures sous le drap de ma voisine. Spider Nonne sourit, tout excitée, dévoilant ses dents aussi blanches et régulières que les quenottes d'une petite fille. Elle entame aussitôt son travail de destruction. Je m'installe dans mon lit et, sous l'écran protecteur de l'autre couverture, je commence moi aussi à détisser.

Faire des pelotes de laine me rappelle les cours de tricot à l'école Steiner-Waldorf. Comment nous apprenions à enrouler le fil avec soin et à dévider les écheveaux, la sensation que provoquait l'acte de tricoter toutes ensemble en chantant, dans notre salle de classe aux murs rose dragée et au plafond à rosace. J'avais tricoté une écharpe. Je crois que Sera l'a encore – elle était ravie que j'aie choisi ce qui était sa couleur préférée à l'époque. Le noir. On avait autorisé une enfant à tricoter du noir ! C'est si joli avec ses cheveux clairs. À l'heure qu'il est, cette écharpe est certainement rangée quelque part dans notre maison occupée par ces gens qui, ayant agi comme il convient dans le monde d'avant, ont hérité de celui d'aujourd'hui. Tant que nous sommes au travail, nous laissons la télévision éteinte pour entendre si quelqu'un approche dans le couloir. Spider Nonne, qui a une montre, me signale que ça va bientôt être l'heure du déjeuner. Nous rangeons notre ouvrage et feignons d'être absorbées par une émission que j'ai mise – une vidéo en continu d'un documentaire sur la reproduction chez les pingouins – et que nous avons déjà vue une douzaine de fois. Quand arrivent nos repas, nous mangeons tout jusqu'à la dernière bouchée, en vitesse, tâchant d'absorber les nutriments dont nous avons besoin avant même de sentir le goût des aliments. Puis je rapporte les plateaux sur le chariot de service dans le couloir et retourne dans la chambre. L'effervescence du déjeuner s'apaise. Nous attendons un contrôle de nos paramètres vitaux. La Glisseuse entre, ses pieds poussant comme un soupir à chaque pas. Sa soyeuse chevelure châtain, coiffée avec des anglaises de poupée, encadre un visage courroucé, aux traits tirés. Lorsqu'elle parle, j'ai tellement peur de trahir un de nos secrets que je garde les yeux rivés sur sa bouche sévère et fardée d'orange. Ses épaules minces se voûtent, ses yeux noirs et flamboyants me transpercent. Même sa voix semble crispée. Elle nous prend le pouls, la tension, la température, le tout en silence, sourcils froncés. Prélèvement de sang, prélèvement d'urine. Tout est recueilli. Elle décide, pour je ne sais quelle raison, d'examiner nos pupilles à l'aide d'une petite lampe de poche, et de récolter des rognures d'ongles. D'un petit coup de ciseaux elle détache une mèche de cheveux de nos têtes, qu'elle dépose dans une enveloppe avant de remplir l'étiquette collée dessus.

« Et pourquoi prenez-vous tous ces petits trucs ? » Je ne peux m'empêcher de lui poser la question. « Vous fabriquez des poupées vaudoues ? »

Le regard de La Glisseuse se durcit, tente de me réduire en miettes, mais je m'efface, et m'égare délibérément.

« Ou alors vous créez une femme Frankenstein. C'est une histoire de clonage ? Dites, ces petits trucs sont à moi. Je veux savoir ! »

Elle m'ignore, et c'est tant mieux car je ne devrais même pas parler. Essaie de passer inaperçue, me dis-je. N'attire pas l'attention. Ne ris pas. Elle pose les questions habituelles sur les mouvements du fœtus et consigne mes réponses avec soin. Spider Nonne de son côté ne prononce pas un mot, mais La Glisseuse prend tout de même des notes. Subitement, elle rabat le couvre-lit de ma voisine comme si elle allait trouver un bébé caché en dessous ! Je retiens mon souffle, persuadée qu'elle va découvrir la couverture à moitié démantelée. Mais Spider Nonne l'a astucieusement placée sous la couverture gaufrée intacte du dessus, et les deux restent collées l'une à l'autre. Il n'y a rien d'inhabituel. Paniquée malgré tout, je fais mine d'avoir sommeil et bâille, puis pousse un cri pour détourner l'attention de l'infirmière.

Je lui demande : « Dites, c'est normal de dormir comme ça tout le temps ? »

Au moment où elle se retourne pour me répondre, la pelote de fil à laquelle travaillait ma voisine s'échappe lentement de sous son oreiller et tombe sur le sol, où elle se met à rouler vers les pieds de l'infirmière. Je hurle vers le plafond.

« Aïe !

– Aïe, quoi ?

– Le bébé vient de me donner un grand coup de pied. Aïe ! Encore ! Touchez ! »

La Glisseuse s'approche et se penche au-dessus de mon lit. Elle passe ses petites mains raides et dures sur mon ventre. S'arrête. Je te sens rapetisser pour échapper à cette main – si sèche, blanche et froide. Pendant ce temps, Spider Nonne se glisse hors de son lit et se lance à la poursuite de la pelote qui se déroule et vagabonde entre nous deux, avant de venir s'arrêter derrière les talons de l'infirmière.

« Je ne sens rien, dit celle-ci.

– Attendez ! Là ! »

Obligeamment, tu remues et te retournes. Je pousse un autre cri.

« C'est normal. » Elle ricane. « Mais on dirait bien que tu débordes d'énergie aujourd'hui, ma petite. Si tu n'arrives pas à te calmer, je me ferai un plaisir de demander qu'on te prescrive un sédatif. Veux-tu que j'en parle à ton médecin ?

– C'est qui, mon médecin ? »

Spider Nonne, qui s'est faufilée dans son dos, s'empare du fil. J'attrape la main de La Glisseuse.

Je m'écrie avec passion : « Ne vous inquiétez pas. Ça va, je vous jure. »

Elle retire sa main d'un geste brusque. Tournoie sur elle-même. Spider Nonne est de retour dans son lit, sous sa couverture, la mine vaguement triste. Elle a un regard profond, dramatique et silencieux, qu'elle dirige parfois dans le vide et auquel personne ne pourra la faire renoncer. La Glisseuse n'essaie même pas. Elle se contente de rassembler tous nos prélèvements et s'en va. Nous éteignons la chaîne à pingouins et somnolons, en attendant de voir si elle revient. Nous dormons une heure, deux heures. Nous avons besoin de dormir pendant la journée pour rester éveillées toute la nuit et tisser.

14 OCTOBRE

Nous en sommes désormais arrivées à six mètres, et tu deviens si gros qu'il est vraiment temps que je fiche le camp d'ici. Tu m'écrases les poumons, et je respire fort et vite. Si je ne bouge pas assez, un côté de mon arrière-train s'ankylose. Il faut que je parte ! C'est hier soir que nous avons mesuré notre corde, en l'étalant par terre – je chausse du quarante et un, il m'a donc été facile de calculer sa longueur en comptant mes pas. Je suppose qu'il nous faudra trois mètres cinquante par étage, plus deux mètres cinquante pour la partie que nous attacherons aux pieds du lit. Il faudra veiller à ce qu'il n'y ait pas trop de vide au bout. On ne peut pas se permettre une secousse trop violente, on a peur que ce soit mauvais pour nos bébés. Enfin je n'en sais rien, mais je présume que Spider Nonne partage mon sentiment.

Orielee entre et me réveille pour une nouvelle échographie, mais avant de m'emmener elle démarre par une prise de sang. On m'en fait une tous les jours. Pour Spider Nonne c'est deux, ce qui m'inquiète énormément. Elle est si menue qu'elle doit avoir besoin de la moindre petite goutte de son sang, du moins c'est ce qu'il me semble.

« Moi, les prises de sang, ça m'est égal, dis-je à Orielee, qui noue un garrot en caoutchouc ambre autour de mon bras avant de donner des chiquenaudes à mes veines pour qu'elles gonflent, mais ne pourriez-vous pas glisser un mot concernant ma voisine ? Elle y a droit deux fois par jour. C'est trop ! D'ailleurs, que devient-il, tout ce sang ? Ils le boivent ?

– Eh bien, ils l'analysent, je crois. Et puis c'est marqué là que je suis censée lui en faire une. Pauvre chérie, d'après ce que je lis, elle ne prend pas un gramme. C'est vrai, c'est peut-être beaucoup. »

Orielee se mord la lèvre et secoue la tête en regardant Spider Nonne, mais sa compassion est tellement exagérée qu'elle semble fausse.

« Pourquoi ne m'en prenez-vous pas un peu plus, à moi,

pour la laisser tranquille ? Vous ne voyez donc pas qu'elle est de plus en plus faible ? »

Orielee soupire et m'enfonce l'aiguille dans le bras. Elle est très douée et le fait si délicatement que je ne sens presque rien.

« C'est vraiment gentil de ta part, mais je ne peux pas.

– Mais elle s'affaiblit !

– Entre nous soit dit, j'ai vu où va une partie de ce sang que nous prélevons et qu'ils n'examinent même pas.

– Vous voulez dire que c'est en pure perte ?

– Je devrais garder ça pour moi, mais oui. Enfin, non. Ils n'en font rien. Ce qui n'empêche que je pourrais perdre ma place si je trafiquais les prises de sang, et il arrive qu'ils vérifient.

– C'est qui, ils ?

– Des chercheurs. »

Elle indique un vague point au-delà de la fenêtre, dans la direction du pont qui enjambe le Mississippi et où, du matin au soir, des gens vont et viennent entre les campus.

« L'université continue de fonctionner ?

– Presque tout continue de fonctionner. Mais ils créent plein de règlements différents. De nouveaux règlements, tout le temps. On est forcés de prendre tellement de précautions…

– Pour ne pas enfreindre ces règlements ?

– Oui. »

Je m'engouffre dans la brèche pour débiter une série de mensonges : « Et il arrive parfois qu'on ne connaisse même pas ces nouvelles réglementations ! Moi, par exemple, j'ignorais que j'étais censée me rendre aux autorités, je n'en avais pas la moindre idée.

– Comment est-ce possible ? » Orielee semble stupéfaite. « C'était dit absolument partout, et ça l'est toujours d'ailleurs. Des annonces dans les journaux, même des panneaux d'affichage et tout. Impossible de passer à côté !

– Et si, pourtant. » J'en rajoute encore un peu dans le mensonge. « Je ne lis pas la presse et je ne regarde pas les infos. Je me sentais bien, mais j'avais aussi la nausée, souvent, alors je restais à l'intérieur, ou bien je m'installais sur ma terrasse. Les gens me voyaient tout le temps et personne ne m'a rien dit. Personne ne m'a dénoncée.

– Ah… »

Elle me considère d'un air sceptique.

« Ah, quoi ? Ils sont venus et ils m'ont emmenée, voilà tout. Mais en fait personne ne m'a dénoncée, je ne crois pas.

– Ils… »

Les yeux d'Orielee sont comme des billes, et peut-être y a-t-il quelques larmes logées aux coins. Elle cherche à me dire quelque chose.

« Peut-être… », souffle-t-elle. J'attends. Elle inspire à fond et lance un coup d'œil rapide à la porte, puis à Spider Nonne, assise bien droite dans son lit, les yeux clos, apparemment en pleine méditation.

« Il y avait apparemment un homme, reprend Orielee, qui aidait de nombreuses femmes à se cacher, et ils l'ont attrapé. J'ai entendu dire qu'ils l'ont suivi jusque chez toi. Donc il t'aidait toi aussi, non ? Ce n'est pas grave, c'est même compréhensible, c'était sa conviction personnelle, tu sais, de cacher les femmes. Mais par ce gars-là ils ont obtenu des tas de noms. »

Ses yeux sont plus ronds que jamais et sa bouche forme un petit o avant qu'elle ne conclue : « Parce qu'ils y arrivent, tu sais, avec leurs méthodes de persuasion. Tout le monde finit par parler. »

15 OCTOBRE

Hier soir j'ai démantelé une couverture entière que j'ai mise soigneusement de côté, puis je suis restée éveillée à tisser jusqu'au petit matin. Des larmes s'échappaient de mes yeux pendant que je travaillais. Mes doigts, d'abord irrités, se sont mis à saigner. Spider Nonne a fini par me retirer la corde des mains. L'adrénaline s'est dissipée et je me suis effondrée. J'ai dormi toute la matinée et tenté de continuer à somnoler dans le silence de mon cœur. Mais là, je suis réveillée. Il n'y a rien d'autre que le visage de Phil et mon visage et la main de Phil et ma main et le cœur de Phil et mon cœur et les mots anciens, très anciens : *Que t'ont-ils fait ?* J'ouvre le livre de Thomas Merton :

> *Dans ce monde, cette auberge folle, où il n'y a pas la plus petite place pour Lui, le Christ est venu sans être invité. Mais parce qu'Il ne peut s'y sentir chez lui, parce qu'Il n'y est pas à sa place, Il doit pourtant être en ce monde, Sa place est avec ceux qui sont étrangers, qui sont rejetés par le pouvoir parce qu'on les trouve faibles, qui sont discrédités, ceux à qui est refusé le statut de personne, qui sont torturés, exterminés. Avec ceux pour qui il n'y a pas de place,*

le Christ est présent en ce monde. Il est mystérieusement présent dans ceux pour qui il n'y a rien d'autre, semble-t-il, que le monde sous son plus mauvais jour.

Dans cette pensée je trouve enfin un brin de réconfort. J'ai toujours cru à un dieu torturé, suite à mes lectures sur l'histoire de la religion catholique, parce que je sais qu'il n'est rien qu'un être humain ne fasse subir à un autre être humain. Il nous faut un dieu qui prenne le parti des malheureux. Un dieu qui veuille partager la misère. Je continue à enrouler mon fil et à tisser ; la corde s'entortille dans mes mains. L'heure du déjeuner approche et je glisse ma pelote sous mon couvre-lit. Je me calme et j'attends. Spider Nonne attend, elle aussi, les yeux rivés sur sa montre. Bientôt nous parvient le fracas métallique du chariot de service, les étages de plateaux en plastique chargés de bouffe infâme, et nous feignons de dormir. La porte s'ouvre. Je lève les yeux. Quand je vois qui apporte le déjeuner, j'ai le cerveau qui disjoncte. Sera pose le plateau sur ma table de chevet et d'un regard me met en garde, pourtant elle non plus ne peut s'en empêcher. Ne peut s'empêcher d'être brusquement submergée par l'émotion.

Je plaque mes mains sur ma bouche, mais les larmes me montent aux yeux et d'une voix assourdie je m'écrie : « Maman. »

Sera jette un coup d'œil à Spider Nonne.

« C'est une fille bien.

– Je n'ai pas beaucoup de temps. » Sera s'essuie les joues et murmure, véhémente : « Écoute, je reviendrai demain. Je suis avec Jessie. Mais ne cherche pas à lui parler.

– Où est papa ? Où est Phil ?

– Ton père va bien… »

Elle hésite.

« Phil ?

– On ne sait pas.

– Maman, apporte-nous des couvertures. » Je rabats mon couvre-lit et lui laisse entrevoir la corde tissée. « Demande à Jessie de nous en apporter. Notre corde est presque assez longue. Mais on aura quand même besoin d'aide pour sortir. Quelqu'un doit nous aider à casser le carreau. »

L'autre femme qui sert le déjeuner passe la tête par la porte.

« Allez, venez !

– D'accord », dit Sera d'une voix forte, en nous souriant. Puis elle chuchote : « Ça va nous faciliter les choses. »

Elle est ébahie par notre travail, et moi je suis aussi fière qu'une gamine de maternelle. Quand je la vois s'éloigner, je suis envahie par un tel sentiment d'amour et de désespoir que je parviens tout juste à m'empêcher de crier, de la supplier de rester avec moi. Ses cheveux de fée blanc argent sont ramenés dans un filet. Elle a maigri, elle est tout anguleuse. Elle se retourne pour me regarder pardessus son épaule et je vois qu'elle arbore son visage de femme compétente, le visage qu'elle avait les deux fois où elle a dû m'emmener aux urgences, le visage des jours où elle chargeait la voiture pour partir en vacances, celui que je lui ai vu pendant la stupide liaison de Glen et lorsqu'elle préparait le dîner de Thanksgiving pour une trentaine de convives ou se rendait aux conseils de classe. C'est le visage qui m'a fait entrer à l'université et qui a sorti Glen de prison après je ne sais combien d'arrestations au cours de manifestations pour la paix. Le visage de *Laissez-moi faire, je m'en occupe.* Le visage de *L'échec n'est pas envisageable.* Le visage du général en chef de la maisonnée. Je pousse un grand soupir et engloutis mon déjeuner.

16 OCTOBRE

Deux aides-soignantes m'emmènent une fois de plus faire une échographie. Les mêmes assistantes sont toujours présentes. Elles me traitent avec une grande gentillesse, une sérénité impersonnelle, mais j'ai beau les supplier de toutes mes forces, elles refusent que je te voie. Elles refusent de tourner mon misérable lit vers l'écran.

« Non, ma jolie, non, tais-toi maintenant. »

Elles me caressent les cheveux et tripotent ma blouse d'hôpital au tissu élimé qui me laisse les fesses à l'air. Elles sont habituées, je suppose, à ce que les femmes les implorent.

Je demande : « À quel stade en est le bébé ? Est-il en bonne santé ? Garçon ou fille ?

– En bonne santé, oh oui, parfaite santé », assure la femme aux cheveux châtains.

Mais elle refuse de me dévoiler à quel point ton corps s'est développé, si tu es grand ou petit, si tu es loin ou non d'être ce qu'ils appellent viable. Plus tard dans la journée, je tente d'interroger Orielee.

« Dites-le-moi. Je vous en prie. Je sais que c'est dans le dossier. »

Mais là-dessus elle demeure inflexible. Elle ne me parlera pas, même à demi-mot.

« Ça me coûterait mon boulot, et probablement mon habilitation. Alors fiche-moi la paix avec ça. »

Elle ajoute qu'elle est désolée et qu'elle aussi aimerait savoir, mais au moins elle ne fait pas de prise de sang à Spider Nonne.

« Je trouverai une excuse. »

Ma voisine, soulagée, m'adresse un petit signe de tête tout en rabaissant la manche de sa blouse. Ses yeux sont très éloquents. Son regard ne me quitte pas. Je sais qu'elle veut parler – mais peut-être n'en a-t-elle pas la faculté si elle est muette pour de bon. Nous avons maintenant presque dix mètres de corde, ce qui est très difficile à cacher. C'est tellement risqué que nous n'osons plus y travailler, sauf pendant les heures les plus sombres et les plus calmes de la nuit. Donc nous avancerons moins vite. Aujourd'hui, nous défaisons autant de couverture que nous le pouvons et constituons de nouvelles pelotes. Nos mains sont un problème, crevassées et à vif, desséchées par l'atmosphère de l'hôpital, et nous utilisons jusqu'à la dernière goutte la lotion hydratante qu'on nous fournit. En demander davantage risquerait d'éveiller les soupçons. Mais, plus encore que cette lotion, c'est le baume pour les lèvres qui me manque. Je me souviens du temps où j'en avais toujours trois ou quatre tubes avec moi. Sur mon bureau, dans ma poche, dans mon sac. Mes lèvres sont tellement déshydratées que je ne le supporte plus. Je sors faire ma promenade habituelle dans le couloir et traîne autour de l'accueil jusqu'à ce que Jessie émerge des bureaux d'un pas rapide, une pile de dossiers dans les bras. Je ne devrais pas l'embêter, c'est dangereux, mais c'est plus fort que moi.

« Pourriez-vous me donner un peu de baume pour les lèvres, s'il vous plaît ?

– Je n'en ai pas. Demande donc à ton infirmière », me lance-t-elle d'un ton brusque. Ses yeux me commandent de reculer. « Elle est derrière toi.

– Tu as besoin de quelque chose ? »

C'est La Glisseuse, dont l'approche a été tellement silencieuse et effrayante que j'en ai un petit sursaut intérieur.

Je prends ma voix la plus soumise.

« Excusez-moi. Je voulais simplement du baume pour les lèvres. Ou de la vaseline si vous en avez. »

La Glisseuse fait la grimace.

« Ce n'est pas un institut de beauté ici. Nous nous efforçons de vous maintenir en vie pour que vous puissiez accoucher sans risque. Entre ces murs et non dehors. »

Elle incline férocement la tête vers la fenêtre au bout du couloir, vers la vitre Securit.

« Des quantités de femmes meurent, dehors, celles qui ne se rendent pas aux autorités. Vos bébés ne sont pas si faciles à mettre au monde. »

Elle ouvre un meuble de rangement, passe la main derrière des dossiers et tire un petit pot en plastique de ce qui doit être une réserve secrète.

« Merci. »

Je le fourre dans la poche de mon peignoir et le garde au creux de mon poing. La Glisseuse a d'obscures raisons personnelles de vouloir nous affoler. Or, que je sache, il n'y a aucune raison que tu sois plus difficile à mettre au monde qu'un bébé ordinaire. Pourtant sa remarque me tracasse. Cette femme sait comment m'atteindre. Même si nous nous évadons, je n'ai pas la moindre idée de l'endroit où nous irons, de la façon dont nous éviterons d'être capturées de nouveau, une fois sorties d'ici. J'ai toujours entendu dire que les détenus qui mettent minutieusement au point une évasion à long terme sont, somme toute, faciles à retrouver, et qu'ils restent rarement en liberté plus d'une quinzaine de jours. C'est la suite, l'impossibilité de se cacher ailleurs que dans des lieux que l'on a déjà fréquentés, qui est compliquée.

Le petit pot s'avère être de la crème de massage mentholée. Inutile, donc, mais Spider Nonne et moi la respirons à tour de rôle. Sera n'apporte pas le plateau du déjeuner aujourd'hui, mais peut-être viendra-t-elle à l'heure du dîner. Nous dormons tout l'après-midi dans notre petite chambre sombre, paisible, atrocement laide et faussement sûre. Pendant la journée mon sommeil est profond et théâtral. Je fais des rêves saisissants, qui paraissent tellement vrais qu'ils pourraient être des visions ou des événements réels Aujourd'hui Grand-mère Virginia revient me voir, et dans mon rêve elle m'aide à mesurer ma corde. « Repose-toi, dit-elle. *Anweb.* Je vais m'y mettre un peu. » Ses petits doigts tordus bondissent et volent le long des fils de laine. « Prends garde à l'infirmière balèze, dit-elle. Elle est pire que La Glisseuse. » Elle parle d'Orielee, celle en qui je commençais à avoir confiance. Et de fait, quand nous nous réveillons, elle est là pour refaire nos lits même si ce n'est ni l'heure ni le jour habituels. Et c'est vraiment par hasard si, avant de nous endormir, nous avons décidé de cacher la corde dans la conduite de chauffage.

Joyeuse, affairée, Orielee arrache les draps et secoue les oreillers pour les sortir de leur taie. Elle fait semblant de nettoyer sous les matelas, les inspecte dans leurs moindres détails, vérifie que les coutures ne sont pas décousues, que le dessous est intact. Elle jette un coup d'œil à notre petit placard, le tapote partout à l'intérieur, puis ouvre et ferme les rideaux de la fenêtre comme si je ne sais quel article de contrebande allait s'en détacher. Elle entre dans la salle de bain et j'entends un raclement de faïence lorsqu'elle ouvre le réservoir de la chasse d'eau. Le seul endroit qu'elle ne vérifie pas, c'est la grille murale du chauffage. Je l'ai revissée, comme d'habitude, au moyen de la lime à ongles que j'ai ensuite cachée. Orielee la trouve, enfoncée derrière le miroir – pas un vrai miroir en verre, à vrai dire, mais un morceau d'inox poli.

« Je vais devoir emporter ça », annonce-t-elle en émergeant de la salle de bain.

Dans sa voix gentiment pleine de regret s'entend tout de même une jubilation plus ou moins secrète, et je suis soulagée de ne m'être jamais totalement fiée à elle. Orielee agite la lime dans les airs.

« Comment se fait-il que vous cachiez ce truc-là ? »

Je lui réponds : « Où l'avez-vous trouvée ? J'en aurais bien besoin. »

Orielee empoche la lime. Mais elle s'approche tout près et tente, l'air de rien, de vérifier l'état de mes ongles. Mes mains sont posées à plat sur la couverture et on les voit – ébréchés, cassés. La lime n'a jamais valu la peine que je m'en serve pour leur donner une forme.

« C'était peut-être à Agnes, lui dis-je. S'il vous plaît, je ne pourrais pas l'utiliser ? J'ai besoin de quelque chose pour arranger ça ! »

Je lui agite mes doigts sous le nez. Accuser Agnes provoque en moi un pincement de mauvaise conscience, mais finalement je me dis qu'elle aurait beaucoup aimé nous aider à nous évader. Je repense à ses ongles affriolants rouge sang et écaillés. Sans la lime, comment vais-je faire pour cacher notre ouvrage dans la conduite du chauffage ? J'essaie de ne pas y penser tant qu'Orielee est dans la pièce, mais dès qu'elle est partie je me tourne vers Spider Nonne en mimant la consternation. Elle me regarde à son tour, sa bouche un arc délicat. Elle tend une main, doigts écartés comme pour exhiber une toute nouvelle manucure. Elle a laissé pousser les ongles de ses deux index, en évitant d'une manière ou d'une autre d'y avoir recours, même pendant le travail de tissage, à moins qu'elle ne se soit servie d'eux pour nouer ou couper des bouts de fil. Je suis sceptique, mais plus tard cette nuit-là, lorsque tout est silencieux, elle emploie habilement son doigt pour dévisser et revisser la grille.

J'éclate de rire.

« Qu'est-ce que je ne donnerais pas pour avoir des ongles pareils ! »

Elle se contente de me sourire en retour. Sera n'est pas venue non plus à l'heure du dîner, et j'espère qu'elle prendra son service demain matin et réussira à passer dans notre chambre. Nous travaillons toute la nuit, mon amie Spider Nonne et moi. J'aime bien la regarder, et être avec elle, tout simplement. Je me demande si je saurai un jour comment elle s'appelle.

17 OCTOBRE

Le matin, et toujours pas de Sera. J'ai peur que la routine d'ici me fasse perdre tous mes repères, même si je suis devenue une experte pour me débarrasser de mes vitamines. Nous n'avons plus que deux mètres cinquante de corde à tisser. Pourtant, terrorisée à l'idée qu'on nous surprenne et qu'on nous la confisque, je décide que c'est la dernière nuit que nous y travaillerons. J'en suis désormais convaincue : un petit saut en fin de parcours est moins dangereux que de laisser passer notre chance de nous évader. Et Spider Nonne m'a l'air tellement épuisée, affaiblie et maigre, que si nous attendons encore je crains qu'elle n'ait plus la force de le faire. Peu avant midi, La Glisseuse entre et nous pique, prend notre sang, notre pipi, d'autres rognures d'ongles, des prélèvements dans notre bouche et notre nez. Elle nous pèse, écoute nos bébés, et rédige d'interminables notes sur son ordinateur. C'est tout juste si elle nous adresse la parole en accomplissant ces tâches, mais je me réjouis car si elle est de service aujourd'hui, et Geri ce soir, il y a des chances pour que demain après minuit ce soit le tour de Jessie. Le 19. La date qui figure dans la lettre d'Eddy.

Midi. Sera apporte nos plateaux. Nos deux plateaux. L'un est chargé de nos déjeuners, et l'autre recouvert d'un linge. Elle dit : « Cachez tout ça et regardez plus tard. » Elle me tend un bout de papier, que je glisse dans mon soutien-gorge. Puis elle m'embrasse en vitesse, en tenant mon visage dans ses mains fraîches de maman hivernale. Lorsqu'elle s'en va je sens déjà son souvenir s'effacer. Sous la serviette verte de l'un des deux plateaux il y a un marteau, un genre de canne pliante, et un tout petit magnétophone démodé dans lequel est insérée une cassette. La jouer vintage, c'est typique de Sera et Glen. Il y a aussi quatre barres énergétiques. Quel rapport entre ces trucs-là et notre évasion, mystère. Mais Spider Nonne dévisse rapidement la grille murale du chauffage, moi je glisse le tout à l'intérieur, et nous répartissons ensuite la nourriture sur nos deux plateaux. Nous avalons tout à la va-vite – spaghettis spongieux baignant dans une sauce bolognaise dont la viande ne ressemble à rien ; lait en poudre ; crème à la maïzena figée, nappée de caramel ou peut-être simplement trop cuite et brûlée. L'inspection terminée, je vais à la salle de bain et lis le mot de Sera. *Tu peux le manger*, dit la dernière ligne, *c'est une galette de riz et l'encre est non toxique !* J'ai envie de rire, mais je croque les instructions de notre évasion et elles s'avèrent délicieuses.

Spider Nonne et moi passons l'après-midi à dormir. À un certain moment je me réveille et jette un coup d'œil à son visage, si pur au repos. Son front est pareil à un galet de rivière, d'une chaleur de lune, rayonnant de lumière. Je suis tellement angoissée que je n'arrive pas à me rendormir et regarde le ciel s'assombrir. Le soleil descend, obstinément, jetant son éclat dans le ciel du levant où il ourle les nuages d'une flamboyante dentelle dorée.

Cher bébé, je veux que tu voies ce monde, céleste, merveilleux. Je veux que ce monde emplisse tes yeux.

Nous nous relayons. L'une, assise près de la porte, écoute les bruits du couloir, et l'autre tisse la corde. Celle qui est près de la porte se lève lorsque vient quelqu'un, et la tisserande cache alors son ouvrage. S'il semble qu'une personne risque d'entrer chez nous, la guetteuse bondit dans son lit et l'autre feint elle aussi de dormir. C'est le cas une douzaine de fois, ce soir, ce qui nous aide à rester éveillées. Mais la nuit est longue, et écrire ces mots m'aide également à rester vigilante. Et puis si le sommeil me prend, je panique en essayant de réfléchir à ce que nous ferons une fois que nous serons pour de bon hors d'ici.

J'ai une idée assez claire de ce qui nous arriverait si nous restions. Ils te prendraient. Ils t'étudieraient en laboratoire. Quant à moi, je devrais d'abord survivre à l'accouchement, or beaucoup de femmes ne s'en sortent pas. Elles meurent au cours de l'anesthésie, je crois, surtout si comme Agnes Starr elles font des histoires. Pourtant, même si l'accouchement ne me coûtait pas la vie, on ne me rendrait pas forcément ma liberté. Des rumeurs circulent. On a entendu parler très tôt des Volontaires Utérus, mais peut-être n'ont-elles pas été assez nombreuses, et il est donc maintenant question de conscription féminine. J'ai surpris des bribes de conversation ; on oblige les femmes à tenter de mener à terme un embryon congelé sorti des anciennes cliniques in vitro. Ou bien à être inséminées avec les dons des anciennes banques de sperme. Je ne sais pas s'il faut y croire, mais voilà.

Je cogite.

L'évolution démarre : un miracle. L'évolution s'arrête : un miracle. La vie suit le schéma de l'immensité tout entière qui nous environne. L'univers se dilate et se contracte dans un temps hors du temps. La Terre, vieille de quatre milliards et demi d'années, le Soleil destiné à devenir supernova et à nous engloutir. Et puis à se contracter de nouveau. Bon, c'est ce que je pense, et je ne suis manifestement qu'une spectatrice non initiée du grand mystère, du simple *pourquoi*, auquel nul scientifique n'est capable de répondre mieux que moi.

Pour notre corde, nous atteignons une longueur qui nous paraît plus ou moins suffisante. Nous la divisons à l'une de ses extrémités en deux longs rubans solides, à attacher aux pieds du lit. Ensuite nous nous entraînons à faire et refaire le nœud un nombre incalculable de fois, avec des variations, jusqu'à ce que nous y arrivions les yeux fermés et soyons sûres qu'il ne se détachera pas.

19 OCTOBRE

Notre dernier jour à l'hôpital. Le matin nous dormons aussi longtemps que possible, pour nous préparer à la nuit qui nous attend. Plus tard, Spider Nonne déchire quatre ou cinq longues et larges bandes dans une blouse volée. Elle se servira de cette blouse en guise de ballot, le contenu de sa valise. Moi je mettrai dans mon sac à dos mes maigres affaires personnelles – les livres, tes couvertures et ta layette. Mon jean et la chemise de Phil, je les porterai sous mon peignoir. J'enfilerai la veste que j'ai apportée, mais je glisserai les chaussures dans le sac. Mes chaussons d'elfe verts à semelle adhérente seront parfaits pour descendre en rappel le long du mur. Nous avalons tant bien que mal notre déjeuner. Tout marche comme sur des roulettes, sans anicroches. Nous faisons même la sieste. Oui, tout se passe à merveille jusqu'à la rotation des équipes d'infirmières. Et voilà qu'entre Orielee.

J'ai beau lui dire que La Glisseuse s'en est déjà chargée

aujourd'hui, elle consigne tout, nos paramètre vitaux, la totale. Elle nous fait une prise de sang, des prélèvements dans les joues, recoupe des mèches de cheveux qu'elle glisse dans de petites enveloppes. Elle range l'ensemble sur le plateau et s'apprête à partir lorsqu'elle baisse les yeux vers la grille du chauffage, la fixe du regard et, sourcils froncés, la considère d'un air pensif.

« Orielee, est-ce que je peux vous poser une question ? »

Je veux détourner son attention, mais elle refuse de m'entendre.

« Hé ! »

Elle fixe la grille métallique toujours plus intensément, puis se lève, s'approche, et dans un craquement d'articulations se met à genoux pour regarder à l'intérieur. Spider Nonne et moi quittons notre lit. Orielee se relève, essoufflée, et se tourne vers nous. Que nous soyons là debout, bêtement paniquées, suffit à confirmer ses soupçons. Son visage est neutre, elle ne laisse pas deviner ses intentions, mais alors qu'elle s'écarte de nous pour gagner la porte, elle pousse ce petit gloussement sans joie qui constitue son rire. Aussitôt Spider Nonne bondit derrière elle et fait tournoyer doucement au-dessus de sa tête la bande de tissu arrachée à la blouse d'hôpital. Elle la serre dans un mouvement de torsion, si vite que les pieds d'Orielee se dérobent sous elle et qu'elle finit assise par terre, son centre de gravité l'entraînant vers l'arrière au fur à mesure que Spider Nonne tord le tissu. Plus serré. Toujours plus serré. Le visage d'Orielee vire au cramoisi. Elle lève les bras, fouette l'air de ses mains pour attraper Spider Nonne qui, à genoux dans son dos, continue à tordre la lanière de toile.

« Putain de merde ! Tu peux pas m'aider un peu ? » gronde ma voisine de chambre entre ses dents serrées. Ses yeux tournés vers moi lancent des éclairs. Ses bras maigres peinent à contenir les ruades énergiques de l'imposante infirmière.

C'est là que je fais ce qui m'expédiera en enfer. D'un bond je sors de mon lit, j'enserre les mains d'Orielee et les ramène en vitesse dans son dos. Elle roule sur elle-même, en battant l'air de ses pieds. Je me jette sur elle, de côté, pour la maintenir au sol. Spider Nonne, se servant de ses deux poings, continue à serrer le tissu autour de son cou, jusqu'à ce que les yeux et la langue d'Orielee jaillissent hors de son visage, qui vire au violet. Les nôtres sont presque aussi rigides et affreux que le sien. Je suis maintenant au-dessus d'elle, donc je vois ses yeux. Le regard fou et perçant, les iris qui me bombardent, le sang qui suinte aux coins de ses paupières, et les larmes sanguinolentes qui roulent le long de son nez. Enfin ses jambes se relâchent, s'écartent largement, et elle est morte.

Spider Nonne tombe à la renverse en suffoquant, secouée de haut-le-cœur. D'un coup brusque, je sors un oreiller de sa taie, que j'enfile sur la tête de l'infirmière de sorte qu'il ne reste plus que son corps, contre lequel on va devoir batailler. Ce n'est déjà pas réjouissant. Je suis fascinée par sa blouse à imprimé Garfield, illustrée de cases de bande dessinée. Garfield face à un volcan, Garfield dans la jungle, Garfield qui s'ennuie avec un livre entre les pattes, Garfield jetant un regard critique à une plante d'intérieur.

Tout ce que j'ai à faire, c'est intégrer le fait que Spider Nonne a parlé normalement, et aussi que nous avons tué Orielee. Normalement.

« Essayons de la caser dans le placard », propose ma voisine.

Nous sortons donc de la penderie tout ce qui nous appartient, puis nous tâchons de tirer l'infirmière par-delà la porte à deux battants. Nous la calons à l'intérieur et l'attachons aux crochets avec une autre bande de chemise d'hôpital. Nous poussons le loquet à fond. Orielee n'avait pas encore déposé sur le chariot le plateau de nos prélèvements. Nous le faisons à sa place et le poussons ensuite dans le couloir, hors de la chambre. Toutes les deux prises d'étourdissements, nous regagnons nos lits en titubant pour nous jeter sous nos couvertures. Une demi-heure passe. Nous sommes hébétées, nous avons le tournis. Puis il y a un grand bruit sourd et écœurant, un craquement sec, lorsque le corps d'Orielee s'affaisse à l'intérieur du placard. Nous entendons passer une infirmière, qui dit à une de ses collègues : « Tiens, voilà son plateau. Elle a dû partir plus tôt. C'est son anniversaire. »

Nous les entendons repartir en poussant le chariot. C'est de nouveau le silence.

Spider Nonne et moi tournons la tête lentement pour nous dévisager l'une l'autre.

« Bon, c'est quoi ton nom ? J'en ai marre, moi, de t'appeler Spider Nonne.

– C'est comme ça que tu m'appelais ? » Elle ne sourit pas, mais sa voix passe de l'hébétement à l'amusement. « Je m'appelle Tia Jackson.

– Tia ? Jackson ?

– Ma famille vit dans ce pays depuis six générations, lance-t-elle d'un ton dur et indigné. Probablement depuis plus longtemps que… non, laisse tomber. Ha ! J'avais oublié que tu es indienne.

– Exact.

– Est-ce que tu te sens horriblement mal à cause de ce qu'on a fait ? demande-t-elle au bout d'un moment.

– Pas encore. Je dois être sous le choc, ou quelque chose dans ce genre.

– Ouais.

– Pourquoi tu as toujours refusé de parler ?

– Première loi de la captivité. Ils ne doivent jamais savoir que tu connais leur langue. »

Voilà qui me paraît bien vu, et je demande à Tia si elle a appris quoi que ce soit.

« Voyons, à part la théorie du pont terrestre dont tu m'as rebattu les oreilles pendant des heures ? J'entends des trucs. Ils ne les tuent pas, en tout cas. » Elle effleure son ventre. « Ceux qui jusqu'ici sont nés vivants ont de meilleures capacités physiques. Ils attrapent les objets plus tôt, marchent plus jeunes. Ils sont plus grands. Pour ce qui est du langage, personne n'en sait rien. Ils ne sont pas bien nombreux pour l'instant, tu sais, ceux qui sont en âge de s'exprimer.

– Je croyais qu'ils les étudiaient en laboratoire.

– Évitons de parler de ça.

– Est-ce qu'ils ont vraiment tué tous les prisonniers ?

– Ça dépend de la tâche qu'on leur avait confiée. Certains étaient entraînés comme des chasseurs de primes et chargés de nous trouver. L'un d'entre eux m'a mis la main dessus. C'est ta mère qui nous a apporté à déjeuner ?

– Oui. Pourquoi tu refusais de me parler à moi aussi ?

– Tu aurais pu me trahir par inadvertance.

– Donc tu es prête ?

– Plus que prête, dit Tia Jackson. Et toi, tu vas me dire ce qu'il y avait sur ce bout de papier que tu as bouffé ? »

Alors je lui raconte tout. Puis vient l'heure du dîner et nous faisons de notre mieux pour tout manger. Les plateaux repartent. Nous sommes de nouveau seules dans la chambre, silence complet. Je ne peux pas m'empêcher de regarder le placard, et Tia non plus.

« C'était son anniversaire », dit-elle.

Nous passons un long moment assises, parfaitement immobiles, en nous efforçant de ne pas vomir ce qu'on vient d'ingurgiter, car on va avoir besoin d'énergie pour notre évasion.

« On ne devrait pas parler d'elle, dis-je enfin. On devrait parler d'autre chose. Tu étais quoi, avant ?

– Créatrice. De motifs textiles. J'ai des idées tout le temps. Je travaille vite.

– Mariée ?

– Oui, mais j'ai retiré mon alliance et je l'ai jetée dans un buisson. Je sais exactement où. Je retournerai la chercher. Je ne voulais pas qu'ils puissent récupérer quoi que ce soit sur moi.

– Où est-ce qu'ils t'ont attrapée ?

– Devant mon atelier.

– Et ton mari, il sait où tu es ?

– Je n'en ai aucune idée. » Elle secoue la tête et se détourne, plus émue que je ne l'ai encore jamais vue. « Vraiment aucune idée. » Elle parle d'une toute petite voix.

« Si tu rentres chez toi, c'est le premier endroit où ils iront voir. »

Elle se contente de hocher la tête, le front au creux de ses mains jointes, sur ses genoux.

« C'est dur, maintenant que je peux te parler. Avant, ce n'était pas aussi réel.

– Fais comme si ce n'était toujours pas réel. »

Mais les heures s'étirent, si lentes. Je lui lis à haute voix des extraits de *Est-ce dans la Bible ?* : *Où les Hébreux étaient-ils vêtus de kilts ? Quel homme portait un chapeau bordé de dentelle bleue ? Qui offrit de la soupe à un ange ? Qui allait nu à la pêche ? Qui mangea une souris derrière un arbre ? Qui croyait que sa conscience se trouvait dans ses reins ?* Un verset de la Bible répond à chacune de ces questions. Exode 28:37-38. Aaron en porte un. Gédéon, Juges 6:19. Pierre, Jean 20:7. Divers passages font mention de souris sacrées. Le Livre des Psaumes : « Lorsque mon cœur était aigri et mes reins transpercés. »

Nous devenons hystériques, le souffle coupé par la peur de ce que nous nous apprêtons à faire et de ce que nous avons fait. Nous mangeons chacune une barre énergétique et dégustons longuement chaque bouchée – une saveur venue du monde d'avant. Et enfin nous l'entendons, le cri poussé à l'autre bout du couloir, le bruit de pas précipités et le claquement de panique, la galopade, la diversion que notre amie a imaginée pour couvrir le fracas de verre brisé.

Nous fermons la porte et plaçons sous la poignée le drôle de truc qui ressemble à une canne. J'allume le petit magnéto, à plein volume. Il y aura huit minutes de silence, puis des voix commenceront à répondre à quiconque essaiera d'ouvrir la porte, pour que personne ne pense que nous sommes déjà parties. Tia prend nos vêtements et nos sacs, je sors le marteau de sous mon oreiller et entreprends de casser le carreau. Il ne vole pas en éclats irréguliers, mais se transforme au sixième ou septième coup en un réseau de petits galets de verre et tombe en morceaux, dégringolant de l'encadrement et le long du bâtiment. Il y a une brusque bouffée d'air. Les lumières sur les tours scintillent dans la nuit claire. Nous attachons la corde aux pieds du lit de Tia, repoussé tout contre le mur, et la lançons par la fenêtre. Elle descend en ondulant, atteint presque le toit de l'étage en dessous, me semble-t-il. Elle est donc suffisamment longue.

L'air qui s'engouffre dans la chambre est d'une fraîcheur excitante, délicieuse. Nous sommes habituées à l'air confiné de l'établissement, toujours stable. Nous portons sous nos blouses d'hôpital la tenue dans laquelle nous sommes arrivées ici – mon jean glisse dangereusement sur mes hanches, la fermeture Éclair désormais grande ouverte. Il me faudrait des bretelles. Tia a attaché son ballot sur son dos – la minuscule layette, ses quelques vêtements de rechange. Ce n'est pas que je sois particulièrement altruiste, mais la laisser passer la première est la seule solution. Elle est beaucoup plus légère que moi. Si, d'une façon ou d'une autre, la corde cède sous mon poids ou que le nœud ne tient pas, nous ne nous évaderons ni l'une ni l'autre. C'est une nuit sans lune, et à part les lumières au sommet des tours de radiocommunication, il n'y a en dessous de nous que de rares endroits éclairés. La ville est plongée dans l'obscurité, presque totalement, et le pont enjambant le fleuve d'un noir spectral. Le Mississippi brille tel un muscle huilé. Tia dit : « Bon, j'y vais. » Elle porte son bébé avec élégance, le ventre bombé et bien compact, et alors qu'elle grimpe sur la fenêtre et s'y tient en équilibre elle semble douée de l'agilité et de la fougue d'une danseuse.

« Attends ! lui dis-je. Tout ce verre ! »

Je place un oreiller là où la corde viendra se tendre au-dessus du rebord, pour éviter qu'elle s'effiloche. Le sourire aux lèvres, Tia se met à califourchon sur la corde, se faufile dehors et franchit l'appui de la fenêtre. Je glisse mon sac à dos sur mes épaules, puis je m'agenouille sur l'encadrement et le radiateur, jette un coup d'œil alentour. Je regarde Tia se balancer le long du mur, avec prudence mais quand même le plus rapidement possible. Alors qu'elle n'est encore qu'à mi-chemin, j'entends frapper à la porte. Puis c'est un craquement, car quelqu'un tente de l'ouvrir. Je tapote la corde pour prévenir ma camarade, qui tant bien que mal accélère le mouvement. Je perçois un bruit sourd et la corde remonte d'un coup – je crains qu'en bas Tia n'ait fait une grosse chute. J'escalade le bord de la fenêtre aussi vite que je peux, prends appui sur le mur en briques. Lorsque je commence à descendre, je perçois un martèlement et le magnétophone se déclenche. La voix de Sera, tonitruante, à la limite de la panique. « Une seconde, il y a quelque chose de coincé ! D'accord, j'essaie aussi. » Etc. La tige qui bloque la porte est un verrou d'appoint portatif, de ceux que l'on peut emporter avec soi dans un motel bas de gamme. Anti-effraction. Je ne peux qu'espérer qu'il résistera.

La barre énergétique et l'adrénaline me facilitent la tâche, au début en tout cas, et je me laisse glisser presque sans songer à la hauteur, ce qui est une bonne chose. Arrivée à peu près à mi-chemin, la tête me tourne et je dois m'arrêter, me cramponner à la corde et m'arc-bouter au mur. Je regarde en bas, malgré moi, pas exactement en bas mais par-dessus mon épaule, l'autre rive du fleuve, ce qui est pire. Parce que je ne suis qu'une araignée à gros ventre au bout d'un fil et que mes bras tremblent. Le ciel est si vaste, si sombre, et il n'y a rien entre moi et le toit d'en dessous, sinon cette corde tressée. Je pense à Grand-mère Virginia, à ses petites pattes sèches et griffues, toujours occupées à tresser, et à la fièvre grinçante et essoufflée de son rire. « Je vais t'aider ! » dit-elle, et parce que je pense à elle, si fluette et éternelle, je continue. Tia, qui m'attend un peu plus bas, se tient le ventre, respire fort, sans rien dire, et quand je touche au but le soulagement me submerge au point que je suis soudain épuisée et que j'ai l'impression de ne plus pouvoir bouger.

« Viens ! » Tia, affolée, me tire par le bras. « Ta mère a bloqué la porte pour nous. J'aperçois la lumière. Bouge-toi le cul, vite. »

Nous nous coulons alors le long du mur pour gagner la porte que Sera a maintenue ouverte grâce à une simple fourchette. Nous disparaissons à l'intérieur et nous élançons dans la cage d'escalier. Puis, subitement, la voilà qui monte à notre rencontre au pas de charge – quelque chose cloche. Nous étions censées la retrouver en bas. Elle nous agrippe. « Allez, allez. » Nous dévalons les dernières marches et fonçons dehors, là où nous attend un camion de recyclage, le moteur tournant au ralenti, à côté de six gigantesques bennes à ordures vertes. Nous sautons dans le camion côté passager au moment où il quitte l'aire de service. Nous sommes allongées sur le sublime plancher gluant, dont se dégagent des relents de pieds et de caoutchouc brûlé plus qu'une odeur d'ordures. Maman nous saisit à bras-le-corps et nous aide à nous faufiler dans l'alcôve située derrière le siège, où s'entassent vêtements et outils. Nous sentons que le véhicule avance. Le moteur gronde avec vigueur sous et tout autour de nous. Je m'accroche à toi, et aux épaules de Sera, en m'efforçant simplement de reprendre mon souffle. Elle me caresse les cheveux, me demande de mettre la salopette matelassée, la veste à bandes fluo, le casque. Tia, recroquevillée sur le siège entre Sera et le chauffeur, se coule à l'intérieur des vêtements beaucoup trop grands pour elle. Le casque est posé en équilibre sur sa tête, son cou une tige frêle. Elle me sourit.

« Shawn. » Le chauffeur, un type maigrelet, grand, aux beaux yeux bruns légèrement enfoncés, la trentaine, nous tend la main. C'est un homme-héron au long bec pâle. Et ces yeux ! On pourrait s'y noyer. Les mains posées sur le volant dans des mitaines en loques.

« Nous partons vers notre nouveau CRM, Centre de Recyclage Matériaux. Premier arrêt du réseau clandestin. »

À peine a-t-il prononcé ces mots que la fatigue m'assomme comme un médicament. Je m'écroule, la tête posée contre le dos de maman. Tandis que le sommeil me gagne, j'éprouve un sentiment de douceur et de sécurité, un bien-être si intense que je sais qu'il doit dater de ma toute petite enfance auprès de Sera, avant que je n'apprenne à parler ou ne sache même que j'existais, avant qu'un Je ne se forme en moi. Il y avait cette bonté, cette attention, cette présence, ce demi-sommeil. Elle me caresse toujours les cheveux quand je reviens à moi, et le ciel est du gris qui précède l'aube, frangé de rose. Nous pénétrons dans ce que Shawn appelle le Céèrème en franchissant les barrières de ses postes de contrôle. Il y a deux mobile homes relativement neufs à l'entrée, en bordure du parking réservé aux camions. Une énorme porte de garage, à l'autre bout, s'ouvre automatiquement, et Shawn nous conduit à l'intérieur. La porte géante se referme derrière nous avec un *bang* retentissant et Shawn dit : « Tout va bien maintenant. On peut sortir. »

Alors, aveuglées par la lumière, nous descendons du camion. Au fond de l'entrepôt il y a une zone en partie fermée où se trouve un poêle à bois.

« Allez-y. »

Shawn nous fait signe de dépasser une montagne d'objets recyclés pour atteindre la salle d'eau.

« Je vais pousser le feu, pour chasser le froid. Et vous, si la grande porte s'ouvre de nouveau, planquez-vous aux chiottes, pigé ? »

Shawn s'approche du poêle à grandes enjambées et, armé d'un ouvre-boîte, s'attaque avec soin au couvercle d'une boîte de haricots blancs à la tomate. Il la place ensuite sur le poêle à l'aide d'une paire de pinces, puis pose sur nous ses yeux bruns, calmes et attendris. Je sens l'odeur de la sauce généreuse et des petits lardons avant même que ce soit chaud. En attendant que ce soit prêt, nous allons à la salle d'eau, en fait un grand vestiaire débordant de bleus de travail graisseux et de coffres de godillots puants. Nous utilisons les toilettes et nous lavons, à l'eau et rien d'autre, sans utiliser les pains de savon Lava rêches et striés de noir. Nos mains, déjà couvertes d'ampoules et irritées, sont désormais brûlées par la corde. Sera se relaye dehors avec Shawn pour monter la garde. Avant de ressortir, nous passons la tête par l'entrebâillement de la porte : tout semble calme dans le garage. Les haricots qui chauffent dans leur boîte, chuintant et bouillonnant, en viennent presque à exhaler un parfum de hot-dog comme on en mange en été. Shawn nous en sert une moitié à chacune dans des bols en inox.

« On est en sécurité ici, dit maman. Pour l'instant. »

Tia et moi sommes assises dos au mur sur des baquets en plastique retournés. Nous savourons lentement les cuillerées brunes et épicées, avalons un à un les haricots moelleux. Tu t'étires et te retournes comme si tu ressentais tout le bien-être que j'éprouve. Sera nous apporte ensuite deux tasses de tisane et nous découvrons la suite du plan d'action. Que Sera et Shawn échafaudent au fur et à mesure.

« OK, dit ce dernier, je vous conduirai au bureau de poste plus tard dans la nuit, ou tôt demain matin. On verra. Ensuite on vous mettra toutes les trois dans un camion postal qui va vers le nord. Tes amis – il fait un signe de tête à Sera – seront là-bas, quelque part, tu sais où. Moi, je ne veux pas le savoir. »

Je suppose que Sera est en contact avec Eddy, et qu'il a son propre plan pour nous emmener encore plus au nord, en pleine forêt, peut-être dans les îles des eaux frontalières.

« Moi je ne pars pas », dit Tia.

Son menton aigu est levé, son expression figée.

« Je dois aller chercher mon mari. »

Sera, prudente, hoche la tête, soupire. Ses yeux bleus prennent une teinte douce de jean délavé. Ses cheveux blancs s'échappent en bataille de sous sa casquette. C'est une si jolie maman d'hiver, avec ses joues roses et ses lèvres rouges aux courbes délicates et à la douceur de baies sauvages.

« Oh, ma belle. » Elle prend la main de Tia. « Je comprends ce que tu ressens, mais c'est trop dangereux. Ils ont certainement ta famille à l'œil.

– Je sais qu'il a trouvé une solution. Et même dans le

cas contraire, je ne viendrai pas avec vous. Laissez-moi au bureau de poste. Je me cacherai au sous-sol et je lui enverrai un message. Il viendra me chercher.

– Et après ?

– Aucune idée. Ils ne peuvent quand même pas surveiller chacun de nous sans exception. Tout ce que je sais, c'est que ça se passera bien. Je me sens davantage en sécurité en ville qu'en pleine cambrousse. On passera inaperçus, surtout quand mon bébé sera né. » Elle caresse l'adorable courbe de son ventre. Sourit. À l'hôpital elle n'a souri qu'une seule fois, si mes souvenirs sont bons – quand j'ai volé pour elle la première couverture. J'espère qu'elle aura une fille. Elle veut une fille.

« Quoi qu'il en soit, je ne partirai pas. Et vous savez que si je n'adhère pas à votre plan, je vais être un boulet et un danger. Donc laissez-moi au bureau de poste.

– Réfléchis bien », l'implore Sera.

Mais je sais déjà que Tia, qui la première a eu l'idée de tresser une corde et de descendre en rappel pour s'échapper de l'hôpital, ne reviendra pas sur sa décision.

Shawn tend ses grandes mains, longues et décharnées.

« Pensons-y tous ensemble. Discutons-en. On a encore un peu de temps. Un biscuit ? »

Il ouvre un paquet tout cabossé : des macarons rassis et absolument délicieux.

Shawn nous ramène dans une zone de stockage de matériel et nous indique une pièce cachée et entièrement murée, juste derrière deux machines de tri géantes. Le long d'un tapis roulant, des aimants soulèvent des boîtes de soupe. Un autre précipite dans une goulotte des canettes en aluminium grâce à ce que Shawn appelle « un courant de Foucault ». La pièce secrète est remplie de bidons contenant de la nourriture, dit-il, des aliments trouvés dans les poubelles. C'est surprenant ce que les gens continuent à flanquer dans les bennes de recyclage. Derrière les bidons il y a un petit nid composé de matelas rapiécés et de coussins de canapé recouverts d'épais sacs de couchage.

« Allez, vous deux, au dodo ! lance Shawn. La maman de Cedar a de la paperasse importante à remplir. Vous serez en sécurité, ici. Tout le périmètre est gardé. » Il plonge ses mains dans ses poches et en sort deux pistolets automatiques platine – de ceux que l'on voit dans les films. « Ouais, ajoute-t-il en souriant, c'est vraiment surprenant de voir ce que jettent les gens. Dormez bien, les petites souris. Soyez sans crainte. »

« Je ne sais pas pourquoi, dis-je à Tia alors que nous nous glissons dans les sacs de couchage, mais je crois que Shawn est irlandais, et les Irlandais m'ont toujours inspiré confiance.

– Et les Chinois, alors ? Tu as aussi confiance en nous ?

– Hé, on est de la même famille, je te rappelle. Je t'ai tout expliqué sur le détroit de Béring, même si toi, en réponse, tu t'es contentée de me sourire d'un air énigmatique. Le mystère incarné. Putain, tu t'es bien foutue de moi ! »

Elle éclate de rire.

« Et maintenant tu veux déjà me lâcher pour aller retrouver ton mari !

– Les mecs passent avant les copines.

– Non, c'est l'inverse.

– Je sais bien. Et j'aimerais vraiment rester avec toi.

Tiens, puisqu'on parle de ça, je ne sais toujours rien sur ton copain.

– Je vais tout te raconter, promis, mais toi la première. Parle-moi de ton jules. C'est un Chinois, lui aussi ?

– Non. On était dans le même lycée, mais on n'est pas sortis ensemble à l'époque. Ce qui n'empêche que j'ai l'impression de le connaître depuis toujours, en gros. J'étais déjà à la maternelle avec lui, en fait.

– École privée ?

– Mmm.

– Moi, j'étais à Steiner-Waldorf, et ensuite lycée public. Mes parents appartiennent à cette catégorie de gens de gauche.

– Les miens sont partis s'installer en Arizona, et ceux de Clay sont morts. Son père était directeur général d'un négoce de céréales – grande baraque sur le lac Minnetonka et résidence secondaire au Costa Rica, sur la côte Pacifique. Si seulement on pouvait aller se réfugier là-bas.

– Avec un bébé ?

– Oui, je sais. Peut-être en Californie, alors. »

Nous restons silencieuses un moment.

« Et tu l'aimes vraiment, dis-je finalement.

– Oui. Ça a beau être un Blanc protestant du Minnesota, il est intelligent, gentil, sexy, et il me fait rire. Tout ça. »

Sa voix se perd. J'essaie de ramener son attention vers moi.

« Je suis étonnée qu'ils t'aient attrapée. Tu me parais tellement protégée, non ? Dans ces banlieues résidentielles, qui sont une véritable forteresse, tu n'aurais pas tout bonnement pu disparaître ?

– J'ai pris un risque, j'ai voulu passer à mon atelier. Je ne… je n'arrivais pas à croire à ce qui arrivait. C'est ça l'ennui avec les privilèges, l'argent, dans ce genre de situation. Fausse impression de sécurité. Ils m'ont chopée dans la rue, sans papiers d'identité, et j'ai fait semblant de ne pas savoir parler anglais. Je sais que Clay attend un signe de moi pour venir me chercher. Depuis le début il a prévu que si l'un de nous deux disparaissait, en cas de troisième guerre mondiale ou si quelque chose tournait vraiment très mal, on resterait chez nous, on garderait la maison, on attendrait l'autre le plus longtemps possible. Donc je suis sûre qu'il est là-bas.

– À entretenir la flamme du foyer.

– En quelque sorte, oui. »

Nous dormons comme des souches, cette nuit-là et une bonne partie du lendemain, d'un sommeil à l'état brut, noir et hallucinatoire. Quand on finit par se réveiller, la nuit tombe – il est dix-sept ou dix-huit heures. Sera a des sandwichs – du vrai pain, des tranches de vraie dinde, et même de la mayonnaise. Ainsi que du lait concentré en boîte qu'elle a fait chauffer, aromatisé de cannelle et de chocolat. Elle nous laisse seules devant ce festin, et nous prenons tout notre temps pour manger.

« C'est si bon que j'en pleurerais, me dit Tia.

– C'est presque une expérience mystique, de consommer de nouveau de vrais aliments.

– Tu ne m'as toujours pas parlé de ton mari. »

Je tourne les yeux vers elle, sans savoir par où commencer, et mon expression doit en dire assez long.

« C'est pas grave, souffle-t-elle au bout d'un moment. Ce sera pour une autre fois. »

20 OCTOBRE

Ce cahier est devenu ma vie, ou peut-être serait-il plus juste de dire qu'il est devenu ma façon de rester en lien avec ma vie, et avec toi. La couverture noire cartonnée est toute râpée par endroits, ou griffée au point de laisser apparaître le gris de la pâte à papier. Mais ton échographie, protégée par du ruban adhésif, est intacte. Au verso, l'espace vide réservé à ton nom ou à ta photo, entouré de guirlandes autocollantes, de roses, de colombes et d'angelots au doigt pointé, est noirci. Ces ridicules petits témoignages de sentimentalité trahissent l'usure due à de nombreuses manipulations. Tout comme la photo que j'ai prise du panneau dans le champ désert. J'ai ramassé des bouts de papier de l'aujourd'hui et de l'hier comme autant de souvenirs du monde étrange dans lequel tu entreras bientôt. Une quantité de petits morceaux de papier, échappés des sacs-poubelle, voletant loin du tas gigantesque, s'entassent çà et là dans le Céèrème. Je les défroisse et les ajoute aux enveloppes remplies d'éléments divers que j'ai collées à l'intérieur de la couverture de ton cahier. Ils sont arrivés ici depuis les quatre coins du monde. Papiers de bonbons au citron espagnols, et beaucoup d'étiquettes – Made in China, Taïwan, USA, Sri Lanka, Berlin. Il y a aussi des cartes imprimées en Corée et des bouts de papier cadeau lavande et or venus de France, d'Australie, d'Indonésie. Des photos déchirées et salies. Des étiquettes de vin de Nouvelle-Zélande. Un mode d'emploi pour monter une tente perdue depuis longtemps et fabriquée à Taïwan. Des lambeaux d'étiquettes d'une soupe américaine emblématique, de macaronis au fromage, de tampons à récurer et de boîtes de lessive. Des enveloppes portant de très beaux timbres imprimés, juxtaposés pour des raisons uniquement utilitaires – dont se dégage néanmoins un effet mystérieux. Dans l'armoire à pharmacie de l'entrepôt, je trouve un tube de colle et une paire de minuscules ciseaux à ongles. Assembler et coller mon lot de petits trésors m'occupe. Tia dort. Sera, je l'ai à peine vue.

Parmi la quantité d'objets stockés ou abandonnés dans la salle du fond, il y a une petite peinture à l'huile sur aggloméré. Le tableautin est bien exécuté, en dépit d'un angle maculé de ce qui pourrait être de l'œuf coagulé. Peut-être a-t-il été jeté aux ordures par erreur, victime d'un vaste coup de balai domestique. D'un autre côté, il a aussi pu être sauvé d'une inondation ou d'un incendie, car l'arrière-plan est sombre. Mais, en y regardant de plus près, je vois que c'est le résultat d'un travail consciencieux, et non de la boue ou des flammes. Le sujet est simple : une grenade et un verre à eau (soit vide, soit plein à ras bord) sont posés sur une grande table qui semble s'étendre à l'infini et qu'éclaire un projecteur. La première fois que j'ai regardé le fruit et le verre, j'ai cru y voir deux personnes. Le verre, un de ces grands modèles de bistrot idéal pour le thé glacé, semble parfait de loin et totalement flou de près. La grenade, pour sa part, est un tourbillon de petites touches de pinceau – roses, mandarine, et d'un cramoisi fumeux. Elle ne touche pas le verre, mais projette une ombre à l'intérieur. Il semble exister entre eux une relation tendue mais pleine d'amour.

Peut-être, me dis-je à présent, comme celle qui nous lie toi et moi.

Tu as décidé d'exister. Je ne figure pas à proprement parler dans ta décision. La vie est pleinement pour la vie. Pleinement pour la perpétuation égoïste. Et les deux objets, dont l'un est en train de mûrir, sont posés sur le dessus d'une table qui s'étire jusque dans l'obscurité.

Tia se réveille et se frotte le visage. Étant habituée à me voir écrire dans ce cahier, elle ne me demande pas à quoi je suis occupée, se roule de nouveau en boule et sommeille tandis que je continue à gratter du papier. Le plafond est haut et l'air glacial. J'ai, comme Shawn, coupé les doigts de gants dépareillés en tricot bon marché, trouvés au milieu des poubelles, qui me permettent de tenir ce stylo. J'ai peur que nous ne sortions jamais d'ici. Peur que la nuit ne soit pas assez noire pour nous cacher. Il se peut que nous ayons à fuir indéfiniment, même après ta naissance. Et j'ai peur que l'absence de ma mère ne soit la preuve que, là-dehors, quelque chose a mal tourné.

Tout à coup, Tia remarque : « Hé, je saigne. »

Mais ce n'est pas du sang, ou alors en très petite quantité. C'est transparent – peut-être bien du liquide amniotique.

Je lui dis : « Je vais chercher ma mère. Ne t'inquiète pas. Elle saura ce qu'il faut faire. »

Je lui donne une pile de serviettes en papier, l'installe dans mon sac de couchage et suspends le sien au mur, à un crochet. Son visage est exsangue, d'un blanc grisâtre, et entre ses sourcils se forme brusquement une ride. Une ombre pareille à un couteau lui barre le front. Tia me paraît soudain plus petite, et je vois avec une lucidité effrayante que l'énorme bébé qu'elle porte ne parviendra pas à sortir de son corps. Il est piégé, tel un voilier dans une bouteille. Il faudra que Tia se brise en morceaux. J'en suis sidérée – je n'arrive pas à reprendre mon souffle, saisie par la peur tout aussi grande que tu te coinces toi aussi en haut de ma cage thoracique, juste sous mon cœur, en écartant mes poumons d'un coup d'épaule.

« Allez, vas-y ! » me crie Tia, dont le visage se fripe.

Je bouge, aussi vite que je l'ose. Le sol, jonché de papier journal déchiré et mouillé, est glissant. Je passe la porte et me faufile dans le hall industriel aux tons gris et verts, puis je fonce en direction de la porte-fenêtre qui mène au grand garage. À travers la vitre jaune et salie, j'aperçois ma mère. Elle porte une combinaison de travail et parle à un type que je n'ai encore jamais vu. Il se pourrait qu'il soit dangereux, qu'elle cherche à l'éloigner en inventant une histoire de toutes pièces, en justifiant notre présence. Je sais que je devrais attendre, et j'essaie de prendre mon mal en patience. Son immobilité et sa concentration, tandis qu'elle écoute cet homme, me prouvent qu'elle joue un rôle, celui de la personne qui est tout ouïe. Elle n'est jamais aussi peu dans l'action, aussi silencieuse, dans un véritable rapport humain. Mais j'ai besoin d'attirer son attention. Alors j'avance un peu plus loin dans le hall, tente de pousser une porte, qui est verrouillée, et puis la suivante, qui s'ouvre et donne dans un bureau. Un bureau bâti en saillie dans le garage, doté d'une fenêtre par laquelle je réussis enfin à capter le regard de Sera. J'agite les bras comme un sémaphore jusqu'à ce que je sois pratiquement sûre qu'elle m'a vue. Je tends le doigt puis repars. Elle va certainement saisir le message et me suivre dans la pièce de stockage, pour découvrir la raison de ma panique.

À mon retour dans notre cachette, Tia va un peu mieux. Elle respire par petites bouffées, roulée en boule autour d'un vieux coussin en fausse fourrure – de l'agneau gris, feutré, au poil tout emmêlé.

« Ce machin est dégoûtant », je lance, troublée. Elle est d'habitude tellement maniaque.

« N'y touche surtout pas », lâche Tia avec véhémence.

Et je pense : Hou là.

« Je sens quelque chose, reprend-elle. Un élancement. Comme une sorte de pression. » Elle écarte le coussin et son bébé pointe entre nous. « Là. »

Tia me prend les mains pour les poser sur son bas-ventre, à l'endroit où la sangle abdominale se raidit lorsqu'elle parle, et demande : « Tu sens ?

– Oui, mais c'est peut-être simplement les fameuses contractions de Braxton-Hicks, et ça ne veut donc pas forcément dire que le travail a commencé. »

Il est possible que j'aie raison, mais je sais aussi qu'il y a un risque d'infection une fois qu'on a perdu les eaux. J'attrape Tia par le poignet et jette un coup d'œil à sa montre, pour noter quand surviendra la prochaine contraction, puis l'intervalle qui la séparera de la suivante, et ainsi de suite. Elles sont modérées, précise-t-elle, indolores. Mais cinq minutes seulement les séparent. Et au bout d'un moment elles paraissent si régulières et synchronisées que cela ne peut être que le début du travail. Tia ne ressent pourtant aucune douleur. J'espère donc maintenant qu'elle fait partie de ces phénomènes, celles dont on entend parler avant même de tomber enceinte, celles qui ont tout juste le temps de s'allonger sur le sol de la cuisine ou qui accouchent à l'arrière d'un taxi, celles qui ne souffrent pas non plus, ou juste un petit peu, et dont les bébés se détachent de leur corps pratiquement tout seuls. Nous rêvons toutes d'être ces femmes-là.

« En voilà une autre, m'annonce Tia, qui semble aller nettement mieux maintenant, comme si elle était stupéfaite, heureuse, fière d'elle-même. Est-ce que c'est bon signe ? »

Je suis pratiquement sûre que le début des contractions a aussi libéré dans son cerveau un genre d'opiacé naturel, la substance chimique qui, Dieu merci, calme la peur, décuple le courage, et nous donne par-dessus tout envie de voir notre bébé.

Sauf que la grossesse de Tia n'est pas beaucoup plus avancée que la mienne et que nous n'avons aucun moyen de savoir – puisqu'ils ont refusé de nous dire ce qu'ils voyaient à l'échographie – si son bébé est déjà apte à survivre par ses propres moyens. Donc je ne sais pas quoi espérer, qu'elle accouche ou au contraire que ce ne soit qu'une fausse alerte, bien consciente que mes espoirs ne changeront de toute façon rien à l'affaire. J'entends encore le bruit de son atterrissage sur le toit, lorsqu'elle a lâché la corde après être descendue en rappel depuis la fenêtre de notre chambre d'hôpital. Je me demande si sa chute a été brutale, mais je ne veux pas lui rappeler cet épisode. La seule chose que je peux faire, c'est rester auprès d'elle et chronométrer ses contractions, qui continuent à se produire toutes les cinq minutes pendant une demi-heure d'effroyable tension mentale – tout ce que je veux, c'est que Sera nous rejoigne et me dise quoi faire. Finalement, elle frappe. Je bondis sur mes pieds, me précipite vers la porte et repousse le pêne dormant. Sera s'avance, m'entoure de ses bras.

« Pour l'amour du ciel, ne ressors jamais d'ici, lance-t-elle. C'était un directeur régional, qui est peut-être ou peut-être pas sur le point de vendre la mèche. Nous ignorons ce qu'il sait ou quelles sont ses opinions, d'un point de vue politique. Il pourrait être sur le point de tous nous dénoncer. Ou bien encore... Qu'est-ce qui se passe ?

– Bonjour, dit Tia d'une toute petite voix. Je suis en train d'accoucher.

– Ses contractions sont espacées de cinq minutes, et régulières.

– J'ai perdu les eaux », précise mon amie, les mains sur son ventre, le regard profond. Comme plongée à l'intérieur d'elle-même et de ses sensations.

Sera se met à genoux à côté d'elle et lui pose des questions, de celles que poserait un professionnel. C'est réconfortant. Elle lui lisse les cheveux en arrière, lui dégage le front et sourit. Elle lui tient le poignet du bout des doigts de façon rassurante, puis déclare que son pouls est parfait.

« Sais-tu à combien de semaines tu en es ?

– Trente... trente et une, peut-être ? »

Maman hoche la tête, gentiment, mais je vois son sourire se crisper.

« As-tu travaillé les exercices de respiration Lamaze ?

– Oui, avec Clay, avant d'être capturée.

– On va réviser deux ou trois choses. Cedar, tu peux t'exercer avec elle. »

Nous soufflons comme des bœufs, pratiquons la respiration de nettoyage, la respiration haletante, ensemble, dans un fatras de coussins, de sacs de couchage et de couvertures. La tête commence à me tourner et je crois que Tia hyperventile elle aussi, car tout à coup nous sommes comme deux gamines de six ans, totalement hilares.

Au bout d'un moment je me rappelle où nous sommes et demande : « On ne devrait pas être un peu moins bruyantes ?

– Probablement que si », reconnaît Sera.

Tia continue à respirer haut et fort, en riant et en grognant. Puis soudain, elle s'arrête et se tait. Ses yeux s'écarquillent.

« Aïe ! »

Elle pousse un cri de surprise haché, mais Sera la cajole afin qu'elle revienne à une respiration bien cadencée. Pendant une heure, c'est ce qui se passe. Les contractions sont à présent devenues désagréables, voire douloureuses. Je me rends compte qu'elles accaparent toute l'attention de Tia. Elle parle encore dans les intervalles de calme, mais son front se plisse et son regard, morne et désorienté, semble flotter au loin, perdu dans son monde intérieur. Son visage devient d'une telle pureté, d'une telle nudité, lorsqu'une contraction l'engloutit, que j'ai envie de l'embrasser. Et c'est ce que je fais, déposant un baiser au sommet de son crâne. Je la serre ensuite dans mes bras et maman s'accroupit à côté d'elle.

« Est-ce que je vais accoucher ? » demande Tia d'une voix posée après une contraction particulièrement violente. De petites gouttes de sueur ont perlé sur son front. « Est-ce que mon bébé est sur le point de sortir ?

– Non, lui répond Sera. Pas avant un certain temps.

Mais il va falloir que je t'examine, pour voir où tu en es exactement. »

Sera me prend à part pendant que Tia se repose un instant, entre deux contractions, amorphe et désemparée. Elle perd quasiment conscience chaque fois que celles-ci s'arrêtent.

« Il faut que je voie comment me débrouiller pour stériliser des instruments, et que je vérifie que nous sommes en sécurité ici. Je vais m'absenter un petit moment, trouver Shawn. Tu t'en sortiras avec elle ?

– Je crois que oui.

– Il n'y a rien d'inquiétant à ce stade. Elle est avant terme, c'est tout. »

Une fois Sera partie, je prends la main de Tia dans les miennes. J'écarte ses doigts fuselés et je les pétris, pour transmettre mon énergie dans ses paumes par le massage.

« C'est agréable. »

Puis une contraction se déclenche et elle s'y enfonce avec courage et désespoir, de plus en plus profondément, jusqu'à ce qu'elle se retrouve totalement submergée. Je lui retire sa montre, la passe à mon poignet et lui indique lorsqu'elle est à mi-parcours. À trente secondes, la dilatation est au maximum, la douleur à son comble, mais après ça Tia remonte lentement à la surface.

« Ça fait du bien. »

Quatre minutes d'intervalle, désormais, et moins de temps pour se reposer entre deux contractions. Maman revient accompagnée de Shawn – son visage est assombri par l'inquiétude. Avec son corps osseux et son chapeau à rabat en mouton retourné, on croirait un Frankenstein du

Minnesota, et c'est tout juste si je n'éclate pas de rire en découvrant son allure. Il est chaussé de Moon Boots en plastique noir moulé, des godasses énormes qui s'attachent en haut du mollet. Quand il se met à genoux à côté de Tia, il fait preuve d'une gentillesse incongrue.

« Je vais te porter pour qu'on sorte d'ici, annonce-t-il. On va retourner au fond entre les piles de conteneurs, dans les grottes. Tout indique qu'un coup de filet sera déclenché dans quelques heures. »

Dehors, à l'arrière du centre de recyclage, les anciennes berges du Mississippi, devenues des falaises sèches, sont criblées de grottes vides datant de l'époque où l'on en extrayait du sable. Ces grandes falaises sont un labyrinthe de repaires qui, au fil du temps, ont servi à entreposer de tout, autant l'alcool de la Prohibition que des explosifs et de la drogue. C'étaient des planques de gangsters, des bars clandestins, des squats de sans-abri. L'homme qui fonda la ville de Saint Paul, Pierre Parrant – surnommé Pig's Eye –, tenait une taverne dans l'une de ces grottes. Des ermites et des fous y élurent domicile. Des enfants s'y sont perdus, y ont trouvé la mort, et un ou deux cafés sont encore installés tout en bas. Il y a même une salle où se déroulent les bals de fin d'année des lycéens. D'autres, raccordées au réseau électrique pour le chauffage et louées à des boutiques, sont parfaitement habitables.

« Personne n'ira nous chercher là-bas ?

– Eh bien, peut-être, reconnaît Shawn. Mais il existe d'autres grottes derrière ces grottes, qui mènent à un dédale de tunnels. Saint Paul est comme posé sur un tout autre monde. Ici, vous êtes des cibles faciles, ce qui ne sera pas le cas dans les grottes. Là-bas il y a de petites portes dérobées, des passages où l'on est obligé de ramper sur le ventre. C'est le cas de celle où nous allons, ajoute-t-il en soulevant Tia. On y entre par le sous-sol d'une maison adossée au pied de la falaise. »

Il cale tendrement Tia dans ses bras et se relève. Je fourre ton cahier dans le sac à dos et nous partons. Tia a une contraction, elle halète, les yeux clos, appuyée contre la veste bleue et sale de Shawn. Sera et moi portons tout le matériel de couchage, et elle traîne en plus derrière elle une valise noire à roulettes. Il fait nuit à présent, donc si nous contournons le projecteur de la grande cour, tout se passera bien. J'ai du mal à garder l'équilibre, chargée comme je le suis des sacs de couchage, des couvertures, de mon sac à dos, sans parler de toi. J'avance à petits pas raides de femme enceinte, des pas remplis d'angoisse, tandis que nous suivons un vague sentier qui longe les imposants ballots de boîtes de conserve, les conteneurs en plastique et en métal, les wagons de marchandises, les énormes machines à mâcher et à briser, le tout silencieux et parfaitement immobile. La fraîcheur est délicieuse. Il fait presque froid, en fait. Nous empruntons plusieurs percées dans quatre épaisseurs de grillage – on ne les voit pas tant qu'on n'a pas le nez dessus –, et quand, après nous être faufilés à travers, nous les refermons derrière nous, elles redeviennent invisibles. Nous avançons en zigzag au pied de la falaise, cette vieille et énorme paroi qui borde le lit du fleuve, jusqu'à ce que nous atteignions les maisons, les commerces délabrés et les boutiques aux vitrines condamnées. Sur le côté de l'une d'elles, qui semble tout aussi abandonnée que les autres, il y a une porte. Sera déverrouille le cadenas et nous ouvre la voie. Shawn regarde prudemment tout autour de nous avant de s'enfoncer dans l'obscurité. Nous restons plantés là un moment, au cœur d'un silence sombre et glacé. Puis Sera nous fait passer une autre porte et me tend le mince stylo d'une torche à LED. Shawn porte Tia en bas d'une volée de marches grinçantes. Dans la cave, maman balaie du faisceau de sa lampe un mur d'étagères et de placards. Elle en ouvre un, pèse doucement sur le soubassement en bois, et fait apparaître un mur blanchi à la chaux. Il me faut quelques secondes pour comprendre qu'il s'agit en réalité d'une porte aménagée dans le mur et fermée par un loquet dont la chaîne pend à une trentaine de centimètres du sol. Sera tire dessus, levant ainsi une clenche située derrière le pan de bois, et Shawn entre avec Tia en baissant la tête.

« Je ferais mieux de vous laisser maintenant, dit-il. Elle peut marcher à partir d'ici ?

– Cela se fait couramment pendant le travail, assure maman. Pour aider le bébé à venir plus vite.

– Ça ira, confirme Tia. Les contractions se sont arrêtées. C'est la peur, peut-être ? Je n'en ai pas eu depuis qu'on a quitté l'entrepôt. Allons-y. »

Shawn s'en va. Nous sommes désormais coincées ici avec Tia jusqu'à l'arrivée de son bébé. Si quoi que ce soit tourne mal, il n'y a pas de plan B. Pas de césarienne d'urgence.

« Tout va bien se passer, vous allez voir », promet Sera.

Sa voix est presque joyeuse, mais son assurance ne peut pas être authentique. Je la suis à l'intérieur. Nous avançons lentement, en file indienne, d'une démarche hésitante, le long d'un étroit passage aux parois raboteuses. La voie se resserre, le plafond se déforme. Nous nous courbons de plus en plus, jusqu'à ramper à quatre pattes – le gravier me pique les genoux et les paumes. J'essaie de traîner nos affaires, et je dois parfois avancer sur le côté, tout doucement, à la manière d'un ver de terre. J'ai une suée d'angoisse. Car nous sommes sous des tonnes et des tonnes de rocher – d'énormes quantités de matière inanimée. J'essaie de me vider l'esprit, de méditer, de suivre maman sans réfléchir. Mais nous parvenons alors devant un mur épais et percé en son pied d'une sombre ouverture pareille à une bouche. On dirait l'entrée d'une oubliette médiévale. Nous sommes censées nous glisser en dessous. Des larmes ruissellent le long de mes joues.

Maman se coule à plat ventre dans l'orifice et tire sa valise derrière elle. De façon surprenante, Tia franchit l'obstacle à la vitesse d'un chat.

« Vas-y, me dit-elle, haletante, pousse tes affaires de l'autre côté. »

Je murmure : « Je ne peux pas.

– Tu as besoin d'aide ? me demande maman.

– Je ne peux pas. Je vais rester coincée. »

Et, en effet, c'est ce qui arrive. Maman me fait rouler doucement dans un sens et dans l'autre, tanguer sous la pierre, et me tire vers elle centimètre par centimètre. Mon cœur bat si fort que je manque m'évanouir. Quand j'arrive de l'autre côté, j'ai la nausée. Toutes deux doivent attendre que je me réfugie dans un coin, cette fois en me déplaçant en position debout, pour dégobiller. Il y a une niche là où je m'arrête, creusée dans le roc. Abritant une petite statue en plastique de la Vierge. Une poussière noirâtre encrasse sa cape bleue et son visage à la pâleur de pêche. Je récite deux Je Vous Salue Marie et me sens un peu mieux. En sa présence, tout ira bien pour moi. Peut-être veille-t-elle sur mon sort – elle *devrait* veiller sur mon sort, c'est son boulot. Je dépose un petit caillou à ses pieds, une offrande, parmi une multitude d'autres. Des gens comme moi les ont mis là pour la remercier de sa protection alors qu'ils se faufilaient sous toute cette pierre de cauchemar.

« Allons-y », dis-je enfin.

L'air malsain, confiné et pauvre en oxygène, dégage une odeur minérale, une odeur d'humidité. Ça nous rend somnolentes. Maman nous conseille de respirer à fond, de nous concentrer sur notre souffle. Je me retrouve moite de sueur et tente de contrôler les battements affolés de mon cœur.

« Arrêtez-vous », demande soudain Tia.

Nous la soutenons tandis qu'elle suffoque. Sa respiration s'enfle et elle pousse un cri.

« Celle-là, c'est une mauvaise.

– Mais non, c'en est une bonne, une bonne », dit Sera, et dans le mince faisceau de la torche je vois que Tia rêve de lui en coller une pour avoir osé affirmer une chose pareille.

Je ne peux pas lui en vouloir. Mais à moins que Sera ne fasse preuve tout du long d'une incorrigible gaieté concernant notre situation, à un moment donné nous finirons probablement par nous asseoir, nous laisser gagner par l'hystérie, et mourir. Quand Tia se sent un peu mieux, je lui tapote le dos et l'aide à avancer tant bien que mal. Les passages s'élargissent brutalement, puis se resserrent de façon alarmante. Nous gravissons une toute petite volée de marches creusées dans le rocher, un escalier en colimaçon. Puis nous longeons un tunnel, un boyau obscur.

« Il y a, un tout petit peu plus loin, une salle au plafond en coupole où il fait bon, nous signale maman. Il y a l'électricité, et même un petit poêle dont le conduit s'évacue à l'extérieur. Et Shawn a laissé là-bas un bidon rempli de soupes en sachet et d'autres provisions. »

Je demande : « Des soupes de nouilles chinoises ?

– Peut-être bien, oui. » Sera tente de nous donner du courage. « Voilà pourquoi j'ai cette valise à roulettes. Elle est pleine de maxibouteilles d'eau. »

La nouvelle – l'eau et la soupe chaude – semble galvaniser Tia, qui s'efforce de parcourir le passage à grandes enjambées.

« Je veux simplement être couchée à la prochaine contraction », dit-elle.

Mais elle ne l'est pas. C'est pour la suivante.

Dans notre petite pièce, une vraie grotte, les parois sont en calcaire et de grosses pierres font saillie de toutes parts. Il y a d'anciens tapis en lirette sur le sol, et un futon rongé par les rats. J'y renfonce des poignées de rembourrage jusqu'à ce que le matelas soit suffisamment présentable pour que Tia s'y allonge.

« Pose ça sur les sacs de couchage », me demande Sera.

Elle a dans sa valise, en plus des bouteilles d'eau, un paquet d'alèses d'hôpital. Et aussi des lingettes antibactériennes, un kit de suture chirurgicale, des tampons imbibés d'alcool, des gants en latex stériles, et les gouttes pour les yeux rendues obligatoires par le gouvernement, même si la dernière chose qui devrait préoccuper ce bébé est une infection oculaire due à une MST. Pourtant je suis si soulagée, et si impressionnée par ma mère, que je passe mes bras autour de sa taille – tu es entre nous deux. Elle prend mon visage dans ses mains, son regard plongé dans le mien.

« Tout ira bien pour nous trois, me dit-elle, et en particulier pour Tia. Ne t'inquiète pas. »

Avant, ce genre de discours apaisant et parfaitement invraisemblable me rendait dingue. Aujourd'hui pourtant, je gobe tout. J'enfouis mon visage dans sa douce écharpe noire, celle que je lui ai tricotée enfant. Qu'elle a gardée malgré tout – et même prise avec elle dans sa fuite. Je passe la main dessus et j'ai envie de pleurer. Puis Tia se met à hurler et nous voilà revenues à son travail. Je m'assieds à côté d'elle et braque ma lampe sur la montre. Elle n'en est plus désormais qu'à trois minutes d'intervalle entre deux contractions. Sera balaye les murs avec sa torche jusqu'à trouver une rallonge industrielle qui pend le long de la pierre. Elle branche le réchaud et une petite lampe qu'elle a dénichée. Puis elle allume le fourneau et l'ouvre en grand – après quelques minutes, la pièce paraît déjà un peu plus chaude. Une grosse bâche est enroulée en haut de la porte. Sera la laisse retomber pour conserver la chaleur à l'intérieur. Il y a une casserole et une bouilloire rangées sous le fourneau. Sera met de l'eau à chauffer tandis que je tiens Tia dans mes bras, qui est prise de cinq nouvelles contractions. Et cinq autres encore. Je me dis qu'elle doit être sur le point d'accoucher. Sera enfile une paire de gants stériles. Ses mains ont une allure fantomatique.

« Tout de suite après la prochaine contraction, je t'examine », annonce-t-elle à mon amie.

Et c'est ce qu'elle fait. Son visage est distant et lointain.

« C'est pour très bientôt, hein ? demande Tia, d'une petite voix dure et apeurée.

– Eh bien, dit Sera, tu es dilatée.

– De combien ? »

Tia et moi sommes préparées à entendre qu'elle a atteint dix centimètres, qu'elle est prête à mettre le bébé au monde.

« Deux, répond Sera.

– Deux ? Seulement deux ? Oh non ! Merde, alors ! »

Tia se jette en arrière contre l'extrémité roulée du futon, à l'intérieur des sacs de couchage. Je sens que s'échappe d'elle un tourbillon de désespoir, de peur panique. « Non ! Encore une autre ! » Elle tend la main et m'attrape par les cheveux avec tant de violence qu'elle m'en arrache une touffe, et nous hurlons toutes les deux. Elle me déchire la figure de ses ongles tournevis, et réussit en même temps à décocher un coup de pied et, avec son talon, à toucher maman à la joue. Sera tombe, assommée, se redresse sur les genoux puis tente de ramper vers moi pour m'aider à bloquer Tia. Mais les jambes minces et robustes de mon amie frappent trop vite. Un nouveau grand coup de griffes ratisse et marque l'autre côté de mon visage, le sang coule. Je me dis soudain que La Glisseuse avait peut-être raison, à moins que ce ne soit une malédiction suite au meurtre d'Orielee : ces bébés ne peuvent pas naître sans intervention médicale. Il se passe quelque chose d'horrible, d'anormal, et nous sommes condamnées à mourir dans un délire hystérique et sanglant.

Tia perd connaissance quand la contraction prend fin. Ses mains se relâchent. Elle ferme les yeux et se met à ronfler.

Je chuchote : « Dis, maman, est-ce qu'elle va mourir ? Est-ce qu'elle est en plein délire ? Qu'est-ce qui lui prend ? »

Sera se relève. Elle a déjà sorti un tube de crème cicatrisante pour mes égratignures et m'en tartine le visage.

« Oh, Tia, là ? Ma chérie, c'est tout ce qu'il y a de plus normal. »

Il se dégage de ma peau une puanteur aigre, et Sera me donne deux ou trois de ses lingettes antibactériennes pour que je fasse un brin de toilette. Tia progresse. Je ne sais pas comment le dire autrement. Elle progresse, bien sûr. Elle passe par une phase de douleur croissante afin d'atteindre une douleur pire encore qui marquera la fin de la douleur. Manifestement, une fois que le travail a commencé il n'y a plus de répit. La seule façon d'en sortir, c'est d'en passer par là. Par je ne sais quel précieux miracle de déni absolu, je n'envisage pas le travail de Tia d'un point de vue personnel. Je ne sens pas se fermer sur moi l'étau de la terreur, dont je devrais probablement avoir conscience, en la regardant lutter pour s'extraire à grand-peine de chaque contraction. Ses mains et ses jambes remuent en cadence. Comme si elle grimpait et dévalait d'immenses falaises. Mais elle ne se plaint pas. Elle semble avoir décidé d'obéir à la souffrance, de ne pas la combattre. Son visage est luisant de transpiration. Je lui donne de petites gorgées d'eau et Sera lui passe les doigts sur la bouche, enduit ses lèvres de baume à la cire d'abeille. Tia ne nous parle plus, elle se contente de progresser dans la douleur, de gravir la pente et de franchir la crête, avant de redescendre dans un petit nid de sommeil.

Les heures passent. Je n'arrive pas à croire que j'écris ces mots. *Les heures passent.* Je ne comprends pas comment son corps n'éclate pas. Elle reste en un seul morceau, pour autant que je sache, mais ses yeux chavirent jusqu'au blanc. Et elle accueille chaque nouvelle contraction avec un son puissant, un grognement qui démarre dans le bas de ses côtes et s'élève par degrés jusqu'à ce que, au plus fort du spasme, ce soit un cri de couguar. Que j'ai entendu en deux occasions : une fois dans mon jardin derrière la maison, et l'autre dans le parc national de Glacier alors que j'étais partie faire du camping avec mes parents. Ils s'étaient serrés tout contre moi dans leur sac de couchage, et jusqu'au matin aucun de nous n'avait pu se rendormir. Aujourd'hui, le même son jaillit de Tia et s'élève dans la petite grotte jusqu'à ce que Sera, qui l'examine une fois de plus, s'écrie : « C'est le moment de pousser. Vas-y ! »

Aussitôt, dès qu'elle s'y met, Tia devient un être humain. Bien que son visage se dilate, rendu monstrueux par l'afflux de sang, et que dans l'effort ses yeux soient exorbités, entre deux poussées elle est bizarrement animée. Elle est elle-même, en quelque sorte. Elle parle.

« Est-ce que je vais bientôt voir mon bébé ?

– Bientôt, dit Sera, bientôt. Prête ? Allez, pousse… »

Mais ce bébé est coincé. Impossible de le faire bouger de là. *Les heures passent.* Je n'arrive vraiment pas à croire qu'il me faut de nouveau écrire ces mots. Tia continue à pousser, ses lèvres retroussées découvrant ses dents. Ses yeux injectés de sang et une toute petite veine éclatée en haut de sa pommette. Maman prend la vieille chaise posée dans le coin et en défonce le siège. Tia s'assoit dessus et pousse vers le bas, dans la pesanteur, dans la roche, dans la terre, forçant ses hanches jusqu'à la rupture. Elle commence ainsi à faire bouger son bébé. Mes mains sont prêtes en dessous, revêtues de gants stériles. Pas de bébé. Je ne reconnais pas mon amie. Son visage est deux fois plus gros qu'il ne devrait l'être et ses cheveux sont autant d'aiguilles. Il émane d'elle des pulsations électriques. Elle est magnifique. Mais effrayante. Ses yeux sont creux et sa bouche aspire l'air. À un moment donné, je la crois morte – plus rien ne bouge. Je m'immobilise avec elle. Elle prend alors une profonde inspiration doublée d'un gémissement, se remet à pousser, et voilà qu'arrive la calotte, le sommet du crâne.

« Tout doux maintenant, tout doux. Laisse ton bébé sortir tranquillement », dit Sera.

Le son de Tia jaillit de la pierre même, c'est la grotte qui parle. À la poussée suivante, la tête est dehors, les yeux clos, fixes. Je tiens le visage du nouveau-né au creux de mes mains. Puis après une autre poussée encore arrive le reste du bébé, et me voilà à plat ventre par terre occupée à l'emmailloter tandis que Sera, à côté de moi, clampe le cordon ombilical et le coupe. Elle prend le petit dans ses bras. Me demande de rattraper Tia avant qu'elle ne tombe et de la rallonger sur le lit. C'est alors qu'apparaît la première trace de peur dans sa voix, le premier signe qu'elle est effrayée.

Tia chavire sur sa chaise et il s'en faut de peu qu'elle ne m'échappe, mais nous réussissons à basculer ensemble sur le lit. Maman s'affaire autour du bébé. Elle est penchée sur lui et aspire quelque chose qu'il a dans la bouche, recrache, puis pose ses lèvres sur son minuscule visage et souffle. Tia saigne. Elle a expulsé le placenta mais saigne toujours. Je serre ses mains dans les miennes. Lui soulève le bassin.

« Arrête de saigner. Arrête immédiatement. Arrête. »

Je prononce ces mots d'une voix pleine d'autorité en la

foudroyant du regard, comme si c'était sa faute. Ses yeux s'ouvrent. Elle m'observe avec beaucoup de gentillesse.

« D'accord, dit-elle, consciencieuse. Je vais essayer. Promis. »

Et c'est ce qu'elle fait. Le flot brutal s'interrompt.

Je m'entends alors affirmer : « Bravo, tu t'en sors très bien. »

Rien d'autre n'est sorti de ma bouche depuis des heures. Mais à présent il y a du nouveau. Sauf que ce n'est pas moi qui me chargerai de le lui dire. Je refuse. J'ai traversé trop d'épreuves avec Tia pour avoir à l'en informer. Sera devra le faire, quand elle-même en aura pris conscience. Lorsqu'elle cessera les petits bruits de respiration inutiles, là-bas, à côté de la chaise. Lorsqu'elle cessera de se pencher sur le petit paquet qu'elle a dans les bras. Lorsqu'elle s'assoira. Lorsque, bordel, elle laissera tomber. Ce qui ne se produit pas avant longtemps, très longtemps. Si longtemps que je pense : *Sera, dis-le. Dis-le, maintenant.* Mais non. Ce bébé est mort, pourtant ce n'est pas ce que dit Sera. Elle finit par se traîner vers nous et articuler une phrase du style : *Ton bébé n'a pas survécu,* ou *Ton bébé a rejoint le monde des esprits*, ou simplement *C'est fini. Je suis désolée. C'est fini.*

« Je veux le prendre dans mes bras », dit Tia.

Sera lui donne le bébé emmailloté de la tête aux pieds dans un lange.

« C'est une fille », précise-t-elle.

Tia découvre le visage de l'enfant, qui ressemble à n'importe quel autre bébé, un petit visage fripé d'idole de pierre, mais d'un gris bleuté. Le silence et l'immobilité de ce nouveau-né ont quelque chose de divin. Je me relève.

Tombe à genoux. Je fais mes dévotions. Tia, sa petite dans les bras, fredonne puis se met à chanter. Pas un chant composé de paroles, mais une suite de sons que j'entendrai plus tard, en un lieu différent. Des sons qui furent créés il y a cent mille ans, j'en suis sûre, et que l'on entendra dans cent mille ans, j'espère. Tandis qu'elle chante, je m'endors à côté d'elle – à dire vrai, ses chansons calment bel et bien un bébé, celui que je porte. Je te sens qui t'étires, te retournes, t'installes, et tu es vivant. Tu es tellement vivant.

21 OCTOBRE

Quand je me réveille, Tia n'a plus de bébé dans les bras. D'un geste de la main, je vérifie qu'elle respire toujours. Son visage est chaud. Et Sera, couchée sur un petit matelas de camping dans un coin de la grotte, dort elle aussi. Tout a été nettoyé. Le sang. Le placenta rougi de sang. Les alèses bleues rougies de sang. Tout est roulé dans un sac en plastique blanc posé dans un autre coin. Je l'aperçois, luisant dans la faible clarté de la lampe. Sera a pensé à tout. Je vois pourtant du mouvement, et pendant un moment je me dis que je suis en train de rêver. Tout cela a quelque chose d'irréel. Puis, très lentement, je comprends ce que je vois – ce que je prenais pour une carpette, ou une descente de lit, en fourrure brune ondulante, est en réalité une bande de rats qui, par un trou grignoté proprement, tirent, extirpent avec délicatesse le contenu du sac blanc. Et d'autres rats encore s'entassent sur une chose posée à même la petite table. Ils ont déchiqueté ce qui la recouvre et se déplacent dessus d'une étrange façon, dans un mouvement de va-et-vient, grouillant, nageant les uns sur les autres, plongeant dans un tas formé de leurs propres corps avant d'en ressortir. Je bondis sur mes pieds, mais sans bruit. Je ne veux pas que Tia ou Sera voient ça. Franchement, non. Les rats n'ont pas peur de moi. Ils se contentent de grouiller en plus grand nombre, plus vite, excités, frétillants, silencieux. J'attrape le balai et les chasse, mais ils sont une marée et reviennent par vagues. Dans un coin, j'aperçois les bottes de ma mère. Des Frye. Ses bottes hippies. Elle a commencé à en acheter dans les années soixante-dix et n'a plus jamais arrêté. Je les enfile. Je reste plantée là un instant, les pieds dans ces bottes, tâchant de réfléchir à ce que je vais faire. Puis je me penche et attrape un rat par la queue. Je le balance en vitesse sous la semelle de ma mère pour lui écrabouiller la tête. Le craquement me plaît. Je passe à un autre, et encore un autre. Bientôt, ils s'en rendent compte. Il n'y a pas d'autre bruit dans la grotte que le craquement répété des bottes de ma mère. Je suis vraiment pleine d'admiration pour ces chaussures. Elles sont en cuir tellement épais qu'un rat ne peut y planter ses dents, et les talons sont assez lourds pour leur broyer la tête d'un coup. J'en écrase peut-être encore vingt ou trente, je ne sais pas. Je les écrabouille jusqu'à ce qu'ils comprennent ce qui se passe – peut-être grâce aux cris perçants qu'ils poussent, quelque part en dessous du niveau de décibels que je suis capable de percevoir. C'en est trop pour eux. Les voilà partis. Soudain, ils disparaissent.

Comme ils ont déchiré la couverture de l'enfant, j'enveloppe une nouvelle fois la minuscule idole, consciencieusement. Je ne veux pas que Tia apprenne l'incident. Ensuite je sors de mon sac à dos ton plaid en flanelle.

C'est un tissu rayé écossais bleu et jaune, ravissant. J'y mets le bébé bien à l'abri. Je rouvre le sac-poubelle et fourre toutes les alèses ensanglantées à l'intérieur, avant de disposer les corps des rats en cercle autour de nous. Mon esprit déraille. Comment pourrait-il en être autrement ? Je sais que mes pensées sont bizarres, extrêmes. Je prends le nouveau-né et me pelotonne avec lui près de Tia. Nous dormons longtemps, très longtemps. Des jours entiers, peut-être. Qui sait ? La fois d'après, quand je me réveille, le bébé n'est plus dans mes bras. Les cadavres écrasés des rats ne sont plus sur le sol. Dans la lumière de la lampe je vois Sera devant le réchaud, et je sens quelque chose de bon, un plat à base de bouillon, peut-être avec des oignons. Il flotte une odeur de beurre. Je suis dévorée par une faim irrépressible, et l'horreur se réduit à une aura d'amertume plutôt comparable à un rêve. Tia est assise. Elle est à table, plus exactement. À cette même table.

Je lui lance : « C'est incroyable de te voir assise là.

– Je me sens mieux. »

Elle porte une combinaison de motoneige, trop petite, sans doute une taille enfant car elle est rose bonbon et galonnée de lavande avec trois princesses Disney brodées du côté du cœur. Aux pieds elle a de bonnes grosses bottes. Des Sorel d'un blanc crasseux, garnies de fourrure jaune. Elle mange des nouilles chinoises, les yeux baissés, d'une manière à la fois satisfaite et même passionnée. Ses cheveux noirs, raides et ternes, tombent en avant à chaque bouchée. Il me vient à l'idée qu'avoir perdu son bébé n'a pas que des inconvénients. De toute évidence. Sans bébé, Tia peut se déplacer dans le monde comme quelqu'un de normal. Elle est libre. Aussitôt rétablie, elle pourra quitter cette grotte et aller où bon lui semble. Flâner sur les trottoirs en plein jour. Aller boire un café dans un bistrot, si tant est qu'on en trouve encore. S'asseoir et lire un livre dans un lieu public, sans se faire arrêter. Son ventre redeviendra plat et elle n'aura pas à fuir pour cacher son nouveau-né. Car il n'y a plus de nouveau-né. Donc plus personne pour l'affaiblir. Elle sera obligée de s'enrôler aux Volontaires Utérus, mais il y a certainement des façons d'y échapper. Elle ne sera pas en proie à cet étrange sentiment de paranoïa permanente. Elle n'aura pas à vivre dans une grotte, au milieu des rats. Tandis que je la regarde manger, ma faim diminue. Tia a traversé la vallée des ombres, et même si elle a du chagrin, ce qui est inévitable ou le sera d'ici peu, elle est passée de l'autre côté. Alors que ma propre vallée s'étend encore devant moi.

J'ai un moment de rancœur avant de me souvenir. Nous avons commis un meurtre. Nous ne serons jamais libres.

« Allez. Lève-toi donc et viens manger de la soupe », me lance Sera.

Je m'installe à côté de Tia sur l'un des gros bidons métalliques. Ce qui te met à ton tour en mouvement, alors je pose mes mains sur toi tandis que tu te retournes et t'enroules, te renverses. Puis j'ai de nouveau le sentiment qu'il est bon que tu sois là, que c'est juste. Je redeviens moi-même. J'ai peur que me voir n'éveille le chagrin de Tia. Car elle me regarde avec un peu de tristesse, mais je m'aperçois aussi qu'elle me plaint énormément et s'inquiète pour moi. Elle me traite avec douceur – elle est vraiment passée de l'autre côté.

« Tu ne souffres pas ? je lui demande. Tu n'as pas de saignements ?

– Ça pourrait être pire. »

Bien sûr, elle ne s'est pas vue telle que je l'ai vue. Il me semble pourtant incroyable qu'une personne arrivée aussi désespérément à l'extrême limite de ses forces physiques puisse maintenant être assise à cette petite table et manger bruyamment de la soupe. Une femme dont le bébé est mort et… mais elle ignore le reste. Pendant que je dormais, Sera a probablement pris et enterré l'enfant, ou confié cette tâche à Shawn. Je ne veux pas le savoir. J'en sais déjà bien assez long. Son bébé n'est plus, et toi tu es ici. Et moi je suis tout autour de toi. Je suis ta demeure, une terre de sang et de confort.

Je n'ai jamais rien mangé d'aussi bon que cette soupe de nouilles. Mon appétit revient dès la première délicieuse cuillerée. Tia et moi en avalons trois bols pleins avant d'être rassasiées. Sera nous prépare ensuite une tisane – de feuilles de framboisier, réputées bonnes pour l'utérus. Le mien a désormais la dimension d'une grosse boîte à biscuits, alors qu'en face de moi celui de Tia rétrécit à toute allure et retrouve la taille d'un poing. Elle pourra sortir d'ici ce soir, ou plutôt demain matin. Cette nuit, à trois heures. C'est le moment où nous partirons. Je m'en irai moi aussi, en me dandinant à la faveur de la nuit, ne trimballant que toi. Sera explique à Tia qu'ils ont pris contact avec son mari. Clay a selon toute apparence gardé espoir, exactement comme ils en étaient convenus, et il est resté chez eux, à attendre. Il sera garé devant le restaurant Perkins de Saint Louis Park, à la sortie de la Route 394. Lorsque le camion de la déchetterie s'arrêtera aux bennes, il s'approchera en voiture et récupérera Tia. Mais elle ne retournera pas dans sa grande maison de Minnetonka aux marches en ardoise et à l'entrée parquetée, aux fenêtres ornées de vitraux avec vue sur le lac. Elle ne fera pas revenir des oignons sur sa cuisinière en inox, et ne dormira pas dans son lit king size à surmatelas intégré, roulée en boule, une simple bosse sous la somptueuse couette en plumes d'oie. Clay et elle vont s'enfuir en Californie.

L'idée qu'elle s'en aille m'envahit tel un cri. Un obscur sentiment d'étrangeté m'empêche de respirer. Il m'est impossible de la regarder. Je suis non seulement jalouse de sa liberté, mais aussi du fait qu'elle va retrouver son mari, qui a un droit sur elle alors que je n'en ai aucun, moi qui ne suis qu'une amie. Je suis seulement quelqu'un qui l'aime comme on tombe amoureux d'un être avec qui on a traversé toutes les épreuves de la vie. Je veux qu'elle reste auprès de moi et me regarde au fond des yeux lorsque ce sera mon tour, exactement comme je l'ai fait pour elle. Je veux qu'elle m'aide à mettre mon bébé au monde.

Des pensées magnifiques, des pensées nostalgiques, des pensées stupides. Je ne peux les écrire qu'ici. Nous emportons nos tisanes jusqu'à nos sacs de couchage et Sera s'installe avec nous pour mettre au point notre plan d'évasion. La lampe luit. Je sais que c'est un peu bête, mais il me semble que la lumière qu'elle dispense est douce et magique. Car ce sera bientôt fini. Le fourneau dégage assez de chaleur pour réchauffer notre trou au cœur de la falaise. C'est un petit coin confortable, un abri parfait. Je pourrais presque croire que nous sommes les enfants perdus et la reine pleine de sagesse d'un conte de fées, s'il n'y avait le grattement, le flot constant du bruit que font les rats, le crissement de griffes minuscules derrière le rocher, dehors dans le passage, en dessous et tout autour de nous. De temps à autre une bagarre éclate et les rongeurs poussent des cris perçants, suraigus, se disputant quelque chose. Des vagues de rats, invisibles, d'un bout à l'autre du plafond qu'anime une bruyante effervescence. J'essaie de ne pas les écouter, et ne bronche pas lorsque Sera jette un coup d'œil dans ma direction. Je lui ai demandé d'échanger ses bottes contre mes chaussures et elle a accepté. Elle sait pourquoi.

« Je déteste les rats », dit Tia en s'accroupissant, penchée en avant. Mais son visage a retrouvé des couleurs, l'énergie a réintégré sa peau, ses bras. Je suis choquée par sa faculté de récupération.

Je rétorque : « Moi, ça ne me fait rien. »

Je travaille assidûment à cette chronique que j'écris pour toi, en dépit de toi, et aussi pour moi, afin d'essayer de me calmer. Cela m'aide à oublier la présence des rongeurs, la perte prochaine de Tia, et l'avenir compliqué et affligeant qui nous attend toi et moi. Parfois je voudrais être moins sensible, j'aimerais que disparaissent ces pensées et ces angoisses qui se heurtent et tourbillonnent sans cesse dans mon cerveau, me laissant épuisée. Je travaille donc assidûment à *Zèle*, corrige une autre des études doctrinales de mon faux prêtre sur le catholicisme et l'évolution.

L'évolution ne fut jamais une part très sujette à controverse du discours catholique, même si l'archevêque de Vienne laissa échapper quelques cancans désuets à ce propos. Dans son encyclique Humani Generis, *en 1950, le pape Pie XII affirma que les catholiques ne trahiraient pas leur religion s'ils croyaient à ce que la science avait démontré concernant l'évolution du corps humain, pourvu qu'ils acceptent que*

Dieu fût responsable d'avoir insufflé une âme dans ce corps. Des penseurs tels que Pierre Teilhard de Chardin, jésuite et paléontologue, adoptèrent le concept d'évolution et s'en servirent pour décrire le développement et la perfectibilité continus de l'humanité à l'intérieur de la perfection en évolution du cosmos. Mais nous avons apparemment atteint la limite de ce que ce même Teilhard de Chardin espérait être une apothéose. T. S. Eliot avait peut-être raison. Notre monde ne se finit pas sur un boum mais sur un gémissement hésitant.

Je mets mon travail de côté. Il règne un calme passager. L'occasion ne s'étant jusqu'ici pas encore présentée, je dis à Sera qu'il est temps, désormais, qu'elle me raconte dans le détail ce qui est arrivé à Phil.

Il savait ce qui se passait, me dit-elle, il savait quand cela arriverait. Il savait que Bernice ferait une descente chez moi avec son joyeux ohé ! Il savait qu'elle me conduirait à l'hôpital dans sa Camry, et il n'y pouvait strictement rien.

Trois femmes vivaient au sous-sol de notre église. Phil leur donnait l'asile, avec l'aide d'autres paroissiens. Trois femmes que j'avais connues là-bas : deux d'entre elles étaient mariées et l'autre avait été quittée par son petit ami. Phil faisait la navette entre elles et moi. Elles furent capturées lorsqu'une voisine remarqua des boîtes de trois kilos de haricots déposées devant la porte de la cuisine, à l'arrière du bâtiment, sans que personne ne les rentre. Donc elle s'en chargea. Et ensuite elle entendit un bruit de voix. Puis plus rien. Avant même que les femmes ne prennent conscience d'avoir été découvertes, un fourgon UPS réaménagé se garait à côté de l'église. Il y eut un coup de filet, et Phil fut embarqué par des gens très gentils et mis en garde à vue. On conduisit les femmes à l'hôpital – un autre que le mien. Personne ne sait ce qu'elles sont devenues.

Phil fut emmené au poste de police du cinquième arrondissement, où il fut bien traité, nourri, logé au chaud, et questionné sans relâche durant deux jours. On lui demanda un nombre incalculable de fois où se trouvaient les autres femmes qui se cachaient, et il répondit systématiquement qu'il avait aidé seulement celles du sous-sol de l'église. Le troisième jour, il fut conduit au centre-ville, au sous-sol de la mairie, un vieux bâtiment de grès brun richement décoré, flanqué d'une tour-horloge et occupant à lui seul deux pâtés de maisons. C'est désormais le siège de l'Unborn Protection Society. Les camionnettes UPS d'autrefois y acheminent ceux que l'on va interroger. Elles portent toujours, à l'arrière, le numéro de téléphone à appeler, celui que la voisine avait composé. Phil fut interrogé là-bas, puis envoyé aux bureaux d'UPS à Burnsville, où on l'inscrivit à un séminaire de vérité.

Ces séminaires ne peuvent être dispensés que par des prêtres ayant reçu l'ordination, et ils sont supervisés par l'armée. Ils sont menés conformément à certaines lois – des précédents établis par l'Église il y a plusieurs siècles de cela se sont révélés bien utiles.

Sera commence à s'agiter. Elle n'arrive plus à parler. Elle se met à pleurer tout en poursuivant son récit.

Les seules personnes à connaître vraiment la définition de la torture sont celles qui ont été torturées, dit-elle. Il est inutile, abominable, de demander aux bourreaux de définir l'acte. À moins, bien sûr, qu'ils n'acceptent de subir ce qu'ils définissent, ils n'ont nulle autorité en la matière. Aucun diplôme universitaire n'a de sens. Aucun doctorat. Aucune plaque d'avocat. Aucun enseignement. Aucun énoncé de précédents ou d'un principe. La seule chose qui ait du sens, c'est la parole faite chair. Le corps a l'unique et dernier mot. Alors quand Phil avait tout simplement raconté à Sera qu'il avait été torturé, il disait par là qu'il regrettait. Qu'il regrettait que son corps ait réagi et livré mon nom et mon adresse.

« Ne le condamne pas. »

Je la regarde et lance : « Ben tiens, c'est un être humain. »

Elle se tait, observe ses mains, et je comprends qu'elle sait. Elle me révélera tout ce qui est arrivé à Phil si je le lui demande, mais je ne le ferai pas.

23 OCTOBRE

Sera et moi passons au creux des nôtres les joyeux bras roses douillettement matelassés et potelés de Tia. Elle va beaucoup mieux, mais nous ne voulons pas qu'elle recommence à saigner. Nous avançons donc très lentement. Je me sens bien, et forte – la soupe m'a remise d'aplomb. J'ai beau être essoufflée, j'ai récupéré le plus gros de mon énergie et, bien que je protège mon cœur de la pensée de Phil, il est là. Il nous attire vers lui, je le sens. Une fois sorties du tunnel, après avoir traversé la maison abandonnée, nous repartons le long du grillage jusqu'au camion de Shawn, où l'on se faufile de nouveau derrière la banquette parmi les vieilles chaussures, les écritoires à pince, les bidons d'huile, les clés en croix et les emballages de sandwichs. Nous prenons la Route 494 avant de remonter la 100 vers la 394 pour atteindre Louisiana Avenue. Là, nous déposerons Tia. Dès qu'elle sera hors de danger nous repartirons en direction de la ville et du bâtiment de la Poste. Sera et moi y serons en sécurité pour attendre notre départ vers le nord à bord du camion postal. Au milieu des cahots, je serre mon amie contre moi. La marche l'a affaiblie, il me semble que l'énergie insolente qu'elle a d'abord ressentie l'a maintenant abandonnée. Elle s'affaisse, accablée par un chagrin grisâtre dont elle sait que la raison échappera à son mari. Je suis la seule à le comprendre, ou qui en soit capable. La seule qui soit marquée de façon semblable par ce qui nous est arrivé. Pour nous dire au revoir, nous devons couper notre esprit en deux. L'épreuve nous a fait ployer. Pendant la trentaine de minutes nécessaires pour arriver au parking du Perkins, je me contente de l'enlacer. Le moteur est si bruyant, de toute façon, que nous ne pourrions pas nous parler.

Nous nous engageons sur la Route 100, et à peine deux minutes plus tard surgit un brusque tournoiement lumineux, et une sirène qui retentit, les lumières devenant plus intenses jusqu'à ce qu'elles nous suivent de près. Shawn continue à conduire.

« Baissez-vous ! »

Sera nous recouvre de bâches, entasse par-dessus tout un bric-à-brac. Tia est désormais beaucoup plus facile à cacher que moi.

« Je vais descendre lui parler », dit Sera.

Shawn se gare lentement sur le bas-côté tout en laissant le moteur tourner – ce n'est pas que prendre la fuite à bord d'un camion de déchetterie ait le moindre sens, mais l'idée qu'il pourrait tenter le coup nous réconforte. Sera répète qu'elle va descendre, mais Shawn lui soutient qu'elle ne dupera personne avec sa combinaison de travail trois fois trop grande, coiffée de son casque à peine soutenu par son maigre cou de cygne, et qu'il vaut donc mieux qu'il s'en charge. Alors nous restons seules dans la cabine après que sa portière a claqué, et sous cette bâche la vague de peur qui me submerge est si violente que je me mets à frissonner, impossible de m'arrêter, impossible de me contrôler. Je tremble, voilà tout. Tia me prend dans ses bras et me serre si fort qu'on dirait qu'elle cherche à nous souder l'une à l'autre. Mais je m'effondre. Je suis sûre, à présent, que je vais être découverte. Je vais mourir, nous allons mourir, une fois de retour à l'hôpital. On me tuera à petit feu pour avoir assassiné Orielee. Et ils te tueront, toi aussi. Mon esprit s'emballe, je vois des images épouvantables sous la bâche souillée et puante, sous les gobelets à café sales et les blousons tachés de graisse. Je suis en train d'accoucher dans une pièce blanche, toute blanche. La Glisseuse est là pour me tenir compagnie. Elle sourit dès que je souffre. Je m'évanouis. Me fais peut-être dessus. Mais quand Shawn revient, il passe la marche avant et nous repartons.

« C'était intéressant », lance-t-il à l'intention de Sera. Tia et moi sortons enfin la tête de sous la bâche. « Nous avons quelqu'un d'autre à récupérer en chemin. Route J. 4778 Knox. La fille du type est enceinte de six mois. Ensuite, elle attendra dans l'entrepôt sur notre trajet de ramassage habituel. »

Shawn se répète à mi-voix l'itinéraire et l'adresse autant de fois que nécessaire pour ne pas les oublier. Il ne note jamais rien. Dans les bras l'une de l'autre, Tia et moi sommes bringuebalées jusqu'à ce que nous sentions le camion prendre un premier virage serré, puis un autre. Il s'arrête, moteur au ralenti, sur le parking d'un garagiste situé juste derrière le Perkins, à côté de l'enclos à poubelles et hors de vue de la contre-allée.

« Ne vous redressez pas », ordonne Shawn. Puis il ajoute : « Tia, lève discrètement la tête et regarde à gauche. Dis-moi si la voiture et le type qui est au volant sont bien à toi. »

Tia se glisse avec précaution devant moi, jusqu'à ce qu'elle puisse regarder par la vitre.

« Oui, c'est lui. »

Sa voix est pâteuse et larmoyante, mais que pouvons-nous bien nous dire ? Nous restons un instant les doigts fermement entrelacés.

« Maintenant vas-y, dit Sera.

– Surtout ne cours pas », lui recommande Shawn.

Elle est descendue. Je jette un rapide coup d'œil par-dessus l'épaule de Shawn pour la voir s'approcher de la voiture grise, de l'homme que l'on distingue mal à l'intérieur. Elle se glisse en vitesse du côté passager. La voiture recule sans hâte, tourne et quitte le parking. Et voilà. Elle est partie, ma Tia, et c'est tout.

« On va mettre la gomme », lance Shawn en appuyant sur le champignon.

La Poste centrale de Minneapolis, peut-être le seul édifice important de l'État à avoir été érigé pour résister à un tremblement de terre, fut bâtie en 1934 en pierre de Kasota, une roche d'un rose doré qu'on extrait à Mankato, Minnesota. Un certain nombre d'immeubles dans la ville, aussi bien neufs qu'anciens, sont construits dans ce même matériau d'une beauté exceptionnelle. J'ai toujours été sensible à cette pierre-là. Je trouve que pendant les rigueurs de l'hiver elle confère aux bâtiments un aspect chaleureux, une sorte d'éclat, et c'est pour cette raison que j'ai toujours aimé aller à la Poste. Et puis cette construction est d'allure solide, pour un monument Art déco. Nulle élégance décadente. On pourrait la décrire comme étant large d'épaules. Elle fut initialement conçue pour être vue de loin, approchée sans se presser avec à l'esprit de sérieuses démarches postales à entreprendre, mais peu à peu la ville l'a encerclée, si bien que désormais elle surgit à côté de vous sans prévenir.

Nous entrons par une porte enroulable sur l'aire de chargement, à laquelle nous n'accédons qu'après avoir passé plusieurs contrôles de la National Guard. Nous le faisons au petit jour. Chacun a besoin que ses déchets recyclables soient acheminés dans un centre dédié, pas vrai ? Shawn et Sera ne pensent pas que cette filière se maintiendra plus d'une quinzaine de jours maintenant, mais pour nous elle fonctionne. Maman et moi descendons du véhicule et sommes si rapidement entraînées à l'intérieur que j'ai tout juste le temps de jeter un coup d'œil à Shawn. Il a les yeux écarquillés et hoche la tête, nerveusement. Une fois dans les locaux, une petite dame aux joues roses et aux cheveux blancs en crête de cacatoès nous conduit à l'immense étage inférieur où l'on trie le courrier au milieu d'un dédale de bureaux aux teintes grises, de salles de réunion du personnel, et de placards à balais.

Elle nous installe dans un débarras équipé d'un grand évier en stéatite qui sert à laver les balais à franges. Il y a dans ce réduit une petite fenêtre ornée d'un joli décor. Les angles sont soulignés par de petits carreaux représentant des lys bruns sur un fond de faïences vertes. Nous sommes face au nord et l'éclat argenté du fleuve entre à flots par la vitre démodée en verre dépoli. Bien qu'il y ait à peine la place de s'allonger, je ne me sens pas claustrophobe. La pièce est fraîche, et propre. Même si, lorsqu'elle s'en va, la femme aux cheveux blancs referme la porte en y donnant un tour de clé, je suis brusquement envahie par la certitude que tout va bien se passer, que nous allons nous en sortir. Le réconfort que me procurent les détails de la fenêtre est peut-être excessif… mais l'idée que des êtres humains ont songé à agrémenter un placard à balais d'une touche de charme me donne de l'espoir. Maman et moi nous asseyons par terre, sur deux confortables coussins de canapé.

« Viens par là », me dit-elle.

Je me glisse tout près, me laisse aller contre elle. Elle m'attire dans ses bras en soupirant et me caresse les cheveux. Je regarde les lys de la fenêtre, la lumière paisible qui filtre par les carreaux, le soin avec lequel le carrelage a été inséré, noyé dans le bois. La façon dont les fleurs ont été cuites et colorées dans le motif. Ce genre de geste va peut-être se perdre, c'est peut-être une fonction de la conscience dont nous n'avons pas besoin pour survivre. Peut-être ce pan de l'évolution n'a-t-il en effet pas de sens – notre appétit pour certains plaisirs visuels quotidiens –, mais je ne suis pas de cet avis. Je crois que nous avons survécu parce que nous aimons la beauté, parce que nous nous trouvons beaux les uns les autres. Je crois d'ailleurs que c'est là notre plus grande qualité.

« Tiens. »

Sera me redresse, plonge la main dans son sac. Elle sort

de son emballage une barre de muesli qu'elle me tend. Une vraie barre aux flocons d'avoine et au miel enveloppée dans du papier alu, de celles que nous achetions tout le temps dans les boutiques des stations-service il y a encore quelques mois. Elles sont devenues rares. Je la mange lentement, laissant fondre un à un les flocons d'avoine sur ma langue, me mêlant étroitement une fois de plus au corps de Sera. Elle est adossée au mur et je me demande si je ne suis pas trop lourde pour elle.

« Tout va bien, tu ne risques rien ici », me promet-elle.

Soudain la fatigue me submerge. Elle m'écrase et me ferme les paupières au beau milieu d'une bouchée. Je me réveille probablement deux ou trois heures plus tard, ramenée violemment à la conscience par des rêves où je voyais s'éteindre la vie dans les yeux d'Orielee, ses pieds tambouriner contre le linoléum rose et sale de l'hôpital. Dans un premier temps je ne me rappelle même pas où je suis, et quand je m'aperçois que je n'ai pas quitté les bras de ma mère je me laisse retomber et m'autorise à pleurer, abondamment. Les larmes jaillissent de mes yeux et rafraîchissent mon visage. Verser des larmes a quelque chose d'agréable et de profond, mais ce n'est peut-être pas sans danger, alors je m'arrête. Sera n'a pas bougé, ne m'a pas étendue par terre pendant tout ce temps. À présent je m'écarte d'elle, convaincue qu'elle doit avoir mal partout. Elle fait rouler ses épaules, étire ses bras. Sa chevelure miroite dans la lumière. Je m'étire à mon tour, puis me pelotonne sur le sol. Elle me donne à boire de l'eau de sa bouteille.

« Est-ce qu'ils nous auraient tués, le bébé et moi ? À l'hôpital, je veux dire.

– Un grand nombre de femmes ne s'en sortent pas, répond-elle, prudente.

– Je vois tellement de choses. Je ressens tellement de choses. Il s'est déjà passé trop de choses, et c'est insupportable. »

Elle pose sa main sur mon dos. Je sais qu'elle cherche quoi dire pour m'apaiser, mais ce qu'elle trouve est bien léger.

« Nous avons tous dû nous endurcir, même ton papa. »

Ça me fait rire.

« Ouais, Glen le grand sentimental. Sais-tu exactement où il est ? »

Elle reste silencieuse pendant quelques instants avant de murmurer : « Non.

– Est-ce que tu ne me le dis pas parce que… »

Je la regarde et montre du doigt tout le tour de la petite pièce. Place ma main en cornet autour de mon oreille. Nous écouterait-on ?

Elle a un haussement d'épaules pour dire « peut-être », alors je me rallonge à côté d'elle. Inutile, pour le moment, de me décharger de ce qui pèse lourdement sur mon cœur. J'ai tant de questions à lui poser. Je suis hantée par ce que cette sournoise d'infirmière, La Glisseuse, a raconté sur ces bébés qui sont si difficiles à mettre au monde. Vais-je survivre ? Et toi ? La mort du bébé de Tia était-elle une anomalie ? J'ai envie de révéler à Sera ce que nous avons fait à Orielee. J'ai envie de partager le fardeau de mon horreur, mes rêves de l'instant du meurtre. Comment j'ai observé cet instant-là, avant de prendre part à l'action pour aider Tia. Et maintenu Orielee au sol. Son cou était lourd, cela me revient maintenant. Nulle part je ne sentais ses os. Ses épaules, ses bras et même ses coudes semblaient capitonnés de graisse. Et pourtant dans ses yeux les couleurs étaient si délicates, les iris azur à l'éclat de bleuets. Son regard s'est fixé sur moi puis m'a traversée, rejoignant l'autre rive, je suppose. Et ses pieds ne cessaient de marteler le linoléum de l'hôpital.

« As-tu encore faim ? »

Mais oui, bien sûr. J'ai tout le temps faim. Une faim de loup. Maman sort un merveilleux sachet d'un mélange d'amandes, noix et noisettes nature, et je m'efforce de les manger une par une, attentivement, en tirant de chaque bouchée le maximum de saveur et de propriétés nutritives. Je lui demande si l'accouchement de Tia était normal, et elle m'affirme que oui. Elle pense que le bébé a probablement souffert de la chute, là-bas à l'hôpital, car lorsqu'elle a examiné le placenta elle y a trouvé une déchirure. Le problème ne venait pas du bébé, me répète-t-elle. Elle est sûre que pour moi il n'y aura pas de complications.

« Comment peux-tu en être sûre ?

– J'ai demandé à ta mère et ta grand-mère biologiques de me décrire leurs accouchements. Tous se sont bien passés.

– Parce que c'est héréditaire ?

– Absolument. »

À mon avis, elle exagère, mais du coup je me sens mieux et retrouve encore plus de courage lorsqu'elle sort son stéthoscope et son appareil à tension, puis écoute mon cœur et localise le tien. Je l'écoute moi aussi – un son sifflant. Elle passe le manchon autour de mon bras, le gonfle, prend mon pouls.

« Ta tension est bonne. Le bébé est actif ?

– Très actif », dis-je, crânement.

Mais elle se contente de hocher la tête. J'ai un pincement de nostalgie de ne pouvoir partager cet heureux moment de fierté que tu m'inspires, et Phil me manque tellement que je dois fermer les yeux et respirer lentement, avec régularité, pour ne pas fondre en larmes.

« Tu pourrais me parler encore de Phil ? »

J'articule son nom silencieusement.

À ces mots, Sera hoche la tête mais semble mal à l'aise, effrayée, alors je laisse tomber.

« Est-ce que tu as quelque chose d'autre à manger ? »

Elle farfouille de nouveau dans son sac et en tire une de ces boîtes-repas de fabrication industrielle contenant du fromage et des tranches de viande, mais surtout beaucoup d'emballage.

« Désolée, c'est tout ce que j'ai.

– Comment ça, désolée ? Ces trucs-là m'ont toujours fait baver d'envie. Tu ne voulais jamais que j'en mange !

– Bon appétit, alors. »

Je démantèle le petit paquet et j'engloutis les crackers au fromage et la mortadelle, mais j'ai encore faim, et je meurs de soif. Je bois presque toute la bouteille d'eau, puis j'essaie d'ouvrir le robinet de l'évier.

« Sans danger ?

– Je suppose. »

J'avale d'un trait ce qui reste d'eau et remplis la bouteille.

« Le bébé grandit, j'imagine. Je crois que ce sera un garçon. »

Sera ne réagit pas comme serait censée le faire une

future grand-mère. Son visage reste neutre. Un brusque entêtement me submerge.

« Tu pourrais au moins faire semblant d'être contente. »

Il y a peu de lumière, ses yeux sont embrumés. Elle ne sourira pas, parce qu'elle ne joue jamais la comédie. C'est ce que je ne supporte pas chez elle, cette incapacité à user de faux-fuyants, à débiter un mensonge agréable, à dissimuler la vérité, même quand il s'agit de réconforter quelqu'un.

« Allez, fais juste semblant de te réjouir un peu, dis-je d'une voix pitoyable.

– Eh bien, je n'y arrive pas. J'espère… Bon, c'était très triste, mais au moins ton amie est libre à présent.

– Ne dis pas ça, ne dis pas ça ! »

C'est comme si elle m'avait décoché une flèche, transpercée de part en part, tant la douleur est fulgurante.

« Je te défends de dire ça ! »

Elle veut que je perde mon bébé. Je suis subitement furieuse contre ma mère et voudrais pouvoir sortir de ce placard à balais rien que pour ne pas être obligée d'être assise à côté d'elle. Je ne veux pas que t'atteigne son manque d'amour instinctif. Je m'écarte aussi loin que le permettent les coussins du canapé. Je songe à me rouler en boule sur le sol dur en béton – mais c'est elle qui devrait dégager ! Il est clair qu'elle ne regrette pas ce qu'elle a dit. Elle ne me demandera pas pardon pour ce qu'elle juge être de l'honnêteté. Pourquoi le ferait-elle, même si cela blesse quelqu'un, quelqu'un de désespéré, quelqu'un qui a besoin d'un mensonge ?

Je siffle entre mes dents : « Je déteste que tu sois incapable de faire des compromis.

– C'est ma vérité », répond-elle tristement.

Sa vérité. C'est comme si dans mon cerveau elle avait recourbé et mis en contact deux fils électriques. Je sens jaillir des étincelles.

« Je suis tellement fatiguée ! Toi et ta vérité à la con ! »

Elle me lance un regard noir et je sais ce qu'elle pense. Je ne lui suis même pas reconnaissante d'être revenue en ville, d'avoir découvert où j'étais, d'avoir je ne sais trop comment décroché un boulot à l'hôpital grâce à de faux papiers impossibles à obtenir, puis d'en avoir trouvé un dans la restauration, à manipuler toute cette viande et ces produits qu'elle refuse de manger. Rien que pour moi.

« Je sais que tu veux que je mente, dit-elle d'un ton amer. Eh bien, c'est trop dur. Impossible. Je voudrais que ce bébé n'ait jamais existé. »

Je bondis alors sur mes pieds, bouillonnante de colère.

« Ah, vraiment ? Comme c'est facile, je *voudrais.* Je voudrais, je voudrais. Je *voudrais* ne jamais avoir été adoptée. Que penses-tu de ça ? N'est-il pas absurde de vouloir que quelque chose n'ait jamais existé ?

– Eh bien… »

La voilà maintenant silencieuse et perdue dans ses pensées. Dans quelques minutes je sais que j'aurai honte parce que, comme d'habitude, je suis allée trop loin. C'est moi qui m'excuserai, moi qui dirai que je suis vraiment désolée, car ce qu'elle va me faire savoir d'ici peu, c'est combien elle est blessée. Frappée en plein cœur. *Tu voudrais ne jamais avoir été adoptée ? Quelle part de vérité y a-t-il dans ce que tu viens de dire ?* Voilà ce qu'elle répondra, ou peut-être gardera-t-elle ce silence affecté de petite fille qui exaspère même Glen.

Mais, et c'est tout à son honneur, Sera se contente de lâcher : « Ça suffit. »

Elle lève une main fine et robuste, si pâle dans l'obscurité presque totale qu'elle brille telle de la porcelaine.

« Ta main, on dirait celle d'une sainte, comme une statue », dis-je, de ma voix aigre et douloureuse.

Elle ne mord pas non plus à cet hameçon-là. Nous ne nous acheminons pas vers la question rebattue du catholicisme, bien qu'il y ait une tentation de s'orienter dans cette voie, une attraction. Nous avons peut-être besoin d'une dispute, pour nous réchauffer, parce qu'apparemment nous ne prenons pas le bon virage pour sortir de l'enchevêtrement de nos irritations. Quoique je doive admettre qu'elle fait davantage d'efforts que moi, car elle réussit à s'en tenir à un simple : « On n'en a pas beaucoup entendu parler, de ton pape. »

Ce à quoi je ne trouve rien à répliquer. Alors je me rassieds et un sentiment de déception, de vide, de rancœur, me saisit en constatant que personne sinon moi n'apprécie ta présence sur cette terre. Il faudra que je t'apprécie deux fois plus fort. Je t'apprécierai pour tout le monde. Je repense à la lettre dans laquelle Eddy exprimait son bonheur, et à Trésor qui m'a serrée dans ses bras. Avant même de m'en apercevoir, je dis à Sera : « Tu sais, maman, c'est peut-être un cliché, la chaleur humaine, *l'approbation*, mais ma famille biologique s'est vraiment réjouie pour moi, là-bas. »

Je la sens qui se raidit et je sais que j'ai mis dans le mille, ce qui ne me soulage pas le moins du monde, mais il est trop tard.

« Oh, souffle-t-elle, je pense bien. Écoute, Cedar, c'est

facile de s'extasier parce que tu es enceinte, mais tu sais, en fin de compte ce qui est dur, c'est de regarder la situation en face. Ce qui est dur, c'est de voir les difficultés que cela représente. »

Elle approuve d'un hochement de tête ses propres paroles, visiblement furibonde. Maintenant que nous sommes tout aussi blessées l'une que l'autre, je décide que j'aurai le dernier mot : « Il n'y a pas de mal à manifester un peu d'émotion positive, maman. Tu n'en mourras pas d'être tendre. »

Mais là j'ai été trop loin, je suppose, car la tête de Sera bascule lentement vers l'avant, ses épaules se voûtent et son visage finit dans ses mains. Dès qu'elle se met à sangloter je suis une fontaine de larmes, et au bout d'un moment nous geignons et hoquetons toutes les deux. Et voilà – une dispute Cedar/Sera relativement banale, sans dommage durable du moment que nous pouvons finir en pleurs dans les bras l'une de l'autre.

Une fois la plupart des employés rentrés chez eux, la dame aux cheveux blancs déverrouille la porte et nous ouvre pour nous permettre d'aller nous soulager. Nous emportons quelques chiffons du placard à balais pour faire une petite toilette, avant de la suivre dans le couloir. Elle nous conduit dans des toilettes privées, spéciales, qui ont dû être conçues pour le receveur des postes ou l'un des fonctionnaires haut placés de l'établissement, et, là aussi, elle nous enferme. Elle nous dit qu'elle va revenir et part en faisant cliqueter les clés pendues à sa ceinture. Je ne sais pas trop ce que signifient tous ces verrouillages et déverrouillages, mais je suppose qu'il doit y avoir des employés qui ignorent notre présence dans le bâtiment.

La pièce est habillée de cette même pierre rose dorée, polie, et soulignée d'une bordure de marbre brun. Les miroirs sont encadrés de cuivre, mais la robinetterie en aluminium est neuve. L'eau est froide, bien sûr, mais c'est agréable de se laver. Nous avons même une savonnette à la fraise, que maman a tirée de son sac à dos. À l'hôpital les miroirs étaient en acier réfléchissant et mon visage était flou. Alors, tandis que je me sèche des pieds à la tête, je succombe au péché et à la gêne de l'orgueil. Pendant que maman est aux W-C, je me regarde dans un vrai miroir pour la première fois depuis que j'ai été capturée, et je m'émerveille devant mes seins. Ils sont comme de gros faux seins, des seins de magazine, absolument sublimes. Ils pointent droit devant, et lorsque je les réinstalle dans leur vieux soutien-gorge usé ils gonflent – décolleté grandiose. Je me tourne et me retourne, captant la lumière, éblouie – ma peau est tellement parfaite, ma chevelure si épaisse. Et toi tu es cette balle géante, dure et résistante, qui dépasse au-dessus de mes jambes maigrelettes. C'est dommage de cacher une telle splendeur sous de longs sous-vêtements, une salopette, des bottes, un blouson. J'aimerais beaucoup me laver les cheveux, mais maman dit qu'on devrait d'abord demander si on en a le temps. Nous n'avons pas idée de ce qui nous attend. Alors j'enfonce sur mon crâne un bonnet de facteur en laine bleu marine, et quand la petite dame revient nous chercher et nous fait sortir par un autre couloir obscur, je lui emboîte le pas.

« Nous sommes en train de procéder au chargement », annonce-t-elle à maman.

Nous nous glissons dans la nuit noire pour gagner la plateforme où un semi-remorque est garé en marche arrière, le hayon relevé et ouvert. C'est une nuit paisible, qui miroite et picote la peau. Un homme mince, coiffé d'un chapeau à rabat, nous fait signe d'avancer, de monter dans le camion. Nous pénétrons dans l'ombre du véhicule et passons, pliées en deux, par une étroite ouverture entre des piles de caisses contenant le courrier. Lorsque nous atteignons l'avant, où est aménagée une sorte de cage – une protection contre les caisses au cas où elles basculeraient –, je me rends compte tout à coup que je connais cet homme. C'est Hiro. Il nous aide à entrer dans cet espace restreint et nous montre hamacs, bouteilles d'eau, couvertures matelassées – de celles qu'utilisent les déménageurs pour protéger le plateau des tables. Il y a deux anoraks noirs et deux paires de grosses bottes de neige. Un sac de nourriture et un seau à couvercle.

Je remercie Hiro et tente de le serrer dans mes bras, mais il baisse vivement la tête, timide, ou doué d'une grande maîtrise de ses émotions, et se contente de dire : « Je ne sais pas combien de temps vous passerez là.

– Pour qui est ce courrier ?

– Des villes au nord.

– Aucun prospectus de pub ?

– Non, la pub c'est fini. » Il sourit. « Un des rares avantages. Comment vous sentez-vous ? »

Il me regarde en inclinant la tête sur le côté et attend ma réponse, le visage rayonnant, comme si j'étais une femme enceinte ordinaire et heureuse.

« Bien. »

Hiro hoche la tête, satisfait. Il porte un blouson matelassé d'employé des postes, mais son écharpe orange et noire, en tricot, est un modèle d'Halloween.

« Plus qu'une semaine à attendre, dis-je en la désignant.

– Pas de mauvais sorts, cette année, rien que des friandises », répond-il. De menus propos chaleureux et absurdes. « Ce n'est pas moi qui vais vous conduire, mais ne vous inquiétez pas. Chris vous aura emmenées là-bas avant que tous les bonbons aient disparu.

– Qui est Chris ?

– C'est moi », dit un homme à l'air débrouillard qui s'avance entre les caisses.

Il est petit, massif, et fort ; il a une barbiche brune et, sous sa casquette, le début d'une lamentable coupe mulet.

« Chris va prendre bien soin de vous », promet Hiro.

Je lui demande, à l'instant même où il s'apprête à partir : « Pourquoi vous êtes-vous occupé de moi ? Pourquoi avoir cherché à me retrouver à l'hôpital ? Apporté les messages ? »

Hiro paraît étonné par ma question, décontenancé, comme si je devais le savoir.

« Vous étiez sur ma tournée. »

Sera et moi sommes installées dans notre cage, vêtues des grosses bottes et des anoraks. Maman plie les couvertures pour les ranger dans les hamacs en filet. Les parois du camion sont équipées de points d'appui pour les pieds et de poignées métalliques qui nous permettront de grimper dedans facilement. Maman choisit celui du haut, et cette nuit-là, tandis que nous tanguons doucement, le camion avance à petite vitesse. Je me dis que certaines personnes sont vraiment surprenantes. Hiro, en toute désinvolture, a risqué sa vie pour moi parce que j'étais sur sa tournée. Shawn, le camionneur de la déchetterie aux yeux bruns et graves, consacre son temps à sauver et à cacher des femmes enceintes. Le mari de Tia a suivi leur plan point par point, et à présent ils sont de nouveau réunis.

Petit à petit, dans le camion envahi de ténèbres, sans aucune lueur filtrant par les parois, je m'enfonce dans un sommeil qui me mène tout droit au meurtre d'Orielee. Je résiste, me lance un avertissement, la gorge nouée. Mais il semble que je doive en passer par sa mort, par ses coups de pied et ses grognements, par ses pupilles, chaque fois que je commence à m'endormir. Quand enfin le meurtre a eu lieu, que les jambes de l'infirmière arrêtent de bouger et que Tia tombe à la renverse sur le sol, le souffle coupé, je me détends et sombre dans une noire inconscience. Je plonge, m'immerge, et respire l'oubli, mon élément préféré.

24 OCTOBRE

Bloquées à une station de pesage.

Pissant dans le seau à couvercle. Lisant à la lueur de la lampe électrique jusqu'à ce que maman me demande d'arrêter en m'expliquant que nous aurons besoin des batteries. Ce sont des batteries à LED, donc elles devraient tenir un bon bout de temps, mais je suppose qu'elle a raison. Par chance, un interstice entre les panneaux extérieurs du camion laisse passer un rayon de lumière oblique

que je peux déplacer sur la page. Il fait à peine plus d'un centimètre de large, alors j'avance le cahier au fur et à mesure que j'écris, le ramène ensuite sur le bord gauche de mes genoux, avant de recommencer la manœuvre. Si j'ai aussi faim en ce moment, c'est sans doute parce que tu grossis – tu es censé prendre un peu plus de deux cents grammes par semaine, à partir de maintenant. Ça me paraît beaucoup, et je me demande si tes hoquets sont liés à la rapidité à laquelle tu grandis. Je me sers de toi plus ou moins comme d'une étagère, te posant dessus une tasse de thé ou bien ce cahier. Tes poumons sont encore fragiles, des petits bouts de mouchoir en papier, mais ton cerveau est parcouru d'énergie électrique et toutes les parties qui le composent sont désormais bien plus matures. Pour créer toutes ces nouvelles cellules et te garder en vie j'ai fabriqué beaucoup plus de sang, et mon cœur bat à une vitesse vingt pour cent supérieure à la normale. Arrivées à ce stade, les femmes souffrent souvent d'hémorroïdes, et c'est triste à dire mais les repas exécrables et irréguliers ont précisément eu cet effet-là sur moi. J'ai besoin de verdure – de fibres, comme dirait Sera. Au prochain arrêt elle en trouvera, même si pour cela elle doit faire cuire des feuilles mortes. C'est tellement répugnant, ça me déprime profondément, me mortifie. J'ai envie de pleurer quand je sais que je vais devoir aller chier – c'est tellement douloureux, des gouttes de sueur perlent à mon front. Les kits d'urgence de maman ne contiennent pas de crème anti-hémorroïdes, mais elle croit pouvoir dégoter des laxatifs. Voilà, mon cher bébé, à quoi se résume l'avenir. J'ai le cul à la fois engourdi et endolori, et comme je n'ai vraiment pas envie d'y penser plus que ça, heureusement que je suis belle.

Je vais terminer les pages de *Zèle* avant qu'on ne quitte le camion afin de les renvoyer par l'intermédiaire de Chris. Je les adresserai aux imprimeurs et leur demanderai peut-être aussi de récupérer ma liste de diffusion dans le dernier numéro. Je me représente très bien ces derniers numéros, soigneusement empilés sur l'étagère à côté de la boîte en plastique où je range les planches de timbres et les ciseaux. En ce moment, j'aimerais pouvoir m'occuper en recopiant les adresses de mes trois cents abonnés sur des piles d'enveloppes kraft – si seulement j'avais des enveloppes kraft !

Chers abonnés ! Vous comptez tellement pour moi !

Ce n'est pas ainsi que je commencerai mon éditorial, ni l'avant-propos de ce nouveau numéro, mais c'est ce que je ressens. De la reconnaissance pour leur fidélité et leur soutien. Je leur dois ce numéro, et il me vient à l'idée que peut-être… mais cela rimerait-il à quelque chose ? Devrais-je ajouter un petit mot personnel à propos de ma grossesse, et leur avouer combien cette expérience physique a exercé une influence profonde sur ma vision de l'Incarnation ? Il n'est certainement pas nécessaire de donner beaucoup de détails sur le père – une brève note suffira. Plus j'y pense, plus je suis convaincue. Cette grossesse ne manque pas d'être intéressante, et pleine d'enseignements, et je me dois de partager les connaissances que j'ai pu glaner en la vivant. Si les imprimeurs jugent qu'il y a un risque, ils pourront peut-être distribuer le journal sous le manteau. Je ne sais pas. Mais j'ai vraiment la conviction qu'à mes abonnés je dois la vérité.

Chers abonnés,

C'est peut-être le dernier numéro de votre magazine, je tiens donc à profiter de cette occasion qui m'est donnée pour remercier chacun d'entre vous, sans exception, de m'avoir manifesté votre soutien en renouvelant votre adhésion. J'ai une nouvelle à vous annoncer qui risque d'en bouleverser certains, mais il est normal, me semble-t-il, que je vous fasse savoir que je suis enceinte et que ma grossesse s'est jusque-là bien déroulée, malgré les persécutions incessantes dont j'ai été victime, à l'instar aujourd'hui d'une femme enceinte sur deux. J'écris ces mots en un lieu tenu secret, et je suis redevable à des gens dont je ne connais pas le nom. Quand vous ouvrirez ce magazine, il est fort possible que j'aie mon bébé dans les bras. Je l'espère. J'ai beaucoup appris sur le sujet traité dans ce numéro : l'Incarnation. Que mon corps soit capable de bâtir un contenant pour l'esprit humain a suscité en moi la volonté de survivre. Et m'a révélé bien des vérités.

Quelqu'un a été torturé en mon nom. Quelqu'un a été torturé en votre nom. Il y aura toujours quelqu'un dans ce monde qui souffrira en votre nom. Si votre tour est venu de souffrir, souvenez-vous-en. Quelqu'un a souffert pour vous. Voilà ce que signifie revêtir une enveloppe de chair humaine : être prêt à accepter la douleur pour un autre être humain.

J'ai vu une jeune femme en plein travail souffrir davantage que le Christ pendant ses trois heures de martyre sur la Croix. Ses souffrances ont duré vingt-quatre heures, sans interruption. Et j'ai entendu parler d'accouchements qui ont duré beaucoup plus longtemps encore. Pour mettre cet enfant au monde, j'endurerai les douleurs nécessaires. Je ne peux m'empêcher de souhaiter une épidurale, mais voilà pourquoi j'écris. C'est cela l'Incarnation. L'esprit donne sens à la chair. Sinon, nous ne sommes que des tas de bidoche.

Je crois que dans ce numéro, mon collègue le père Mirin Thwaite apporte un éclairage – comme le fit en son temps Bartolomé de Las Casas en soutenant l'existence de l'âme chez les indigènes des tribus de l'Amérique du Sud coloniale sur le fait que les enfants nés en cette époque troublée auront une âme, qu'ils soient doués ou non de la parole, et devraient être considérés comme des humains à part entière, quelles que soient les conclusions des scientifiques concernant leurs facultés à penser et apprendre. Je ne sais toujours pas ce qui se passe – mais je me sens obligée de mentionner le sujet.

Également dans ce numéro, un autre article sur l'Incarnation s'intéresse à l'instant précis de l'Immaculée Conception, et examine les preuves textuelles et artistiques établissant que l'orifice de la fécondation, pour la Vierge Marie, fut l'oreille. En s'appuyant sur des études récentes concernant le cerveau gauche et le cerveau droit, l'auteur en conclut qu'un mot chuchoté à l'oreille gauche aurait agi sur l'hémisphère droit de Marie, provoquant l'intense flot d'émotions absolument fondamental au lien mère-enfant. Ce « baptême » affectif pourrait avoir permis à Marie d'aller de l'avant, alors même qu'elle savait que la naissance de son bébé entraînerait de grandes souffrances. Tout ce que je peux dire, de mon point de vue...

Sera est réveillée – c'est comme si je la sentais qui pense au-dessus de moi dans son hamac. J'ai été éjectée hors de l'éclat lumineux en forme de lame de couteau qui me permettait d'écrire, et je suis retournée tant bien que mal dans mon lit qui tangue, l'endroit le plus confortable pour voyager. Le mouvement est apaisant, l'atmosphère d'un noir tirant sur le vert. Pourtant je lutte contre le sommeil. La peur m'envahit et je me bats pour rester éveillée – je ne veux pas perdre le contrôle de mes pensées et revenir au meurtre d'Orielee. Plutôt que de s'atténuer, de s'émousser avec le temps, de s'adoucir, le souvenir, ou le rêve, devient de plus en plus puissant. Chaque fois, c'est pire. Je le vis comme un drame qui se déroule avec une violence et une rapidité telles qu'il me secoue jusqu'au plus profond de mon être.

Ce n'est certainement pas bon pour toi, le stress.

Nous avançons en cahotant. Pendant des kilomètres et des kilomètres. Finalement, j'en viens à penser que j'ai peut-être vraiment besoin d'avouer ce qui s'est passé, de chasser l'événement de mon esprit. Et en l'absence d'un prêtre, je n'ai qu'une seule personne qui puisse entendre ma confession.

« Maman ? »

Mais elle s'est rendormie. Je l'appelle, plus fort ; elle se réveille et répond, un peu grognon : « Quoi ?

– Il faut que je te parle.

– Mmmm.

– C'est grave, maman. »

Elle semble extrêmement fatiguée, de mauvais poil et sonnée, mais je suis submergée par l'urgence de libérer ma conscience. Je peux peut-être me confesser à elle dans son sommeil et ainsi, ayant parlé à voix haute, sans qu'elle sache ni ce que j'ai dit ni ce que j'ai fait, me sentir mieux.

« Oui, maman, j'ai quelque chose à te raconter. Ça me ronge et je ne dors pas très bien – je ne dors pas du tout, en fait. Tu m'écoutes, maman ? Voilà. J'ai tué, j'ai *dû* tuer quelqu'un. Là-bas, à l'hôpital. Tu sais, on était sur le point de s'enfuir quand l'infirmière, celle qui s'appelait Orielee, une fille bien sauf qu'on ne pouvait pas lui faire confiance et que c'était une sale fouineuse, bref quand elle a découvert qu'on cachait notre corde derrière la grille du chauffage. Maman ?

– Ouais… je t'écoute…

– OK, et Tia et moi avons pensé qu'elle ne l'avait peut-être pas vue, ou qu'elle n'allait pas nous dénoncer. On était sorties de nos lits en catastrophe et on marchait derrière elle, tu vois, on ne pouvait pas avoir l'air plus coupables ! On ne serait peut-être pas ici, ou bien peut-être qu'on aurait pu la laisser partir, mais au moment où elle passait la porte, elle a *ri*. Ce rire, il pouvait signifier n'importe quoi, tu vois ? Tu vois, maman ? Maman ?

– Évidemment, ma chérie.

– OK. Tia avait déchiré une lanière dans sa blouse d'hôpital – elle la mettait en lambeaux pour se faire un sac dans lequel descendre ses affaires. Elle a lancé cette lanière autour du cou d'Orielee, et elle a commencé à l'étrangler avec. Bien sûr, une fois qu'elle a commencé à la tuer, il n'y avait plus d'autre solution – franchement, on ne pouvait pas s'arrêter et dire *pardon, excusez-nous*, hein ?

Jusque-là, je ne savais pas que Tia pouvait parler, mais là elle m'a lancé un regard noir et elle m'a dit : *Tu peux pas m'aider un peu ?* Avec le recul, je suis désolée mais je trouve ça drôle ! Tu peux pas m'aider un peu ! Et donc elle a tué cette pauvre infirmière au joli nom qui était sur le point de nous trahir. Pour moi, c'était La Glisseuse qui allait découvrir le pot aux roses, mais non, il a fallu que ce soit Orielee. C'est horrible à dire, mais j'aurais préféré que ce soit La Glisseuse, une femme si facile à mépriser. Je n'arrête pas de penser qu'il y a forcément quelqu'un qui a découvert Orielee tassée dans le placard, suspendue au crochet. Un truc à vous soulever le cœur, hmm ? J'ai essayé de la mettre le dos à la porte, et on avait pris soin de lui recouvrir la tête d'une taie d'oreiller, mais quand même. Enfin bref, ce que je voulais te dire, maman, c'est que j'ai commis un meurtre. Et maintenant je dois aller en enfer, je suppose. Je ne sais pas si on peut me donner l'absolution ou non – je dis plein de prières, évidemment, et je te raconte tout ça avec mon chapelet à la main. Mais si je dois aller en enfer, j'aimerais savoir comment ce sera. Comment crois-tu que ce sera, maman ?

– Mmm ?

– Maman ?

– Mmm, mmm ? »

Elle garde le silence mais bouge un peu, se retourne, et bientôt je devine, même dans le noir, je ne sais pas trop comment, qu'elle a fini par se réveiller tout à fait et ouvrir les yeux.

« Tu m'as demandé à quoi ressemblera l'enfer ?

– Oui, selon toi ce sera comment ?

– Ma chérie, je crois que, d'une certaine façon, l'enfer

c'est maintenant. D'accord, touchons du bois, la situation peut toujours empirer, si jamais ils nous attrapent, mais Cedar… » Sa voix se fait très tendre, comme si elle était vraiment choquée que je ne l'aie toujours pas compris. « … L'enfer c'est ce qui se passe maintenant, ici sur terre.

– Je n'y avais jamais pensé, à vrai dire. » Je laisse l'idée s'installer en moi. Et puis je m'interroge. « Politiquement, tu veux dire, ou autre chose ?

– Par "autre chose", tu fais référence à tout ce qui régresse ?

– Qui revient au point de départ, plutôt. Ce n'est peut-être pas tout à fait pareil que régresser.

– Eh bien, pour moi ça l'est. »

Et à ces mots sa voix est tellement triste, au-delà des larmes. La perte à l'état pur. La définition catholique de l'enfer, c'est exactement cela – la perte à l'état pur. La perte de Dieu. Il y a aussi le feu, mais je crois que dans le cas présent il s'agit davantage du tourment métaphysique, celui d'être dans l'ignorance. Les flammes de la confusion éternelle. Donc, selon cette définition, ma mère est peut-être réellement en enfer. Cela m'afflige, et tout ce que je veux c'est la réconforter. Aucun de mes arguments ne réussira toutefois à la dérider. Je me rends compte aussi qu'elle n'a absolument pas saisi la teneur de ma confession, et je n'ai pas du tout la sensation d'avoir allégé ma honte ni ma culpabilité. Mais je peux lui raconter autre chose.

« Il y a un truc bizarre, maman, s'il te plaît… écoute-moi. J'ai l'impression, alors que je porte ce bébé vers la vie, qu'en réalité le monde ne régresse pas. Le monde ne s'effondre pas. Tout ce qui se produit, même le chaos le plus total, physique et personnel, même politique, ne pose en fait aucun problème. Je sais que cela peut paraître naïf. On pourrait même dire que c'est la faute des hormones. Mais c'est un sentiment si fort qu'il faut que je le partage avec toi. Je suis heureuse. Il se passe des choses horribles tout autour de nous, c'est vrai, et j'ai commis l'acte le plus abominable qui soit, mais tout au fond de moi je suis heureuse. J'éprouve cette joie idiote. La conscience d'exister. Le plaisir de cette vérité absurde : nous sommes vivants. Nous n'avons rien demandé. Nous sommes vivants, voilà tout. »

Elle se tait, mais c'est un silence d'écoute et de réflexion.

Et j'ajoute : « C'est tout ce que j'ai pour aller de l'avant. Alors si jamais tu réfléchissais à des arguments visant à m'y faire renoncer, garde-les pour toi.

– Non, répond-elle. Jamais je ne ferais un truc pareil. »

Quelques instants plus tard, elle me lance : « J'aimerais vraiment ressentir la même chose que toi. »

Et je lui réponds : « Maman, quand tu verras ce bébé, je pense que ce sera le cas.

– J'espère bien », dit-elle, dans le noir, d'une toute petite voix sceptique.

Ensuite nous ne parlons plus pendant longtemps. Mais je lui réponds en pensée, en me balançant dans le noir, alors que mon cœur palpite d'un amour brûlant, d'un amour de toi, d'un amour de tout, toujours plus généreux et passionné à chaque cellule sanguine toute neuve, à chaque éclair glacé de neurone. Sauvage, implacable, collant à la réalité tel du goudron en fusion, cet amour grandit. Et je pense : Bien sûr que tu seras heureuse lorsque tu verras mon bébé, oui, tu seras ravie. Cet enfant est la lumière du monde !

III

26 OCTOBRE

Le ventre plein de salade de pissenlit et de nouilles chinoises de station-service, je me prélasse dans un fauteuil de bureau moelleux imitation cuir. L'attention portée à mon confort est le seul soin particulier dont on m'entoure ici – pas question de me cacher, pas d'histoire de détention de femme enceinte. Eddy préside la table de réunion du conseil tribal. Il a remporté une nouvelle élection à laquelle il ne comptait pourtant pas participer, mais en plein chaos l'occasion était trop belle pour la laisser passer, a-t-il reconnu. Il continue à travailler à ses interminables Mémoires, dans lesquels, m'explique-t-il, la rédemption est désormais plus présente. La table de réunion a été rallongée grâce à l'addition de plusieurs tables de banquet en plastique épais, parce que la foule se presse. Il n'y a plus de places assises, bien que nous ne soyons pas installés dans la salle de réunion habituelle mais dans le gymnase de l'université tribale. Derrière Eddy est déroulée, sur le mur, une carte du plan cadastral dessinée à la main. Les parcelles y sont soigneusement délimitées et coloriées – en vert, jaune, violet. Il explique qu'à l'instar d'une réserve indienne sur deux ou presque, la nôtre fut perdue au fil de traités successifs, puis bradée lorsque le Dawes Act de 1887 dépouilla la tribu de ses terres collectives. Une partie fut divisée en lots destinés aux Ojibwés, le reste « excédentaire » attribué aux fermiers blancs. Si les terrains comprenaient une propriété en bordure de lac, ils étaient déclarés excédentaires en prévision du nombre croissant d'habitants des villes qui, au plus chaud de l'été, désireraient se réfugier au frais dans une maison de campagne. Sur la carte d'Eddy, les terrains appartenant aux non-Indiens sont en jaune. La forêt domaniale – propriété de l'État – en vert, et les terres tribales en violet. Le plus gros de la carte est jaune avec un peu de vert et encore moins de violet. La salle est pleine de membres de la tribu, d'autres s'agglutinent sur le pas de la porte et même les couloirs sont bondés. Personne ne souffle mot. Tous attendent Eddy.

Il se lève, et lorsqu'il prend la parole sa voix est légère mais sonore.

« Bonjour, mes amis, dit-il. Chaque semaine, désormais, nous nous retrouverons ici, même jour même heure. Au cours du mois prochain, vous verrez cette carte évoluer. Les parcelles vertes peuvent déjà changer de couleur – passer directement du vert au violet. Nous avons pris le contrôle des terres de l'État. Le jaune, c'est ce à quoi nous travaillons actuellement, et je pense que nous nous montrons raisonnables. Nous ne cherchons pas à récupérer toute la moitié supérieure de l'État, c'est-à-dire le comté de Pembina, l'Ontario, le Manitoba et le Michigan, qui représentent pourtant la totalité de nos anciens territoires de chasse. Nous ne reprenons que les terres comprises dans les limites premières de notre traité initial. Nous étions tout disposés à procéder à un déménagement pacifique des personnes extérieures à la tribu qui vivent aujourd'hui sur ce qui nous appartient, mais je suis soulagé de vous informer que nous n'avons pas eu à mener cette opération. Ces personnes s'en sont chargées elles-mêmes. Les occupants des maisons du lac sont tous rentrés à Minneapolis. Inclinons-nous et prions en pensant à leur triste sort. »

Les têtes s'inclinent, on marmonne quelques paroles. Derrière Eddy, ma petite sœur, qui est passée de Lolita gothique à fervente BCBG, a les cheveux ramenés en queue-de-cheval et porte un chemisier cintré en oxford rose Pepto-Bismol, avec des mocassins en cuir lustré marron et un pantalon moulant en coton beige de petit garçon. Elle fait face à une autre carte sur un tableau de conférence, et utilise un marqueur violet pour colorer les parcelles. Son feutre crisse sur le papier brillant. Une femme portant dans les cheveux une élégante barrette ornée de perles agite la main pour demander la parole.

« Il y a quand même eu des problèmes », remarque-t-elle.

Eddy hoche la tête.

« La plupart des parcelles jaunes que vous voyez sont regroupées autour du lac, et il s'agit à quatre-vingt-dix-neuf pour cent de résidences ayant un accès au rivage. Toutes sont inhabitées en ce moment. Nous avons eu recours à un système de loterie afin de récupérer ces terres pour nos sans-abri, ou encore pour les membres de la tribu occupant des logements non conformes aux normes en vigueur. Nous avons également commencé à reloger nos parents de retour de la ville. La moitié de notre population ne vit pas actuellement sur la réserve, mais notre nombre va doubler à la faveur de cette crise. Nous allons retrouver beaucoup de nos frères et sœurs des villes, et profiter des avantages de compter parmi nous davantage d'instituteurs, de professeurs, de médecins, d'avocats, d'artistes, de poètes, et de membres de gangs. Oui, il y a eu des problèmes. Pour les résoudre, nous avons dû prendre quelques mesures inhabituelles. Nous avons mobilisé notre police, notre *Ogitchidaag*. Nous nous sommes efforcés de mener une opération de maintien de l'ordre traditionnelle et bienveillante. »

Eddy soupire et promène son regard autour de la salle.

« Mais certaines personnes ne cessent de combattre notre bienveillance, voyez-vous ? »

Little Mary termine la dernière portion de coloriage et recule. Tout le monde examine la carte en silence, derrière moi on tend le cou pour mieux voir. Le violet a nettement augmenté et l'on entend de légers halètements, des murmures. Quelques-unes des vieilles personnes qui sont là à regarder pleurent sans bruit, le menton pointé en avant. J'aperçois un homme âgé coiffé d'une casquette sur laquelle on lit « Iraq Veteran ». Des larmes ruissellent le long des rides de son visage, coulent dans son cou et dans le col de sa chemise.

28 OCTOBRE

J'ai gonflé le confortable matelas de camping et fait mon nid dans un coin de la chambre de Little Mary. Je suis couchée sur le côté, un oreiller glissé entre les jambes parce que j'ai mal au dos. Ma sœur est blottie dans pas loin d'un hectare de couverture jaune et vert au crochet. J'en ai une, moi aussi – le résultat des travaux d'aiguilles de Grand-mère. La chambre de Mary est en train de rebasculer dans le désordre, alors qu'elle semble avoir fourni des efforts héroïques pour contrôler les sédiments de la couche inférieure. Nulle strate d'insectes écrabouillés, de canettes de soda ni de paquets de chips. Rien que des vêtements. Et en ce moment, c'est le seul endroit où j'ai envie d'être. Bien que je sois censée repartir bientôt, probablement pour un lieu plus au nord et plus sûr. Ici, j'ai l'impression de vivre dans un terrier. Les collines de vêtements en bouchon me semblent presque protectrices.

« Alors. »

Mary se penche par-dessus le bord de son lit et baisse les yeux vers moi. Elle a entièrement souligné son regard de grands traits d'eye-liner violet et posé de l'ombre à paupières lavande jusque sous ses sourcils. Le violet, dit-elle, est une référence à la récupération par la tribu des terres des traités. Elle porte toujours son chemisier Pepto-Bismol et a ajouté un énorme nœud vert à sa queue-de-cheval.

« Le bébé ? Tu as la trouille ?

– Je serais dingue si je n'avais pas la trouille. »

Elle hoche la tête, se laisse retomber sur le ventre, croise les bras et pose son menton sur ses poignets. Elle me raconte qu'elle a beaucoup discuté avec Grand-mère. Me raconte que celle-ci lui a laissé entendre que nous avions du sang « surnaturel ».

« Qu'est-ce que ça peut bien vouloir dire ?

– Peut-être que nous sommes, euh, comme les Rougarous. Les gens qui se transforment en loups ? »

Je n'ai pas de mal à le croire en observant Little Mary,

son sourire débordant de canines acérées et ses yeux de sorcière flamboyants. Elle a troqué son rouge à lèvres contre un autre, rose magenta, qui luit dans la faible clarté du jour.

« Est-ce que tu sais si c'est un garçon ou une fille ? Ou des jumeaux ?

– J'ai passé une échographie, et même tout un tas d'échographies, quand j'étais à l'hôpital. On ne m'a pas laissée les regarder, je n'ai pu voir que la première. Je ne connais toujours pas le sexe de l'enfant, mais il me semble que c'est un garçon. Il n'y avait qu'un seul bébé. Aucun recoin possible pour en cacher un autre. »

Little Mary se retourne dans son lit et fixe le plafond, les mains sur son petit ventre concave.

« Ça craint, franchement. Je voulais en avoir, moi, des enfants, peut-être un jour, qui sait. »

Elle reprend sa position précédente et regarde par-dessus le bord de son lit. Le crépuscule s'épaissit et des ombres transforment et obscurcissent rapidement la chambre. Little Mary mordille sa lèvre fardée de gloss rose vif et me considère, sourcils froncés.

« C'est qui, le père ? »

À ces mots, une vague de divers sentiments me submerge. Pardon. De souvenirs. Cet insoutenable mélange de peine et de joie semble, rétrospectivement, être du bonheur. J'ai tellement envie de parler de ton père. Bien qu'elle n'ait pas demandé de détails, je lui décris sa voix douce et profonde, son visage bon enfant, ses yeux chaleureux, son épaisse chevelure noire. Je parle aussi à Mary de ses mains carrées et compétentes, de ses chemises en flanelle écossaise préférées, de ses chaussures de sécurité éraflées. De sa passion pour la vraie pizza napolitaine. Je lui montre ma fausse alliance en or. Qu'ils ne m'ont pas prise. Little Mary m'écoute, tout ouïe, sans m'interrompre sinon pour poser à mi-voix des questions d'adulte, du genre d'où vient-il et à quoi ressemble sa famille. À un moment donné, je cesse de parler. La question de savoir si Phil est vivant ou mort a fini par me rattraper. Et si je suis, pour de bon, capable de lui pardonner. J'ai la poitrine tellement nouée que j'ai du mal à respirer. La pièce tourne autour de moi, toujours plus sombre, m'emportant sur un radeau d'épuisement et de deuil.

Tandis que je vogue sur les flots de cette marée, il se passe quelque chose qui pourrait être surnaturel. Une présence, sans poids ni forme, est assise sur le bord du matelas de camping, protectrice. Comme une ombre. Peut-être un ange. Magnétique et doux, son amour se dépose sur moi à la manière d'une cape ondulante. Ensemble, nous dormons.

1er NOVEMBRE – TOUSSAINT

Trésor me réveille en me chatouillant les pieds du bout des doigts. Le soleil de la fin de matinée brille haut dans le ciel. J'ai dormi si longtemps que mon matelas s'est presque entièrement dégonflé et que ma hanche repose sur les tas de vêtements en boule qui sont éparpillés au sol. J'entrouvre à peine les yeux, je vois Trésor et sombre de nouveau dans le sommeil. C'est presque douloureux de se sentir si bien. Trésor m'observe. Ses yeux de lutin, rieurs, sont fixés sur moi. Elle sourit à peine et pourtant son visage est toujours au bord de l'hilarité. Nous nous dévisageons sans un mot, et ce silence est agréable.

« Comment te sens-tu ? finit-elle par demander.

– Comme si je voulais accoucher demain. »

Je m'étire longuement, puis je me redresse et te tiens délicatement entre mes bras. Sans un mot, Trésor m'aide à me lever. Je porte un gigantesque tee-shirt noir sur lequel on peut lire « Guerrier anishinaabe », et un pantalon de survêtement qui a rétréci et se noue sous mon énorme ventre. Je ne ressemble à rien, mais je pète la forme.

« Je suis tellement grosse qu'il n'y a nulle part où je peux me cacher. Mais font-ils vraiment des recherches ? Est-ce que la police tribale protège les femmes enceintes ? J'ai envie de rester ici. Je ne veux pas aller plus au nord. Ici, c'est là que je veux accoucher. Sauf que… peut-être pas dans cette chambre.

– On verra ça avec Eddy », me répond Trésor.

Et c'est tout.

À la cuisine, la pièce multi-usages qui communique avec toute la maison, maman est occupée à mélanger du sucre roux dans du porridge parsemé de raisins secs, et elle se prépare à en enfourner une cuillerée dans la bouche de Grand-mère. Celle-ci, prête à picorer, la considère de ses yeux vifs de moineau. Alors que maman lève la cuillère, Grand-mère la lui arrache des mains et déverse elle-même le porridge dans sa bouche.

« D'accord ! » dit maman.

Elle se retourne au moment où j'entre et son sourire est sans entrain. Que nous soyons ici la préoccupe, je le vois bien. Trésor s'arrête derrière elle.

« Je vais vous préparer des galettes de porridge brun », annonce-t-elle.

Trésor ouvre la petite porte de la vieille cuisinière aux finitions en émail vert pour y mettre une nouvelle bûche. En août dernier c'était un élément décoratif sympathique et nostalgique, placé dans un coin et croulant sous les bibelots. Désormais, c'est le cœur de la maison. Trésor verse une cuillerée de porridge coagulé dans une poêle en fonte. Fait glisser en dessous de la graisse de lard et écrase la galette à l'aide d'une spatule. Une délicieuse odeur se répand dans la pièce et Trésor décolle délicatement les bords de la galette pour la retourner dans son bain de graisse avant de la déposer dans mon assiette. Sa croûte savoureuse me picote la langue et c'est si bon que j'en réclame une autre avant même d'avoir terminé la première.

Sera me lance un regard ironique, et celui que je lui renvoie dit : « Ouais, du saindoux. »

Je me tapote le ventre. Le tee-shirt noir est tendu au maximum.

« Plus que quarante-deux jours de shopping avant Noël, dis-je, la bouche à moitié pleine de porridge croustillant. Je devrais nouer un ruban de paquet cadeau autour de mon ventre. »

On croirait que j'ai lancé une pierre au fond d'un puits. Dans la cuisine le silence de maman amplifie mes paroles, qui semblent se répercuter en écho. Je lève le nez de mon assiette parce qu'il règne dans la pièce une ambiance vraiment bizarre et je comprends que maman tente de contrôler son hypervigilance et sa peur. Tout le monde connaît la date prévue pour l'accouchement, il n'y a pourtant qu'elle qui se soit figée sur place.

« Hé, je rigole ! »

J'essaie de détendre l'atmosphère. Mais personne ne pipe mot. Je devine qu'elles attendent chacune que l'autre parle la première, mais elles ne savent pas quoi dire, je suppose, parce qu'elles se taisent l'une après l'autre. Enfin, Grand-mère lance d'une voix rauque : « Mon premier bébé m'a éreintée. Trésor, va me chercher l'album. »

Trésor s'exécute et va dans la pièce à côté. Je suis déroutée par le visage chagrin de ma mère, son dos raide.

« Ne t'inquiète pas, maman.

– Mais non, dit-elle aussitôt. Tout se passera bien.

– Je n'ai pas trouvé ton album, Grand-mère, annonce Trésor en revenant. Allez viens, Cedar. On va s'asseoir sur la galerie tant qu'il fait bon pour profiter du petit rayon de soleil et prendre l'air. »

Trésor tient une cigarette à demi dissimulée au creux de sa paume. Elle se rend compte que je l'ai vue.

« Mon stock personnel, explique-t-elle. Quand tout a mal tourné, on a fait en vitesse l'inventaire du sous-sol. On s'en sert surtout pour…

– Le troc, je sais. Et jamais personne n'accouche à la date prévue. Ne sois pas stressée.

– Les bébés ne me stressent pas », assure Trésor. Elle pivote sur elle-même et frotte une allumette, prend la pose pour accepter la flamme qu'elle se tend. « Il me fallait juste une excuse pour sortir fumer. Et te parler.

– À moi ?

– Ouais, à toi… tu veux causer ?

– De quoi ? »

Elle regarde ses pieds, chaussés de charmants petits mocassins en peau d'orignal bordés de fourrure de lapin.

Ils sont de sa fabrication. Elle est en train d'en confectionner une paire pour moi et une autre pour toi, mon bébé. Mais elle refuse de me les montrer avant que tu sois né. Une vieille superstition ojibwé. Elle hausse les épaules, souffle la fumée et marmonne.

« De quoi elles peuvent bien discuter, les mères et leurs grandes filles ?

– Aucune idée. Ça ne va pas très fort entre Sera et moi. »

Je cale, car c'est tellement inattendu. Trésor joue à la mère avec moi alors qu'en vérité j'en suis presque arrivée à la considérer comme une grande sœur. Quelqu'un qui me ressemble davantage que Sera, ce qui éveille en moi un sentiment tout à la fois de bonheur et de déloyauté. Mais il y a quelque chose que je veux demander à Trésor. Et je veux le lui demander sans verser dans l'agressivité, ni les larmes, parce que je commence à saisir que sa décision a sans doute été plus difficile à prendre que ce que j'étais capable d'imaginer, avant toi.

« Est-ce que tu m'as vue à ma naissance, avant de me donner à adopter ? »

J'essaie de m'exprimer d'une voix neutre, mais je chevrote. Et je m'aperçois aussitôt que Trésor espérait aborder un sujet moins sensible et douloureux. Mais je n'ai pas envie de lâcher le morceau. Alors j'attends. Elle allume une autre cigarette.

« Merde, dit-elle. C'est ma dernière. OK, je t'ai mise au monde, n'est-ce pas ? Alors oui, je t'ai vue. Et Glen était là.

– Attends, et pas Sera ? Glen tout seul ? »

Trésor me regarde avec attention, puis hoche légèrement la tête.

« Glen est arrivé le premier, voilà. C'était une procédure

d'adoption libre, tu vois. Donc on est restés ensemble les deux jours où j'étais à l'hôpital, et j'avais… voyons, j'avais à peu près l'âge de Little Mary, et franchement, telle mère telle fille. Elle est exactement comme moi à l'époque. Sauf que j'étais punk.

– Punk ?

– Ouais. Tu imagines. Enceinte de neuf mois avec un mohawk jaune fluo. Des anneaux et des clous partout où c'était possible. Je les portais encore tous quand tu es née. Les sages-femmes défilaient dans la chambre pour nous prendre en photo.

– Tu en as une ?

– Bien sûr. Je l'avais glissée dans une petite enveloppe que j'ai rangée à la fin de l'album. Attends une seconde. »

Elle retourne en vitesse à l'intérieur et revient avant que la panique ne m'envahisse à cause de cette photo – un nouvel épisode qui pourrait s'avérer pénible. Elle me la tend, d'un geste prudent. Les bords en sont mous et abîmés. Je comprends qu'elle l'a regardée très souvent. Ce qui me fend le cœur, mais avec beaucoup de douceur. La photo me fait rire. Et curieusement, elle me rend heureuse, aussi. La jeune Trésor est assise dans un lit d'hôpital sur une toile de fond d'oreillers blancs, d'œillets roses, de boutons de roses et de gypsophile. Des tonnes de fleurs ! Il y a deux gros ballons roses quasiment hors-champ. Je suis un nouveau-né quelconque, une poupée emmaillotée dans ses bras, et Trésor, en blouse d'hôpital, sourit timidement, le visage tout miroitant de bijoux en argent. Piercings au septum, racine du nez, Médusa, lèvre inférieure, sourcils, et même *angel bites*. Ses cheveux d'un jaune éclatant tirant sur le vert retombent sur le côté et le maquillage de ses yeux a coulé.

« Tu es drôlement jolie.

– Ouais, peut-être, ou plutôt joliment bizarre.

– Non, jolie. Et je te ressemble pour de bon. Je le vois, maintenant. Est-ce qu'il t'est arrivé de douter, je veux dire, de me vouloir vraiment ?

– Ben non. C'était le destin. À l'époque, j'aimais très fort ton père. Je voulais t'avoir, mais je ne vivais pas encore avec Grand-mère. J'avais mon chemin personnel à suivre. Je ne pouvais pas te prendre avec moi.

– Et ce chemin t'a menée à Eddy et Little Mary.

– Au bout du compte, oui. Et à sainte Kateri. Et grâce à elle, j'en suis sûre, mes prières ont été entendues et mon chemin m'a ramenée vers toi. »

Trésor me fait un grand sourire espiègle, les sourcils arqués, qui me fait comprendre que ce chemin a été dingue et tortueux.

6 NOVEMBRE

Maman s'occupe de la vaisselle, nettoie la cuisine selon une méthode bien à elle, concentrée et militante – en procédant de gauche à droite, elle essuie méthodiquement chaque objet, et ensuite soit elle le range, soit après avoir passé un coup d'éponge en dessous elle le repose sur le plan de travail, bien dans l'alignement. Elle m'a enseigné sa technique et je reconnais que c'est quelque chose que l'éducation m'a apporté, un outil que je peux utiliser pour conjurer le désespoir. J'ai souvent apaisé mon angoisse et combattu la folie en grattant minutieusement une tache sur le comptoir, ou une marque de brûlure sur le flanc d'une casserole. Je retourne dans la maison et m'active quelques instants aux côtés de maman, en silence. Finalement, je rassemble mon courage.

« Il faut qu'on en parle, maman. »

Elle pose sa lavette et s'appuie contre le plan de travail. Elle regarde par terre, les sourcils froncés.

« De quel *en* s'agit-il ? Il y a des quantités de *en.* »

Je décide de miser Sera contre Sera. Je vais faire semblant d'être elle.

« Il faudrait peut-être examiner sérieusement la situation, dis-je. Glen n'a pas pris contact avec nous. Nous ne savons pas s'il a un endroit où nous accueillir. Apparemment, il n'y a pas de véritable plan, sinon celui d'arriver jusqu'ici. Donc j'aimerais rester.

– Il y a un plan.

– Lequel ? »

Elle regarde ses mains amollies, encore humides. Appuie sur ses ongles abîmés. J'aimerais parfois reconnaître mes propres mains dans ses longs doigts effilés. Mais elles ressemblent davantage à celles de Glen, puissantes, avec de grosses jointures. Nous nous asseyons à la table de la cuisine et elle avance ses mains pour se saisir des miennes.

« Écoute, Cedar. Tu as raison. Nous n'avons pas eu de nouvelles de Glen. Mais s'il avait des ennuis, je le sentirais. Donc je suis certaine qu'il va bien, qu'il cherche un endroit sûr pour toi. Tout change sans arrêt. Je pense que pour l'instant nous n'allons pas bouger, mais ne prends pas trop tes aises. Il te reste sept semaines de grossesse. Tant de choses pourraient encore arriver, non ? L'Église de la

Nouvelle Constitution a divisé l'armée. Les autorités ont recours à des frappes de drones basées sur la reconnaissance vocale et faciale, la population est donc terrée partout où il existe un réseau de tunnels. Il y a toute une ville sous Saint Paul, désormais : les hôpitaux, les universités, les vieux couvents et même le capitole de l'État sont reliés les uns aux autres par des voies souterraines. Et les drones sont si malins, si petits, qu'on doit vraiment faire attention.

– À quoi ça ressemble ?

– À des insectes. Et il y a aussi des Auditeurs.

– À quoi ça ressemble ?

– À de la poussière. Du terreau de feuilles. Des graines. Et certains sont des flotteurs transparents, les gens les appellent des Oreilles.

– À quoi ça ressemble ?

– À des oreilles.

– Pour de vrai ? Ils n'auraient pas pu être un peu plus créatifs ?

– Les fouineurs ont peut-être le sens de l'humour. Certaines sont molles, presque invisibles. Si tu en attrapes une, tu peux l'écrabouiller comme une limace.

– Et il y en avait, de ces choses-là, avant ?

– On les mettait au point, j'imagine. Une société commerciale pourrait être en train de les tester. Elles aiment bien traîner autour des bureaux tribaux. Eddy les prend au filet. Et les met dans une boîte où sont rangées trente années d'enregistrements des réunions du conseil tribal.

– Oh. J'espère qu'un type vraiment odieux est à l'écoute. Quelqu'un qui mérite trente ans de réunions barbantes. »

Maman ne rit pas franchement, mais elle sourit.

« Bizarre, non ? finit-elle par remarquer. De voir avec quelle facilité les gens ont jeté leurs téléphones, leurs écrans.

– Le plus loin possible de chez eux.

– Tout ce matériel s'entasse désormais dans les sites d'enfouissement des déchets et les centres de recyclage, fracassé et gorgé d'eau.

– Les téléphones me manquent.

– À moi aussi. Cela dit, Trésor a ressuscité la radio rétro.

– Le rétro, c'est le nouveau truc à la mode. Et nous sommes revenus aux communications à l'indienne, intervient Trésor, qui arrive dans notre dos. Eddy a mis à pied d'œuvre nos gamins les plus rapides, et réintégré des membres de gangs qu'il a transformés en coureurs. On reçoit désormais les nouvelles deux fois par jour.

– Ils sont comme les anciens crieurs publics, ajoute maman, et ils ont des postes en huit points de la réserve. Ils y courent, récitent les nouvelles à ceux qui débarquent et reviennent ensuite, toujours en courant.

– Pour ce qui est de la nourriture et du reste, reprend Trésor, il n'y a plus que du troc. Nous avons de grands marchés en ville où personne ne se bagarre parce que chacun a besoin d'échanger quelque chose.

– La population se rend dans les marchés soumis à la trêve, dit maman. Mais il est impossible d'être enceinte, voilà tout. »

Son ton est cinglant. Trésor soupire, lève au ciel ses mains potelées, et quitte la pièce. Je baisse les yeux sur le gros ballon de plage tendu de coton noir qu'est devenu mon ventre et mes yeux se remplissent de larmes, comme si maman recommençait à m'accuser.

« Pardonne-moi, je suis à cran, me dit-elle. Et peut-être plus inquiète pour Glen que je ne veux bien l'admettre. »

Elle passe ses bras autour de ma taille et nous sommes là, debout dans la cuisine de Trésor, avec toi entre nous. La cuisinière à bois exsude une douce chaleur et l'on entend, à l'intérieur, des détonations sourdes et le petit bruit de la cendre qui se tamise au fur et à mesure que les flammes dévorent les bûches. Hier, pour la première fois, je n'ai pas rêvé que j'assassinais Orielee. Les deux fois où je me suis réveillée, le ronronnement voilé de Little Mary m'a aidée à me rendormir. Je me sentais en sécurité, comme un animal environné de l'amoncellement de ses propres mues. À l'approche du matin, j'ai rêvé de Phil. Je l'ai vu marchant vers moi sur la grande route.

« Tu sais, maman, mon bébé a un père. »

La rancœur et le chagrin congestionnent ma poitrine. Sera ne répond pas.

« Et je l'aime. »

Parfois j'imagine qu'il ne m'a pas dénoncée. Je n'ai pas le choix pour ce qui est d'aimer Phil. Je l'aime, c'est tout.

« Je sais que tu es très attachée à Phil. »

Sera me tapote le dos tout en prononçant ces paroles trop formelles, pourtant il y a aussi des larmes dans sa voix donc je suppose que nous sommes toutes les deux désespérées, mais pour des raisons différentes.

« Tu me donnes l'impression que c'est mal de l'aimer. »

Elle me fixe sans me voir, comme si elle hésitait à me faire une révélation. Puis elle s'y résout.

« Cedar, je t'ai caché quelque chose. Le taux de survie des bébés diminue au fil des mois.

– Tu ne m'apprends rien. »

Mais ces mots sont atroces à entendre. Je reste parfaitement immobile, ne voulant pas m'écarter d'elle trop vite. Finalement, je me ressaisis. Mais je me sens toute drôle et je dois m'asseoir. J'ai pénétré dans un couloir mental et je descends une volée de marches noyées dans l'obscurité. Il n'y a pas de rampe. Je ne vois pas où je vais, je me borne à mettre un pied devant l'autre jusqu'à ce qu'enfin j'arrive en bas. Il fait noir et je suis tout à fait seule.

Sauf que ce que me rapporte Sera ne se fonde sur rien, en vérité. Comment pourrait-elle le savoir ? Il n'y a pas de source fiable d'informations. Et d'abord pourquoi me raconterait-elle une chose pareille si elle avait toute sa tête ? La tension créée par le sort de Glen a peut-être légèrement fait lâcher ses nerfs, et elle est hantée par nos sombres perspectives d'avenir. Elle est déprimée. Je me tourne vers elle, lui adresse un sourire indulgent et la conduis gentiment vers une chaise.

« La situation est tellement tendue, maman. Pourquoi ne te reposes-tu pas un peu ? Arrête de t'activer avec ton ménage… La cuisine est impeccable. Je vais préparer du thé. »

Je lui tapote l'épaule et remplis la bouilloire.

« Ne t'inquiète pas, mon bébé est un battant et moi, je ne suis pas en reste. »

Ma voix sonne faux. Sera se met à pleurer, quoiqu'elle ne pleure pas pour de bon, mais plutôt crachote. Je lisse ses cheveux en arrière autour de son oreille. Elle secoue la tête, comme pour se débarrasser de moi. Je continue à la traiter avec complaisance, lui parle d'un ton dégagé, farfouille ici et là pour trouver le thé. Elle me répond par un de ses cours magistraux, telle la pédante amatrice qu'elle a toujours été. En vérité, elle tente de faire machine arrière.

« Nous démarrons notre existence au niveau de la cellule en tant que femmes – tous autant que nous sommes –, puis nous acquérons in utero les caractéristiques masculines ou féminines. Mais combien d'espèces humaines ont vraiment existé, nous l'ignorons encore. Comment pouvons-nous penser avoir tout découvert ? Ton bébé pourrait être… normal.

– C'est ça, maman. Comme si tu y croyais ! Tu viens juste de me dire qu'on va mourir.

– Tu ne sembles pas mesurer les risques, Cedar.

– Si, mais à quoi cela sert-il d'y croire ? Je choisis de croire que nous nous en sortirons. »

J'adopte sa voix de professeur, m'assois face à elle et poursuis le cours magistral.

« Et ce n'est pas tout, l'humanité va de l'avant. Peut-être qu'autrefois, sur une voie de l'évolution ayant bifurqué, nous pratiquions une forme de parthénogenèse, à la façon des requins ou du dragon de Komodo. Ils ont la faculté de féconder leurs propres œufs. Mais peut-être que nous avons cessé de nous copier nous-mêmes. Sans que l'on sache pourquoi, nous nous sommes mis à assimiler un matériau nouveau et génétiquement adapté. Nos corps peuvent s'en servir pour autogénérer nos grossesses. De la même manière qu'il y a environ un million d'années, nous avons commencé à externaliser la fécondation. À n'importe quel moment, nos corps pourraient être en mesure de changer d'avis. »

Je tente de faire rire Sera, ou du moins de lui redonner le sourire, car elle me terrifie. Mais la sortir de son humeur morose n'est jamais facile. Elle reprend. Sa voix démarre sur un ton qui me berce, tendre et douce, mais, curieusement, sans cesser d'être complaisante. J'ai pigé. Elle s'attend à ce qu'il m'arrive la même chose qu'à Tia. Elle ne croit pas que tu survivras. Ses paroles m'évoquent une institutrice consolant un enfant de maternelle qui a le cœur brisé d'avoir perdu son doudou. Dans un brusque accès d'exaspération qui manque de m'étouffer, soudain je la déteste.

Non, attends. Je l'aime. Mais je la déteste. Et je l'aime.

10 NOVEMBRE

Eddy. Secret et subtil. Un corps à la taille de furet, longue et fuselée. Il se laisse désormais pousser les cheveux et ne s'avachit plus sur lui-même. Il sourit, beaucoup, et le soir il rapporte son tambour à la maison. Il joue et entonne des chants de guerrier sur la galerie. Prétend que ça embrouille ceux qui nous écoutent. Sa voix est aiguë et pénétrante. Il interprète les chants d'autrefois qu'il a appris des anciens, mais aussi quelques-uns qu'il a inventés pour narguer les Auditeurs flottant dans les airs. Il accorde le tambour à main en le laissant se réchauffer doucement près de la cuisinière à bois afin que la peau se tende.

« Les humains ont toujours été d'inutiles fauteurs de troubles, me dit-il. Mais au moins nous avons de beaux chants.

– Tout le monde n'en a pas », je rétorque.

Eddy, d'abord pensif, hoche la tête.

« Tu as raison. Le général Custer n'en avait pas.

– Mère non plus n'en a pas. Tu sais, *cette* Mère dont je t'ai parlé.

– Les gens fous de pouvoir n'ont pas de chant. Mais ton bébé en aura un.

– C'est vrai ? » Je suis tellement contente que j'ai un petit sursaut, et mon enfant aussi. « Tu es en train de le composer ?

– J'ai rêvé d'un petit bébé. Il me demandait : Où est mon chant ?

– Tu es déjà un merveilleux grand-père. »

Je me sens incroyablement heureuse et, assise près de la cuisinière, je me caresse le ventre en me demandant à quoi ressemblera ce chant. En public, Eddy fait désormais des discours et des déclarations comme s'il avait toujours été quelqu'un d'extraverti. À la maison, il fredonne et il chante. Après quoi il s'assoit à la table de la cuisine devant des piles de papiers, d'anciens titres de propriété. Il met au point des stratégies. Réfléchit à des mesures de survie, à des façons d'enrôler nos jeunes afin qu'ils travaillent pour une cause plus noble. Où trouver des semences. Des cochons. Des vaches. Des multitudes de poules. Il veut transformer la réserve en une gigantesque ferme, qui sera exploitée de façon intensive et très productive. Des gangsters font pousser pour lui de jeunes plants dans des allées de casino équipées de lampes de croissance. Il leur fait cultiver de la marijuana gratuite pour tout le monde depuis qu'un de ses amis, un Indien Kiowa, est allé au nord, en passant par le Colorado, et qu'il en est revenu avec la gamme complète des variétés médicinales. L'herbe est notre amie, assure Eddy. Elle nous a été donnée par le Créateur, non seulement pour la troquer avec les chimookomaanag, mais aussi pour traiter toutes sortes de douleurs et apaiser les cerveaux paniqués.

Les chimookomaanag sont les Grands Couteaux, les Blancs, et jusqu'ici ils ne nous ont pas réellement inquiétés alors que nous nous sommes emparés de l'arsenal de la National Guard à Camp Ripley, notre territoire initial en vertu des traités. Notre domaine. Ils avaient là une incroyable profusion d'équipement pour fourrer leur nez dans les affaires des autres, du matériel de l'armée américaine un peu démodé, dont Eddy explique que nous nous servons pour espionner ceux qui nous espionnent.

« On va vivre en autarcie, comme autrefois », promet-il.

Les pompes à carburant du Superpumper continuent d'être réapprovisionnées – la compagnie pétrolière se fiche éperdument de savoir qui les tient. Le casino, bien entendu, était loin de manquer d'espèces et il dispose encore de réserves auxquelles personne n'a touché, tout comme la banque tribale. Dans certains lieux l'argent a toujours cours, l'ancienne monnaie du gouvernement américain, car personne n'a été suffisamment organisé pour la remplacer. Eddy est aussi chef de guerre, il a sous ses ordres une bande de soldats d'élite. Comme dans chaque tribu, il y a dans notre nation des anciens combattants, et ensemble ils ont structuré et entraîné notre peuple.

Notre peuple. Mon peuple. Ton peuple. Je n'aurais jamais pu prononcer ces mots-là, avant. Eddy a décolonisé les uniformes de la police tribale.

« Nous avons pratiquement deux régiments entiers. L'un fait dans le style chevelure au vent, à la manière du Dernier des Mohicans. Ils tannent des peaux, cousent leurs propres vêtements de daim, s'entraînent au tir à l'arc et au fusil d'assaut et… tu ne tiens pas à en savoir davantage. J'ignorais que j'avais cela en moi, Cedar. Je suis étonné. Je crois que ma dépression était due à soixante-dix pour cent au fait que mon guerrier intérieur du XVIIe siècle cherchait à s'échapper de moi. »

Eddie s'est mis à la musculation – il a forci. Il regarde maintenant les gens bien en face. Parfois il m'observe par-dessus le bord de la tasse qu'il porte à ses lèvres, puis l'abaisse sans avoir bu. Son regard, quand il se fixe sur quelqu'un, voit loin. C'est dérangeant. Il repose sa tasse.

« Juste pour que tu le saches : nous ne laissons pas tomber les femmes enceintes de notre tribu. Pour nous, elles sont sacrées. Je crains, toutefois, qu'il ne finisse par y avoir ici un grand coup de filet. L'entité militaire qui l'emportera, quelle qu'elle soit, se souviendra probablement de nous. Nous ne savons pas d'où elle viendra, qui sera à sa tête, de quelle puissance elle disposera. Mais tu pourrais te faire cueillir n'importe où. Tu ne cours donc pas plus de risques ici que partout ailleurs. Je suppose. Seulement… »

Il tournoie sur lui-même, éteint la lumière, m'entraîne par la porte de derrière jusque sur la terrasse. Là, il se détend.

Ensemble sur la galerie, nous plongeons notre regard entre les troncs nus et gris de la forêt touffue qui s'étend face à nous. Un homme et une femme, en tenue de camouflage et vêtements en peau de daim, équipés d'armes automatiques, sont adossés à la voiture d'Eddy garée dans l'allée. Je sens la fumée odorante de leurs cigarettes roulées. Il y a aussi dans l'air de la fumée de bois, et un froid bienvenu, éclatant et vif. Des loups ? Des coyotes ?

Un chien ? Ils se mettent à hurler juste au-delà de l'ondulation des arbres.

« C'est la première fois que j'entends des loups, dis-je, ravie.

– Des loups, mais non, voyons. C'est nous, précise Eddy. Notre nouveau code indéchiffrable. »

Il les a entendus lorsque nous étions dans la cuisine et m'a tirée dehors parce qu'il avait besoin de traduire leur langage.

« Qu'est-ce qu'ils disent ?

– Des drones ont été repérés un peu plus tôt, au casino. On devrait rentrer. »

Une fois à l'intérieur, Eddy ouvre une cantine militaire cadenassée et rangée contre le mur. Il en sort une carabine, qu'il me tend, ainsi qu'une boîte de cartouches.

« Je n'en veux pas.

– Elle est à toi. »

Je baisse les yeux vers le truc que j'ai dans les mains : la carabine Custer.

« Phil te l'a donnée ?

– Oui.

– Donc, il est venu ici. »

Ma gorge se serre. Ma poitrine se noue. Je tente de rendre la carabine à Eddy.

« Où est-il ?

– Reparti. Je suis désolé. »

Eddy m'emmène dans le garage et me montre comment charger la carabine. Je ne suis pas une élève enthousiaste, mais il dit qu'il va m'apprendre à tirer.

« Sur quoi ? Des arbres ? Parce qu'il n'est pas question que je tire sur un arbre.

– D'accord. Alors on devrait peut-être aller sur le champ de tir. »

Je pose prudemment l'arme sur le sol en ciment.

« Regarde-moi, Eddy. J'ai en moi une vie nouvelle. Pas question que je tire sur quoi que ce soit, ni que je tue qui que ce soit. J'ai déjà donné.

– Déjà donné ? Comment ça ? »

Il me passe un bras autour des épaules. Je lui parle de l'évasion, de Tia Jackson, d'Orielee, de sa mort. Raconter ce qui s'est passé rend l'épisode tellement vivant que je m'entends craquer, puis sangloter comme si j'étais brisée, ce qui est la vérité, je crois. Seul un être humain brisé serait capable d'agir de cette façon. Eddy me serre contre lui.

« Ne pleure pas, ma jolie. C'était toi et ton bébé ou cette infirmière, tu n'avais pas le choix. Tu as fait ce que tu devais faire.

– C'est ce que je me dis, mais ça n'en reste pas moins un meurtre. »

Eddy toussote.

« À leurs yeux, ce sera un crime, c'est vrai. Il est possible qu'ils te poursuivent, il faut donc qu'on te donne une nouvelle identité. Par chance, je connais quelqu'un au gouvernement tribal. »

Je me jette dans ses bras, le serre contre moi, et il m'étreint à son tour.

« Que dirais-tu de redevenir Mary Potts ?

– Ce serait merveilleux.

– On va s'y mettre tout de suite. »

J'hésite, mais demande malgré tout : « Est-ce que tu t'es

déjà trouvé dans le même genre de situation ? Où tu as dû tuer quelqu'un ?

– Non. Je ne suis pas un soldat. Toi, tu as livré combat, et la plupart des gens suivent un entraînement pour ça. Moi je ne suis pas de taille. Je m'efforce d'être un chef, ce qui n'est pas naturel chez moi. Je m'efforce d'être normal. Est-ce que ça marche ?

– Parfois, oui.

– C'est déjà ça.

– Mais raconte-moi, Eddy. Comment se portent les femmes sacrées ? Et leurs bébés ?

– Bien… tout le monde se porte à merveille.

– C'est vrai ?

– Évidemment.

– Il n'y a pas de *évidemment* qui tienne, Eddy. D'après maman, les bébés ne survivent pas. Les mères non plus, j'imagine. Après avoir vu ce qu'a enduré mon amie, je la crois sur parole.

– Trésor te soutiendra que c'est l'œuvre de sa sainte de A à Z. Elle affirme que sainte Kateri veille à sa façon sur les femmes.

– Tu mens.

– Je maintiens l'espoir en vie.

– J'espère un miracle, donc je vais aller chercher Trésor. Je voudrais que demain on me conduise en voiture au rocher de pèlerinage, d'accord ? C'est là qu'il faut que je prie. »

Eddy me répond qu'il nous y emmènera, tôt le matin, mais qu'il faudra que je me couvre bien pour ne pas attirer l'attention.

« Les drones ne s'attardent pas, d'habitude, mais on n'est jamais trop prudent. Emporte une couverture. »

Eddy me promet même de prier, à sa manière.

« À ta manière ? Une prière est une prière, Eddy. Avec toi, cela perd de sa simplicité.

– Non, j'ai une manière bien à moi. Quand je prie, je m'unis carrément à notre Mère la Terre. Je me mets à plat ventre. »

De fait, le lendemain matin, quand nous arrivons à la statue sur son rocher environnée de gazon bien arrosé, à peine sorti du pick-up Eddy se jette sur le sol. Trésor et moi l'enjambons pour aller nous agenouiller devant la sainte, sur l'herbe piétinée. Je reste enveloppée dans ma couverture.

« Il dit qu'il prie, mais il veut juste piquer un petit roupillon », murmure Trésor.

Nous nous signons et levons les yeux vers Kateri. C'est une statue bien exécutée, en bronze coûteux, pas une de ces pièces en résine moulée. Son visage est expressif et doux, mais ni gentil ni anémique comme celui de la plupart des Vierge Marie. Kateri a les pieds sur terre, elle est astucieuse. Elle fixe sur nous un regard critique qui nous juge, comme si elle se demandait si nous méritons son intercession. J'incline la tête et je prie. Me lance avec enthousiasme dans la prière. Je sens alors quelque chose s'échapper de moi, comme si les atomes de terreur avaient un poids véritable, comme si la crainte était du sable fin coulant dans mes veines. Je n'obtiens pas de réponse de Kateri, du moins pas clairement. Quand Eddy m'aide à me relever j'ai les genoux engourdis, le cœur vidé. Pour la première fois depuis des semaines, je n'ai pas peur.

Puis quelque chose volette autour de moi, un oiseau minuscule, cliquetant et bruissant. Et un ovale transparent flotte devant mes doigts serrés.

« Garde la tête baissée. »

Eddy est dans mon dos, il rabat la couverture sur moi et me ramène au pick-up.

« Rentre la tête dans les épaules, murmure-t-il, comme si tu étais une très vieille dame. »

Je fais ce qu'il dit et me laisse tomber d'un bloc sur le siège passager. Je sais déjà ce qui s'est passé. On m'a vue.

18 NOVEMBRE

Tu n'as pas encore adopté la position antérieure qui précède généralement la naissance. Mais tu es lourd comme une petite brique, un petit bébé costaud. Si j'accouchais maintenant, tu pourrais probablement réussir à vivre dans ce monde même sans service de néonatologie. Je me prépare à ce que tu m'annonces que tu es en route, mais je ne sais pas exactement ce qu'il faut attendre – quel genre d'élancement, de coup de pied, de prémonition. Sera affirme que je saurai quand le travail commencera. N'est-ce pas toujours ainsi que les femmes sont censées savoir les choses, en les « sachant » ? Elle est toujours dans les parages, toujours dans la maison, et sa présence me pèse. On se portait déjà sur les nerfs avant, et c'est pire maintenant. Son obsession du ménage est à son comble. On pourrait penser qu'après avoir vu maman voler à mon secours et aider Tia à accoucher, je serais indulgente. J'essaie, mais un jour l'agacement me submerge. Maman ne fait rien d'autre que son habituel super-grand nettoyage de la cuisine. Mais je ne peux tout simplement plus supporter le crissement qu'elle produit en grattant des restes de nourriture au fond d'une casserole.

« Tu ne pourrais pas t'arrêter une minute ?

– Bien sûr, si tu as envie de manger dans des assiettes sales.

– Tu récures une casserole, pas une assiette.

– Vas-y, je t'en prie. »

Je me lève et commence à frotter. Elle se tient à côté de moi, coupable.

« Allez, arrête ça. Tu n'es pas obligée de le faire.

– Tu passes ton temps à astiquer. C'est franchement agaçant.

– Que veux-tu que je fasse d'autre ?

– Tu peux sortir, maman. »

Dans ma voix transparaît plus de colère que je ne l'aurais souhaité.

« Mais moi, je suis forcée de rester à l'intérieur à t'écouter récurer tes stupides casseroles.

– Je serais ravie de sortir, mais tu n'as donc toujours pas compris ?

– Compris quoi ? »

Elle tire de sa poche arrière un crayon et un bout de papier. Elle soutient que c'est la façon la plus sûre de communiquer. Je crois pour ma part qu'elle a recours aux petits mots quand elle veut stopper la communication véritable. Elle écrit : S'ils me voient ici, ils sauront où te trouver.

Après avoir lu le papier, je le froisse. Ce qui la rend furieuse, et elle siffle entre ses dents : « Tu trouves peut-être normal que Glen se mette en danger, sans parler de moi. Et tout ça pour toi. Mais aucune importance. Eddy ou Trésor n'ont qu'à claquer des doigts, et toi tu es tout sucre tout miel. Bon sang, nous t'avons trop gâtée. Tu es odieuse ! »

Odieuse, c'est le terme qu'elle employait toujours lorsque je me comportais comme une adolescente détestable, et elle sait que je ne le supporte pas. Idem pour gâtée. Je réagis toujours par des propos venimeux, mais aujourd'hui j'en fais des tonnes. Je l'oblige à répondre à la question qu'elle a évitée tout au long de mon existence.

« Maman, comment m'avez-vous adoptée ? N'essaie pas de t'en sortir par une pirouette. Dis-le-moi carrément. J'ai besoin de savoir. Cette fois, je ne veux pas voir tes roulements d'yeux. Je veux la vérité. »

Nous sommes debout devant l'évier. Dehors, du givre recouvre le sol de novembre. La fraîcheur de l'hiver. Je fais face à ma mère marraine-de-Cendrillon aux yeux bleus, qui se mord la lèvre. Et même se tord les mains, comme dans une mauvaise pièce de théâtre. Mais elle craque petit à petit. Oui, je le vois bien – elle va me le dire. Je hoche la tête et soutiens son regard.

« Tu n'as pas été adoptée », lâche-t-elle étourdiment.

Quel curieux retournement. Impossible d'assimiler cette réponse. Ma bouche ne fonctionne pas. Je secoue la tête pour déloger ma langue. Mes cheveux s'échappent de leur queue-de-cheval un peu lâche.

« Tu n'as pas été adoptée », répète-t-elle.

Elle est toujours furieuse et peut-être, qui sait, cherche-t-elle à me blesser. Car elle dit alors un truc incroyable.

« Glen est ton père biologique. »

Mon cerveau ne la croit pas mais mon cœur, oui. Je ressens une douleur dans la poitrine. Je m'avance en titubant vers une chaise. Me laisse tomber dessus. Il est tout simplement impossible d'assimiler cette nouvelle. Mais ça y est, je pige – son angoisse concernant le sort de Glen et sa colère à mon égard se sont combinées et l'ont menée à me dévoiler la vérité. Je cherche de nouveau mes mots, mais il n'y a encore ni mots ni même sentiments. Il me faut un temps fou pour reprendre mon souffle, et alors je suis envahie de tristesse.

« Si ce que tu dis est vrai, si tu me l'as caché, alors j'aurais pu avoir mon vrai père toute ma vie.

– Et en même temps, rétorque Sera comme si elle s'était attendue à cette réponse, bien que je ne sois pas ta mère biologique, ne suis-je pas ta vraie mère ? »

Je la regarde, les yeux ronds. Que j'hésite nous désarçonne toutes les deux. Elle paraît désormais horrifiée par ce qu'elle a révélé et par la direction que prennent les choses. Je suppose, comme le dit le proverbe, que la vérité nous rendra malheureux avant de nous rendre libres. Suis-je donc libre, à présent ? Et maman ? Souviens-toi, me dis-je, de tout ce qu'elle a fait pour toi. Je traverse la phase calme de l'état de choc.

« Mais que s'est-il passé ? Pourquoi Glen n'est-il pas avec nous ? Est-ce qu'au moins Trésor est vraiment ma mère biologique ?

– Oui.

– Alors… Glen a eu une liaison avec elle. Comme avec la vendeuse de chez Retro Vinyl. C'est la raison de son absence ?

– Oui.

– Arrête de me laisser raconter l'histoire à ta place !

– OK.

– Oh, mon Dieu. Comment l'a-t-il rencontrée ? Qu'est-ce qu'il faisait ?

– Il représentait la tribu. Un litige foncier. »

Je suis soudain submergée par la douleur, par la rage.

« Je ne veux plus jamais le revoir. Ni parler de lui. »

Mais, bien sûr, ce n'est pas vrai. J'ai toujours adoré mon père. Je l'aime aussi à ce moment précis. Tout concorde – quand les gens croyaient que c'était mon vrai père. Mêmes mains, mêmes cheveux, même démarche. J'ai besoin de lui dire à quel point tout cela me touche, parce que ce sera important pour lui. Non ? Mais si ça l'était vraiment, il me l'aurait dit. Je veux tâcher de comprendre ce qui s'est passé, même si ça me sidère. Je veux retrouver l'effet stabilisateur que sa présence a toujours eu sur nous. Sans lui, Sera et moi ne cessons de nous disputer. Ses petits coups de coude complices, ses plaisanteries enfantines, sa faculté d'arracher ma mère à son espace mental obsessionnel, tout cela nous a toujours été d'un grand secours. Je crains qu'elle ne se tue à force de ménage. Oh, et puis après tout, grand bien lui fasse ! J'en veux terriblement à ma mère de m'avoir caché la vérité, et je lui en veux encore davantage de me l'avoir révélée. En même temps, c'est la personne la plus courageuse que je connaisse. Je n'oublierai jamais le jour où elle a débarqué à l'hôpital, un plateau-repas dans les mains. Mais Glen !

Comment Glen a-t-il pu accepter de mentir ? Comptait-il me mentir toute ma vie ?

Soudain, ça fait tilt dans ma tête. L'insécurité de Sera. En fait il la protégeait pour qu'ils soient tous les deux à égalité en tant que parents, afin qu'il ne soit pas le « vrai » parent et elle, peut-être, le parent « adoptif » de rang inférieur. Pour elle il a renoncé à son « vrai statut », mais, ce faisant, il me l'a caché. Il m'a laissée me poser des questions toute ma vie. Et même Trésor participait à cette tromperie.

C'est là le pire – la tromperie inutile. Que j'aie noté depuis toute petite notre ressemblance physique, mais que je l'aie toujours chassée de mon esprit. Et l'étrange solitude que je ressens à présent, d'avoir été dupée durant toute mon existence. Je quitte la pièce, longe le petit couloir pour aller m'asseoir à côté du lit de Grand-mère. Je suis trop épuisée par la violence de tout ce que je dois assimiler pour faire autre chose que regarder fixement la forme qu'elle dessine sous les couvertures dorées, à peine une ondulation. Son petit visage sévère, tourné vers le plafond, capte la lumière. Elle devine aussitôt ma présence et demande, de sa voix ténue et voilée : « Qu'y a-t-il, mon enfant ?

– Je viens de découvrir qui est mon vrai père. Mon père adoptif *est* mon vrai père ! »

Je n'aurais rien pu trouver de plus idiot à lâcher.

Les fines lèvres de Grand-mère s'ouvrent, une dent miroite.

« Les hommes sont des roublards. Je suis bien placée pour le savoir. »

Et puis elle me raconte une histoire.

La Course du gros

J'étais amoureuse d'un homme qui s'appelait Cuthbert, un sacré gros mangeur. Il s'asseyait à table devant un cuissot de chevreuil, un poulet entier, deux ou trois miches ou un plein seau de pain bannock, une demi-douzaine d'épis de maïs ou un sac de carottes crues. Il avalait tout, et puis il partait travailler aux champs. Il était très gros, mais solide comme un roc, rien que du muscle et pas une once de graisse. Il m'empoignait, me posait sur ses genoux et me serrait dans ses bras. Il m'appelait son petit oiseau. Je m'apprêtais à l'épouser, la date du mariage était même déjà choisie, mais alors ses sœurs le montèrent contre moi. Elles lui racontèrent que j'en avais après son argent, que je voulais sa terre, et aussi que je faisais l'amour avec le Diable.

Il n'y avait que cette dernière partie de vraie.

Notre prêtre avait expliqué que chacun de nous a deux anges, un ange gardien et un ange de perversion. Le second tâchera toujours de vous faire croire qu'il est le premier, et je suppose que je me suis laissé prendre. La nuit, dans mes rêves, j'avais la visite d'un homme en bleu – costume bleu, chemise bleue, cravate bleue, chaussures bleues, mais pas de chapeau. Il avait les cheveux et les yeux noirs, la peau de la couleur d'un œuf brun clair, très lisse et sans taches. Il retirait tous ses vêtements bleus et les posait à mes pieds. Son instrument de plaisir – ne te moque pas de moi – était bleu lui aussi, comme s'il avait été plongé dans une encre magnifique, et bleu nuit à son extrémité. J'admirais un moment cet homme, et puis je passais toute la nuit au lit avec lui – tu vois ce que je veux dire. Le matin, je me réveillais écœurée de ce que j'avais fait. Pourtant la nuit suivante, ça recommençait. Je ne savais pas lui résister. Il me susurrait les mots les plus tendres, comme un ange protecteur, mais ses actes étaient animés de mauvaises intentions.

Et maintenant, d'après toi, comment se faisait-il que les sœurs de Cuthbert connaissent la forme de mes rêves ?

Quand il me rapporta que ses sœurs colportaient cette histoire sur le Diable et moi, il éclata de rire. Elles étaient plus inquiètes à l'idée que j'avais peut-être des vues sur ses trente-deux hectares défrichés et plantés, ou sur l'argent que la banque gardait sous clé. Le costume bleu dont parlaient ses sœurs le fit se tordre de rire, et il ne remarqua pas qu'en entendant ces mots je faillis m'évanouir. Puis je me ressaisis. J'y réfléchis. Il ne me fallut pas bien longtemps pour comprendre que si les sœurs de Cuthbert étaient au courant de mon diable, alors ça signifiait qu'il leur rendait visite à elles aussi.

J'entrai dans une colère noire, et par jalousie me mis à échafauder un plan pour rompre avec mon diable. Je me vengerais. Je décidai de le tuer, mais sans trop savoir comment détruire un homme qui n'existait qu'à l'état de fantôme. Puis il me vint à l'idée que je devais rêver sa mort. Je devais concevoir un couteau aiguisé et pointu.

Chaque nuit, je rêvais un couteau sous mon oreiller. Je rêvais sa forme et son poids, son manche en bois noir et son tranchant. Je rêvais le rai de lumière blanche jaillissant de sa pointe. Je rêvais la sensation qu'il me donnerait dans les mains et la façon dont il se logerait entre les côtes rêvées de mon ange de perversion. Je rêvais si bien tout cela que la nuit où j'ai passé la main sous l'oreiller et trouvé l'arme parfaitement bien rêvée, c'était le souvenir d'un rêve que j'avais fait, un rêve dans un rêve. Sa mort, pourtant, fut impossible à rêver, et atroce. Je m'éveillai baignée de terreur et de larmes. Le cauchemar me hanta toute la matinée pendant que je m'habillais pour la fête de l'Assomption. Une célébration devait avoir lieu à l'église, et à la messe le prêtre devait lire les bans précédant mon mariage avec Cuthbert.

Je flageolais sur mes jambes ce jour-là, et ma mère me

trouva le teint pâle. Je préparai tout de même six tourtes. Dont trois pour Cuthbert, qui devait participer à la Course du gros. Chaque année, seulement les plus corpulents des hommes corpulents se mettaient sur la ligne de départ. Leur course, comique et tapageuse, marquait toujours le point culminant de la fête. À la fin, le gagnant recevait les tourtes de son choix et une médaille sainte en guise de ruban – saint Jude, saint Christophe ou sainte Thérèse des Fleurettes. Dans notre chariot pour aller à l'église, j'étais presque étourdie de bonheur – j'avais tué le Diable et j'allais bientôt épouser Cuthbert. Ses sœurs s'étonneraient de la perte de leur démon bleu, mais elles ne sauraient jamais que celle qui l'avait tué, c'était moi.

Et puis ce fut le choc. Alors que les gros s'alignaient au bout du champ, que nous les regardions en les montrant du doigt et en pariant de petites sommes sur l'un ou l'autre, entra en chancelant dans le groupe un homme en costume bleu et chemise bleue, cravate bleue, chaussures bleues, aux cheveux noirs et à la peau brun clair. Oui, mais il était beaucoup, beaucoup plus gros que dans mon rêve. Il se mit en ligne avec les autres. Je ne sais pas si les yeux qui s'écarquillèrent le plus étaient les miens ou ceux des sœurs de Cuthbert, si la bouche la plus béante était la mienne ou celle des sœurs de Cuthbert, mais il n'y avait que moi pour savoir qu'en le tuant dans mon rêve j'avais donné vie au Diable. Et il était là, qui faisait la course avec Cuthbert pour remporter le prix.

Il n'avait pas l'air bien du tout, je m'en aperçus lorsqu'ils s'élancèrent. Boursouflé et gris comme une tique gorgée de sang, il avait la peau d'un vert presque éteint. Il courait avec une main plaquée contre ses côtes et je faillis hurler quand il me dépassa en dirigeant sur moi l'éclat de ses yeux rouges et hagards. Sa bouche était ouverte et je vis qu'elle était pleine de sang noir. Cuthbert et lui étaient au coude à coude, loin devant les autres, et je m'aperçus que le Diable se payait la tête de mon futur mari qui, pris par la rage de courir, bondit comme un grand cerf pour se ruer devant lui.

Quand ce fut terminé, deux hommes gisaient sur la ligne d'arrivée. L'un était Cuthbert, foudroyé par une crise cardiaque. L'autre était mort depuis le début, dirent les gens. En ouvrant la veste bleue, on trouva un couteau à manche noir planté jusqu'à la garde entre ses côtes.

Alors, conclut Grand-mère, à la place j'ai épousé un homme qui n'avait pas un poil de graisse en trop, un homme qui détestait le bleu et n'en portait jamais, un homme dont les sœurs m'aimaient bien. J'ai vécu avec lui cinquante-sept ans, vois-tu, et à nous deux on a eu huit enfants. On en a adopté vingt. On a élevé tous les animaux possibles et imaginables, vois-tu, cultivé notre maïs, notre avoine, et ramassé chaque automne des montagnes de pommes de terre. On a cueilli du riz sauvage. On a, de temps à autre, abattu un cerf depuis notre galerie derrière la maison, et nos enfants on les a bien nourris, n'est-ce pas ?

Les yeux de Grand-mère s'ouvrent lentement après qu'elle a fini son histoire, et elle continue à parler de sa voix d'écorce craquelée. Elle m'avoue qu'elle ignorait, lorsqu'elle avait confectionné ces six tourtes pour la Course du gros, qu'elle était enceinte. Le père de son bébé était l'homme bleu de son rêve, et son fils était né couvert de taches étranges. Il était sorti de son ventre avec des bleus sur le dos et le postérieur. *Si foncés qu'ils en paraissaient indigo. Indolores, semblait-il. Ce petit-là, le Diable a dû le faire sortir à coups de pied, avait remarqué la femme-*

médecine. Mais en serrant mon bébé dans mes bras je lui répondis que non. Des anges l'avaient certainement battu pour découvrir ce qu'il était capable d'endurer.

Quoi qu'il en soit, l'histoire de Grand-mère me détourne complètement des brusques revirements de mon propre récit. Et me semble en même temps être une mise en garde. Mon père et ma mère, qui tous deux m'aiment et me mentent. Et Phil, mon ange de perversion. J'ai besoin d'un ange véritable. D'un bon esprit. Ce soir-là, au moment de m'endormir, je sens une fois de plus la présence qui revient s'asseoir au bout de mon matelas. Que ce soit ou non une illusion, ce visiteur est si apaisant, si fort, que je m'enfonce sans difficulté dans un sommeil pur et sans rêves.

Eddy me cache dans son pick-up et m'emmène à son bureau. Sa secrétaire me photographie et plastifie ma nouvelle carte d'identité tribale. J'ai l'air heureuse sur le cliché. Mes joues sont rondes et pleines, et je porte une paire de lunettes, qui ne m'appartient pas. Mes cheveux sont longs et brillants. Je suis un mélange de Trésor et de Glen. C'est moi. Mary Potts.

Et quel genre d'être humain suis-je, en réalité ? D'abord je découvre que je suis la véritable enfant de mon père, donc issue d'une lignée qui remonte à Richard Cœur de Lion. Puis j'apprends que mon héritage est également lié à un sinistre homme bleu qui a, en rêve, mis ma grand-mère enceinte. Et toi, Phil étant ton père, un homme qui a causé du tort quand il tâchait de ne pas en causer, tu portes en toi la patience d'aïeux qui ont travaillé la pierre. Parfois je pense à la pochette pleine d'étiquettes et de photos que j'ai sauvées de la déchetterie, à cette fascinante collection de mots et d'images imprimés. Sans qu'il y ait ni acte ni volonté de ma part, je suis en train de créer un collage d'ADN et de rêves, tous ces mots faits chair, et ce, jusque dans mon sommeil.

19 NOVEMBRE

Un pan de contreplaqué coulisse derrière la chaudière. En cas de coup de filet je pourrais me glisser dans cet espace, je suppose, et disparaître. Trésor en a rendu l'entrée indétectable. C'est une véritable pièce, terminée depuis peu. Il n'y a pas de fenêtres, bien sûr, mais les murs sont propres et fraîchement peints. Maman et moi faisons la paix assez longtemps pour convenir que nous nous y installerons lorsque nous serons prêtes. C'est donc là que tu naîtras. Sous terre. En sécurité dans un terrier. Ou, du moins, c'est ce à quoi je me prépare. Après ta naissance, nous devrons probablement continuer à te cacher. Mais la situation évoluera. On me fichera la paix. Trésor dit que je vais avoir une fille. Elle a surpris une dispute entre Sera et moi et m'a entendue parler de parthénogenèse. Que nous imaginions pouvoir désormais concevoir nos bébés toutes seules la fait se tordre de rire.

« L'Immaculée Conception. Selon Cedar ! C'est la dernière nouveauté en date, s'écrie-t-elle, mais moi, je préfère encore Eddy. »

Je n'aurais pas dû promettre à Eddy de garder cette stupide carabine, mais impossible de la remettre dans le coffre, il l'a verrouillé. Je la coince donc contre le mur, chargée mais avec le cran de sûreté enclenché, le long de mon matelas gonflable. Fatiguée, tellement fatiguée, je défaille et dors dès que je le peux.

20 NOVEMBRE

Ils passent devant les chiens, traversent la cuisine, le séjour, et gagnent la chambre où je suis endormie au creux des piles de vêtements morts de ma petite sœur. Un son minuscule, un grincement ou un toussotement, me réveille. J'entends leur progression furtive. L'un des chiens se met à aboyer, mais au loin, dans le champ. Peut-être les ont-ils tous éloignés. Je tire encore davantage de frusques sur moi et tends la main vers le mur pour attraper la carabine Custer. Je la ramène contre mon ventre, en ôtant le cran de sûreté. Je murmure quelques mots à Little Mary, qui remue dans son sommeil, sans se réveiller. La porte s'ouvre, de la lumière venue du couloir se répand dans la chambre. Sous le méli-mélo de collants, d'écharpes, de chemisiers, de vestes et de caleçons, mes yeux sont abrités. Je jette un coup d'œil à travers le fatras. Son regard tombe droit sur moi.

C'est Mère. Son épaisse chevelure est sauvagement laquée, la frange immobilisée. Ses yeux sombres sont enfoncés dans son visage en pâte à pain. Sa bouche dénuée de lèvres se plisse, atterrée et compatissante.

« Es-tu là, chère petite ? »

Elle porte une doudoune bordeaux qui lui arrive sous le genou. Des moufles marron. Un cache-oreilles en fourrure de lapin. Elle regarde la pièce à la dérobée et murmure : « Non mais quel bordel, c'est pas croyable ! »

Avec un frisson de fierté à l'égard de Mary, je m'aperçois que Mère ne me voit même pas sous toutes ces fringues. Ce serait le moment de l'abattre, si j'avais les moyens de le faire, mais évidemment j'en suis incapable. De toute façon, on dirait que Mère a déjà été abattue. Tandis qu'elle embrasse du regard le chaos écrasant et les strates de saleté accumulées, sa bouche s'ouvre et se referme. Son visage, déformé, se froisse tel l'emballage ramolli d'un plat à emporter.

Avec un air de profonde révérence, elle sort de la chambre à reculons. Je sens que des pas souples et silencieux empruntent le couloir. Je glisse de nouveau la carabine le long du mur. Je suis tellement désorientée que je décide aussitôt que je n'ai pas vu ce que j'ai vu. Je ne peux que songer à me nicher toujours plus profondément dans la pile de vieux collants et de robes avachies. À ramper sous le chaos. À me blottir sous l'interminable couverture jaune au crochet. Je ne veux rien, sinon oublier. Tout de suite après, j'entends le petit déclic de la porte d'entrée et le chien, dehors, qui aboie un au revoir. Je remercie ma petite sœur et m'enfonce dans un sommeil noir et mort.

Je suis entraînée vers le bas, toujours plus bas, aspirée dans ce sommeil. Je me réveille, une main plaquée contre ma bouche, la main de Phil. Il me hisse hors de mon matelas façon grotte et des tas de vêtements agglutinés, laisse sa main sur ma bouche en empoignant en même temps le sac de voyage qui ne quitte jamais mon chevet. Il murmure à mon oreille, tout en m'entraînant dehors…

« Ils reviennent. » Tandis qu'il me fourre dans une voiture qui sent la fumée… « Ne fais pas de bruit. » Tandis qu'il descend l'allée en roue libre et lance le moteur une fois arrivé à la boîte aux lettres… « S'ils te trouvaient ici, ils embarqueraient tout le monde. On va à la station-service. Elle est vide, tu pourras t'y planquer. Il y a un fourgon qui part pour le nord cette semaine. »

Je ne suis plus qu'une flaque. Tellement sonnée et stupéfaite que trois kilomètres passent avant que j'ouvre la bouche. Je suis presque certaine d'être dans un rêve, et je ne veux pas me réveiller et quitter le confort du siège chauffant en cuir, du moteur qui ronronne, du monde qui défile à toute allure. Que Phil roule tous feux éteints est la seule raison qui me force à dire quelque chose.

« Hé, Phil. Et les phares ?

– Je sais, ma chérie. Mais si je les allumais, ils me repéreraient aussitôt et pourraient nous suivre à la trace depuis les airs. »

Il y a une demi-lune, suffisamment de clarté diffuse pour distinguer la chaussée. À rouler sans éclairage, on a l'impression de flotter. Le monde de chaque côté de la grande route est espace noir, écume grise, les arbres se dressent, indistincts, puis leur succèdent un bâtiment aux sombres fenêtres miroitantes, et ensuite les colonnes réfléchissantes des pompes à essence. Nous prenons un virage. Dans un cahot, Phil monte sur le trottoir, entre dans les bois derrière le Superpumper, et se gare aussi loin que possible au milieu des broussailles. Nous restons dans la voiture tandis que le moteur refroidit en cliquetant. Nous sommes ensemble dans la nuit. Je me réveille.

« Tu m'as dénoncée. »

En guise de réponse, il retire sa chemise de flanelle, puis soulève son tee-shirt au-dessus de sa tête.

« Touche. »

Je fais glisser mes mains sur ses épaules, le long de son dos, le bout de mes doigts bute sur les bosses et les nœuds de peau, le relief de croûtes et de cicatrices. Il place ma main sur sa joue. Je touche son visage et ses cheveux – on dirait que des brins extraits d'une pelote de ficelle, aux longueurs choisies de manière aléatoire, ont été collés sur son crâne, sous ses cheveux. Sa voix grince : « Je suis comme ça de la tête aux pieds, et dedans c'est pire. Je ne me souviens même pas de leur avoir livré ton nom. Je croyais que j'étais un héros, mais je n'en suis pas un. »

Il remet sa chemise, sort de la voiture et entasse des broussailles sur l'arrière de la carrosserie. Couvre les feux réfléchissants. Je prends une couverture sur la banquette et me blottis dessous. Lorsqu'il revient, en refermant doucement la portière il suggère que nous attendions ici, pour être sûrs qu'ils n'essaient pas d'entrer par effraction dans la station-service.

Je lui demande : « Comment sais-tu qu'ils vont venir ?

– J'étais avec eux », répond-il, laconique.

Je tourne et retourne ces paroles dans ma tête. Je suis donc là, à côté d'un des auxiliaires de Mère. Et c'est mon ange, Phil, qui exhale toujours la même odeur, comme une senteur de fatalité et de chemise fraîchement repassée. Sauf que, où aurait-il eu la possibilité de repasser une chemise ? Peut-être sent-il simplement un peu le roussi. Je n'arrive pas à réfléchir avec clarté. C'est une magie puissante que d'être assise à côté de Phil, qui a survécu, bien qu'il soit couvert de marques de coups et de cicatrices. Il est le père de mon bébé et je me mets à pleurer, sans bruit, le visage enfoui dans mes mains, les larmes roulant le long de mes doigts.

Mais non. Je suis assise dans la voiture chauffée, les yeux secs, indignée. Car j'avais parfaitement compris pourquoi Grand-mère m'avait raconté son histoire. Il s'agissait bien d'une mise en garde.

Phil. Un autre ange de perversion. Phil. Fumier d'ange du mal.

« Dis-moi, Phil, est-ce qu'on attend ici pour que te soit attribué le mérite de m'avoir dénoncée ? Vas-tu me traîner hors de la voiture lorsqu'ils arriveront ? Tu t'es peut-être fait griffer par une bande de poules. Comment puis-je savoir que tu es avec moi pour de vrai ? »

Mes questions restent sans réponse pendant un inconfortable laps de temps. Je sens qu'il lutte, soit contre ma découverte de la vérité, soit contre mon absence de gratitude.

« Je suppose qu'on attend, finit-il par dire.

– Je suppose que je n'ai pas le choix. »

Alors nous attendons, et au bout d'un certain temps je m'endors. Et après encore un certain temps, le jour finit par se lever. Phil me signale qu'Eddy a ouvert la porte d'entrée du Superpumper. Il m'aide à descendre avec raideur de la voiture, puis nous gagnons le fond de la station-service, où Eddy nous fait entrer dans l'arrière-boutique.

« Je vais tout préparer comme d'habitude, dit-il. J'ai un carillon sur la porte, hyper fort, donc vous entendrez quand quelqu'un entrera. En général, à cette heure-ci c'est assez calme. »

Il s'en va et nous verrouillons de l'intérieur la porte métallique.

« Bon, est-ce qu'on peut parler ? demande Phil.

– Parle autant que tu voudras. »

Je compose un autre de mes nids de fortune, cette fois à l'aide d'une pile de bâches, de sweat-shirts invendus et de vestes d'Eddy. Je me pelotonne, nageant toujours dans la fatigue et la tension, et mes pensées vagabondent tandis que j'écoute Phil m'expliquer comment il a été arrêté, où ils l'ont emmené, ce qu'ils lui ont fait, ce qu'il a dit ou n'a pas dit. Je tends l'oreille lorsqu'il me raconte qu'après avoir été libéré il est retourné à deux reprises chez moi – chez nous. La première fois, il a récupéré là-bas les fusils et les a apportés à Eddy. Puis il y est retourné après ça parce qu'il s'est souvenu de ma cache de nourriture et, dans une moindre mesure, de ce que j'avais planqué. Dans les placards, pensait-il. S'il y avait de l'alcool, il s'en servirait pour faire du troc. Mais, cette fois, la maison n'était pas vide.

« Il y avait une femme qui dormait sur le canapé. Je la connaissais. Elle s'appelait Bernice, et elle avait le chic pour faire coffrer les femmes.

– C'est elle qui m'a chopée. Et qui a abattu le compagnon d'une de mes voisines de chambre à l'hôpital. »

Phil se tourne vers moi.

« Elle était ivre morte. »

Je coule un regard vers lui. Bernice avait dû trouver quelques-unes des bouteilles planquées à la maison. Phil continue à parler.

« Une bouteille de Jameson était posée sur la table basse, vidée jusqu'à la dernière goutte. Une autre gisait au pied de la méridienne. Une cartouche de Marlboro était ouverte à côté, l'emballage déchiré, et Bernice avait entassé ses mégots dans le cendrier préféré de ta grand-mère, celui dont tu m'as dit que c'était une pièce du service en cristal de son mariage.

– Quel culot. Mais tu as bonne mémoire.

– Pauvre Bernice. Elle picolait toute seule. Elle ne pouvait plus se supporter, j'imagine. Alors j'ai décidé de profiter de son état d'ébriété avancé pour l'immobiliser – la ligoter, la bâillonner, un truc comme ça. Et découvrir où elle avait déniché cet alcool. »

Là, Phil me sourit. Je distingue son visage dans le demi-jour que dispense un tout petit orifice proche de l'angle du plafond – je ne lui avais encore jamais vu ce sourire mal en point. On lui a fait sauter toutes les dents d'un côté de la mâchoire. Je détourne les yeux.

« Je sais ce qu'elle a fait, davantage encore que tu ne peux l'imaginer, reprend-il au bout de quelques instants. Et pour tout te dire, j'ai décidé de la tuer. »

Je discerne à peine le contour gris et flou de ses traits ravagés, les trous, cicatrices et brûlures partout sur son visage et son cou. Il se tourne soudain vers moi, me saisit brutalement par le menton et écrase sa bouche sur la mienne. Je sais qu'il a souffert, et même souffert pour moi, mais son sourire m'a fait l'effet d'une piqûre de caféine, la réalité. Son baiser m'engourdit. Mon cœur chavire.

« Qu'est-ce que tu as fait ?

– J'ai mis le feu.

– Pas la façon la plus discrète de tuer quelqu'un.

– C'était plus ou moins un accident.

– Personne ne met le feu à une maison par accident.

– À moins d'avoir un bidon d'essence. Je suis entré.

Comme elle était dans les vapes, je l'ai arrosée d'essence. Et puis je l'ai allumée avec mon Bic.

– Mais non, tu n'as pas fait ça.

– Bien sûr que non. En fait elle avait oublié quelque chose sur le gaz. Je l'ai senti en entrant. Elle s'est levée et a gagné la cuisine d'un pas chancelant, puis elle a retiré la casserole du feu, qui fumait tellement elle était chaude. Là, elle se brûle les mains. Titube jusqu'à l'évier. Puis jette de l'eau sur les flammes. Ensuite elle tape dessus avec des torchons, et les torchons s'embrasent. C'en est presque comique. Elle les lance sur les rideaux. Des flammes gigantesques. La scène était dingue, elle balançait du feu tout autour de la pièce en riant. Elle était peut-être défoncée, aussi. Alors je suis sorti sur la pointe des pieds, c'est tout.

– Donc elle a été sa propre victime.

– J'avais déjà parcouru la moitié de la rue quand j'ai entendu un grand *baoum*. Je regarde derrière moi, et tout à coup des flammes jaillissent du toit.

– Probablement la vodka finlandaise.

– Oh. Quel gâchis. Ensuite, au moment où je tournais le coin il y a eu des explosions, *bang bang*, comme un échange de coups de feu.

– Le mur était bourré de munitions. »

Je plaque mes mains sur mon visage, comme pour me dissimuler à mon inutile culpabilité.

« Je ne savais plus où aller, reprend Phil. Je suis recherché. Et ils ont déjà fouillé à deux reprises la maison de Trésor. Ils sont probablement partout, toujours en train de me pister.

– Attends. Tu m'as dit que tu étais avec Mère. Et

maintenant tu me dis que tu es recherché. C'est l'un ou l'autre. »

Il bredouille, et la peur m'envahit.

« En fait c'est les deux. Ils m'ont pincé. Mais je leur ai volé une voiture et je me suis enfui.

– Parce que ça ne leur suffit pas, toutes ces femmes qu'ils arrêtent ? Qu'est-ce qu'ils me veulent à la fin ? »

Phil me regarde, étonné.

« Tu n'es pas au courant ?

– Au courant de quoi ? »

Il cesse de parler, et maintenant je ne veux plus rien entendre. Mais je finis quand même par lui demander : *Dis-le-moi.*

« Il est possible que tu attendes un des originels. Il y en a vraiment très peu, alors ils vous mettent dans des hôpitaux spéciaux et sécurisés. Tu t'es déjà évadée de l'un d'eux.

– Originels ? Mais de quoi tu parles ?

– D'un bébé ordinaire, tout simplement. Comme ceux d'avant.

– Ça veut dire que mon bébé va bien. »

Il ne répond pas pendant un certain temps, puis il dit : « *Notre* bébé. Je te rappelle que c'est moi le père. »

Ma voix est éraillée, ma bouche est devenue sèche. Mon sang se met à bruire dans mes veines et j'ai la nausée, je me sens mal. Puis tu lances un coup de pied et roules sur toi-même comme pour m'indiquer que tu es en bonne santé, que tu es prêt à naître. Et c'est le moment précis où je sais, là, dans l'arrière-boutique du Superpumper, que tu es quelqu'un. Avant, pour être franche, malgré tous mes efforts pour te parler, j'avais l'impression que tu n'étais pas complètement *toi.* Que tu étais juste un petit bout de moi.

Voilà pourquoi je continuais à écrire, pour me convaincre, pour me préparer à ce que tu sois une personne à part entière, distincte de qui je suis.

Maintenant je te sens qui écoutes.

Phil parle, réfléchit, et son bavardage me rend malade.

« Après tout, il s'agit d'une crise mondiale, qui affecte l'avenir de toute l'humanité, tu peux donc comprendre pourquoi ils ont besoin de surveiller les femmes de près. Chaque être vivant est en train de changer, Cedar. C'est le chaos biologique, tout régresse à un rythme redoutable. »

Tes coups de pied et tes roulades me donnent le vertige. J'ai du mal à respirer et je halète, sans bruit. L'air est froid, piquant. Je repense aux paroles de Glen, il y a si longtemps, dans l'ancien monde, devant une assiette de pancakes, quand la vie était encore merveilleuse. Glen pour qui notre Mère la Terre avait un sens parfait de la justice.

Et tu continues à écouter, sous ma main, une sensation étrange et nouvelle. On dirait que tu prêtes l'oreille à la voix de ton père, mais comme moi tu sembles dans l'attente de quelque chose, conscient d'un péril caché sous ses mots.

« N'interprète pas mes paroles de travers, reprend Phil. Je ne suis pas avec eux, ma chérie. Je ne suis pas partisan de la peine de mort pour punir l'avortement, mais je comprends. Ils sont dans la merde et ils paniquent. Je te soutiens comme des quantités de types bien ! Nous sommes de votre côté, nous sommes armés. Mais elles m'auraient été bien utiles, ces munitions dont tu me dis qu'elles étaient cachées dans les murs. »

Sa voix est mélancolique, enfantine, et je ne suis même pas capable de regarder ses mains abîmées.

« En fait, souffle-t-il, tu recèles en toi un trésor, Cedar, si notre bébé est normal. Nous serions à des postes de responsabilité. Riches. Hyper riches ! Nous serions en sécurité. Si, d'une façon ou d'une autre, nous avons réussi génétiquement, je veux dire, à avoir un enfant normal, l'avenir nous appartient.

– On pourrait s'emparer du pouvoir et fonder une dynastie, dis-je, avec la volonté de me montrer sarcastique.

– Absolument », me répond Phil, à voix basse, en tendant la main vers moi.

Je l'écarte violemment et appelle Eddy.

THANKSGIVING

Il n'y a jamais eu de coup de filet. Mère n'est pas revenue. J'ai probablement été le jouet d'une hallucination. Et peut-être, espérons-le, qu'aux prises avec les hormones du huitième mois le même phénomène s'est reproduit avec Phil. Mais non, Phil a vraiment franchi la porte quand j'ai appelé Eddy. La voiture gris métallisé est sortie des broussailles en marche arrière, et Phil s'est engagé sur la grande route. J'aurais préféré qu'il ne vienne pas et ne redisparaisse pas. J'espère qu'après avoir compris que je ne suivrais pas son plan, il a filé pour trouver une autre manière de fonder sa dynastie. Je m'efforce de ne pas penser à lui. Nous sommes assis dans le garage, des gardes postés dehors sur le seuil. Le sol en ciment est jonché de plumes de dindons sauvages.

« Chérie, je suis allé à la chasse, lance Eddy à Trésor, pour la centième fois.

– Tu aurais dû les débarrasser de leurs saloperies de plumes avec ton fusil », se plaint-elle.

Je porte des gants en caoutchouc, donc mon boulot rustique et nauséabond ne me dérange pas. Oiseau mort, sang, plumes, une puissante odeur de gibier. Il y a six bêtes à vider. Je suis clairement trop grosse et trop lourde pour faire beaucoup plus que rester assise à les plumer. Je dois sans cesse déplacer mon poids d'une fesse sur l'autre – dans l'une j'ai des fourmis, et l'autre est endolorie.

« Eddy sait toujours comment il va les apprêter, ses dindons, m'explique Trésor. Des fois, il les met en saumure. Ou alors il se sert de la marmite verte en forme d'œuf. Et des fois, il fait carrément frire cette foutue volaille tout entière.

– Est-ce qu'on est obligés d'inviter les pèlerins ? » demande Mary.

Trésor grommelle. Ces temps-ci, des gens en quête de transcendance ont traversé la réserve à bord de camping-cars déglingués et pavoisés de drapeaux de prière tibétains. Souvent à la recherche de protection, ou en fuite, ils ont lourdement pesé sur la police tribale. Il est difficile de faire la part entre la simple envie de se réinventer et les ténèbres que certains apportent avec eux. Et puis il y a les pèlerins catholiques – bien mis, pieux, qui plantent leurs tentes de supermarché au pied de la statue de Kateri et y installent leurs barbecues à charbon de bois japonais et leurs fauteuils pliants en aluminium.

« Qu'ils se débrouillent tout seuls, répond Eddy. Nous allons nourrir nos anciens, nos enfants et nos guerriers.

Peut-être pas rigoureusement dans la tradition, mais hé, c'est l'expérience qui parle. Lors du premier Thanksgiving, nos têtes ont fini sur des piques. »

Bien entendu, pour finir nous cuisinons tout ce qu'il y a sur la réserve et régalons tout le monde sans exception.

30 NOVEMBRE

En pleine nuit – c'est le seul moment où l'on se sent invisible –, Trésor m'emmène prier devant la statue de Kateri. Je suis enveloppée dans une couverture, un gigantesque sac de couchage, et porte des protège-genoux. Autour de moi d'autres personnes se recueillent, veillent, et la paix qui règne ici, le calme, les magnifiques étoiles au-dessus de nos têtes, dans le noir le plus complet, nous sont d'un grand réconfort. Tout en priant avec les autres, plusieurs rosaires, plusieurs Je Vous Salue Marie, je garde une main sur mon ventre. Une fois de plus je sais que tu écoutes. Je te sens qui écoutes, respires, déchiffres les sons. Je te sens qui penses.

Au beau milieu d'une prière, on me hisse sur mes pieds. J'ai mon sac à dos sur les épaules, qui me gêne, et je ne vois pas qui est derrière moi. Je lève les bras pour tenter d'attraper une touffe de cheveux et tirer dessus, mais c'est un grand type totalement chauve. Une femme à la respiration grinçante me passe vivement un collier de serrage aux poignets. Hurlante, je suis traînée tout droit dans une camionnette. Les portières se referment. Après tout ce que nous avons vécu, après tout ce que nous avons évité, on dirait bien que je viens de me faire capturer par des pèlerins anonymes. Trésor court derrière le véhicule, en criant, poursuivie par les autres pèlerins. La statue diminue à l'horizon. Nous tournons sur la grande route. La maison s'éloigne.

La femme sur le siège à côté de moi est nerveuse, comme son mari, chevelure claire de guingois et mains douces. Elle tend les bras et boucle ma ceinture de sécurité. J'essaie de lui flanquer un coup de tête. Elle m'enveloppe fébrilement dans une couverture.

« Je suis désolée, dit-elle. On est à sec, complètement à sec, et on a des gamins. On a besoin de cet argent.

– Que vous toucherez pour m'avoir livrée à la police ? »

Elle ne répond pas, se borne à renifler et à grogner.

« Voulez-vous prier avec moi ? demande-t-elle, d'une voix pleine d'espoir.

– Vous êtes un monstre sans âme.

– Ne faites pas votre grincheuse avec nous », lâche l'homme au volant.

Sainte Kateri m'a vraiment laissée tomber.

1er DÉCEMBRE

Je suis sûre que nous avons toutes cette même impression, nous les femme enceintes, à cause des hormones et des hallucinations qu'elles provoquent, mais, cher enfant, j'ai toujours cette idée tenace que tout se passera bien. Même ici. Un panneau au-dessus de l'entrée annonce « Centre d'accouchement Stillwater », sauf que c'est en fait un simple pan de toile recouvrant « Établissement pénitentiaire Stillwater du Minnesota ».

2 DÉCEMBRE

J'ai beau avoir un épais morceau de mousse en guise de matelas, des draps moelleux en flanelle bleue et une duveteuse couverture rose, je me trouve malgré tout dans une cellule en parpaings. Une cellule désinfectée et joliment peinte où j'ai droit à un deuxième oreiller, et à une couverture super-luxueuse, mais une cellule quand même. Il y a un lavabo, une cuvette de W.-C., un lit pliant, une étagère murale, une petite chaise en plastique et un tableau d'affichage où sont scotchées des photos de bébés. Ce qui me paraît sadique, à bien y réfléchir. Les femmes enceintes qui vont et viennent sur la passerelle centrale portent d'éclatants survêtements rose électrique ou bleu paon. J'en ai un de chaque. Sur le pantalon de mon survêtement bleu s'étale une tache ronde et foncée. On dirait du sang séché. C'est impossible à enlever, une fois que la tache s'est incrustée. Cette fois j'ai pu garder toutes mes affaires dans mon sac à dos, et comme je suis désormais Mary Potts, détentrice d'une carte d'identité tribale, je n'ai pas encore été repérée. Cela ne durera pas. Dès qu'ils auront découvert qui je suis, on sera dans la merde pour de bon. Alors je t'écris avant que cela ne se produise.

Quoique, il faut le reconnaître, tout ici semble mal organisé. Les robinets s'ouvrent, mais l'eau est couleur rouille. Les lampes fonctionnent, mais de nombreuses ampoules sont grillées. Les sols sont propres, mais c'est parce que nous les nettoyons nous-mêmes. Les écrans qu'ils utilisent pour nous surveiller ne cessent de clignoter et de s'éteindre. Ce qui n'empêche que toutes les portes donnant sur l'extérieur sont soigneusement verrouillées. J'aperçois des gens postés dans les miradors lorsque j'emprunte les couloirs.

3 DÉCEMBRE

Chaque matin, à dix heures, on nous conduit dans une salle pour nous préparer à l'accouchement. La lumière diminue. Nous sommes installées sur des tapis de yoga. C'est plutôt paisible. Nous gardons les yeux fermés et voyageons. Ce matin, alors que je suis occupée à compter mes respirations, Orielee et Bernice volent vers moi. Elles sont nues, filent à toute allure, et des spirales d'obscurité s'échappent de leur bouche et de leurs oreilles. De la fumée coule comme du sang de leurs mamelons, de leur nombril. Une vapeur noire et brûlante s'écoule entre leurs jambes. De leurs corps sort un bruit assourdissant, pareil à celui d'une vaste foule. J'ouvre les bras. Elles sont vivantes ! Je n'ai pas peur.

4 DÉCEMBRE

Aujourd'hui, deux gardiens viennent me chercher dans ma cellule. Ils portent des uniformes marron, mais il y a quelque chose de négligé et de fatigué dans la façon dont ils sont habillés. Le col sale et déchiré d'un tee-shirt apparaît entre les boutons manquants de la chemise de l'un des types. Ils me conduisent dans une pièce qui était peut-être un bureau autrefois – il y a un mur d'étagères, une fenêtre, et deux plantes artificielles –, mais l'endroit est désormais aménagé en studio photo. Miguel, un homme mince vêtu de jaune, tête bouclée et regard attendri, me fait penser à Prince.

Il m'accueille comme si j'étais la plus jolie femme du monde.

« Bonjour, mon petit colibri ! Je suis votre maquilleur personnel. Wouah. Hmmm. Tout est possible. À quoi vous voulez ressembler, hein ? Pain blanc ? Pain noir ? Ménagère ? Fille des rues ? »

Il m'ébouriffe les cheveux, les remonte sur mon crâne, puis les laisse retomber. Je lui demande si je peux être la Vierge Marie. Dans ses yeux danse une lueur d'intérêt, sa mine devient grave. Il pose ses mains sur mes épaules et se penche, si bien que nous nous regardons fixement, côte à côte dans le miroir. La tristesse de son visage me glace.

« Je vois du bleu. Nous n'avons pas droit aux couvre-chefs, donc pas de voile, mais j'ajouterai quelques extensions capillaires bleues. Pour obtenir la sensation que crée cette couleur. Votre visage est joli. Je vais le rendre encore plus joli. Vos cheveux sont… je ne vais pas beaucoup intervenir… fabuleux. »

Il me fait la raie au milieu et lisse ma chevelure sur mes épaules.

« Ils se déploient bien, comme une cape.

– Un voile.

– C'est ça, comme un voile. »

Il ouvre une boîte à matériel de pêche constellée d'autocollants et remplie de flacons de fond de teint, d'eye-liners, de faux cils, de rouges à lèvres. Ça me détend de le voir observer mon visage avec autant d'attention, effleurer mes joues du bout des doigts, tamponner ici, tamponner là. Il me peigne avec une telle douceur, j'ai l'impression que des papillons me frôlent de leurs ailes. Je ferme les yeux et le laisse poser au pinceau de l'ombre sur mes paupières. Puis il me demande de regarder en l'air et, par petites touches, applique du mascara sur mes cils.

« On va aller sur une couleur naturelle très claire », déclare-t-il tout en soulignant ma bouche au rouge à lèvres mat. Économe, il déchire en deux un mouchoir en papier, se sert de l'une de ses extrémités. « Maintenant, épongez l'excédent. »

Il me débarrasse de ma cape de maquillage d'un geste théâtral, la gonfle d'air comme un nuage, l'envoie au loin et la remplace par un foulard bleu qu'il drape sur mes épaules. Il me guide ensuite vers un siège placé devant une toile de fond sur laquelle est peint un éclatant cercle de lumière. Une fois que je suis installée, le rayonnement cerne ma tête.

« Je suis aussi le photographe, vu ? Vous êtes divine. Vous êtes spéciale. C'est vous qui donnez la vie. C'est vrai. Laissez toute la beauté qui est en vous affluer à la surface. Laissez votre beauté pénétrer vos yeux, votre visage. »

Au déjeuner il y a des patates douces et de la soupe au poulet, bien qu'apparemment les poulets ne soient plus des poulets – ils ressemblent à de pâles iguanes.

« Qu'est-ce que c'est, là ? »

– Un bout de peau. »

Ma voisine de table déloge le fragment collé à son doigt et continue à manger sa soupe. Il y a une salade composée d'étranges feuilles épaisses et de légumes rabougris ressemblant à des tomates. Au milieu du repas, je remarque le mur de la salle à manger. Il est tapissé de portraits de femmes. Elles ont toutes le même rayonnement autour de la tête. Comme je m'avance pour voir si mon portrait s'y trouve, une rousse à la forte carrure m'arrête. Son visage et ses bras sont parsemés de minuscules taches de rousseur. Ses cheveux roux et frisés à la Botticelli sont torsadés et remontés en chignon. Elle ne doit pas être bien loin du huitième mois.

« Ne t'approche pas, dit-elle. Ne regarde pas.

– Et pourquoi ça ? »

Elle fait la moue, avec l'air d'en avoir beaucoup à dire, mais se borne à pousser un grognement laconique.

« Ça porte malheur. »

Ce qui suffit à m'arrêter, pour l'instant du moins. Je passe tout l'après-midi à dormir sous mon épaisse couverture rose. Le dîner se compose d'une louche de pâte brune et poisseuse réduite en purée, et d'une coupe de baies acides.

« La vraie nourriture me manque », dis-je aux femmes assises à ma table.

L'une d'elles est une Hispanique fluette ; elle a un ventre de sept mois de taille moyenne.

« À moi aussi. »

L'autre est une femme aux cheveux bruns, la quarantaine, joues roses et lunettes violettes. Elle nous informe qu'elle attend le bébé numéro trois.

« Jamais deux sans trois, comme on dit », je réponds. Sans réfléchir. Elle me dévisage. Ses yeux s'emplissent de larmes et elle pique du nez dans son assiette.

« J'espère, marmonne-t-elle.

– Moi aussi », dit la fille mince. Elle a des yeux immenses, envoûtants. Elle s'appelle Estrella. « Autrefois, j'adorais le poulet rôti. Je le préparais avec du citron. Mais pas question que je fasse rôtir un lézard. »

Alors je lui réponds : « Les vaches resteront peut-être les mêmes, simplement en plus coriace. Que... que se passe-t-il ici ?

– Où habitais-tu, avant ? » me demande la femme brune, d'une voix forte, en promenant son regard autour de nous. Puis elle se penche tout près et murmure : « Jusqu'ici, ils prenaient seulement les femmes enceintes. Mais maintenant, c'est n'importe quelle femme en âge de procréer. On peut se faire pincer pour avoir grillé un feu rouge ou traversé en dehors du passage piétons. Je suis là pour vol à l'étalage, c'était stupide de ma part mais j'avais besoin de manger. La moindre petite erreur, et on atterrit ici. »

« Dans une jolie petite maison du sud de Minneapolis ? reprend-elle d'un ton jovial. Moi, j'habitais dans le nord-est. Le quartier des artistes. Je modelais l'argile. » Elle replie les doigts. « Mais je faisais de la sculpture. Pas de la poterie.

– Moi j'étais caissière chez Wells Fargo », dit Estrella. Puis elle me chuchote à l'oreille : « Toi, au moins, tu es déjà inséminée. Quand je suis arrivée, j'ai dû endurer ça je ne sais combien de fois. On te laisse seule, après, le bassin en l'air. Pour voir si ça prend. »

Des murmures se mettent à bruisser d'un bout à l'autre

de la salle à manger, on perçoit des remous dans un angle. La rousse à la forte carrure est campée devant le mur des femmes. Elle se tient le ventre et son silence force l'attention générale. Les yeux brillants de larmes, elle incline la tête, et toutes en même temps, toutes ensemble, les femmes se mettent à fredonner. C'est un son magnifique, puissant, omniscient. Elles ouvrent la bouche pour entonner un chant que je connais déjà. Ce chant doit être en moi. Est-ce celui que j'ai chanté à Tia ? Nous l'avons peut-être toutes appris dans des vies antérieures, dans des endroits profonds, sur des lieux de rassemblement, dans des grottes, des cabanes faites de branches, des maisons en peaux de bêtes, des prisons et des tombes. C'est une mélodie sans paroles que seules savent chanter les femmes. Lents, beaux, tristes, extatiques, nous entonnons à l'unisson un hymne de guerre et une marche de paix. Sans relâche, maintes et maintes fois, nous continuons à chanter tandis que les gardiens emmènent la femme rousse.

Je pense : Mère la lune et sœur la nuit.

Sainte Kateri. Tu es mon obligée. Alors grouille-toi de prier pour nous.

Après avoir chanté, nous nous mettons en rang et quittons la pièce.

Je demande à Estrella : « Que vient-il de se passer ?

– Demande ça à quelqu'un d'autre, dit-elle, le visage tendu, désespéré. Je t'en prie. Demande ça à quelqu'un d'autre. »

Mais je n'en ai pas besoin.

Dès qu'il n'y a plus personne, je retourne discrètement dans la salle et me plante devant le mur. Les visages sur les photos sont débordants de vitalité, remplis d'espoir, parfaitement maquillés. Grâce à Miguel. Ces femmes ont toutes les carnations et tous les âges, beaucoup sont plus jeunes que moi, d'autres plus vieilles, certaines portent un chapeau, un foulard ou un voile islamique, d'autres une barrette scintillante, et même pour certaines un chouchou démodé. Je m'approche encore pour lire leurs noms. Lily-Ann. Idris. Janella. Senchal. Megan. Vendra. Sous chaque nom, il y a deux dates. Naissance. Mort. Et en dessous, une légende : *Elle a servi l'avenir.*

Je m'éloigne à reculons du mur des martyres.

6 DÉCEMBRE

Pendant l'Heure de Visionnage obligatoire, nous sommes installées sur des chaises en plastique bancales et tassées dans la salle télé. Mère est la seule chaîne. Parfois elle fait venir Papa, un homme aux yeux enfoncés, aux cheveux blancs et raides divisés par une raie sur le côté, qui présente la même trappe de dents furieuses et blanchies dénuée de lèvres. Mère surgit, visage rond de moule à gâteau, placidité énergique.

« Bonjour, chères petites. Aujourd'hui je veux vous parler de l'âme éternelle animée du souffle divin que vous portez en vous, et je veux vous dire que je comprends combien il peut s'avérer difficile de nourrir cette âme dans votre corps. Peut-être ne sentiez-vous pas que votre heure était venue. Néanmoins, vous êtes bénies. Car Dieu, lui, le sentait ! »

« C'est là qu'elle va nous demander de nous prendre par la main », souffle Estrella.

« S'il vous plaît, tendez le bras vers votre sœur et priez, priez avec moi. Tendez le bras et prenez-la par la main. »

D'un côté, la main d'Estrella est fine et sèche. De l'autre, une toute jeune Noire, folle de colère, m'empoigne. Sa main est robuste et fébrile. Tandis que Mère parle, nous resserrons notre étreinte.

« Jésus, je t'en supplie, putain, sors-moi de là ! murmure ma voisine adolescente.

– Amen », lançons-nous en chœur.

Dans le dos de Mère, les doigts gigantesques d'une main de bébé s'ouvrent telle une étoile rebondie. Avant qu'elle ne commence, le bout de son nez est agité d'un tic de fouineuse. Mère lève les bras d'un geste mécanique, puis les baisse, et ainsi de suite, faisant jaillir ses paroles comme l'eau d'une de ces pompes en fer à l'ancienne. Aujourd'hui sa frange est collée sur son front en une courbe lisse. Ses yeux bruns et brillants coulent des regards par en dessous. Lorsqu'elle s'enflamme, sa coiffure s'affaisse en oreilles de chien de part et d'autre de ses joues rêches aux pores dilatés.

« Vous êtes ici parce que vous avez commis une mauvaise action, dit-elle, mais c'est un lieu de pardon. Ouvrez votre cœur ! Votre esprit ! Votre corps et votre âme ! Acceptez la vie. L'absolution peut vous être accordée, quoi que vous ayez fait, vous pouvez regagner intégralement l'amour de Dieu en contribuant à l'avenir de l'humanité. Votre heureuse peine n'est que de neuf mois. »

Son double menton tremblote, et les mots s'échappent de ses lèvres minces comme des bulles de savon alors qu'elle entame sa prière.

« N'oubliez jamais que je tiens à chacune de vous, sans

exception. Les femmes sont puissantes. Vous détenez les pleins pouvoirs. Les femmes sont des héroïnes. De super-héroïnes, en réalité. Vous pouvez me parler quand vous le souhaitez. Vous pouvez m'exposer vos soucis, vos inquiétudes. Je ne suis que communication, chères petites. Je tiens à chacune de vous, à cent pour cent, sans exception. »

Nous ne sommes pas autorisées à détourner les yeux.

« Ces neuf mois ne vous paraîtront pas davantage que quelques semaines », ajoute-t-elle de sa voix pâteuse.

Quand je pense que j'aurais pu la tuer. Mon index presse sur une détente imaginaire tandis qu'elle entame une autre prière interminable. Une cascade de sirop en fusion. Je tente de dormir les yeux ouverts. Personne ne sortira d'ici dans neuf mois. J'en suis certaine. Personne ne sort jamais d'ici.

8 DÉCEMBRE

« C'est l'heure de votre échographie », m'annonce la brune rondelette qui est à ma porte.

Elle a des sourcils épais et broussailleux. Ses cheveux sont nattés dans son dos. Elle me sourit et s'assoit à côté de mon lit de camp. Puis elle me prend la main.

« Certaines des dames dont je m'occupe détestent les échographies. Je leur promets qu'il n'y en aura pas d'autre.

– C'est toujours ce qu'on nous dit.

– Ce n'est pas mauvais pour votre bébé.

– Foutaises. »

Elle me sourit avec indulgence.

Ce matin j'ai vu que le portrait de la femme rousse

a été accroché au mur pendant la nuit. Je me suis alors forcée à examiner toutes les autres photos, au cas où l'une d'entre elles m'aurait échappé. J'ai fermé les yeux, une fois arrivée au bout. Puis j'ai recommencé à respirer. Pas de Tia Jackson.

« On y va ? »

Donc nous y voilà. Je me lève et emboîte le pas à l'aide-soignante dans le couloir, je fais un signe de tête aux femmes à qui j'ai déjà parlé, croise le regard des autres. Je repense au long couloir vert amande que j'ai emprunté pour ta première échographie, celle où j'ai vu le feu de la vie parcourir ton corps. Je n'ai pas peur – ou bien si j'ai peur, je suis incapable de le ressentir. Je suis insensible à tout, sauf à l'instant où mon pas résonne. J'effleure du bout des doigts la peinture lisse du panneau de revêtement et, bien que je sois pataude, je réussis à grimper sur le lit quand nous arrivons à la salle d'examen. L'aide-soignante s'assoit près de la porte tandis que la manipulatrice enduit le bout de la sonde de gel transparent et me prévient que ça va être froid. Je respire à fond plusieurs fois et refoule la voix de Mère. La manipulatrice passe sur le cerveau du bébé, clique, déplace la sonde. Mais soudain elle la secoue et, irritée, fronce les sourcils. La lumière se met à clignoter et la manipulatrice sort voir ce qui se passe.

« Merde ! lance-t-elle. Le matériel, les écrans, l'électricité, tout est à chier.

– C'est pas grave. J'ai déjà passé un bon million d'échographies.

– Je déteste mon boulot, murmure-t-elle.

– Pourquoi ne démissionnez-vous pas ? »

Il fait encore très sombre. L'écran a viré au noir total.

« Moi aussi, je suis en taule. J'ai tenté de graisser la patte à quelqu'un pour me sortir d'ici, mais personne n'ose accepter de l'argent. On vous amène ici, point final.

– Comment vous êtes-vous fait arrêter ?

– Certificat d'assurance périmé.

– Alors peut-être allez-vous pouvoir me dire la vérité. Pourquoi est-ce si dangereux ?

– D'accoucher ? »

Je hoche la tête, incapable de prononcer un mot.

« C'est un problème de système immunitaire. Vous savez que le risque, lors d'une transplantation cardiaque, par exemple, est le rejet du greffon. Eh bien là, c'est pareil. Même dans le cas de votre grossesse normale, à l'ancienne, dirons-nous, votre corps a renoncé à un peu de son immunité afin d'accepter le bébé. Pour une raison que l'on ignore – peut-être parce que nous voilà entrés dans l'inconnu, biologiquement parlant –, au cours de la naissance votre système immunitaire déclenche une attaque contre le bébé, qui peut également se muer en attaque auto-immune. Nous avons essayé de mettre des femmes sous traitement, avec un certain succès pour elles. Mais il semblerait que les chances de l'enfant s'en trouvent diminuées, par conséquent… »

Nous attendons encore quelques minutes, puis elle finit par appeler l'aide-soignante pour qu'elle me raccompagne à ma cellule. L'éclairage clignote tout le long des couloirs. Au point où j'en suis, le moindre petit répit s'apparente à un miracle, si bien que malgré mon désenchantement je me radoucis et remercie Kateri. Dieu a peut-être un plan, en ce qui me concerne. Je me hisse de nouveau sur mon lit, et à la seule idée que Dieu a un plan, j'éclate de rire tellement fort que je dois fourrer le bord de ma couverture dans ma bouche.

L'éclairage est trop vif, ici. Les saints s'écartent de moi dans cette éblouissante lumière blanche. Je sais qu'ils sont là-dehors, mais je ne distingue pas la multitude d'êtres, sans voix, qui ondulent, presque réduits au silence dans l'espace immense, leurs toussotements et leurs plaintes infimes déformés par le bruit étourdissant de tout cet air vide. Un esprit crie, puis d'autres, et le son s'élève ensuite tout autour de moi en un gigantesque mur blanc. Je suis si petite et aveugle sous cette cataracte, et, oui, je suis seule, mais tu es avec moi.

11 DÉCEMBRE

Hildegarde de Bingen passa sa jeunesse enfermée dans un abri de pierre. Ses parents décrétèrent qu'elle devrait vivre en recluse et, lors d'une cérémonie funéraire, elle fut claustrée, probablement à l'âge de sept ans. Au moins, elle avait Jutta, son guide spirituel. Il y avait une fenêtre par laquelle on lui donnait de quoi manger. Et une ouverture par laquelle on lui glissait une poubelle. Pas surprenant qu'Hildegarde ait eu des visions bouleversantes.

Tout est pénétré de connexions, pénétré de relations.

Mon bon esprit me rend visite presque toutes les nuits, vient s'asseoir au pied de mon lit. Et cette fois il y a un chant que j'entends moi aussi, qui n'est pas celui des femmes. Il est destiné à un bébé, et peut-être est-ce le chant d'Eddy car il est aigu, répétitif et apaisant, à la manière d'une berceuse. Je le fredonne tandis que nous flottons vers le matin, ensemble mais plus pour très longtemps.

Il y a la cour de la prison, un espace de promenade où nous sommes autorisées à marcher en rond ou à déambuler au hasard. Estrella et moi avançons côte à côte, sans parler. Main dans la main. Parfois on essaie de nous empêcher de nous tenir ainsi, ou par le cou, de nous enlacer ou de nous caresser les cheveux. Mais tous finissent par y renoncer. Même pour les gardiennes, nous l'interdire semble être de la méchanceté. Je le vois dans leurs yeux. Elles détournent le regard. Nous sommes toutes des enfants apeurées.

Je suis étonnée, pourtant, de constater que même si les femmes qui passent par ici ont très peu de chances de survivre, elles ont cherché à créer de la beauté. Çà et là, à l'intérieur de la prison, sont disposés des pots dans lesquels poussent des plantes aux feuilles en forme de flèches, aux fleurs rouges cireuses, aux tiges bulbeuses, que je n'avais encore jamais vues, des plantes sans nom, toutes numérotées avec un zèle ébloui, comme si quelqu'un avait observé la façon dont elles grandissent. Je vois que d'autres plantes adventices se frayent elles aussi un chemin dans la prison. Moisissure contre la vitre renforcée des fenêtres, minuscules plantes rampantes se coulant entre les fentes des marches d'escalier. Des insectes, pareils à des grains de poussière, sautent parfois des feuilles que je frôle. Ils ne sont visibles que sous forme de mouvement.

Un jour, alors que je passe près d'une fenêtre, une ombre vibrante m'arrête. Derrière le verre Securit, une libellule voltige à hauteur d'yeux. Pas une libellule normale. Celle-ci est géante – une envergure d'un peu plus de quatre-vingt-dix centimètres, des yeux verts aux reflets dorés de la taille d'une balle de base-ball.

À l'intérieur, les végétaux s'étalent hors de leurs pots garnis de terreau. Certaines plantes grimpantes ont la finesse d'un fil, d'autres sont des cordes vertes qui s'enroulent contre les fenêtres et grimpent dans l'escalier, toujours vers la lumière. Les feuilles prolifèrent, et déjà on peut par endroits marcher dans l'ombre du sous-étage de végétation. Une fougère arborescente a poussé en un rien de temps, déroulant ses feuilles géantes pareilles à des plumes. Des tiges cloisonnées pourpres et vertes, voisines du bambou, s'élèvent hors des cages d'escalier. Chaque jour la profusion verte gagne en épaisseur. Lorsque je marche dans la cour, je vois que même en décembre les plantes grimpantes surgissent du sol piétiné et s'accrochent à la plus petite saillie, au moindre support, pour se déplacer vers le haut de façon presque visible à l'œil nu, lançant des écheveaux de feuilles ondulantes par-dessus les clôtures, par-dessus les fils de fer barbelé aux pointes acérées, allant jusqu'à monter à l'assaut des tours en verre des gardiens en se dressant sous le soleil accablant.

C'est moi la vie ardente, la substance essentielle. Je brûle au-dessus de la beauté des champs et des prairies. J'étincelle sur les eaux et je brûle dans le soleil, la lune et les étoiles. Avec chaque souffle d'air, la vie encore invisible, j'éveille toute espèce à la vie.

Hildegarde.

12 DÉCEMBRE

De temps à autre, une femme survit à sa grossesse. Il arrive qu'on la laisse partir, mais le plus souvent on la garde ici. Depuis la cour de notre prison nous apercevons un vaste champ qui se peuple de minuscules croix blanches. Une croix unique pour la mère et le bébé. Au-delà de ce champ, encore deux clôtures, davantage de barbelés aux pointes acérées. Malgré l'impression de négligence qui se dégage des lieux, on ne peut en être délivrée, au cas où tu te demanderais pourquoi je n'en parle jamais. Je sais que ma famille, même en déployant tous ses trésors d'ingéniosité, ne me sortira pas d'ici. Lorsque mes proches me manquent tellement que c'en est insupportable, je te chante la chanson, mon bébé. Ou bien je sors de mon sac à dos une page du manuscrit d'Eddy. Ce qui m'aide un petit peu.

PAGE 3034

Le Caillou

Je suis encore vivant grâce à un caillou ordinaire.

Hier, la bulle a éclaté. Une fois de plus, j'ai vu le fond des choses ; sauf que c'était pire que jamais, parce qu'elles sont désormais nettement plus profondes. Il n'y avait plus un seul aspect du monde qui pouvait me séduire, ou me toucher. Pas davantage la fin que le commencement des choses. Il n'y avait plus une seule couleur. Tout était neutre. Voilà comment je sais que l'enfer n'est ni noir, ni embrasé. Il est d'un gris uniforme et sans espoir. La matinée s'est donc écoulée, entrecoupée par son café et ses céréales sans lait. À midi j'étais au Superpumper, occupé à choisir la méthode à employer.

Comme je marchais, un bout de corde à la main, vers les bois qui s'étendent à l'arrière du magasin, un caillou a sauté dans ma chaussure. Et ça m'a fait souffrir. Chaque pas était douloureux. Je me suis arrêté pour le retirer. Cette pierre était un morceau d'oxyde ferrique, une hématite rubanée ocrée, détachée du gisement de Mesabi Range dans lequel on trouvait jadis un tiers du minerai de fer mondial. Ce fragment, déposé sous forme de sédiment dans la mer Animikéenne, au cours du précambrien moyen, dans le Minnesota, devait avoir entre deux milliards six cents millions et un milliard six cents millions d'années. Le caillou, d'un beau rouge d'argile profond et chaud, strié, avait la forme d'un minuscule grille-pain.

Je l'ai jeté par-dessus mon épaule et j'ai continué à marcher. Un autre caillou. Aïe. Cette fois, il était pointu. Il ne s'agissait pas non plus d'une roche ordinaire, mais d'un éclat de grauwacke ou de jade, une lave basaltique qui fut peut-être rejetée à la surface de la Terre il y a trois milliards cinq cents millions d'années, durant le Keewatinien. *Howah !* Un sacré bout de temps. J'ai laissé tomber la pierre sur le bord du sentier et poursuivi mon chemin vers un arbre précis, que j'avais choisi quelques jours plus tôt. Une bonne grosse branche s'échappait de son tronc. Parfait pour lancer une corde par-dessus.

Houp-là, un autre. Ces chaussures bateau, propres à l'homme blanc, semblaient avoir pour spécialité de récolter les cailloux. Celui-ci était un cercle de basalte noir pas plus gros qu'une pièce de dix *cents*, modelé par les remous d'un lac et probablement jailli à l'origine d'une profonde fissure volcanique située sous la mer qui nous recouvrait autrefois. La lave refroidie vola en éclats qui se retrouvèrent emportés jusqu'au rivage, gagnant en route, sous la caresse des eaux, ce merveilleux poli. Ce caillou-là, je l'ai déposé avec soin sur une souche. Le plus jeune de tous : il n'avait probablement pas plus de quelques millions d'années.

J'avais presque atteint l'arbre lorsqu'une dernière pierre m'a blessé – ou plutôt entaillé le pied – au moment où j'ai marché dessus. Une agate, inexplicablement fracassée, qui laissait apparaître le grain du bois et des algues fossilisés qu'elle avait été jadis. Quelles couleurs ! Un bronze clair, gris, noir, et rouge foncé. Elle contenait tout un paysage. Un genre de silex bordé de jaspe. Une chose vivante. Elle ferait, me dis-je, un beau collier pour Trésor, pour peu qu'on la polisse.

Je ne sais pas pourquoi ils veulent de moi ici sur la Terre, les petits cailloux. Je ne sais pas pourquoi ils tiennent tant à ma personne. Je sais seulement que lorsque je suis arrivé au pied de l'arbre, je n'avais pas d'autre choix que de jeter la corde loin de moi. J'ai fait demi-tour, mes doigts astiquant la petite agate. Sur le chemin qui m'a ramené au magasin, pas un seul caillou n'est venu se glisser sous mes pieds.

14 DÉCEMBRE

Nous traversons une période de grisaille – une semaine de temps couvert et sans éclat. Il n'y a même pas un pan de ciel bleu pour me remonter le moral. J'ai l'impression que tout s'éloigne. Je suis seule face à la vérité de mon corps : tu es à l'intérieur et je dois t'en faire sortir.

Mon bébé, je t'aime mais tu es énorme. La sortie que

tu emprunteras est censée s'élargir, mais dix centimètres ce n'est pas beaucoup plus large que l'ouverture d'un verre. Jusqu'à quel point suis-je extensible ? Pas énormément. Je suis rigide. J'ai toujours eu l'esprit rigide, et je suis nulle en yoga. Tu devrais tout de suite cesser de grandir, tu es déjà trop gros, mais tu t'en fiches. Tu ne cesses de croître.

Mes maux de tête, les taches brillantes devant mes yeux, ma tension qui fait des pics pourraient être des signes que mon corps développe une réaction d'allergie à ta présence. Je n'en parle qu'à Estrella. J'enfle. J'enfonce mon index dans la chair de mon mollet et le creux ne se referme pas.

« Regarde », lui dis-je.

Elle effleure mon mollet du bout des doigts et fronce les sourcils.

15 DÉCEMBRE

D'habitude, il y a deux médecins et une infirmière dans la salle quand je passe un bilan de santé. C'est-à-dire tous les jours, désormais. Les appareils d'échographie sont toujours en rade. On ne me fait donc que des examens de routine – ma tension est haute, très haute, c'est la raison pour laquelle on me surveille, dit mon médecin. Il y a chez cette femme quelque chose qui m'est familier. Chaque fois que je la vois, j'ai l'impression de l'avoir déjà croisée quelque part, et même de la connaître, mais les autres sont toujours dans la pièce et je n'ose jamais lui poser la question. Pourtant, un jour, nous nous retrouvons quelques instants seule à seule. Elle porte des lunettes bleues à monture carrée.

« On ne s'est pas déjà rencontrées ? »

Elle me sourit et se penche, feignant de relacer sa chaussure. Lorsqu'elle se redresse, elle me prend la main sous prétexte de me réconforter. Je sens un minuscule bout de papier au creux de ma paume. Je le saisis et me retourne sur le lit d'examen, ce qui n'est pas facile, c'est même toute une affaire à plus de trente-huit semaines. Je secoue mes cheveux comme si je faisais la moue, et lis le papier derrière le rideau de ma chevelure. *La poussière autour de nous a des oreilles, les murs ont des yeux, l'air refoulé dans cette pièce capte nos émotions.*

On dirait presque de la poésie. Je suis vraiment désolée de devoir l'avaler. Au bout d'un moment, je me retourne pour reprendre ma position, le poing fermé, visage de marbre. Je tente de calmer mon cœur, de respirer normalement.

La femme m'adresse un petit sourire tendu, jette un coup d'œil autour d'elle, croise les bras et pianote du bout des doigts. Elle écrit autre chose et me donne un nouveau petit papier.

Jessie, est-il écrit dessus.

Je la regarde, ébahie, et articule le mot en silence.

« L'hôpital ? »

Elle hoche la tête.

J'ai autrefois décrit Jessie sous les traits d'une minable au teint pâle, maigre et sans menton. Je disais qu'elle était effacée, falote, qu'elle avait le cheveu mou et la poitrine creuse. Je l'appelais La Demeurée, mais je me souviens qu'elle était passée du genre nouille à solide comme un roc.

Elle avait vraiment les nerfs d'une hors-la-loi, pas d'une demeurée, si tant est que je sache ce que c'est. Entretemps, elle a changé d'apparence du tout au tout. Elle est élégante, c'est une meneuse aux cheveux blonds coiffés en pétard et aux lunettes bleues à la mode. Elle a un menton. Où l'a-t-elle trouvé, je n'en sais rien. Je découvre bientôt quelques faits. Il s'avère que Jessie n'était pas infirmière. C'était une gynécologue obstétricienne se faisant passer pour une infirmière afin de sortir des femmes de l'hôpital, au nez et à la barbe de la sécurité, en les déguisant et en les cachant. Il s'avère qu'elle a failli être démasquée alors qu'elle descendait Agnes Starr de la table d'accouchement et l'embarquait hors de l'établissement dans une housse mortuaire percée de trous de respiration.

18 DÉCEMBRE

Je me plains des taches brillantes devant mes yeux, exagère mes maux de tête, et on me renvoie à la consultation. Mais, cette fois et la suivante, les autres ne quittent pas la pièce et Jessie ne peut pas me parler. Enfin, une occasion se présente et j'apprends ainsi qu'Agnes a utilisé une lame de cutter que Jessie lui a scotchée sur le bras lorsque le travail a commencé. Jessie a prétendu qu'Agnes était morte en mettant son bébé au monde et l'a glissée dans la housse. Après avoir fendue celle-ci en deux au beau milieu de la nuit, Agnes s'est échappée de la morgue.

Je montre à Jessie un tout petit message. Dessus, il est indiqué mon ancienne adresse ainsi que l'endroit où l'argent est planqué. Et la question suivante :

Quelles sont mes chances et celles du bébé ?

Quinze à vingt pour cent de chances de survie pour vous deux.

Chercherez-vous à savoir où ils emmèneront mon enfant ?

Oui.

23 DÉCEMBRE

Je connais le Mot. C'est le mot le plus ancien dans toutes les langues, le premier à être prononcé. Ma, ah, oh, mama. Mère. Non pas le mot prononcé par Dieu pour créer la vie, mais celui que dit le bébé lorsqu'il reconnaît l'être dont dépend son existence.

Ce mot, je l'entendrai. Je le connaîtrai. Je resterai vivante.

24 DÉCEMBRE

Pour une fois dans ma vie, je suis pile à l'heure.

21 h 25. Ça démarre.

25 DÉCEMBRE

Estrella m'avait dit que peu importerait, et c'était vrai, le lieu où j'accoucherais. Ni qui serait présent dans la salle avec moi, sauf qu'il n'y avait pas de Jessie. Pas de hors-la-loi. Ce qui avait son importance. Mais j'ai oublié. *Je brûle au-dessus de la beauté des champs et des prairies.* Un par un les saints se sont introduits dans la pièce. Au fil des heures qui ont suivi, des milliers ont pu y entrer. Une jungle de plantes nous entourait. *J'étincelle sur les eaux et je brûle dans le soleil, la lune et les étoiles.* Les saints étaient silencieux. L'essentiel, c'était de réchapper à chaque contraction. Puis à celle d'après. Et encore à la suivante. Je voyais mon reflet dans les panneaux en inox. Je me trouvais dans un océan qui jetait des étincelles de lumière. Les vagues étaient de la douleur. J'étais projetée dans les airs, précipitée vers le bas. Encore et encore jusqu'à l'infini, et puis lorsque je me suis crue morte j'ai respiré, et j'ai été étonnée. L'océan à son tour a respiré profondément. La journée avait passé. Il faisait nuit noire, la lumière était plus douce et j'ai compris que des milliers de bougies dispensaient cette vive clarté, et que la musique splendide que j'entendais c'étaient les milliers d'esprits et d'êtres humains qui chantaient. *L'âme n'est pas à l'intérieur du corps. Le corps est à l'intérieur de l'âme.* J'entendais l'autre chant, celui des femmes, entre deux contractions. J'entendais ton chant de bébé. Et je poussais. J'ai continué à pousser pendant une éternité, jusqu'à ce qu'avec une violence dont j'ignorais qu'elle était en moi, je te pousse dehors.

Tu étais bleu, très légèrement. Au fur et à mesure que tu respirais tu as rosi, puis rougi, et le duvet soyeux qui couvrait ta peau s'est mis à miroiter comme du cuivre. Tes membres veloutés se sont dépliés, souples et forts. Tu as renversé la tête en arrière. Tes yeux étaient du bleu ardoise des yeux de nouveau-né, mais en plus foncé, brûlant déjà de vivre. Tu as soutenu mon regard et j'ai glissé mon doigt dans ta main. Tu m'as dévisagée en t'agrippant avec une force implacable, et j'ai scruté l'âme du monde.

C'est toi, ai-je dit. *Cela a toujours été toi.*

La piqûre de l'aiguille m'a volé ma conscience. Tandis que je m'enfonçais dans le sommeil, quelqu'un a contraint ton poing à s'ouvrir, et là j'ai senti qu'on te prenait et te sortait de mes bras.

DÉCEMBRE

Extrêmement faible. Mais toujours là.

JANVIER

On me dit que j'ai le cœur malade.

FÉVRIER

Mon cher fils. Je sais que tu liras ces mots, un jour ou l'autre. Je sais que tu te demanderas comment c'était, l'*avant*.

Mes parents me racontaient des histoires sur le monde, sur comment il était avant, comment ils le connaissaient et l'aimaient malgré tout, c'était toujours ce qu'ils disaient : Nous ne savions pas que c'était le paradis.

Je leur demandais : Comment était-ce, il y a des années ? Le vrai froid, le grand froid ?

Et ils me le racontaient.

Parfois, quand le lac gelait rapidement et que le vent soufflait fort, des masses d'eau en mouvement se retrouvaient bloquées sous la glace, disait Sera. Puis on entendait des explosions assourdies tout au fond, au centre, et des plaintes déchirantes là où la glace entrait en contact avec les îles. Des craquements pareils à des coups de feu. De retentissants et caverneux coups de gosier. Parfois c'était la détonation en staccato rapide des tambours à timbre, montant et s'abaissant en fondu sonore, comme si une fanfare allait et venait sous la surface gelée.

Si la glace prenait lentement, le lac produisait une musique différente. Un léger murmure lorsque le sommet durci des vagues se touchait. Si les vagues froides enflaient, fracturant les bords des plaques de glace, les éclats tintaient entre eux ou sonnaient faux. Le lac était entouré de carillons éoliens hantés. Parfois il poussait un soupir torturé, les poumons pleins de verre brisé. Si dans la nuit la température chutait de dix ou quinze degrés, il arrivait qu'une épaisseur de glace transparente fige les eaux, prenant au piège des feuilles et même de petits poissons. On s'avançait dessus, on se jetait à plat ventre, bien au chaud dans sa combinaison de ski, et on plongeait son regard dans un monde transformé.

Glen se rappelait la fois où le lac avait gelé en dessinant des figures rectilignes. Des vagues fouettées par le vent avaient gelé en suspension dans l'air et volé en éclats, puis, en retombant, elles s'étaient soudées en douceur dans la croûte de glace, créant des puzzles aux bords irréguliers, des labyrinthes mathématiques, des furies de traits entrecroisés. Le lac était tout entier composé de hachures extravagantes. Chaque centimètre représentait un motif original.

Et comment cela a-t-il changé ? Ça aussi ils me l'ont raconté, mon fils.

D'abord le froid ne nous a plus brûlé les poumons, a dit Sera. Le froid ne nous a plus figé la morve dans les narines, ne nous a plus givré les cils, ne nous a plus fait souffrir, a ajouté Glen. Et puis la neige n'a plus crissé sous nos semelles, ni contre les pneus de la voiture. Bientôt le froid a cessé de pincer, cessé de promener ses doigts dans notre dos, cessé de nous engourdir le visage et les mains. Il arrivait encore de temps à autre que tombent des flocons duveteux. Une ou deux fois une neige fine est restée suspendue dans le vent, et nous avons voulu appeler cela une tempête de neige. Mais elle n'a pas duré. L'hiver suivant, il a plu. Le froid était doux et rafraîchissant. Rien que de la pluie, pourtant. C'est l'année où nous avons perdu l'hiver. Perdu notre froid paradis.

Mais, j'y repense. Il y a eu une dernière chute de neige.

La neige est ce à quoi je songe tandis que je me rétablis et que dans ma cellule j'attends ma grossesse suivante. Le panneau d'affichage est couvert de nouvelles photos de bébés. Si nous nous laissons mourir de faim, on nous alimente de force. Une femme s'est pendue dans la cage d'escalier à l'aide d'une plante grimpante compatissante. À la cafétéria, le mur est pratiquement plein. Après que la photo d'Estrella y a été affichée, j'ai cessé de le regarder. Je ne sais pas ce qui est arrivé à Jessie, si elle est toujours là. Aucun message. (Je rêve qu'elle t'a emmené loin d'ici. Qu'elle te garde en sécurité pour moi.) Je fredonne ton chant. Mon esprit protecteur est revenu.

Je reste tranquille, seule.

Et je me rappelle maintenant que j'y étais, la dernière fois qu'il a neigé au paradis. J'avais huit ans. Je le sens, là. Le froid qui envahit mon corps, sa clarté. Le ciel déversait de la neige en abondance. Viens ! a crié Sera. Glen a hurlé : La neige ! Nous nous sommes précipités dehors et, subjugués, nous avons campé sur la pelouse d'un vert terne. Les flocons tournoyaient autour de nous, tombant toujours plus vite. Et il y avait des oiseaux, des oiseaux frénétiques, un grimpereau qui montait et descendait le long des arbres en émettant de petits claquements. Des merles frigorifiés qui lançaient des trilles tandis que la neige s'accumulait, flocon après flocon. L'air s'est figé et la neige a pourtant continué de tomber. Des gens déambulaient, pareils à des ombres blanches, et leurs voix étaient les cris d'enfants perdus. La neige emplissait le ciel et ne cessait d'arriver, comme un ravissement, en rideaux mouvants. Elle ne s'arrêtait pas. Elle ne fondait pas dans l'herbe. Elle s'accumulait sur chaque surface. Et je la sens, là, si lourde. Chaque brindille fut soulignée de neige. Chaque bain d'oiseau devint solide, et le treillage et les capitules secs des fleurs d'été furent bordés de volants blancs. Il a neigé sur chaque aiguille de pin, sur le haut des piquets, sur les voitures. Dans les rues, sur les trottoirs, dans le caniveau, il a neigé. Et moi je suis dedans, je tombe avec elle, je l'enfourne dans ma bouche, la lance dans les airs, en bombarde mon père et ma mère. La blancheur emplit l'air et il n'y a rien d'autre que de la blancheur. Je suis ici, et j'étais là-bas. Et je me suis posé la question, depuis ta naissance. Où seras-tu, mon chéri, la dernière fois où il neigera sur terre ?

REMERCIEMENTS

Je remercie mes filles : Persia, qui a écouté les débuts de ce livre pendant un voyage en voiture, en 2001, et suivi ses multiples transformations ; Pallas, qui en a lu les premiers jets, m'a prodigué de précieux conseils, et a sauvé ce manuscrit que j'avais abandonné depuis de longues années dans la mémoire d'un Mac G4 Cube (je remercie également Keith Kostman d'avoir exhumé des parties de ce travail d'un iMac turquoise encore plus ancien) ; Aza, qui a discuté avec moi de l'avancement du roman et m'a donné des idées de supports visuels pour *Zèle*, le magazine de Cedar, qui apparaîtra dans les dernières pages de l'édition américaine au format de poche ; et Kiizh, pour sa gentillesse, sa franchise, et ses jugements d'une incroyable finesse.

Je tiens aussi à remercier ma sœur Heid Erdrich et mon beau-frère John Burke d'avoir débattu avec moi de théories hypothétiques qui, de façon troublante, se sont réalisées. Et comme toujours, merci à Terry Karten, mon éditrice, pour sa sagesse critique et son irréprochable instinct littéraire. Merci aussi à Trent Duffy, secrétaire d'édition, pour nos conversations en continu rédigées sur de minuscules bouts de papier. L'esprit de l'ensemble réside toujours dans les détails.

DU MÊME AUTEUR

Aux Éditions Albin Michel

L'ÉPOUSE ANTILOPE, 2002

DERNIER RAPPORT SUR LES MIRACLES À LITTLE NO HORSE, 2003

LA CHORALE DES MAÎTRES BOUCHERS, 2005

CE QUI A DÉVORÉ NOS CŒURS, 2007

LOVE MEDICINE, 2008

LA MALÉDICTION DES COLOMBES, 2010

LE JEU DES OMBRES, 2012

LA DÉCAPOTABLE ROUGE, 2012

DANS LE SILENCE DU VENT, 2013

FEMME NUE JOUANT CHOPIN, 2014

LE PIQUE-NIQUE DES ORPHELINS, 2016

LAROSE, 2018

« Terres d'Amérique »

Collection dirigée par Francis Geffard
(Extrait du catalogue)

NANA KWAME ADJEI-BRENYAH
Friday Black, nouvelles

CHRIS ADRIAN
Un ange meilleur, nouvelles

SHERMAN ALEXIE
Indian Blues, roman
Indian Killer, roman
Phoenix, Arizona, nouvelles
La Vie aux trousses, nouvelles
Dix Petits Indiens, nouvelles
Red Blues, poèmes
Flight, roman
Danses de guerre, nouvelles

TOM BARBASH
Les Lumières de Central Park, nouvelles
Beautiful Boy, roman

DAVID BERGEN
Une année dans la vie de Johnny Fehr, roman
Juste avant l'aube, roman
Un passé envahi d'ombres, roman
Loin du monde, roman
La Mécanique du bonheur, roman

JON BILLMAN
Quand nous étions loups, nouvelles

TOM BISSELL
Dieu vit à Saint-Pétersbourg, nouvelles

AMANDA BOYDEN
En attendant Babylone, roman

JOSEPH BOYDEN
Le Chemin des âmes, roman
Là-haut vers le nord, nouvelles
Les Saisons de la solitude, roman
Dans le grand cercle du monde, roman

TAYLOR BROWN
Les Dieux de Howl Mountain, roman

KEVIN CANTY
Une vraie lune de miel, nouvelles
Toutes les choses de la vie, roman
De l'autre côté des montagnes, roman

DAN CHAON
Parmi les disparus, nouvelles
Le Livre de Jonas, roman
Cette vie ou une autre, roman
Surtout rester éveillé, nouvelles
Une douce lueur de malveillance, roman

MICHAEL CHRISTIE
Le Jardin du mendiant, nouvelles

CHRISTOPHER COAKE
Un sentiment d'abandon, nouvelles

TOM COOPER
Les Maraudeurs, roman

CHARLES D'AMBROSIO
Le Musée des poissons morts, nouvelles
Orphelins, récits

CRAIG DAVIDSON
Un goût de rouille et d'os, nouvelles
Juste être un homme, nouvelles
Cataract City, roman
Les Bonnes Âmes de Sarah Court, roman

ANTHONY DOERR
Le Nom des coquillages, nouvelles
À propos de Grace, roman
Le Mur de mémoire, nouvelles

DAVID JAMES DUNCAN
La Vie selon Gus Orviston, roman

DEBRA MAGPIE EARLING
Louise, roman

BEN FOUNTAIN
Brèves rencontres avec Che Guevara, nouvelles
Fin de mi-temps pour le soldat Billy Lynn, roman

TOM FRANKLIN
Le Retour de Silas Jones, roman
Braconnniers, nouvelles

TOM FRANKLIN & BETH ANN FENNELLY
Dans la colère du fleuve, roman

HOLLY GODDARD JONES
Une fille bien, nouvelles
Kentucky Song, roman

KEVIN HARDCASTLE
Dans la cage, roman

ALAN HEATHCOCK
Volt, nouvelles

RICHARD HUGO
La Mort et la Belle Vie, roman
Si tu meurs à Milltown, récits

MARLON JAMES
Brève histoire de sept meurtres, roman

ADAM JOHNSON
La chance vous sourit, nouvelles

BRET ANTHONY JOHNSTON
Souviens-toi de moi comme ça, roman

THOM JONES
Le Pugiliste au repos, nouvelles
Coup de froid, nouvelles
Sonny Liston était mon ami, nouvelles

CHRISTIAN KIEFER
Les Animaux, roman

THOMAS KING
Medicine River, roman
L'Herbe verte, l'eau vive, roman

SANA KRASIKOV
L'An prochain à Tbilissi, nouvelles
Les Patriotes, roman

RICHARD LANGE
Dead Boys, nouvelles
Ce monde cruel, roman
Angel Baby, roman
La Dernière Chance de Rowan Petty, roman

MATT LENNOX
Rédemption, roman

BRIAN LEUNG
Les Hommes perdus, roman
Seuls le ciel et la terre, roman

MAXIM LOSKUTOFF
Viens voir dans l'Ouest, nouvelles

ROBIN MACARTHUR
Le Cœur sauvage, nouvelles
Les Femmes de Heart Spring Mountain, roman

STEPHEN MARKLEY
Ohio, roman

DAVID MEANS
De petits incendies, nouvelles

DINAW MENGESTU
Les belles choses que porte le ciel, roman
Ce qu'on peut lire dans l'air, roman
Tous nos noms, roman

STEFAN MERRILL BLOCK
Le Noir entre les étoiles, roman

PHILIPP MEYER
Le Fils, roman

N. SCOTT MOMADAY
Une maison faite d'aube, roman

BRUCE MURKOFF
Portés par un fleuve violent, roman

JOHN MURRAY
Quelques notes sur les papillons tropicaux, nouvelles

MATTHEW NEILL NULL
Le Miel du lion, roman
Allegheny River, nouvelles

TOMMY ORANGE
Ici n'est plus ici, roman

KEVIN PATTERSON
Dans la lumière du Nord, roman

BENJAMIN PERCY
Sous la bannière étoilée, nouvelles
Le Canyon, roman

DAVID JAMES POISSANT
Le Paradis des animaux, nouvelles

DONALD RAY POLLOCK
Le Diable, tout le temps, roman
Une mort qui en vaut la peine, roman

ERIC PUCHNER
La Musique des autres, nouvelles
Famille modèle, roman
Dernière journée sur terre, nouvelles

JON RAYMOND
Wendy & Lucy, nouvelles
La Vie idéale, roman

ELWOOD REID
Ce que savent les saumons, nouvelles
Midnight Sun, roman
La Seconde Vie de D.B. Cooper, roman

EDEN ROBINSON
Les Esprits de l'océan, roman

KAREN RUSSELL
Swamplandia, roman
Foyer Sainte-Lucie pour jeunes filles élevées par les loups, nouvelles
Des vampires dans la citronneraie, nouvelles

JON SEALY
Un seul parmi les vivants, roman

NATHAN SELLYN
Les Caractéristiques de l'espèce, nouvelles

HUGH SHEEHY
Les Invisibles, nouvelles

WELLS TOWER
Tout piller, tout brûler, nouvelles

DAVID TREUER
Little, roman
Comme un frère, roman
Le Manuscrit du Dr Apelle, roman
Indian Roads, récit
Et la vie nous emportera, roman

BRADY UDALL
Lâchons les chiens, nouvelles
Le Destin miraculeux d'Edgar Mint, roman
Le Polygame solitaire, roman

GUY VANDERHAEGHE
La Dernière Traversée, roman
Comme des loups, roman
Comme des feux dans la plaine, roman

CLAIRE VAYE WATKINS
Les Sables de l'Amargosa, roman

SHAWN VESTAL
Goodbye, Loretta, roman

VENDELA VIDA
Se souvenir des jours heureux, roman
Les Habits du plongeur abandonnés sur le rivage, roman

JOHN VIGNA
Loin de la violence des hommes, nouvelles

WILLY VLAUTIN
Motel Life, roman
Plein nord, roman
Ballade pour Leroy, roman
La Route sauvage, roman

JAMES WELCH
L'Hiver dans le sang, roman
La Mort de Jim Loney, roman
Comme des ombres sur la terre, roman
L'Avocat indien, roman
À la grâce de Marseille, roman
Il y a des légendes silencieuses, poèmes

COLSON WHITEHEAD
Underground Railroad, roman
Nickel Boys, roman

CALLAN WINK
Courir au clair de lune avec un chien volé, nouvelles

SCOTT WOLVEN
La Vie en flammes, nouvelles

Composition : Nord Compo
Impression : CPI Bussière en décembre 2020
Éditions Albin Michel
22, rue Huyghens, 75014 Paris
www.albin.michel.fr
ISBN : 978-2-226-43890-4
ISSN : 1272-1085
N° d'édition : 23265/01 – N° d'impression : 2052023
Dépôt légal : janvier 2021
Imprimé en France